THE SECRET GARDEN

BY FRANCES HODGSON BURNETT
ILLUSTRATED BY CHARLES ROBINSON

비밀의 화원

The Secret Garden

프랜시스 호지슨 버넷 지음 | 찰스 로빈슨 그림 | 박혜원 옮김

더스토리

차례

1. 아무도 남지 않았다　7
2. 심술쟁이 메리 아가씨　16
3. 황무지를 지나　29
4. 마사　36
5. 복도에서 들리는 울음소리　62
6. "누가 울고 있었어, 분명히!"　73
7. 화원의 열쇠　85
8. 울새가 알려준 길　95
9. 세상에서 제일 이상한 집　108
10. 디콘　123
11. 울새의 둥지　142
12. "땅을 조금 주실 수 있나요?"　155
13. "난 콜린이야"　169
14. 어린 라자　191
15. 둥지 짓기　210

16. "안 올 거야!" 229
17. 성질부리기 240
18. "미루적거릴 시간이 없구만요" 252
19. "봄이 왔어!" 263
20. "난 영원히 살 거야, 영원히!" 282
21. 벤 웨더스태프 295
22. 해가 질 때 311
23. 마법 320
24. "웃게 놔둡시다" 340
25. 커튼 359
26. "엄니어요!" 370
27. 화원에서 386

작품 해설 412
작가 연보 419

1.
아무도 남지 않았다

메리 레녹스가 미셀스웨이트 저택에 들어와 고모부와 함께 살게 되었을 때, 사람들은 저렇게 밉살스러운 아이는 처음 본다며 입을 모아 말했다. 틀린 말도 아니었다. 메리 레녹스는 얼굴이 야위고 몸도 마른 편에 머리숱도 적고 표정은 심술궂어 보였다. 인도에서 태어나 이런저런 병치레가 잦았던 탓에 머리색도 노랗고 얼굴색도 노리끼리했다. 메리 레녹스의 아버지는 영국 정부에서 한자리를 맡아 늘 바쁜 데다 건강도 좋지 않았고, 어머니는 굉장한 미인이었는데 파티를 즐기며 화려한 사람들과 어울리는 것 말고는 관심이 없었다. 애초에 딸을 원한 적이 없었던 어머니는 메리가 태어나자 아야에게 맡겼고, 아야

(Ayah)*는 멤사히브(Mem Sahib)**를 기쁘게 하려면 아이를 최대한 눈에 띄지 않게끔 해야 한다는 걸 잘 알고 있었다. 그래서 메리가 자주 아프고 칭얼대는 못생긴 아기일 땐 눈에 걸리적거리지 않는 곳에서 지냈고, 자주 아프고 칭얼대며 아장아장 걸어 다니는 아이일 때도 눈에 걸리적거리지 않는 곳에서 지냈다. 메리가 익숙하게 마주했던 사람들은 검은 얼굴의 아야와 다른 원주민 하인들뿐이었는데, 이들은 뭐든 메리가 시키는 대로 하고 뭐든 메리가 마음대로 하도록 내버려 두었다. 메리가 울음을 터뜨리면 멤사히브가 안절부절못하고 화를 냈기 때문이다. 그런 탓에 메리는 여섯 살이 되었을 때 누구보다 포악하고 이기적인 욕심쟁이 아이로 자라나 있었다. 젊은 영국인 여자가 가정교사로 들어와 읽기와 쓰기를 가르치다가 메리에게 넌더리를 내며 석 달 만에 그만 둔 뒤로, 다른 가정교사들이 그 자리를 채우려 했지만 하나같이 그 석 달만큼도 버티지 못하고 줄행랑을 쳤다. 그러니 스스로 책 읽는 법을 알고 싶어 하는 마음이 없었다면 메리는 글자를 전혀 읽고 쓰지 못했을 것이다.

지독히도 더운 어느 날 아침, 아홉 살 즈음이었던 메리는 눈을 뜨면서부터 짜증이 치밀었다. 침대 머리맡에 서 있는 하녀

---

* 가정부를 뜻하는 인도 영어.
** 과거 인도에서 신분이 높은 유럽 여성이나 여주인을 일컫는 말.

가 자기 아야가 아닌 것을 보고는 더 부아가 났다.

메리가 낯선 하녀에게 말했다. "왜 네가 왔어? 여기서 나가. 내 아야를 불러와."

하녀는 겁먹은 표정이었지만 아야는 올 수 없다고 더듬더듬 대답할 뿐이었다. 메리가 발칵 화를 내며 때리고 발로 차는데도, 하녀는 한층 더 겁에 질린 얼굴로 아야는 미시 사히브에게 오지 못한다는 말만 되풀이했다.

그날 아침 분위기는 어딘지 모르게 묘하고 이상했다. 평소처럼 정해진 대로 돌아가는 일은 하나도 없는 데다 원주민 하인 몇 명은 보이지도 않는 것 같았고, 그나마 오가는 하인들도 눈에 띄지 않으려는 듯 살금살금 걷거나 허둥지둥 움직였는데 낯빛이 겁을 먹고 파랗게 질려 있었다. 하지만 메리에게 알아듣게 설명해주는 사람도 없었고, 아야도 오지 않았다. 메리는 사실상 아침이 다 가도록 혼자 방치되어 있다가 결국 정원으로 나가 베란다 옆 나무 밑에서 혼자 놀기 시작했다. 메리는 꽃밭 만들기 놀이를 하면서 커다란 다홍색 히비스커스 꽃송이들을 자그마한 흙무더기에 심었지만, 그럴수록 점점 더 부아만 치밀어 아야인 세이디가 돌아오면 무슨 말을 어떻게 해줄지 혼자서 중얼거렸다.

"돼지야! 돼지! 돼지 새끼야!" 원주민을 돼지라고 부르는 건 제일 심한 모욕이었다.

이를 갈며 이 말을 계속 중얼거리고 있을 때, 어머니가 어떤 사람과 함께 베란다로 나오는 소리가 들렸다. 어머니는 한 아름다운 젊은 남자와 함께 서서 처음 듣는 나지막한 목소리로 이야기를 나누었다. 메리는 소년처럼 생긴 그 아름다운 젊은 남자를 알았다. 영국에서 갓 건너온 아주 젊은 장교라는 말을 들은 적이 있었다. 아이는 젊은 남자를 빤히 쳐다보았지만 줄곧 바라본 건 어머니 쪽이었다. 메리는 엄마를 볼 기회가 생길 때마다 그렇게 바라보곤 했다. 메리 역시 멤사히브라고 부르는 편이 더 익숙했던 어머니는 대단히 키가 크고 날씬하며 아름다운 사람인 데다 매우 예쁜 옷을 입었기 때문이다. 곱슬곱슬한 머리칼은 비단 같았고, 작고 우아한 코는 세상을 깔보는 것만 같았으며, 커다란 두 눈은 웃음기를 머금고 있었다. 어머니의 옷들은 모두 얇고 하늘거려서 메리는 그 옷들을 "레이스 천지"라고 말했다. 이날 아침 옷의 레이스는 그 어느 때보다 더 풍성해 보였지만, 눈에선 웃음기가 전혀 보이지 않았다. 어머니는 겁에 질린 커다란 눈을 들어 아름다운 젊은 장교를 애타게 쳐다보았다.

어머니가 하는 말이 들렸다. "그렇게 안 좋은가요? 아, 그래요?"

젊은 남자가 떨리는 목소리로 대답했다. "심각합니다. 정말이지 끔찍해요, 레녹스 부인. 부인께서는 두 주 전에 산속으로 피신하셨어야 합니다."

멤사히브가 두 손을 꽉 움켜쥐며 울부짖었다.

"아, 맞아요! 고작 그런 시시한 저녁 파티에나 가려고 남아 있었다니. 내가 바보였어!"

바로 그때 하인 숙소에서 대성통곡하는 소리가 터져 나오자 멤사히브가 젊은 장교의 팔을 와락 붙잡았다. 서 있던 메리도 온몸이 바들바들 떨렸다. 울부짖는 소리는 점점 더 격해졌.
"무슨 일이지? 이게 무슨 소리죠?" 레녹스 부인은 숨이 턱 막혔다.

젊은 장교가 말했다. "누가 죽었군요. 하인들 사이에 병이 돈다는 말은 하지 않으셨잖아요."

"나도 몰랐어요! 이리 오세요! 같이 가봐요!" 멤사히브는 울부짖으며 돌아서서 집으로 뛰어 들어갔다.

그 뒤로 처참한 일들이 일어났고, 메리는 이해하기 힘들었던 그날 아침의 분위기가 무엇 때문이었는지 알게 됐다. 치명적인 콜레라가 퍼져 사람들이 파리 떼처럼 죽어나갔다. 아야는 밤사이에 병에 걸렸고 하인들이 숙소에서 통곡한 건 아야가 막 숨을 거두었기 때문이다. 그날 하루에만 하인 세 명이 더 죽었고 죽지 않은 하인들은 두려움에 떨며 달아났다. 공포가 사방에 깔리고, 집집마다 사람이 죽어나갔다.

이튿날이 혼란스럽고 당혹스럽게 지나가는 동안 메리는 놀이방에 숨어 있었고, 사람들은 메리를 새까맣게 잊었다. 메리를 떠올리는 사람도 없었고, 메리를 찾는 사람도 없었다. 이상한 일들이 계속 일어났지만 메리는 아무것도 몰랐다. 메리는 몇 시간 동안이나 울다 잠들기를 반복했다. 메리가 아는 건 사람들이 병에 걸리고, 이상하고 무서운 소리들이 들린다는 것뿐이었다. 식당에 몰래 들어가 보았을 때 그곳은 텅 비어 있었다. 식탁에는 먹다 만 음식들이 놓여 있고, 식사를 하던 사람들이 급히 일어나 나간 자리처럼 의자며 접시들이 아무렇게나 밀려나 있었다. 메리는 과일과 비스킷을 조금 먹고, 목이 말라 가까이 놓인 잔에 가득 찬 포도주를 한 잔 마셨다. 맛이 달콤했지만 메리는 포도주가 얼마나 독한지 몰랐다. 곧바로 참기 힘든 졸음이 쏟아져, 메리는 놀이방으로 돌아가 다시 틀어박혀서는, 하인 숙소에서 터져 나오는 울음소리와 허둥지둥 오가는 발소리를 들으며 두려움에 잠겼다. 포도주 때문에 졸음이 쏟아져 눈이 저절로 감기는 바람에 그렇게 메리는 침대에 누워 아무것도 모르고 오랜 시간 잠에 빠져들었다.

많은 일들이 일어난 몇 시간 동안 메리는 깊이 잠들어, 흐느껴 우는 소리나 저택 안팎으로 무언가를 옮기는 소리에도 깨어나지 않았다.

잠에서 깬 메리는 누운 채로 물끄러미 벽을 바라보았다. 주변이 쥐 죽은 듯 고요했다. 집이 이렇게까지 조용한 건 처음이었다. 목소리도 발소리도 들리지 않아, 메리는 모두들 콜레라가 나아서 사태가 끝난 건가 하고 생각했다. 아야가 죽고 없으니 이제 누가 자기를 맡아 돌보게 될지도 궁금했다. 다른 아야가 올 것이고, 새로 온 아야는 새로운 이야기들을 알고 있을 터였다. 죽은 아야가 들려주던 이야기에는 싫증이 났던 참이었다. 메리는 유모가 죽었다고 해서 울지 않았다. 정이 많은 성격도 아니거니와 어느 누구를 그렇게까지 좋아해본 적도 없는 아이였다. 콜레라 때문에 일어나는 시끄럽고 정신없는 소란과 울부짖는 소리가 무서웠고, 자신이 살아 있다는 걸 아무도 기억하지 못 하는 것 같아 화가 날 뿐이었다. 모두가 극심한 공포에 사로잡힌 나머지 아무도 좋아하지 않는 어린 여자아이 따위는 생각할 겨를이 없었던 것이다. 콜레라에 걸리자 사람들은 자기 말고는 아무 생각도 못 하는 것 같았다. 이제 병이 나았다면 누군가는 메리를 기억해내고 찾으러 올 터였다.

하지만 아무도 오지 않았다. 누워서 기다리는 동안 집은 점점 더 적막해지는 것만 같았다. 바닥 매트 위에서 무언가 바스락거리는 소리가 들려서 내려다보니, 작은 뱀 한 마리가 미끄러지듯 기어가며 보석 같은 눈으로 메리를 쳐다봤다. 무섭진 않았다. 독 없는 작은 뱀이라 다칠 위험이 없었고 마침 방에서 벗어나려고 서둘러 움직이는 듯 보였기 때문이다. 메리는 뱀이 문 밑으로 빠져나가는 모습을 지켜보았다.

"이상해. 너무 조용하단 말이야. 집 안에 나하고 뱀밖에 없는 것 같잖아."

바로 그 순간 마당에서 발소리가 들리더니 그 소리는 곧 베란다로 다가왔다. 남자들이 걷는 소리였는데, 남자들은 집 안으로 들어와 나직한 목소리로 말을 주고받았다. 남자들을 맞아주거나 말을 거는 사람은 아무도 없었고, 그들끼리 방방마다 문을 열고 들여다보는 것 같았다. "정말 참담하군!" 한 남자의 말소리가 들렸다. "그 곱고 아름다운 부인마저! 아이도 별수 없었겠지. 아이가 하나 있었다던데, 아무도 본 적은 없지만."

잠시 후 그들이 놀이방 문을 열었을 때 메리는 방 한가운데서 있었다. 메리는 화가 난 못생긴 꼬마아이 같은 모습으로 얼굴까지 찌푸리고 있었다. 배가 고프기 시작한 데다 무시당했다는 수치스러운 기분마저 들었기 때문이다. 먼저 들어온 남자는 덩치 큰 장교로 요전에 아버지와 무슨 말인가 하는 걸 본 적이 있었다. 남자는 지치고 심란해 보였는데, 메리를 보자 너무 놀란 나머지 엉덩방아를 찧을 뻔했다.

남자가 소리쳤다. "바니! 여기 웬 아이가 있어! 아이 혼자야! 이런 곳에! 세상에, 얘는 누구지?"

"메리 레녹스예요." 어린 여자아이가 몸을 꼿꼿이 세우며 대답했다. 아버지의 저택을 '이런 곳'이라고 부르다니, 메리는 남자가 굉장히 무례하다고 생각했다. "모두 콜레라에 걸렸을 때

잠이 들었다가 지금 막 깼어요. 왜 아무도 오지 않는 거죠?"

남자가 같이 온 동행을 돌아보며 외쳤다. "아무도 본 적 없던 그 아이야! 정말로 다들 아이를 까맣게 잊어버린 거군!"

메리가 발을 쿵쿵 구르며 말했다. "나를 왜 잊어요? 왜 아무도 오지 않느냐고요!"

바니라고 불린 젊은 남자는 매우 안타까운 눈길로 메리를 바라보았다. 메리는 바니라는 남자가 눈물을 감추려고 눈을 깜빡이는 것을 본 것 같았다.

"가여운 것! 이젠 올 사람이 아무도 없단다."

그렇게 이상하고 느닷없는 방식으로 메리는 이제 자기 옆엔 아버지도 없고 어머니도 없다는 사실을 알게 되었다. 그렇게 그 둘도 밤사이에 숨을 거두어 실려 나갔고, 살아남은 몇 안 되는 원주민 하인들은 서둘러 도망쳤다는 사실을, 그 와중에 어느 누구도 미시 사히브라는 존재를 기억조차 하지 못했다는 사실을 깨달았다. 그래서 집이 그토록 조용했던 것이다. 이 저택에 메리 자신과 바스락거리는 작은 뱀 한 마리 말고는 정말로 아무도 없었던 것이다.

2.
심술쟁이 메리 아가씨

메리는 먼발치에서 어머니를 바라보는 걸 좋아했고 어머니가 무척 예쁘다고 생각했지만, 어머니에 대해 아는 게 거의 없었기 때문에 어머니를 사랑하지도 떠나간 어머니를 사무치게 그리워할 리도 없었다. 메리는 사실 어머니가 전혀 보고 싶지 않았고, 자기밖에 모르는 아이답게 여느 때나 다름없이 온전히 자기 자신만을 생각했다. 지금보다 좀 더 컸더라면 아마 세상에 홀로 남겨졌다는 사실에 불안에 떨었겠지만, 메리는 너무 어렸고 늘 보살핌을 받았던 터라 앞으로도 그럴 거라 미루어 생각할 뿐이었다. 메리가 알고 싶은 건 자신을 맡을 사람들이 착한 사람들인지, 그 사람들도 원래 있던 아야와 원주민 하인들처럼 자기한테 공손하고 뭐든 마음대로 하게 해줄지 하는 것들이었다.

처음 맡겨졌던 영국인 목사의 집에서 계속 살지 않으리라는 건 알았다. 메리도 그 집에서는 지내고 싶지 않았다. 영국인 목사는 가난했고 아이도 다섯이나 되었다. 전부 고만고만한 또래인 아이들은 하나같이 해진 옷을 걸치고 다녔고, 서로 장난감을 빼앗고 뺏기지 않으려는 싸움이 끊이질 않았다. 메리는 어수선한 그 집이 싫었고, 식구들에게 퉁명스럽게 굴었기 때문에 하루 이틀이 지난 뒤로는 아무도 메리와 놀려고 하지 않았다. 이튿날이 되자 아이들은 메리에게 별명까지 붙여주었는데 그런 행동이 메리의 화를 머리끝까지 부추겼다.

그걸 제일 먼저 생각해낸 아이는 배질이었다. 배질은 건방져 보이는 파란 눈에 코는 들창코인 어린 남자애였는데, 메리는 그 애가 아주 싫었다. 그날 메리는 콜레라가 퍼졌던 날처럼 나무 밑에서 혼자 놀았다. 흙더미를 쌓고 길을 내며 정원을 만들고 있는데 배질이 다가와 옆에 서더니 메리를 지켜보았다. 이내 조금 재미있어 하면서 불쑥 말을 꺼냈다.

"거기에 돌을 쌓은 다음 바위 정원이라고 하면 어떨까? 저기 한가운데 말이야." 배질이 메리 쪽으로 몸을 숙이며 손가락으로 가리켜 보였다.

메리가 소리쳤다. "저리 가! 남자애들은 싫어. 가라고!"

배질은 잠시 화가 난 듯 보였지만 곧 메리를 놀리기 시작했다. 누이들도 늘 그렇게 놀려먹는 아이였다. 배질은 메리 주위를 빙글빙글 돌면서 오만상을 찌푸려가며 노래하고 웃었다.

심술쟁이 메리 아가씨
그 정원은 어떻게 가꾸나요?
은종과 새조개 껍데기와
금잔화가 나란히 줄지어 있네요.

배질이 계속 노래하자 다른 아이들도 듣고 웃어댔다. 메리가 발끈할수록 아이들도 "심술쟁이 메리 아가씨"라며 더 노래를 불렀다. 그 뒤로 메리가 그 집에서 지내는 동안 아이들은 자기들끼리 메리 이야기를 할 때나 메리에게 말을 걸 때마다 "심술쟁이 메리 아가씨"라고 불렀다.

배질이 메리에게 말했다. "넌 집에 가게 될 거야. 이번 주말에 말이야. 그래서 우린 정말 좋아."

"나도 좋거든. 내 집이 어딘데?"

메리가 묻자 배질이 얄미운 일곱 살답게 비아냥거렸다.

"얘는 자기 집이 어딘지도 모른대! 당연히 영국이지. 우리 할머니도 그곳에 사시고, 우리 마벨 누나도 작년에 할머니네로 갔어. 너는 할머니네 집으로 가는 건 아니야. 넌 할머니가 없잖아. 넌 너희 고모부한테 가는 거야. 고모부 이름이 아치볼드 크레이븐이래."

메리가 톡 쏘아댔다. "난 모르는 사람이야."

"나도 알아. 넌 아무것도 모르잖아. 여자애들은 원래 아는 게 없다니까. 아빠랑 엄마가 너희 고모부 이야기를 하시는 걸 들었어. 너희 고모부는 굉장히 크고 쓸쓸하고 오래된 시골집에 사는데 사람들이 너희 고모부 옆에도 안 간대. 고모부가 워낙 화를 잘 내서 누가 오게 놔두지도 않지만, 오라고 해도 사람들이 안 갈 거래. 곱사등인 데다 흉측하게 생겼댔어."

"네 말 안 믿어." 메리는 뒤돌아서서 손가락으로 두 귀를 틀어막고 더 이상 듣지 않으려 했다.

하지만 메리는 그 뒤로 배질이 한 말들을 곱씹고 또 곱씹었다. 그날 밤 크로퍼드 부인이 메리에게 며칠 뒤면 배를 타고 영국으로 건너가 미셀스웨이트 저택에 사는 고모부 아치볼드 크레이븐 씨한테 가게 될 거라고 말했을 때, 메리가 너무 냉랭하고 끝끝내 무관심한 태도로 일관하자 목사 부부는 메리를 종잡을 수 없는 아이라고 생각했다. 두 사람은 메리에게 다정하게 대하려고 노력했지만, 크로퍼드 부인이 입이라도 맞추려고 하면 메리는 고개를 돌려버렸고, 크로퍼드 목사가 어깨를 토닥일 땐 뻣뻣하게 가만히 있었다.

나중에 크로퍼드 부인은 측은해하며 이렇게 말했다. "그 애는 정말 못생기긴 했어요. 어머니는 그렇게 미인인데 말이에요.

예의도 무척 바르고요. 그런데 메리처럼 정이 안 가게 구는 아이도 처음이에요. 아이들이 그 애를 '심술쟁이 메리 아가씨'라고 부르는데, 짓궂은 행동이긴 해도 이해는 되더라고요."

"그 애 어머니가 아름다운 얼굴과 예의 바른 태도를 하고 아이 방을 좀 더 자주 들여다봤더라면, 어쩌면 메리도 그런 아름다움을 조금은 배웠을지도 모르지요. 정말 안타까운 일이에요. 가엾게도 그 아름다운 부인이 죽었는데 부인에게 아이가 있었다는 사실조차 아는 사람이 별로 없다니."

크로퍼드 부인이 한숨을 쉬며 말했다. "부인은 아이한테 눈길 한 번 제대로 주지 않았던 것 같아요. 아이 아야가 죽고 나서는 아무도 저 어린 건 안중에도 없었던 거죠. 하인들이 다 도망가고 그 텅 빈 집에 아이 혼자 남아 있었다고 생각해봐요. 맥그루 대령이 문을 열었다가 방 한가운데에 아이 혼자 서 있는 걸 보고 까무러칠 정도로 놀랐다잖아요."

메리는 한 장교 부인의 보호 아래 영국으로 긴 여행에 나섰다. 장교 부인은 자기 아이들을 기숙학교에 보내려고 데려가는 길이었다. 어린 아들과 딸을 돌보느라 여념이 없던 부인은 런던에서 아치볼드 크레이븐 씨가 보낸 여자를 만나 메리를 넘겨주게 되자 반가운 마음부터 들었다. 마중 나온 여자는 미셀스 웨이트 저택에서 일하는 가정부로, 메들록 부인이라는 사람이었다. 메들록 부인은 체구가 통통하고 볼은 새빨가며 검은 눈은 날카로운 여자였다. 진한 자줏빛 원피스에 흑요석 술이 달린 검은 실크 망토를 걸치고 검은 보닛 모자를 쓴 차림이었는데, 고개를 움직일 때마다 모자에 달린 자줏빛 벨벳 꽃 장식들이 튕겨 오르며 파르르 떨렸다. 메리는 메들록 부인이 전혀 마음에 들지 않았지만, 워낙 사람을 좋아하지 않는 아이다 보니 그게 그리 새삼스러운 일도 아니었다. 분명한 건 메들록 부인 역시 메리에게서 그다지 좋은 인상을 받지 못했다는 것이었다.

"세상에! 정말 못생긴 아이군요! 아이 엄마는 미인이었다던데. 아이한테 미모는 물려주지 못했나 봐요, 그렇죠, 부인?"

장교 부인이 마음씨 좋은 얼굴로 말했다. "크면서는 좀 나아지겠죠. 혈색도 돌고 표정을 좀 더 밝게 지으면 그런대로 괜찮은 인상이에요. 아이들은 계속 변하잖아요."

메들록 부인이 말했다. "이 애는 한참을 변해야겠군요. 미셀스웨이트에 간다고 애들이 나아지진 않을 성싶지만. 내 개인적인 생각이에요!"

두 사람은 메리가 그 대화를 듣고 있지 않다고 생각했다. 메리는 두 사람과 약간 떨어져서 그들이 들어간 호텔 창가에 서 있었다. 그곳에서 지나가는 버스와 택시와 사람들을 지켜보고 있었지만 부인들이 나누는 이야기가 거의 다 들렸고, 고모부와 고모부가 사는 곳에 호기심이 가득 일었다. 그 집은 어떤 곳이며, 고모부는 어떻게 생겼을까? 곱사등이란 게 어떤 걸까? 메리는 곱사등이를 한 번도 본 적이 없었다. 아마도 인도에는 곱사등이 없는 모양이었다.

남의 집에서 아야도 없이 지내는 동안 메리는 외로움을 타기 시작하면서 전에는 해본 적 없던 얄궂은 생각도 해보았다. 어머니와 아버지가 살아 있을 때조차 왜 한 번도 엄마 아빠가 있다는 느낌을 받아본 적이 없었는지 의아해졌다. 다른 아이들은 그들 아버지와 어머니의 자식처럼 보였지만, 메리 자신은 정말로 누군가의 딸이라는 기분을 한 번도 느껴본 적이 없었다. 메리에게는 하인들도 있었고 먹을 것과 입을 것들도 부족함이 없었지만, 누구 하나 메리에게 관심을 주지 않았다. 메리는 자신이 밉살스러운 아이라서 그랬다는 사실은 몰랐다. 보통 다른 사람을 보면서 기분이 나쁘다는 생각은 했었지만 자기 자신이 그렇다는 건 알지 못했다.

메리가 보기엔, 평범하지만 혈색이 붉은 얼굴에 평범하지만 멋들어진 보닛 보자를 쓴 메들록 부인처럼 마뜩잖아 보이는 사람도 처음이었다. 다음 날 요크셔를 향해 출발할 때 메리는 고개를 빳빳이 들고 기차역으로 들어가 객차에 올라타면서 최대한 메들록 부인과 거리를 두려고 노력했다. 부인의 딸처럼 보이기 싫었기 때문이다. 사람들이 자신을 메들록 부인의 딸이라고 여기면 화가 날 것 같았다.

하지만 메들록 부인은 메리가 어떻게 하든, 무슨 생각을 하든 전혀 개의치 않았다. 메들록 부인은 '어린아이들의 허튼수작을 가만히 봐주는' 사람이 아니었다. 적어도 말할 기회가 있었다면 그렇게 말했을 것이다. 메들록 부인은 언니인 마리아의 딸이 결혼을 앞둔 시점에 런던에 가고 싶지 않았지만 미셀스웨이트 저택의 가정부라는 건 편하고 보수도 후한 일자리였고, 그 일자리를 지키려면 아치볼드 크레이븐 씨가 시키는 일을 군말 없이 하는 수밖에 없었다. 질문 같은 건 아예 할 생각도 하지 않았다.

크레이븐 씨는 특유의 차갑고 무뚝뚝한 말투로 이렇게 말했다. "레녹스 대령과 부인이 콜레라로 죽었소. 레녹스 대령은 내 아내의 동생이니 내가 그 딸아이의 후견인이오. 아이를 이곳으로 데려와야겠소. 부인이 런던으로 가서 직접 그 애를 데리고 오시오."

그렇게 해서 메들록 부인은 간소하게 짐을 꾸려 길을 나섰다.

기차 객실의 구석 자리에 앉은 메리는 못나고 짜증까지 나 보였다. 읽을거리도 볼거리도 없어서 메리는 검은 장갑을 낀 작고 마른 두 손을 다리 사이에 모아두고 있었다. 검은색 원피스 때문에 낯빛은 평소보다 더 노리끼리해 보였고, 숱 없는 머리카락은 검은 크레이프 모자 밑으로 힘없이 축 늘어져 있었다.

'살다 살다 저렇게 버릇없고 심술 맞아 보이는 애는 처음이네.' 메들록 부인이 속으로 생각했다. 아무것도 하지 않고 그렇게 미동도 없이 앉아 있는 아이는 본 적이 없었다. 마침내 아이를 지켜보기만 하는 게 지루해진 부인은 엄하고 딱딱한 목소리로 말을 걸기 시작했다.

"아가씨가 가게 될 곳에 대해 미리 말을 해주는 게 좋을 것 같아요. 고모부에 대해서는 아는 게 있나요?"

"아니요."

"부모님께 고모부 이야기를 한 번도 들어본 적이 없어요?"

"없어요." 메리가 이마를 찡그렸다. 어머니와 아버지가 자신에게 무슨 이야기를 해준 기억이 딱히 없었기 때문이다. 확실히 메리의 부모님은 메리에게 어떤 이야기건 한 적이 없었다.

"흠." 메들록 부인이 묵묵부답인 작고 기묘한 얼굴을 들여다보며 나지막이 내뱉었다. 부인은 잠시 입을 닫는 듯하더니 다시 말을 시작했다.

"어느 정도는 미리 알아두는 게 좋을 거예요. 아가씨도 마음의 준비를 해야 하니까요. 지금 아가씨가 가는 곳은 아주 이상한 곳이에요."

메리는 입을 꾹 다물고 있었다. 메들록 부인은 메리의 노골적인 무관심에 약간 당황한 표정이었지만, 숨을 고르고 말을 이어나갔다.

"굉장히 큰 집이라 으스스하긴 해도 크레이븐 주인님은 나름대로 자랑스러워하세요. 집이 음산하긴 음산해요. 저택을 지은 게 육백 년 전인데 황무지 끄트머리에다 지었지요. 방이 거의 백 개나 되지만 대부분은 문이 굳게 잠겨 있죠. 오랜 세월 제자리를 지키며 함께한 그림과 멋진 고가구와 골동품들이 있고, 저택을 둘러싼 커다란 공원도 있어요. 화원과 나무도 있고요. 그중엔 가지가 땅까지 길게 늘어진 나무들도 있답니다." 메들록 부인은 잠시 이야기를 멈추고 한 번 더 숨을 고르더니 서둘러 말을 맺었다. "하지만 그게 다예요."

메리는 자신도 모르게 귀를 기울였다. 모든 게 인도와는 아주 달랐고, 메리는 무엇이건 새로운 것에 마음이 끌렸다. 하지만 그런 마음을 내비칠 생각은 없었다. 그런 태도도 메리를 불쾌하고 기분 나쁜 아이로 보이게 만들었다. 메리는 그렇게 가만히 앉아 있었다.

메들록 부인이 물었다. "그래, 아가씨 생각은 어떤가요?"

"몰라요. 그런 곳에 대해선 아무것도 몰라요."

메리의 대답을 들은 메들록 부인이 피식 웃었다.

"허! 아가씨는 꼭 다 늙은 사람 같아요. 관심이 없어요?"

"중요한 건 내가 관심이 있느냐 없느냐가 아니에요."

"하기야 그렇군요. 그건 중요치 않죠. 아가씨를 미셀스웨이트 저택에서 지내게 하려는 이유를 모르겠어요. 그 방법이 가장 쉬워서 그런 게 아니라면 말이에요. 주인님이 아가씨 문제로 고심하거나 하진 않을 거예요. 그건 틀림없어요. 그분은 절대 다른 사람 일에 구애받을 분이 아니거든요."

메들록 부인은 마침 뭔가가 떠오른 사람처럼 잠시 말을 멈추었다.

"주인님은 등이 굽었어요. 그것 때문에 성격에 모가 났지요. 젊었을 때도 심술이 많았고 결혼하기 전까진 그 많은 재산에 넓은 집이 하나 쓸모도 없었다니까요."

메리는 관심 없는 척하려고 했지만 자신도 모르게 메들록 부인에게 눈이 돌아갔다. 곱사등이가 결혼을 한다는 생각은 해본 적이 없어서 조금 놀란 탓이었다. 메들록 부인은 메리의 반응을 보고는, 수다스러운 기질이 살아나 더 재미나게 말을 이어갔다. 어쨌든 이것도 잠깐이나마 시간을 보내는 한 방법이었다.

"아가씨 고모는 예쁘고 상냥한 분이셨어요. 주인님은 그분이 원하는 거라면 풀 한 포기라도 온 세상을 돌아다녀 구해다 주셨을 거예요. 그분이 주인님하고 결혼하리라곤 아무도 생각 못 했죠. 그런데 덜컥 결혼을 하니, 세간에선 주인님의 돈을 보고 결혼했다고들 떠들어댔어요. 하지만 그렇지 않았어요. 그게 아니었죠." 메들록 부인이 목소리에 힘을 주며 말했다. "그분이 돌아가시고 나서……"

메리는 자기도 모르게 몸을 발딱 일으켰다.

"네? 죽었다고요?" 메리가 자신도 모르게 큰 소리로 말했다. 언젠가 읽었던 《도가머리 리케(Riquet à la Houppe)》라는 프랑스 동화가 문득 떠올랐다. 불쌍한 곱사등이와 아름다운 공주가 나오는 내용이었는데, 그 이야기가 떠오르자 갑자기 고모부인 아치볼드 크레이븐 씨가 불쌍하게 느껴졌다.

메들록 부인이 대답했다. "네, 돌아가셨어요. 그 뒤로 주인님은 예전보다 더 이상해지셨어요. 아무도 신경 쓰지 않으시죠. 사람들을 만나려고도 하지 않고요. 대개는 집을 비우시고, 미셀스웨이트에 계실 땐 서쪽 별관에 틀어박혀 피처 영감님 말고는 아무도 출입을 못 하게 하신다니까요. 피처 영감님은 나이가 있지만 주인님이 어릴 때부터 시중을 들던 사람이라 그분 성향을 잘 알거든요."

책에 나올 법한 이야기였지만 메리는 신이 나지 않았다. 백 개나 되는 방이 거의 다 굳게 닫히고 자물쇠가 채워진 데다, 도대체 황무지라는 게 뭔지는 몰라도 집이 그 끄트머리에 있다는데 듣기만 해도 음울하고 삭막했다. 혼자 틀어박혀 지낸다는 곱사등이 남자 이야기도 마찬가지였다! 메리는 물끄러미 창밖을 응시한 채 입술을 앙다물었다. 지극히 당연한 수순인 듯 비가 퍼붓기 시작하며 잿빛 사선이 후두둑 차창을 두들기더니 물줄기가 주르륵 창유리를 타고 흘러내렸다. 예쁜 고모가 살아 계셨다면, 자신의 어머니가 그랬던 것처럼 '레이스 천지' 드레스를 입고서 바쁘게 오가고 파티에 다니며 즐겁고 유쾌한 공기를 퍼뜨렸을지도 모를 일이었다. 하지만 예쁜 고모는 이제 없었다.

메들록 부인이 말했다. "주인님을 만날 거란 기대는 할 필요 없어요. 열에 아홉은 그럴 일이 없으니까요. 그리고 누가 말을 걸어줄 거란 기대도 하지 마세요. 혼자 놀고 자기 일도 알아서 해야 해요. 들어가도 되는 방과 들어가면 안 되는 방을 알려줄 거예요. 정원은 많이 있어요. 하지만 집 안에서는 이리저리 들쑤시고 다니면 안 돼요. 주인님이 용납하지 않을 거예요."

"들쑤시고 다닐 생각 없어요." 심통이 난 어린 메리는 아치볼드 크레이븐 고모부가 조금 안됐다는 느낌이 들었을 때처럼 순식간에 그런 감정이 사라졌다. 그리고 저렇게 심술 맞은 고모부는 방금 들은 그 모든 일들을 다 당할 만하다고 생각했다.

메리는 빗물이 흘러내리는 객실 창을 향해 고개를 돌려, 영원히 끝나지 않을 것 같은 잿빛 비바람을 가만히 내다보았다. 한참을 계속 보고 있자니 눈앞의 잿빛이 점점 짙어지고 어두워졌다. 그렇게 메리는 잠에 빠져들었다.

3.
황무지를 지나

메리가 긴 잠을 자고 깨어나니 메들록 부인이 한 정차역에서 미리 사둔 도시락 바구니가 있었다. 두 사람은 닭고기와 차가운 소고기 요리에 버터를 바른 빵과 따뜻한 차로 식사를 마쳤다. 빗줄기는 어느 때보다 무섭게 차창을 흘러내렸고, 역 안의 사람들은 너나 할 것 없이 젖어서 번들거리는 비옷을 입고 있었다. 차장이 객실 등에 불을 밝혔다. 메들록 부인은 한껏 신이 나서 닭고기와 소고기를 먹고 차도 마셨다. 부인은 배를 두둑하게 채우고 나서 곯아떨어졌고, 객실 구석 자리에 앉아 부인의 멋진 보닛 모자가 옆으로 흘러내리는 것을 지켜보던 메리도 차창을 두드리는 빗소리에 마음이 녹아내려 다시 잠에 빠져들었다. 메리가 눈을 떴을 땐 꽤 어둑했다. 기차는 어떤 역에 멈춰

서 있었고, 메들록 부인이 메리를 흔들어 깨웠다.

"많이 잤어요! 이제 잠을 깨야 해요! 스웨이트역에 도착했어요. 여기서 또 마차를 타고 한참을 가야 해요."

메리가 일어나서 눈을 뜨려고 애쓰는 동안 메들록 부인은 짐을 챙겼다. 어린 메리는 부인을 거들지 않았다. 인도에서는 늘 원주민 하인들이 물건을 나르거나 정리정돈을 도맡았고, 다른 사람들이 시중을 드는 게 당연한 일이었기 때문이다.

스웨이트역은 작았고 기차에서 내리는 사람은 둘뿐인 것 같았다. 역장이 메들록 부인에게 걸걸하고 사람 좋은 말투로 말을 걸었는데 억양이 강하고 이상했다. 메리는 나중에 알았지만 요크셔 지방의 사투리였다.

"오시요. 델구 온 아가 그 아요."

메들록 부인도 요크셔 사투리로 대꾸하면서 어깨 너머로 머리를 홱 젖혀 뒤에 있던 메리를 가리켜 보였다. "암요, 그러믄요. 댁네는 안녕하시요?"

"잘 지내요. 거거들 마차가 저 밖서 기달리더구만요."

사륜마차 한 대가 바깥쪽의 작은 승강장 앞 길 위에 서 있었다. 마차는 고급스러웠고 마차에 올라타도록 도와준 마종은 영리해 보였다. 마종이 입은 긴 우비 덧옷과 모자에 두른 방수천에서 반짝거리며 빗물이 떨어졌다. 건장한 역장에게서도, 다른 모든 것에서도 반짝거리며 빗물이 떨어지고 있었다.

마종이 문을 닫고 마부 옆자리에 올라타자 마차가 출발했다. 메리는 편안히 쿠션이 깔린 의자 구석에 앉았지만, 다시 잠들 마음이 생기진 않았다. 자리에 앉아 밖을 내다보았다. 메들록 부인이 말한 이상한 저택으로 가는 길의 풍경이 보고 싶었다. 메리는 겁이 많은 아이도 아니었고 딱히 무서운 마음이 든 것도 아니었지만, 백 개의 방 거의 전부가 굳게 잠긴, 황무지 끄트머리에 서 있는 집에서 무슨 일이 벌어질지 알 길이 없었다.

　메리가 대뜸 메들록 부인에게 물었다. "황무지가 뭐예요?"

　"십 분쯤 있다가 창밖을 내다보면 알게 될 거예요. 미셀 황무지를 팔 킬로미터 정도 지나가야 저택이 나오거든요. 밤이라 컴컴해서 보이는 게 별로 없겠지만 뭔가 보이긴 할 거예요."

　메리는 더 묻지 않고, 어두운 구석 자리에서 창문에 시선을 고정한 채 기다렸다. 마차 등에서 뻗어나간 불빛이 앞길로 떨어졌다. 옆으로 지나가는 풍경들이 어렴풋이 눈에 들어왔다. 역을 출발한 마차가 한 작은 마을을 지나는 동안 하얗게 칠한 오두막들과 불 밝힌 술집 하나가 보였다. 교회와 목사관도 있었고, 오두막에 낸 작은 진열창 같은 곳에 장난감과 사탕과 신기한 물건들을 늘어놓고 파는 광경도 보였다. 마을을 빠져나온 마차가 큰길로 들어서자 생울타리와 나무들이 이어졌다. 그 뒤로 다를 것 없는 풍경이 한참 동안 이어졌다. 적어도 메리에겐 한참 시간이 흐른 것 같았다.

마침내 말들이 오르막길을 오르는 것처럼 더 천천히 가기 시작했고, 이제는 생울타리도 나무도 사라진 듯 보이지 않았다. 사실상 양옆으로 보이는 거라고는 짙은 어둠뿐이었다. 메리가 몸을 앞으로 숙이며 창에 얼굴을 기댈 때 마차가 덜컹 크게 흔들렸다.

메들록 부인이 말했다. "아, 이미 황무지에 들어섰네요."

마차 등불이 노랗게 떨어지는 바닥에선 험해 보이는 길이 키 작은 풀들과 관목을 가르며 이어지다 결국엔 사방을 둘러싼 끝 모를 어둠 속에 파묻혔다. 바람이 일며 사납고 나직하게 내달리는 특이한 소리가 울렸다.

"여기가, 여기가 바다는 아니죠?" 메리가 옆에 앉은 메들록 부인을 돌아보며 묻자 메들록 부인이 대답했다.

"네, 바다가 아니에요. 그렇다고 들판도 아니고 산도 아니지요. 여긴 그저 수 킬로미터나 되는 버려진 땅이에요. 여기서 자라는 건 히스와 가시금작화 같은 덤불뿐이고 야생 조랑말이나 양 말고는 아무것도 살지 않아요."

"마치 바다 같은 느낌이에요. 저 위에 물만 있다면요. 지금도 바다 같은 소리가 나요."

"덤불밭에 바람이 부는 소리랍니다. 내 눈에는 황폐하고 음산하기만 한 곳이에요. 이곳을 좋아하는 사람들도 많지만요. 히스 꽃이 피면 특히 더 그렇죠."

마차는 쉬지 않고 어둠 속을 달렸다. 비는 그쳤지만 바람이 마차 옆으로 쌩쌩 휘몰아치며 날카롭고 이상한 소리를 만들어 냈다. 길이 오르락내리락하며 마차가 몇 번이나 작은 다리를 건넜는데 그때마다 다리 아래로는 물살이 급하게 몰아치며 엄청난 소리를 내뿜었다. 결코 끝나지 않을 것만 같은 길을 달리며, 메리는 이 황량하고 드넓은 황무지가 광활한 검은 바다처럼 여겨졌고 자신은 그 바다 한가운데 떠 있는 한 줄기 마른 땅을 지나가는 것 같았다.

메리가 혼자 읊조렸다. "이런 곳은 싫어. 마음에 안 들어." 그러고는 가느다란 입술을 한층 더 꽉 깨물었다.

마차가 한 언덕길을 오를 즈음 처음으로 불빛이 보였다. 메리와 거의 동시에 불빛을 발견한 메들록 부인은 마음을 놓은 듯 한숨을 길게 내쉬었다.

"아, 저런 작은 불빛이라도 보니 반갑네요. 저건 문지기 오두막 창에서 새어 나오는 불빛이에요. 여하간 조금 있으면 맛있는 차를 한잔할 수 있겠어요."

메들록 부인 말처럼 '조금 있어야' 했던 까닭은, 정문을 지나고 나서도 삼 킬로미터 남짓한 진입로를 더 달려야 했기 때문이었다. 하늘 높이 치솟아 머리가 맞닿을락 말락 한 나무들 탓에 마치 둥근 천장이 덮인 길고 컴컴한 복도를 지나는 기분이었다.

마차는 어두운 복도를 빠져나와 탁 트인 곳에 멈춰 섰다. 앞에는 어마어마하게 길고도 나지막한 건물이 서 있었다. 건물은 멋대로 뻗어나가 돌이 깔린 안마당을 에워싸고 있는 것처럼 보였다. 처음엔 불이 켜진 창이 한 군데도 없는 것 같았는데, 마차에서 내리면서 보니 위층 모퉁이 방 한 곳에서 희미한 불빛이 새어 나왔다.

출입문은 엄청나게 컸는데, 신기하게 생긴 거대한 참나무로 만든 것이었다. 문에는 쇠못 장식과 커다란 쇠 빗장이 달려 있었다. 문을 열자 어마어마하게 넓은 복도가 나타났다. 내부는 불빛이 어찌나 침침하던지 메리는 벽에 걸린 초상화 얼굴이나 갑옷을 입은 형상 같은 것들을 쳐다볼 엄두가 나지 않았다. 돌바닥에 선 메리는 어울리지 않고 아주 초라하고 작은 검은 형체처럼 보였고, 메리 스스로도 그만큼 초라해진 채 길을 잃고 낯선 곳에 와 있는 기분이 들었다.

단정해 보이는 마른 노인이 문을 열어준 하인 곁에 서 있었다.

노인이 쉰 목소리로 말했다. "아가씨를 방으로 데려가요. 주인님은 아가씨를 만나고 싶어 하지 않아요. 아침에 런던으로 떠나실 거요."

메들록 부인이 대답했다. "잘 알겠습니다, 피처 씨. 할 일만 알려주시면 알아서 처리하겠습니다."

피처 씨가 말했다. "메들록 부인, 부인이 할 일은 주인님을 방해하지 않는 것과 주인님이 보고 싶어 하지 않는 건 눈에 띄지 않도록 조심하는 거요."

메리 레녹스는 부인을 따라 넓은 계단을 올라가 긴 복도를 지나고 짧은 계단을 오른 다음 또 다른 복도를 건너고 다시 다른 복도를 지나고 나서야 한쪽 벽에 있던 문 앞에 다다랐다. 문을 열고 들어가니 방 안에는 불이 지펴져 있었고, 식탁에는 저녁 식사가 차려져 있었다.

메들록 부인이 다짜고짜 말했다.

"자, 여기예요! 이 방하고 옆방이 아가씨가 지낼 곳이고, 다른 데는 들락거리면 안 돼요. 명심하세요!"

이렇게 메리 아가씨는 미셀스웨이트 저택에 도착했고, 태어나 이렇게까지 삐딱한 기분이 든 적도 없는 것 같았다.

4.
마사

 메리가 아침에 눈을 뜬 건, 젊은 하녀가 들어와 불을 지피려고 벽난로 앞 양탄자에 무릎을 꿇고서 타고 남은 재를 요란스레 긁어내는 소리 때문이었다. 메리는 누운 채로 그 모습을 잠시 지켜보다가 방을 둘러보기 시작했다. 이런 방은 본 적이 없었다. 특이하면서 음울해 보였다. 벽을 사방으로 두른 태피스트리에는 숲속 풍경이 짜 넣어져 있었다. 나무 밑에는 멋지게 차려입은 사람들이 있었고 저 멀리에는 성 위로 솟아난 망루가 얼핏 보였다. 사냥꾼과 말과 개와 귀부인들도 있었다. 메리는 마치 그들 사이에 섞여 숲속에 함께 있는 듯한 기분이 들었다. 벽감처럼 오목하게 들어간 창문 밖으론 거대한 오르막길이 눈에 들어왔다. 나무 한 그루 찾아볼 수 없는 그곳은 땅이라기보다 지루하게 펼쳐진 자줏빛 망망대해 같았다.

메리가 손가락으로 창밖을 가리키며 물었다. "저게 뭐지?"

젊은 하녀 마사가 마침 자리에서 일어섰다가 창밖을 내다보고는 자기도 그곳을 가리키며 물었다. "저기 저거요?"

"그래."

마사가 착해 보이는 얼굴로 싱긋 웃었다. "황무지요. 맘에 드시요?"

"아니. 싫어."

마사가 다시 벽난로를 닦기 시작하며 말했다. "익숙치가 않아 그라죠. 지금은 땅이 너무 넓고 휑해 보이니께요. 그치만 아가씨두 좋아허게 될 거여요."

메리가 물었다. "너는 좋아?"

마사가 벽난로 장작받침을 활기차게 문질러 얼룩을 닦아내며 대답했다. "암요, 좋지요. 진짜루 좋아요. 절대 휑허지가 않어요. 자랄 것들이 가득 자라믄 냄새두 달콤허구요. 진짜루 예쁜 건 봄이랑 여름이여요. 가시금작화랑 금작화랑 히스 꽃이 피거든요. 꿀 냄새두 나구 공기는 을마나 상쾌허다구요. 또 하늘두 참으루 높구 벌하구 종다리가 윙윙거리구 짹짹거리구 그 소리가 글케 좋다니까요. 네, 난 뭔 일이 있어두 이 황무지를 떠나지 않을 거여요."

메리는 마사가 하는 말을 들으며 심각하고 얼떨떨한 표정이 되었다. 인도에서 부리던 원주민 하인들은 마사와는 전혀 달랐었다. 인도인 하인들은 비위를 맞추고 굽실거리기는 해도, 주인과 동등한 관계라도 되는 양 말하는 건 생각조차 할 수 없었다. 원주민 하인들은 주인에게 고개 숙여 절을 하고 '가난한 이들의 보호자' 같은 경칭으로 주인을 불렀다. 그들은 명령을 듣는 존재지 부탁을 받는 사람들이 아니었다. 하인에게 '부탁해'라거나 '고마워'라고 말하는 건 관례가 아니었고, 메리는 화가 날 때마다 늘 아야의 얼굴을 찰싹 때렸다. 메리는 이 하녀가 얼굴을 맞으면 어떻게 나올지 살짝 궁금했다. 마사는 얼굴이 동그랗고 발그레해 순해 보이면서도 강단이 있어 보였다. 마사는 맞으면 되받아치지 않을까, 메리는 생각했다. 때린 사람이 고작 어린 여자애라 하더라도.

메리가 베개를 베고 누운 채 약간 거들먹거리며 말했다. "너는 이상한 하녀구나."

마사가 쪼그려 앉아 새카맣게 그을음이 묻은 솥을 손에 쥐고는 화난 기색이라고는 전혀 없이 큰 소리로 웃었다.

"네, 알아요. 미셀스웨이트에 쥔마님이 계셨다믄 난 하녀 꼬래비로두 못 있었을 거여요. 부엌데기는 시켜주셨을라나요, 위층엔 얼씬두 못 허게 하셨을걸요. 전 천해빠진 데다가 요크셔 사투리두 심허니까요. 근데 이 집은 이만치나 크다만데두 이상 허요. 피처 영감님이랑 메들록 부인 말구는 쥔님두 안 계시구 쥔마님두 안 계신 집 같거든요. 크레이븐 쥔님은 여기 계실 땐 애써 뭘 헐라고 허질 않으셔요. 집에 계시는 날이 거의 없기두 허지만. 메들록 부인이 친절을 베풀어 나한테 일자리를 주신 거여요. 미셀스웨이트가 다른 큰 저택들 같았드라면 부인두 어쩔 수 없었을 거라구 그러시더라구요."

"네가 내 하녀가 되는 거니?" 메리는 여전히 인도에서 하던 대로 거만하게 물었다.

마사가 다시 장작받침대를 문질러 닦으며 딱 잘라 말했다.

"난 메들록 부인의 하녀여요. 메들록 부인은 크레이븐 쥔님의 하녀구요. 그래두 내가 여기 일을 거들구 아가씨 시중두 좀 들 거여요. 근데 아가씨는 시중들 일이 많진 않겠네요."

"내 옷은 누가 입혀주지?" 메리가 트집을 잡듯 물었다.

마사가 무릎 꿇고 앉은 자세로 다시 몸을 세워 메리를 빤히 쳐다봤다. 놀란 나머지 요크셔 사투리가 한층 강해진 말씨로 말했다.

"즈 옷붙이도 혼차서 못 두르나요!"

"무슨 소리야? 뭐라고 하는 건지 못 알아듣겠어."

"아! 깜박했어요. 메들록 부인이 조심허라구 허셨는데. 안 그러믄 아가씨가 내 말을 못 알아들을 거라구. 그니까 아가씨는 옷을 혼자 못 입느냐는 뜻이어요."

메리가 몹시 분한 목소리로 대답했다. "못 입어. 한 번도 안

해봤어. 당연히 아야가 입혀줬지."

마사가 주제넘는다는 생각 따위는 아예 없는 듯한 얼굴로 말했다. "그럼, 이제 배워야겠네요. 지금보다 애기가 될 순 없잖아요. 스스로 돌볼 줄 알아야 자기헌테두 좋구요. 우리 엄마가 늘 그러셨거든요. 높은 집 아이들이 왜 바보 멍충이가 안 되는지 모르겠다구요. 유모가 옆에 붙어서 씻겨줘, 옷두 입혀줘, 산책두 시켜줘, 강아지 새끼마냥!"

"인도에선 그렇게 생각 안 해." 메리가 못마땅해하며 대꾸했다. 마사가 하는 말들을 도저히 참을 수가 없었다.

하지만 마사는 조금도 기가 죽지 않았고, 오히려 측은하다는 말투로 대답했다.

"네, 그런 것 같네요. 거긴 점잖구 훌륭한 백인이 아니라 흑인이 많으니까 그렇겠지요. 인도서 아가씨가 오신단 소식을 듣구는 아가씨두 흑인인 줄 알았다니께요."

메리가 펄쩍 뛸 듯이 화를 내며 침대에서 일어나 앉았다.

"뭐야! 뭐라고! 내가 원주민인 줄 알았다고? 이, 이 돼지 새끼가!"

마사가 놀라서 빤히 쳐다보며 화난 얼굴을 했다.

"누구헌테 욕이어요? 그렇게 골낼 거 없어요. 어린 아가씨가 그렇게 말하믄 안 돼요. 난 흑인들헌테 나쁜 감정 없어요. 기도서를 읽어봐두 흑인은 늘 신앙심이 깊다구 나오잖어요. 흑인두 사람이구 형제라구요. 난 지금까지 한 번두 흑인을 본 적이 없어서, 곧 가까이에서 볼 수 있단 생각에 진짜루 신이 났었다구요. 오늘 아침에 아가씨 침대루 슬쩍 다가가서 조심스레 이불을 들춰내구 살펴보았더랬지요. 그런데 아가씨가 있잖어요. 흑인은커녕 나하구 똑같데요. 노리끼리허기만 허구." 마사가 실망한 얼굴로 말을 마쳤다.

메리는 울화를 다잡고 수치심을 가라앉히려고 노력조차 하지 않았다.

"나를 원주민이라고 생각했다니! 감히! 원주민에 대해서 하나도 모르면서! 걔들은 사람이 아니고 하인이야. 우리한테 고개 숙여야 하는 하인이라고. 네가 인도에 대해 뭘 알아. 아무것도 모르면서!"

메리는 미칠 듯이 화가 났고 자신을 바라보는 마사의 담담한 눈길 앞에서 화를 주체할 수 없었다. 왠지 불현듯 지독한 외로움이 밀려들었다. 자신이 알고 자신을 이해하던 모든 것에서 멀리멀리 떨어져 나온 기분에, 메리는 침대에 털썩 엎드려 베개에 얼굴을 파묻고 펑펑 울어대기 시작했다. 메리가 너무 격하게 흐느껴 울자 마음 착한 요크셔 아가씨 마사는 약간 겁도 났고 메리가 무척 안쓰럽기도 했다. 마사는 침대 옆으로 가서 몸을 숙이고 사정했다.

"참말루! 글케 울지 마셔요! 그럼 안 돼요. 아가씨가 화를 낼 줄은 몰랐어요. 난 뭐가 뭔지 암것두 몰라요. 아가씨 말이 딱 맞아요. 죄송해요, 아가씨. 그만 쫌 울어요."

마사의 이상한 요크셔 말투와 다부진 태도에는 위로가 되고 친근감이 느껴지는 무언가가 있어서 메리에게 효험이 좋았다. 메리는 차츰 울음을 멈추고 진정을 되찾았다. 마사도 안심한 표정이었다.

"인제 인나야 돼요. 메들록 부인이 아가씨 아침 식사랑 차랑 점심을 옆방에다가 가져다 놓으라구 하셨단 말이여요. 옆방을 아가씨 놀이방으루 만들어놨거든요. 지금 침대서 나오믄 내가 옷 입는 걸 도와드릴게요. 단추가 등에 달려 있으믄 아가씨 혼자선 채울 수 없잖여요."

이윽고 메리가 일어나기로 마음을 먹었는데, 마사가 옷장에서 꺼내 온 옷들은 지난밤 메들록 부인과 이곳에 올 때 입었던 그 옷이 아니었다.

"그건 내 옷이 아니야. 내 옷은 검은색이야."

메리는 도톰한 하얀색 모직 외투와 원피스를 쳐다보다가, 쌀쌀맞게 덧붙여 말했다.

"내 옷보다 더 좋긴 하네."

"이걸루 입어야 혀요. 쥔님이 메들록 부인헌테 시켜서 런던서 구해다 온 옷이라니까요. 어린애가 시커먼 옷을 입고 떠도는 유령마냥 돌아댕기는 꼴은 못 보신다믄서요. 그럼 이 집이 지금보다 더 우울해질 거라구, 색깔 있는 옷으루 입히라구 하셨어요. 울 엄니는 쥔님 말씀이 뭔 뜻인지 알겠다구 하시더라구요. 엄니는 누가 뭔 말을 하든 항시 그게 뭔 뜻인지 다 알아요. 엄니도 껌정 옷은 입지 않으시구요."

"나도 검은색은 질색이야."

옷을 입는 과정에서 메리와 마사는 둘 다 새롭게 알게 된 것들이 있었다. 마사는 어린 동생들이 옷을 입을 때 단추를 '채워주곤' 했었지만, 마치 손발이 없는 사람처럼 가만히 서서 다른 사람이 옷을 입혀주기만 기다리는 아이는 생전 처음이었다.

"왜 신발두 직접 안 신남요?"

마사가 말없이 발을 내미는 메리에게 묻자 메리가 빤히 쳐다보며 대답했다.

"아야가 해줬어. 그게 관례였어."

메리는 툭하면 "그게 관례였어"라고 말했다. 원주민 하인들이 늘 하던 말이었다. 그들의 조상들이 수천 년 동안 하지 않던 일을 누군가 시키면, 그들은 유순한 얼굴로 바라보며 "그건 관례가 아닙니다"라고 말했다. 그러면 그 문제에는 재고의 여지가 없다는 걸 누구나 알아들었다.

메리 아가씨가 인형처럼 가만히 서서 누군가 옷을 입혀줄 때까지 기다리지 않고 직접 무언가를 한다면 그건 관례가 아니었다. 하지만 아침을 먹으러 갈 준비를 다 마치기도 전에, 메리는 미셀스웨이트 저택에서 생활하면서 결국 자신에겐 낯선 많은 것들을 새로 배워야 하는 게 아닐까 의구심이 들었다. 혼자서 양말과 신발을 신고, 자기가 떨어뜨린 물건은 직접 주워야 하는 게 아닐까. 마사가 교육을 잘 받은 젊고 괜찮은 귀부인의 하녀였다면 좀 더 순종적으로 공손했을 테고, 메리의 머리를 빗기고 장화의 단추를 채워주며 메리가 떨어뜨린 물건도 주워서 챙겨두는 게 자기 할 일이라는 걸 알았을 터였다. 하지만 마사는 교육받지 못한 요크셔 출신의 한낱 시골내기일 뿐이었다. 황무지의 작은 오두막에서 자라면서 바글바글한 어린 동생들과 함께 지냈고, 그 아이들 또한 평생 자기 할 일은 혼자 하고 저보다 어린 젖먹이 아기나 걸음마를 배우는 동안 툭하면 넘어지는 동생들을 돌보느라 다른 일은 꿈도 못 꿔봤을 것이다.

메리 레녹스가 쉽게 즐거워하는 아이였다면 마사의 거리낌 없는 수다에 웃음을 터뜨렸겠지만, 메리는 그저 냉담하게 들으면서 마사의 자유분방한 태도를 의아하게 여길 뿐이었다. 처음에는 전혀 관심이 없었지만, 마사가 착한 심성이 담긴 편안한 말투로 떠들어대는 이야기들이 차츰 귀에 들어오기 시작했다.

"아! 아가씨가 내 동생들을 다 봐야 한다니까요. 우리 남매가 열둘인데 아버지가 버시는 거가 일주일에 십육 실링밖에 안 되거든요. 그럼 엄니는 그 돈으루 귀리죽을 만들어다가 우릴 다 먹이셨어요. 동생들은 진종일 황무지서 뒹굴구 놀아요. 엄니 말씀이 황무지 공기가 우리 살을 찌운대요. 동생들이 야생 조랑말마냥 거서 풀을 뜯어 먹을 거라구 하시대요. 우리 디콘이 열두 살 먹은 동생인데, 지 꺼라구 하는 어린 조랑말이 한 마리 있거든요."

메리가 물었다. "그 조랑말은 어디서 구했어?"

"더 어릴 때 어미랑 같이 있는 걸 황무지서 디콘이 발견했어요. 디콘이 같이 놀아두 주구 빵두 가져다주구 새로 나는 풀두 뜯어다 주구 그랬죠. 그러니까 조랑말두 디콘이 좋았는지 따라댕기고 등에도 태우구 그러대요. 디콘이 다정한 애라 동물들이 좋아하거든요."

애완동물이 있었던 적은 한 번도 없었지만 메리도 키워보고 싶다는 생각은 늘 했었다. 그래서 디콘에게 약간 관심이 가기 시작했다. 지금까지 메리는 자신 말고는 아무에게도 관심을 가져본 적이 없었기 때문에, 이것은 건강한 감성이 움트기 시작한 것이라고 할 수 있었다. 놀이방으로 꾸몄다는 방에 들어가 보니, 잠을 잤던 방과 비슷했다. 아이 방이라기보다는 어른 방처럼 벽에는 우울해 보이는 오래된 그림들이 걸려 있고 바닥에는 묵직한 낡은 참나무 의자들이 놓여 있었다. 방 한가운데 놓인 식탁에는 아침 식사가 푸짐하게 차려져 있었다. 하지만 메리는 늘 식욕이 바닥이어서 마사가 맨 처음 앞에 놓아준 접시를 강 건너 불구경하는 얼굴로 바라보며 말했다.

"먹기 싫어."

"귀리죽이 먹기 싫다구요?" 마사가 믿지 못하겠다는 듯이 소리쳤다.

"그래."

"이게 을마나 맛있는지 몰라서 그려요. 여다가 당밀이나 설탕을 쪼꼼 넣어보셔요."

"먹기 싫다고."

"아이구! 난 멀쩡한 음식이 쓰레기통으루 들어가는 건 못 봐요. 울 동생들이 여기 있었으믄 바닥까지 싹싹 비우는 데 오 분두 안 걸렸을 거여요."

"왜?" 메리가 쌀쌀맞게 물었다.

"왜라뇨! 동생들은 지금껏 살믄서 배부르게 뭘 먹어본 적이 거의 없으니까요. 그 애들은 새끼 매, 새끼 여우마냥 굶주려 있거든요."

"나는 굶주리는 게 뭔지 몰라." 메리는 정말 모르기에 별 관심 없다는 듯이 말했다.

마사는 화가 난 얼굴이었다. 그러고는 거침없이 말했다.

"암튼 이걸 먹어보는 게 아가씨헌테 좋을 거여요. 그건 내가 아주 잘 알아요. 난 이런 맛있는 빵이랑 고기를 앉아서 쳐다만 보는 사람들을 보믄 참을 수가 없다구요. 세상에! 디콘이랑 필이랑 제인이랑 딴 동생들이 앞치마에 이 음식들을 담아 가믄 좋겠네."

"네가 동생들한테 가져다주지 그래?"

메리가 말하자 마사가 딱 잘라 대답했다.

"이건 내 꺼가 아니여요. 오늘은 내가 쉬는 날두 아니구요. 나두 딴 사람들하구 똑같이 달에 한 번 쉬거든요. 그날은 집에 가서 엄니가 하루라두 쉬시게끔 청소두 대신 해드리구 하죠."

메리는 차를 몇 모금 마시고 작은 토스트에 마멀레이드를 조금 발라 먹었다.

"따뜻허게 뭘 좀 둘르고 밖으루 나가 노셔요. 그래야 건강에두 좋구 배가 꺼져서 고기 생각두 나구 그러죠."

메리는 창가로 갔다. 정원과 산책로에 큰 나무들이 보였지만, 모든 것이 우중충하고 추운 느낌이었다.

"밖에? 이런 날에 왜 나가야 돼?"

"그럼 밖에 안 나가믄 집 안에 있어야 하는데, 안에서 뭘 하시려구요?"

메리는 마사를 흘긋 돌아보았다. 할 게 아무것도 없었다. 메들록 부인은 놀이방을 준비하면서 놀 거리에 대한 생각은 전혀 하지 않았던 것이다. 밖에 나가 정원이 어떻게 생겼는지 구경하는 게 나을 것 같았다.

"누구랑 같이 나가지?"

메리가 묻자 마사가 가만히 바라보며 대답했다.

"혼자 나가셔야지요. 형제자매 없는 애들마냥 혼자 노는 법두 배우셔야 해요. 울 디콘은 황무지에 나가믄 혼자서 몇 시간씩 놀아요. 그러니까 조랑말이랑 친구두 된 거죠. 황무지에 가믄 그 애를 알아보는 양두 있구, 디콘 손바닥에 올라와서 모이를 쪼아 먹는 새두 있다니까요. 디콘은 먹을 게 아무리 없어두 항시 지 먹을 빵을 쫌씩 아껴뒀다가 지 동물 친구들헌테 주니까요."

메리가 밖에 나가기로 마음을 먹은 건 디콘의 이야기를 들었기 때문이었지만, 정작 자신은 그 사실을 의식하지 못했다. 나가면 조랑말이나 양은 없겠지만 새들은 있을 터였다. 그 새들은 인도의 새들과는 다를 테니 구경하는 것도 재미있을 것 같았다.

마사가 외투와 모자를 찾아주고 작고 튼튼한 장화를 가져다주고는 아래층으로 내려가는 길을 알려주었다.

마사가 줄지어 선 관목 사이에 난 문을 손으로 가리키며 말했다. "저 길루 돌아가믄 정원이 나올 거여요. 여름철엔 꽃이 많은데 지금은 피어 있는 꽃이 없어요." 마사는 순간적으로 머뭇거리는 듯하더니 이어서 말했다. "정원 하나는 자물쇠를 채워놨어요. 십 년 동안 아무두 들어가지 않았던 곳이여요."

"왜?" 메리가 자신도 모르게 물었다. 이 이상한 집에는 백 개의 방 말고도 자물쇠를 채운 방이 한 개 더 있다는 이야기였다.

"마님이 글케 갑작스레 돌아가시구 나서 쥔님이 잠가버렸어요. 글구는 아무두 못 들어가게 하셔요. 거가 쥔마님의 화원이었거든요. 자물쇠를 채우구는 땅까지 파서 열쇠를 묻어버리셨다니께요. 메들록 부인이 종을 울리시네. 나는 이만 가요."

마사가 자리를 뜬 뒤 메리는 문이 있는 곳까지 덤불 사이로 난 길을 따라 내려갔다. 머릿속에서는 십 년 동안 아무도 들어가지 않았다는 화원 생각이 떠나질 않았다. 그곳은 어떤 모습일지, 아직 살아 있는 꽃이 있을지 궁금했다. 덤불 문을 지나자 커다란 정원들이 나타났다. 넓은 잔디밭과 덤불을 깎아 경계를 다듬은 구불구불한 산책 길도 있었다. 나무며 화단이며 이상한 모양으로 다듬은 상록수들도 보였고, 한가운데 오래된 회색 분수대가 있는 널따란 연못도 보였다. 하지만 화단은 텅 비어서 썰렁했고 분수도 멈춰 있었다. 이곳은 문이 잠긴 화원이 아니었다. 어떻게 화원을 잠글 수 있지? 화원이란 언제든 산책할 수 있는 곳인데.

메리가 이런 생각을 하고 있는데, 걷던 길 끝 쪽으로 긴 담 같은 곳에 담쟁이덩굴이 타고 올라가는 게 눈에 띄었다. 영국 생활에 익숙지 않아 몰랐지만, 메리가 다가간 곳은 채소와 과일을 기르는 주방용 텃밭이었다. 담 쪽으로 가까이 가보니, 담쟁이덩굴로 뒤덮인 초록색 문이 보였는데 그 문은 열려 있었다. 그럼 문을 잠근 화원이 아니니 들어가도 되는 곳이란 뜻이었다.

들어가 보니 그 안은 담이 빙 둘러진 정원이었다. 그렇게 담을 두른 정원은 몇 개가 더 있었는데 서로서로 연결되어 있는 것 같았다. 초록색 문이 하나 더 눈에 들어왔다. 문 너머로 덤불과 같이 이어진 오솔길이 보였고, 길 양옆으로는 겨울 채소가 자라고 있는 밭들도 보였다. 과실수들은 담에 기댄 쪽이 납작하게 가꾸어져 있었고, 어떤 밭에는 유리 온상도 있었다. 삭막하고 보기 흉한 곳이라고 생각하며 메리는 선 자리에서 주변을 둘러보았다. 초록이 무성한 여름에는 볼만한 게 있을지 몰라도, 지금은 예쁜 구석이 하나도 없었다.

이내 한 노인이 어깨에 삽을 메고 두 번째 정원 문을 빠져나왔다. 노인은 메리를 보고는 깜짝 놀란 듯했지만 가볍게 모자를 들어 인사했다. 노인은 나이 들고 퉁명스러워 보이는 얼굴이었는데, 메리를 만난 게 전혀 반갑지 않은 것 같았다. 하지만 노인이 가꾸는 정원이 못마땅해 특유의 '심술쟁이' 표정을 짓고 있던 메리 역시 노인과 마주친 걸 반가워하는 얼굴로는 전혀 보이지 않았을 터였다.

"여긴 뭐하는 곳이지?"

메리가 묻자 노인이 대답했다.

"주방 텃밭이요."

"저기는?"

메리가 다른 초록색 문을 가리키며 묻자, 노인은 무뚝뚝하게 대답했다.

"저거도 그러쿠. 담 너머에 하나 더 있구, 그 너머엔 과수원이 있지요."

"들어가도 돼?"

"들어가구 싶으믄 가시요. 볼 건 하나 없긴 헌데."

메리는 아무 대답도 하지 않고 길을 따라 내려가 두 번째 초록 문으로 들어갔다. 그곳에도 담이 둘러진 텃밭에 겨울 채소와 유리 온상들이 자리 잡고 있었다. 하지만 두 번째로 들어간 텃밭 담장에서 또다시 만난 초록 문은 열려 있지 않았다. 어쩌면 저 문 뒤에 십 년 동안 아무도 보지 못했다는 화원이 있을지 모를 일이었다. 메리는 소심한 아이가 아니어서 언제든지 하고 싶은 일은 했기 때문에, 이번에도 초록 문으로 가서 손잡이를 돌렸다. 신비의 화원을 찾았다는 확신을 갖고 싶었기 때문에 문이 열리지 않기를 바랐지만, 문은 순순히 열렸다. 안으로 들어가니 그곳은 과수원이었다. 사방으로 담이 둘러져 있고 그 담을 따라 다듬은 나무들 아래 갈색빛으로 물든 겨울 잔디가 펼쳐졌다. 하지만 그곳에는 초록 문이 보이지 않았다. 메리는 초록 문을 찾으며 과수원 위쪽 끝까지 올라갔다. 그런데 담이 그곳에서 끝나는 게 아니라 건너편에 있는 어떤 공간을 둘러싸고 있는 것처럼 과수원 너머로 이어졌다. 담 저쪽에서 위로 솟아난 나무 꼭대기들이 보였고, 가만히 서 있다 보니 가슴이 선명한 붉은색으로 덮인 새 한 마리가 제일 높은 나뭇가지에 앉아 있는 게 보였다. 그때 갑자기 그 새가 겨울 노래를 부르기 시작했다. 마치 메리를 발견하고는 말을 거는 것 같았다.

메리는 걸음을 멈추고 가만히 그 소리에 귀를 기울였다. 어쩐지 명랑하고 다정하게 지저귀는 작은 소리에 기분이 좋아지는 것 같았다. 밉살맞은 어린 여자아이도 외로움을 느낄 수 있었다. 방마다 문이 잠긴 대저택과 헐벗은 너른 황무지와 썰렁한 큰 정원들 탓에 메리는 세상에 혼자만 남은 기분이 들었다. 사랑받는 데 익숙한 다정한 아이라면 가슴이 찢어지게 슬펐을 테지만, 아무리 '심술쟁이 메리 아가씨'라 해도 외롭고 쓸쓸한 건 마찬가지였다. 그런데 가슴 색이 선명한 작은 새가 시큰둥한 작은 얼굴에 미소처럼 보이는 표정을 머금게 해주었다. 메리가 새소리에 귀 기울이고 있는데 새가 날아가 버렸다. 인도의 새와는 달랐는데, 메리는 그 새가 마음에 들었고 또 볼 수 있을까 궁금했다. 어쩌면 그 새가 신비의 화원에 살고 있어서 화원이 간직한 모든 비밀을 알고 있을지도 몰랐다.

아무런 할 일이 없어서 메리는 버려진 화원에 그토록 골몰한 것인지도 모른다. 메리는 그곳이 어떤 모습인지 궁금했고 보고 싶었다. 고모부는 왜 열쇠를 땅에 파묻었을까? 고모를 그토록 좋아했다면 어째서 고모의 화원을 싫어할까? 고모부를 만날 날이 있을지 궁금했지만, 만나더라도 고모부를 좋아하기 힘들 것 같고 고모부 역시 자신을 마음에 들어 하지 않을 것 같았다. 또 왜 그렇게 이상한 짓을 했는지 너무너무 묻고 싶겠지만 가만히 서서 고모부를 빤히 쳐다보기만 할 뿐 한마디도 하지 못할 것 같았다.

"사람들은 절대로 나를 좋아하지 않고, 나도 사람들이 싫어. 나는 절대로 크로퍼드 목사님 가족 아이들처럼은 말할 수 없어. 그 애들은 한시도 쉬지 않고 웃고 떠들고 소란을 피운단 말이야."

메리는 울새를 생각하고 자신에게 노래를 불러주는 듯하던 모습을 생각하다가 울새가 앉아 있던 나무 꼭대기가 떠올라 오솔길 위에서 걸음을 오뚝 멈추었다.

"그 나무가 있는 곳이 비밀의 화원일 거야. 틀림없어. 담이 그곳을 에워싸고 있는데 문이 없잖아."

메리는 처음 들어갔던 주방 텃밭으로 돌아왔다가 땅을 파고 있던 노인을 발견했다. 그리고 그쪽으로 다가가 옆에 서서 특유의 냉담한 눈길로 잠시 노인을 지켜보았다. 노인이 알아채는 낌새가 없자 결국 메리가 먼저 말을 걸었다.

"다른 정원들도 다녀왔어."

"누가 말렸남요." 노인이 퉁명스레 대꾸했다.

"과수원에도 갔었어."

"개가 지키구 섰다가 덤비드는 것두 아니구요."

"다른 정원으로 들어가는 문이 없던데."

"뭔 정원이요?" 노인이 거친 목소리로 물으며 땅 파던 일을 잠시 멈추었다.

"담 너머 있는 거. 거기 나무들도 있던데. 나무 꼭대기가 보였어. 가슴이 붉은 새 한 마리가 거기 나무에 앉아서 노래도 불렀고."

놀랍게도 풍파에 찌들어 퉁명스레 보이던 노인의 표정이 좀 전과는 확연히 달라졌다. 얼굴에 서서히 미소가 번지더니 늙은 정원 일꾼은 아까와는 다른 사람 같아 보였다. 사람이 웃으면 훨씬 더 친절해 보인다는 게 신기했다. 이런 생각이 든 건 처음이었다.

노인은 정원에서 과수원 쪽을 보더니 휘파람을 불기 시작했다. 나직한 소리였다. 어떻게 저렇게 무뚝뚝한 노인이 이토록 마음을 달래주는 소리를 낼 수 있는지 이해할 수가 없었다. 곧바로 놀라운 일이 벌어졌다. 부드럽게 파다닥거리는 날갯짓 소리가 들렸다. 가슴이 붉은 새가 두 사람이 있는 곳으로 날아오는 소리였다. 새는 정말로 정원을 가꾸던 노인의 발과 아주 가까운 곳에, 커다란 흙덩어리 위에 내려앉았다.

노인은 빙그레 웃더니 어린아이를 대하듯 새에게 말했.

"왔냐. 어딜 갔던 게야, 건방진 녀석. 어제까지 안 뵈더니. 아직

철두 아닌데 짝짓기라두 시작헌 게야? 성질 급한 녀석 같으니."

새가 조그만 머리를 한쪽으로 갸웃거리며 부드럽게 반짝이는 눈으로 노인을 올려다보았다. 까만 이슬방울 같은 눈이었다. 노인과 꽤 친한지 전혀 겁먹은 기색이 없었다. 새는 깡충깡충 뛰어다니며 콕콕 활기차게 땅을 쪼아 씨앗이며 곤충을 찾았다. 메리는 아주 묘한 기분이 되었다. 새가 무척 예쁘고 명랑한 데다 사람처럼 보였기 때문이다. 몸은 조그맣고 통통한데 부리는 섬세했고 가느다란 다리는 우아했다.

"할아버지가 부르면 항상 와?" 메리가 속삭이다시피 조그맣게 물었다.

"암요, 그치요. 요 녀석이 막 날갯짓을 헐 때부터 알았으니까. 둥지는 딴 정원에 있는데, 첨으루 날아서 담을 넘던 날에 너무 약해서 한 며칠 돌아가질 못한 거지. 그때 친해졌지요. 그러다 둥지루 돌아갔는데 다른 새끼들이 어디루다가 다 가구 없거든. 그래 외로웠는지 나헌테루 돌아온 거라."

"얘는 무슨 새야?"

"몰르남? 붉은가슴울새라고, 새 중에선 젤루 사람을 잘 따르구 호기심두 많지요. 거진 개만치 따라댕기니까. 친해지는 법만 알믄요. 부리로 쪼고 댕기다가 한 번씩 우릴 쳐다보는 것 좀 봐요. 자기 이야기를 한다는 걸 다 아는 거예요."

메리는 세상에서 가장 기이한 일을 만난 듯 노인을 보았다.

노인은 진홍색 조끼를 걸친 통통한 작은 새를 자랑스러운 듯도 하고 아끼는 듯도 한 눈길로 쳐다보았다.

노인이 빙긋 웃었다. "거만한 녀석이오. 사람들이 지 얘길 하믄 듣는 걸 좋아한다니까요. 호기심두 많구. 말도 마시오. 저 녀석만큼 호기심 많구 참견 좋아허는 새두 없을 거요. 때마다 와 가지구는 내가 뭘 심나 구경허질 않나. 쥔어른도 귀찮아서 굳이 알라구 하지 않는 일들을 녀석은 죄다 알죠. 녀석이야말로 여기 일등 정원지기라니까요."

울새는 분주하게 흙을 쪼아대며 깡충깡충 뛰어다니다가 시시때때로 멈춰 서서 두 사람을 잠깐씩 쳐다보았다. 메리는 자신을 말끄러미 바라보는 울새의 까만 이슬방울 같은 눈에 호기심이 가득 담겨 있다는 생각을 했다. 정말로 메리에 대해 모든 걸 알아내려 하는 것 같았다. 기분이 점점 더 묘해졌다.

메리가 물었다. "다른 새끼들은 다 어디로 갔어?"

"누가 아남요. 애미애비가 새끼들을 둥지 밖으루다 몰아내니까 언제 그랬는지 뿔뿔이 흩어져서 날라가버린 걸. 요놈은 아는 게 많아놔서 지가 외로운 걸 알았던 거지."

메리가 울새에게 한 걸음 가까이 다가가서 유심히 바라보다가 말했다.

"나도 외로운데."

지금까지 메리는 혼자라는 외로움 때문에 심통이 나고 짜증

나는 때도 많았다는 사실을 몰랐다. 울새가 자신을 보고 자신이 울새를 보면서야 메리는 그랬다는 사실을 알 것 같았다.

늙은 정원지기는 모자를 다시 대머리에 눌러쓰고는 메리를 잠시 바라보았다.

"거가 인도서 왔다는 그 꼬마 아가씨요?"

노인이 묻자 메리는 고개를 끄덕였다.

"그럼 외로운 게 당연허지. 앞으론 더 외로워질 텐데."

노인은 다시 땅을 파기 시작했다. 그가 검고 기름진 텃밭 흙 속으로 삽을 깊숙이 찔러 넣는 동안 울새는 바쁘게 총총 뛰어다녔다.

"할아버지는 이름이 뭐야?"

메리가 묻자 노인이 허리를 펴고 일어서며 대답했다.

"벤 웨더스태프." 노인은 대답한 다음 무뚝뚝한 얼굴로 빙긋 웃었다. "나도 외롭지요. 요 녀석이 옆에 있을 때만 제허구. 요 녀석이 내 하나뿐이 없는 친구요." 노인은 그렇게 말하며 울새에게 엄지손가락을 홱 치켜세워 보였다.

"난 친구가 하나도 없어. 전에도 없었고. 내 아야는 나를 싫어했고, 난 누구랑 같이 놀아본 적도 없어."

요크셔 사람들은 생각을 꾸밈없이 솔직하게 말하는 버릇이 있었는데, 벤 웨더스태프도 요크셔 황무지에서 나고 자란 토박이였다.

"아가씨는 나허고 굉장히 비슷허네요. 우린 같은 부류요. 둘 다 생긴 것두 별루구, 생긴 거마냥 성격도 심퉁스럽지. 성질 고약헌 것두 똑같구, 보나마나요."

솔직한 말이었다. 지금껏 메리 레녹스는 자신에 대해 있는 사실 그대로를 들어본 적이 없었다. 원주민 하인들은 메리가 무슨 짓을 하든 언제나 고개를 조아리며 복종했다. 메리는 자신의 겉모습을 별로 생각해본 적이 없었지만 자기도 벤 웨더스태프처럼 볼품없이 생겼는지, 그리고 울새가 오기 전의 벤 웨더스태프처럼 퉁명스러워 보이는지 궁금했다. 또 자기 '성격이 고약한지' 정말로 궁금해지기 시작했다. 메리는 마음이 편치 않았다.

갑자기 맑은 잔물결이 이는 듯한 조그만 소리가 들려와 메리가 그쪽을 돌아보았다. 메리가 서 있는 곳에서 몇 걸음 떨어진 곳에 어린 사과나무가 있었는데, 울새가 그 가지 위로 날아올라 노래를 부르기 시작한 것이었다. 벤 웨더스태프가 껄껄대고 웃었다.

"저건 뭐 하는 거야?" 메리가 물었다.

"녀석이 아가씨허고 친구 허자구 맘을 굳혔구먼요. 아가씨를 맘에 들어 헌 게 아니믄 내 손에 장을 지지요."

"나를?" 메리가 그렇게 물으며 어린 나무 쪽으로 살금살금 다가가 울새를 올려다보았다.

"나랑 친구 할래? 그럴래?" 울새에게 말하는 투가 마치 사람에게 말을 거는 것 같았다. 그것도 평소처럼 딱딱하거나 인도에서 쓰던 오만한 말투가 아니었다. 메리의 목소리가 어찌나 부드럽고 간절하게 마음을 두드리는지, 메리가 노인의 휘파람 소리를 듣고 놀랐던 것처럼 벤 웨더스태프도 깜짝 놀라 외쳤다.

"아니, 예민한 노파가 아니라 진짜 애들처럼 곰살궂게 말두 허네. 디콘이 황무지 들짐승들헌테 허듯이 말이요."

"디콘을 알아?" 메리가 고개를 홱 돌리며 물었다.

"그 앤 다 알지요. 원체 사방을 비잡구 다니잖어요. 산딸기랑 히스 꽃들두 알걸요. 장담허는데 여우들두 디콘헌테는 지 새끼들이 어서 자는지 뵈줄 거고 종다리두 둥지를 숨기지 않을 거구먼요."

메리는 몇 가지를 더 물어보고 싶었다. 버려진 화원만큼이나 디콘에 대해서도 알고 싶은 게 많았다. 하지만 바로 그 순간 노래를 마친 울새가 날개를 파르르 떨더니 두 날개를 활짝 펴고 날아갔다. 이곳에 놀러 왔다가 다른 일을 보러 가는 것 같았다.

메리가 울새를 눈으로 쫓으며 소리쳤다. "울새가 담 너머로 날아갔어! 과수원으로 날아갔어······. 저쪽 담을 넘어서······. 문이 없는 정원으로 들어갔어!"

벤이 말했다. "거서 사니까요. 알두 거서 깨구 나왔구. 지금 녀석이 알랑거리는 울새 아가씨도 거기 오래된 장미나무 사이서 살아요."

"장미나무? 거기 장미나무가 있어?"

벤 웨더스태프가 삽을 집어 들고는 다시 땅을 파기 시작하며 중얼거렸다.

"십 년 전에 있었다구요."

"보고 싶어. 초록색 문은 어디 있어? 어딘가에 문이 있을 거 아니야."

벤은 삽을 땅속 깊이 찔러 넣었다. 처음 만났을 때처럼 말을 걸기 힘든 얼굴을 하고 있었다.

"십 년 전엔 있었지만 지금은 없어요."

메리가 소리쳤다. "문이 없다니! 그럴 리 없어."

"누가 찾을 수도 없구, 누가 상관할 일두 아니요. 괜한 오지랖으루다가 알 필요두 없는 일 들쑤시구 다니지 마시요. 난 일 때문에 가야겠네. 아가씨두 가서 노시요. 난 시간이 없어서."

노인은 땅을 파다 말고 삽을 어깨에 휙 둘러메더니 정말로 가버렸다. 메리에게는 눈길 한 번 주지 않고 인사조차 남기지 않았다.

5.
복도에서 들리는 울음소리

처음에는 하루하루가 똑같이 흘러갔다. 매일 아침 태피스트리가 걸린 방에서 눈을 뜨면 마사가 벽난로 앞에 무릎을 꿇고 앉아 불을 지피고 있었다. 매일 아침 놀 거리라고는 전혀 없는 놀이방에서 아침 식사를 했고, 식사를 마치고 나면 창 너머 드넓은 황무지를 물끄러미 바라보았다. 네 방향으로 펼쳐지다 하늘과도 맞닿아 있을 것만 같은 드넓은 황무지를 잠시 응시하다가, 밖으로 나가지 않으면 집 안에 있어야 하고 그러면 아무 할 일이 없다는 사실을 깨달았다. 그래서 밖으로 나갔다. 메리는 몰랐지만 그것은 자신을 위해 더없이 좋은 선택이었다. 오솔길과 저택 진입로를 따라 속도를 내어 걷다가 뛰다가 하다 보면 맥없이 돌던 피가 급류를 탔고, 황무지에서 몰아치는 바람에 맞서며 자신도 모르게 점점 더 튼튼해지고 있었다. 메리가 뛴 이유는 오로지 몸을 따뜻하게 덥히기 위해서였다. 메리는 얼굴로 달려들어 웅웅 울어대고 뒤로 밀어젖히는 보이지 않는 거인 같은 바람이 싫었다. 하지만 히스 벌판 위를 날뛰는 신선한 공기를 깊이 들이마시면 그 마른 몸에 이로운 무언가가 폐에 가득 들어찼고 두 뺨에 붉은빛이 감돌며 흐리멍덩한 눈도 반짝반짝 빛났다. 그리고 이런 변화들은 메리 자신도 모르는 사이에 일어났다.

그렇게 거의 하루 종일 밖에 나가 지내던 메리는 며칠 지나지 않아 아침에 눈을 뜨며 배가 고픈 느낌이 어떤 건지 알게 되었다. 아침 식사를 하려고 식탁에 앉아서는 귀리죽을 본체만체하며 밀어내지 않고, 숟가락을 들더니 바닥이 보이도록 그릇을 싹싹 비워냈다.

"오늘 아침은 엄청 잘 드셨네요. 그쵸?"

마사가 말하자 메리 자신도 조금 놀라서 대답했다.

"오늘은 맛있어."

"황무지 공기 덕에 아가씨 배 속에 먹을 게 들어갈 자리가 생긴 거여요. 아가씨는 먹을 게 땡기면 땡기는 만치 먹을 게 있으니 다행이여요. 울 오두막엔 사람이 열둘인데 배를 주려두 채울 게 없으니까요. 매일 밖에 나가 놀믄 아가씨두 살이 좀 붙구 얼굴색이 노리끼리한 것두 나아질 거구만요."

"노는 거 아니야. 가지고 놀 것도 없잖아."

마사가 소리쳤다 "놀 게 없다뇨! 울 동생들은 막대기랑 돌멩이 갖구두 잘만 놀아요. 고냥 뛰어다니구 소리 지르구 이것저것 살펴보구 함서요."

메리는 소리는 지르지 않았지만 이것저것 살펴보긴 했다. 달리 할 일도 없었다. 정원을 이리저리 돌아다니고 정원 오솔길을 거닐기도 했다. 이따금 벤 웨더스태프를 찾다가 일하는 중인 그를 발견한 적도 몇 번 있었지만 벤 노인은 너무 바빠서 메리를 볼 겨를이 없거나 너무 퉁명스럽게 굴었다. 한번은 메리가 먼저 다가가던 중에 벤 노인이 일부러 그러는 것처럼 삽을 집어 들고 다른 곳으로 가버렸다.

메리가 다른 곳들보다 더 자주 찾는 장소가 있었다. 담이 둘러진 정원 바깥쪽으로 길게 난 산책로였다. 산책로 양옆으로는 아무것도 피지 않은 화단이 있었고 담장은 담쟁이덩굴로 빽빽하게 뒤덮여 있었다. 담 한 부분은 담장을 기어오르는 짙은 녹색 잎사귀들이 다른 곳보다 더 무성했다. 오랫동안 그대로 방치된 탓인 듯했다. 나머지 곳들은 잘라서 깔끔해 보이도록 다듬어놨지만, 산책로가 끝나는 이 아래쪽 끝부분은 전혀 정돈되지 않은 상태였다.

벤 웨더스태프와 만나 이야기를 나누고 며칠이 지난 뒤에 메리는 이 사실을 알아챘고 왜 이렇게 되었을까 궁금해졌다. 메리가 가만히 서서 담쟁이덩굴의 기다란 가지들이 바람에 흔들리는 모습을 올려다보고 있을 때, 언뜻 진홍빛이 눈에 들어오며 청명하게 지저귀는 소리가 들렸다. 담 위에 벤 웨더스태프의 붉은가슴울새가 앉아, 몸을 앞으로 기울인 채 메리를 쳐다보면서 작은 머리를 갸울이고 있었다.

"아! 너구나. 너 맞지?" 자기 말을 알아듣고 대답도 해줄 것처럼 울새에게 말을 걸었다는 것이 메리에겐 조금도 이상하게 느껴지지 않았다.

울새도 정말로 대답했다. 짹짹 지저귀며 담을 따라 총총 뛰어다니는 모습이 메리에게 온갖 이야기를 다 하고 있는 것만 같았다. 메리 아가씨도 비록 사람의 말은 아니었지만 울새의 이야기가 이해되는 기분이었다. 울새는 이렇게 말하는 것 같았다.

"안녕! 바람이 좋지? 햇살도 좋지? 모든 게 다 좋지? 우리 같이 재잘재잘 노래하고 총총총 뛰어보자. 어서! 어서!"

메리는 웃기 시작했다. 울새가 깡충깡충 뛰고 벽을 따라 폴짝폴짝 날기도 하면 메리도 울새를 쫓아가며 뛰었다. 가엾게도 몸이 마르고 얼굴이 누렇게 뜬 못생긴 메리는 잠깐이지만 정말로 예뻐 보였다.

"난 네가 좋아! 네가 좋다고!" 메리는 그렇게 외치며 짜박짜박 길을 따라갔다. 메리는 재잘거리다 휘파람을 불어보려고 했지만 전혀 부는 법을 몰랐다. 하지만 울새는 퍽 마음에 들었는지 재잘재잘 맞장구를 치며 같이 휘파람을 불어주었다. 그러다가 마침내 두 날개를 활짝 펴고 한 나무 꼭대기로 쏜살같이 날아갔고, 그곳에 앉아서 힘차게 노래했다.

그 모습을 보자 메리는 울새를 처음 만났던 날이 떠올랐다. 그때 울새는 흔들리는 나무 꼭대기에 앉아 있었고 메리는 과수원에 서 있었다. 지금 메리가 있는 곳은 과수원의 반대편이었고 담 바깥쪽 오솔길 위였다. 이곳이 훨씬 더 아래쪽이었는데, 담장 안으로 그 나무가 보였다.

"나무는 아무도 들어갈 수 없는 화원 안에 있는 거야. 문이 없는 바로 그 화원이야. 울새는 저 안에 사는구나. 어떻게 생겼는지 정말 보고 싶다!" 메리는 혼잣말을 했다.

메리는 길을 따라 첫날 아침에 들어갔던 초록 문이 있는 곳으로 뛰어갔다. 그리고 문을 한 개 더 지나 다시 길을 따라 내려가서 과수원으로 들어갔다. 그 자리에 서서 위를 올려다보니 담 너머로 나무가 보였고, 나무 꼭대기에선 이제 막 노래를 마친 울새가 부리로 깃털을 단장하고 있었다.

"그 화원이야. 틀림없어."

메리는 그쪽 과수원 담을 이리저리 돌며 자세히 살펴봤지만, 이미 발견했던 어디에도 문이 없다는 사실 말고는 눈에 띄는 게 없었다. 그래서 다시 주방 텃밭을 지나 긴 담쟁이덩굴 줄기가 벽을 뒤덮은 담 바깥쪽 산책로로 나가서 끝까지 걸어가며 살펴보았지만 문은 없었다. 메리는 다시 반대쪽 끝으로 걸어가며 찾아보았다. 하지만 문은 없었다.

"정말 이상해. 벤 할아버지도 문이 없다고 했지만 진짜 문이 없어. 하지만 십 년 전에는 문이 있었겠지. 크레이븐 고모부가 열쇠를 묻었다고 했으니까."

생각할 거리가 많아지자 메리는 여기에 재미를 느끼면서 미셀스웨이트 저택에 오게 된 것도 그리 나쁘지 않다는 생각이 들기 시작했다. 인도에 있을 때는 늘 너무 덥고 나른해서 다른 일엔 별로 관심도 가지 않았다. 이곳에서는 황무지에서 불어오는 신선한 바람이 메리의 어린 머리에서 거미줄을 걷어내고 맑은 정신을 일깨우고 있었다.

메리는 거의 하루 종일 밖을 돌아다녔고, 저녁을 먹으려고 식탁에 앉으면 배가 고프고 졸리고 몸이 나른해졌다. 마사가 수다를 떨어도 짜증이 나지 않았다. 짜증은커녕 마사가 하는 이야기를 듣는 게 좋았고 급기야 뭔가를 물어보고 싶은 마음도 생겼다. 메리가 마사에게 질문을 꺼낸 건 저녁 식사를 마치고 벽난로 앞 양탄자에 앉았을 때였다.

"크레이븐 고모부는 그 화원을 왜 싫어하셔?"

메리는 마사에게 가지 말고 있으라고 했고, 마사도 이를 마다하지 않았다. 마사는 매우 젊은 데다 동생들로 붐비는 오두막에 익숙했던 터라 아래층의 널찍한 하인 숙소가 따분하게 느껴졌다. 하인 숙소에 가면 마종과 상급 하녀들이 마사가 쓰는 요크셔 사투리를 놀려대고, 마사를 천한 어린애 취급을 하며 자기들끼리 모여 앉아 속닥거렸다. 마사는 이야기하는 게 좋기도 했고, 인도에서 살면서 '흑인'들의 시중을 받았던 이상한 아이가 신기해서 마음이 끌렸다.

마사는 메리가 앉으라고 하지도 않았는데 벽난로 앞에 앉았다.

"아직 그 화원 생각을 하는 거여요? 그럴 줄 알았어요. 나도 그 이야기를 첨 듣구는 딱 그랬으니까요."

"그곳을 싫어하는 이유가 뭐냐니까?"

메리가 계속 묻자, 마사가 두 발을 엉덩이 밑으로 모아 넣고 나름대로 편안한 자세로 앉았다.

"집 주위에 휘불구 있는 바람 소리 좀 들어보세요. 오늘 같은 밤에 황무지에 나가면 서 있기도 힘들 거여요."

메리는 '휘분다'는 게 무슨 뜻인지 몰랐지만 밖에서 들리는 소리에 귀를 기울여보니 알 것도 같았다. 공허한 몸부림으로 저택을 휘감고 돌진하는 으르렁거림, 보이지 않는 거인이 벽과 창을 부수고 들어오려 두드리고 난타하는 것을 말하는 게 틀림없었다. 하지만 거인이 절대 들어올 수 없다는 건 자명한 사실이었고, 그런 확신이 있어서인지 석탄이 빨갛게 타오르는 방

안은 더 안전하고 따뜻한 느낌이 들었다.

"그런데 고모부는 정원을 왜 그렇게 싫어하시냐고." 메리가 바람 소리를 가만히 듣다가 말했다. 마사가 안다면 메리도 알아내고 말 작정이었다.

그러자 마사는 자신이 알고 있던 이야기를 털어놓았다.

"조심허야 돼요. 메들록 부인이 이 이야기는 하믄 안 된다구 했거든요. 이 저택엔 입에 올리믄 안 되는 이야기들이 많어요. 그게 쥔님의 명령이여요. 쥔님 문제는 하인들이 신경 쓸 일이 아니람서요. 하지만 그 화원만 없었으믄 쥔님이 지금마냥 되시진 않았을 거여요. 거긴 쥔마님 화원이었어요. 처음 결혼하믄서 만든 건데 마님이 정말루 좋아허셨죠. 두 분이서 직접 꽃도 가꾸구 허셨으니까요. 정원지기들두 암도 못 들어오게 하셨더랬어요. 쥔님하고 쥔마님하고 들어가시믄 문을 닫구 몇 시간이구 거 안서 계시믄서 책도 읽구 이야기도 나누시구 허셨어요. 마님은 좀 소녀 같은 면두 있었어요. 화원 안에 가지가 굽어서 의자마냥 앉을 수 있는 고목이 있었거든요. 마님이 그 위루다가 장미 덤불이 올라가게 만들어놓구는 그 고목에 앉아 있곤 하셨어요. 그런데 어느 날 마님이 그 자리에 앉았다가 나뭇가지가 부러져서 바닥으루 떨어지는 바람에 심허게 다쳤지 뭐여요. 그담날 돌아가신 거구요. 의사들이 쥔님마저 정신을 놓구 돌아가실 줄 알 정도였어요. 그래서 쥔님이 거길 싫어하시는 거여요.

그 뒤루는 아무도 거긴 안 들어가요. 쥔님은 거기에 대한 건 말두 못 꺼내게 허시구요."

메리는 더 이상 묻지 않았다. 빨간 불길을 쳐다보면서 바람이 '휘부는' 소리에 가만히 귀를 기울였다. 다른 날보다 더 크게 '휘부는' 것 같았다.

바로 그 순간 메리에게 아주 좋은 일이 일어나고 있었다. 사실 미셀스웨이트 저택에 온 뒤로 메리에겐 네 가지 좋은 일이 일어났다. 우선 울새를 이해하고 울새도 메리를 이해해주는 것 같은 느낌이 든 것이 그랬다. 또 바람을 맞으며 피가 따뜻해질 때까지 뛰어다닌 것도 좋은 일이었다. 태어나서 처음으로 배가 고프다는 건강한 상태도 느껴보았다. 그리고 지금 누군가에게 안됐다는 마음이 드는 게 어떤 건지 알게 되었다.

그런데 바람 소리를 유심히 듣다 보니 뭔가 다른 소리가 들리기 시작했다. 무슨 소리인지는 알 수 없었다. 처음에는 바람 소리와 구분도 잘 되지 않았다. 기이한 소리였다. 마치 어디선가 아이가 우는 소리 같았다. 가끔 바람 소리가 아이 우는 소리처럼 들릴 때도 있지만, 곧 메리는 이 소리가 저택 안에서 나는 것이지 밖에서 나는 소리가 아니라고 확신했다. 멀리서 나긴 했지만 저택 안에서 나는 소리였다. 메리가 고개를 돌려 마사를 쳐다보았다.

"누가 우는 소리 안 들려?"

마사가 별안간 당황한 표정을 지었다.

"아녀요. 바람 소리여요. 가끔 누가 황무지서 길을 잃구 엉엉 우는 소리마냥 들리기두 해요. 별별 소리가 다 난다니까요."

"하지만 잘 들어봐. 이건 집 안에서 나는 소리야. 저 기다란 복도들 저쪽 어디쯤에서."

바로 그 순간 아래층 어디선가 문 하나가 열린 게 분명했다. 거대한 돌풍이 복도를 따라 불어닥치더니 메리와 마사가 앉아 있던 방문을 들이받으며 쿵 하고 열어젖혔다. 두 아이가 깜짝 놀라 벌떡 일어난 순간 바람 때문에 불이 꺼졌고, 우는 소리가 저 멀리에서 복도를 훑고 내려왔다. 처음보다 더 뚜렷해진 소리였다.

"그것 봐! 내가 그랬잖아! 누가 우는 소리야. 어른 소리는 아닌데."

마사가 얼른 달려가 문을 닫고 열쇠를 돌렸지만, 이쪽 방문을 닫기 전에 복도 저 멀리에서 다른 문을 쾅 닫는 소리가 먼저 들렸다. 그러고는 사방이 조용해지고 바람조차 '휘불기'를 잠시 멈추었다.

마사가 고집스럽게 말했다. "바람이었잖어요. 바람이 아니믄 부엌 심부름허는 베티 버터워스였을 거여요. 그 애가 진종일 이가 아프다구 했거든요."

하지만 어딘가 곤란하고 어색해 보이는 그 태도 때문에, 메리는 마사를 말끄러미 쳐다보았다. 마사가 사실대로 말하고 있지 않은 게 분명했다.

6.
"누가 울고 있었어, 분명히!"

 다음 날에는 다시 비가 장대같이 퍼부었다. 창밖을 내다봐도 희부연 비안개와 먹구름에 가려져 황무지는 거의 보이지 않았다. 오늘은 나갈 수가 없을 것 같았다.

 "오늘처럼 비가 오면 너희 집에선 뭘 해?" 메리가 마사에게 물었다.

 "거개는 서루다 밟히지 않으려구 애쓰지요. 참말! 그럴 땐 식솔이 엄청 많아 보여요. 엄니는 맘씨 좋은 분이지만 여간 곤란해허시는 게 아니여요. 위에 애들은 외양간에 나가 놀아요. 디콘은 젖는 건 신경두 안 쓰고, 비가 오나 안 오나 똑같이 밖으루 나가요. 비가 오믄 맑은 날엔 뵈지 않던 것들이 뵌다고 하믄서요. 한번은 여우 굴에 물이 차서 조그만 새끼 여우가 다 죽어가는 걸 발견해가지구, 가슴에 품구 셔츠루 덮어서 따뜻하게 해 가지구 델꼬 왔더라구요. 어미는 근처에 죽어 있구 굴은 물이 넘쳐가지구 나머지 새끼들은 다 죽었드래요. 그래 지금은 집에 데려다가 키우구 있어요. 또 하루는 비 때문에 다 죽게 생긴 새 끼 까마귀두 보구는 집에 델꼬 와서 길들였지요. 새까맣다고 이름두 검댕이라구 붙였어요. 지금은 종종 뛰구 날구 하믄서 디콘이 어딜 가든 같이 다닌다니까요."

어느덧 메리는 마사가 친근하게 수다를 떨어도 화가 나지 않았다. 오히려 마사가 하는 이야기들이 재미있어지더니 말을 멈추거나 자리를 떠나면 서운한 마음도 들었다. 인도에서 지낼 때 아야에게 들었던 이야기들과 마사가 들려주는 이야기는 아주 달랐다. 마사의 이야기는 배불리 먹을 것도 없이 작은 방 네 칸에 열네 식구가 모여 사는 황무지 오두막집에 관한 것이었다. 이 오두막집 아이들은 뒹굴고 구르면서 개구지지만 착한 새끼 콜리 강아지들처럼 자기들끼리 노는 것 같았다. 메리가 가장 마음 가는 사람은 어머니와 디콘이었다. 마사가 '엄니'가 했던 말이나 행동이라며 들려주는 이야기들을 들으면 언제나 편안한 기분이 들었다.

"나도 새끼 까마귀나 새끼 여우가 있었다면 같이 놀 수 있을 텐데. 하지만 난 아무것도 없어."

마사가 어쩔 줄 모르는 표정으로 물었다.

"아가씨, 뜨개질헐 줄 아남요?"

"아니."

"바느질은요?"

"못해."

"글 읽는 법은 알아요?"

"응."

"그럼 뭘 좀 읽든지, 아님 낱말 공부 좀 헐래요? 아가씨 나이 믄 인제 책을 읽을 때가 됐잖여요."

"난 책이 없어. 있었는데 인도에 다 두고 왔어."

"안됐네요. 메들록 부인이 아가씨두 서재에 들어갈 수 있게 허락해주시믄, 거기 책이 수천 권은 있는데."

메리는 서재가 어디에 있는지 묻지 않았다. 갑자기 좋은 생각이 떠올랐기 때문이다. 자신이 직접 서재를 찾아보기로 결심한 것이었다. 메들록 부인에 대해서는 걱정하지 않았다. 메들록 부인은 늘 아래층에 있는 편안한 가정부 휴게실에 머무는 것 같았다.

이 이상한 저택에서는 좀처럼 사람을 만날 수가 없었다. 사실 만날 사람이라고 해도 하인들밖에 없었고, 이들은 주인이 집에 없을 때는 아래층에서 호화로운 생활을 즐겼다. 아래층에는 반짝거리는 놋쇠 그릇과 주석 그릇들이 걸려 있는 커다란 주방과 커다란 하인 숙소가 있었는데, 하인들은 이곳에서 매일

네다섯 차례씩 풍족한 식사를 했고 메들록 부인이 자리를 비울 땐 신나게 떠들고 놀아댔다.

메리에겐 규칙적으로 식사가 제공됐고 마사가 메리를 시중들었지만, 누가 메리에게 신경을 쓰는 일은 전혀 없었다. 메들록 부인이 하루 이틀에 한 번씩 와서 들여다보긴 했지만, 메리에게 무엇을 했냐고 묻거나 뭘 하라고 알려주는 사람은 없었다. 메리는 영국에서는 아이들을 이렇게 기르나 보다 하고 생각했다. 인도에 있을 땐 항상 아야가 옆에 붙어 있어서 어딜 가나 따라다니며 시중을 들고 손발이 되어주었다. 그렇게 따라다니는 게 성가실 정도였다. 이제는 아무도 메리를 따라다니지 않았고, 메리는 혼자 옷 입는 법도 배우고 있었다. 옷을 가져다 달라, 입혀달라 하면 마사가 자신을 어디 모자란 바보라도 된 듯 쳐다봤기 때문이다.

한번은 메리가 가만히 서서 장갑을 끼워줄 때까지 기다리고 있는데, 마사가 이렇게 말했다. "아가씨는 머리가 나쁜감요? 우리 수전 앤은 아가씨보다 두 배는 똘똘허네요. 인제 네 살밖에 안 됐는데 말여요. 어쩔 때 보믄 아가씬 머리가 멍청한가 싶어요."

그 말을 듣고 메리는 한 시간 동안이나 삐딱한 도끼눈을 하고 있었지만, 그 일을 계기로 몇 가지를 완전히 달리 생각하게 되었다.

메리는 오늘 아침 마사가 마지막으로 난로를 닦고 아래층으로 내려간 뒤 십여 분 동안 창가에 서 있었다. 서재 이야기를 들었을 때 떠올랐던 새로운 생각을 곰곰이 되새기고 있었다. 읽은 책이 거의 없는 터라 서재 자체에 대해서는 별로 관심이 없었다. 하지만 서재 이야기를 듣자 문 닫힌 백 개의 방에 대한 생각이 다시금 머릿속에 떠올랐다. 그 방들이 정말 전부 다 잠겨 있는 건지, 혹시 들어갈 수 있는 방이 있다면 그런 방에는 무엇이 있을지 궁금해졌다. 방이 정말 백 개일까? 직접 돌아다니며 방이 몇 개나 되는지 세어보면 왜 안 되는 걸까? 밖에 나갈 수도 없는 오늘 아침 같은 때에 해볼 만한 일이었다. 메리는 무슨 일을 하기 전에 허락을 받아야 한다는 건 배운 적이 없었고 권한이라는 것에 대해서도 전혀 몰랐기 때문에 메들록 부인을 만난다 하더라도 집 안을 돌아다녀도 되는지 물어봐야 한다는 생각은 전혀 못 했을 것이다.

메리는 방문을 열고 복도로 나가서 돌아다니기 시작했다. 기다란 복도는 중간중간에 다른 복도로 갈라졌고, 짧은 계단을 올라가면 또 다른 복도가 나왔다. 복도를 따라 문들이 계속 나왔고 벽에는 그림들이 걸려 있었다. 어둡고 특이한 풍경화도 있었지만 가장 많이 보이는 건 초상화였는데, 그림 속 남자와 여자들은 하나같이 공단과 벨벳 소재로 만든 기묘하고 화려한 의상을 입고 있었다. 메리가 접어든 곳은 그런 초상화들이 벽을 뒤덮은 기다란 회랑이었다. 이렇게 많은 초상화가 걸려 있는 집이 있으리라고는 생각도 해본 적이 없었다. 메리는 복도를 따라 천천히 걸어가며 초상화 속 얼굴들을 유심히 들여다보았다. 그림 속 인물들도 메리를 바라보는 기분이 들었다. 꼭 인도에서 온 어린 여자애가 자기들 집에서 무얼 하고 있는지 궁금해하는 것 같았다. 아이들 초상화도 있었다. 여자아이들은 두꺼운 공단 드레스를 입고 있었는데 치마가 발끝까지 내려왔다. 남자아이들은 부푼 소매에 레이스 칼라가 달린 옷을 입거나 목 둘레에 커다란 주름 장식이 들어간 옷을 입고 있었는데 머리가 길었다. 메리는 아이들 초상화가 나올 때마다 걸음을 멈추고 그림을 들여다보며 이름이 뭔지, 어디로 갔는지, 왜 저렇게 이상한 옷을 입고 있는지 등을 생각했다. 메리처럼 뻣뻣해 보이는 못생긴 여자아이 그림도 있었다. 초록색 양단 드레스를 입은 아이의 손가락에는 초록색 앵무새가 앉아 있었다. 아이는 날카로운 눈매로 호기심 가득한 표정을 짓고 있었다.

메리가 소리 내어 물었다. "지금 어디 살고 있니? 여기 있으면 좋을 텐데."

확실히 메리는 세상 어느 여자아이보다 더 기묘한 아침을 보내고 있었다. 구불구불 뻗어나간 이 거대한 집에 자그마한 자신 말고는 아무도 없는 것 같았다. 메리는 위층과 아래층을 오르내리고 좁다란 복도와 널찍한 복도들을 따라 돌아다녔는데,

자기 말고는 아무도 드나든 적이 없는 것 같았다. 방이 이렇게 많은 것을 보면 사람들이 그 안에서 살았을 텐데, 전부 다 너무 텅 비어 있다 보니 그랬다는 사실이 믿기지 않았다.

이 층에 올라갔을 때에야 메리는 방문 손잡이를 돌려볼 생각이 났다. 메들록 부인이 말한 대로 문은 모두 잠겨 있었는데, 마침내 한 손잡이에 손을 올리자 손잡이가 돌아갔다. 손잡이가 별 어려움 없이 돌아가는 느낌이 들면서 문을 밀 때는 메리도 순간 덜컥 겁이 났다. 문은 천천히 육중하게 열렸다. 거대한 문이 열리면서 커다란 침실이 나타났다. 벽에는 자수를 놓은 벽걸이들이 걸려 있고, 인도에서 보았던 것 같은 무늬들을 조각한 가구들이 방 여기저기에 놓여 있었다. 납 창틀이 달린 널따란 창밖으론 황무지가 보였다. 그리고 벽난로 선반 위에는 뻣뻣해 보이는 못생긴 여자아이 초상화가 걸려 있었다. 그림 속 아이는 앞서보다 더 호기심 어린 눈으로 메리를 바라보는 것 같았다.

"저 아이가 자던 곳이었나 봐. 나를 빤히 쳐다보니까 기분이 이상해."

그 뒤로 메리는 다른 방문을 계속 열어보았다. 방들을 너무 많이 보다 보니 메리는 매우 피곤해졌고, 다 세어보지는 않았지만 방이 백 개가 틀림없다는 생각이 들기 시작했다. 방마다 오래된 그림이나 낯선 장면들이 짜인 태피스트리가 걸려 있었다. 신기한 가구와 장식품들도 거의 모든 방마다 놓여 있었다.

어떤 방은 귀부인의 거실처럼 보였는데, 걸려 있는 장식들이 모두 벨벳에 자수를 놓은 것들이었고 한 장식장에는 상아로 만든 작은 코끼리 상이 백여 개쯤 들어 있었다. 코끼리 상은 크기가 제각각이었는데 등에 코끼리 조련사가 올라타거나 코끼리 가마를 얹은 모양도 있었다. 어떤 코끼리 조각상은 다른 조각보다 훨씬 컸고, 어떤 것들은 너무 작아서 아기처럼 보였다. 메리도 인도에서 상아 조각상을 본 적이 있었고 코끼리에 대해서라면 모르는 게 없었다. 메리는 장식장 문을 열고 발판에 올라서서 한참 동안 코끼리 조각상을 가지고 놀았다. 놀다 싫증이 나자 코끼리를 가지런히 정리해놓고 장식장 문을 닫았다.

긴 복도와 텅 빈 방을 돌아다니는 내내 살아 있는 것은 단 하나도 만나지 못했다. 하지만 이 방에는 무언가가 있었다. 장식장 문을 닫자마자 조그맣게 부스럭거리는 소리가 들렸다. 메리는 펄쩍 뛸 듯이 놀라 소리가 난 벽난로 옆 소파 주변을 살펴보았다. 소파 구석에는 쿠션이 있고 쿠션을 감싼 벨벳에 조그만 구멍이 있었는데, 구멍 밖으로 조그만 머리가 올라와 겁먹은 두 눈으로 밖을 훔쳐보고 있었다.

메리는 조심스럽게 살금살금 방을 가로질러 가서 살펴보았다. 반짝이는 두 눈의 주인은 작은 회색 생쥐였다. 쿠션을 갉아먹고 안으로 파고들어 아늑한 둥지를 만든 것이었다. 새끼 여섯 마리가 생쥐 옆에 몸을 옹그린 채 누워 자고 있었다. 백여 개나 되는 방에 다른 살아 있는 존재가 아무도 없어도 일곱 마리 생쥐들은 전혀 외로워 보이지 않았다.

"저렇게 겁을 내지만 않아도 얘네들을 데리고 갈 텐데."

메리는 너무 많이 돌아다닌 탓에 더는 힘들어 돌아다니지 못할 것 같아 걸음을 돌렸다. 복도를 잘못 들어가 두세 차례 길을 잃어버리는 바람에 돌아가는 길을 찾기 위해 위아래로 헤맬 수밖에 없었다. 간신히 자기 방이 있는 층을 찾았지만 방에서 멀리 떨어져 있다 보니 어느 쪽으로 가야 할지 정확히 알 수가 없었다.

벽에 태피스트리가 걸린 짧은 통로 끝으로 보이는 곳에 가만히 서서 메리가 말했다. "또 길을 잘못 들었나 봐. 어느 쪽으로 가야 하는지 모르겠어. 어쩜 이렇게 조용하담!"

그 자리에 서서 이렇게 혼잣말을 중얼거리자마자 그 조용함을 깨뜨리는 소리가 들렸다. 이번에도 우는 소리였다. 하지만 지난밤에 들었던 소리와는 아주 달랐다. 이번에는 짧게 지나가는 소리였는데, 아이가 짜증을 부리며 징징거리는 울음소리가 벽에 막혀 작게 들리는 것이었다.

"저번보다 더 가까이에서 들려. 그리고 우는 소리가 맞아." 메리가 말했다. 심장이 빠르게 뛰었다.

메리는 옆에 있는 태피스트리에 무심코 손을 올렸다가 깜짝 놀라 뒤로 성큼 물러섰다. 태피스트리가 덮고 있는 자리에 문이 있었다. 열려 있던 문 너머로 또 다른 복도가 이어진 게 보였고, 메들록 부인이 열쇠 꾸러미를 들고 아주 화가 난 표정으로 다가오고 있었다.

"여기서 뭘 하는 거죠? 내가 뭐랬어요?" 메들록 부인이 메리의 팔을 잡아당겼다.

"모퉁이를 잘못 돌았어요. 어느 쪽으로 가야 하는지 몰라서 서 있는데, 누가 우는 소리가 들렸어요." 메리가 변명하며 말했다. 그 순간 메들록 부인이 정말 미웠지만, 다음 순간에는 더 미워졌다.

"아가씨는 아무 소리도 못 들었어요. 당장 놀이방으로 돌아가요. 그러지 않으면 나한테 귀싸대기를 맞게 될 테니."

메들록 부인은 메리의 팔을 잡아 밀치거니 당기거니 해가며 이 통로, 저 통로로 오르락내리락하더니 메리의 방문을 열고 메리를 안으로 밀었다.

"이제 있으라고 하는 곳에 있어요. 그러지 않으면 자물쇠를 채우겠어요. 주인님께서 아가씨한테 가정교사를 붙여놓겠다고 하시던데, 그렇게 하시는 게 좋겠네요. 아가씨는 누가 일일이 쫓아다니면서 감시해야 되겠어요. 난 지금도 할 일이 많으니 말이에요."

메들록 부인이 문을 쾅 닫고 방을 나간 뒤 메리는 벽난로 앞으로 가 양탄자에 앉았다. 얼굴이 하얗게 질리도록 화가 치밀었다. 울지는 않았지만 이를 바득바득 갈았다.

"누가 울고 있었어. 분명해. 분명하다고!" 메리가 혼잣말을 되뇌었다.

이제 두 번이나 들었으니 언젠가 밝혀낼 것이다. 오늘 아침만 해도 많은 것들을 찾아냈다. 메리는 마치 긴 여행을 한 기분이었다. 어쨌든 언제든 즐겁게 놀 수 있는 방법이 생긴 데다, 상아 코끼리를 가지고 놀았고 벨벳 쿠션에 둥지를 튼 회색 생쥐와 새끼들도 만났으니까.

7.
화원의 열쇠

 이 일이 있고 이틀이 지난 뒤, 메리는 눈을 뜨자마자 침대에서 일어나 앉아 마사를 불렀다.
 "황무지를 좀 봐! 황무지 좀 보라고!"
 폭풍우가 그치고 잿빛 안개와 먹구름도 밤새 바람에 쓸려 가고 없었다. 이제는 바람도 멈춰, 멋진 쪽빛 하늘이 황무지 위로 높다란 지붕처럼 펼쳐져 있었다. 메리는 이렇게 파란 하늘은 꿈에서도 생각조차 못 했었다. 인도의 하늘은 뜨겁게 이글거리는 하늘이었다. 이곳의 하늘은 짙고 시원한 파란색으로, 깊이를 알 수 없는 아름다운 호수의 수면처럼 반짝거리는 것만 같았다. 둥글게 솟은 파란 하늘 여기저기에 눈처럼 희고 작은 양털 구름이 높이높이 떠다녔다. 아득하게 펼쳐진 황무지조차 연푸른빛을 띄어, 우울한 검은 자줏빛이나 숨 막히게 삭막한 잿빛으로는 보이지 않았다.

마사가 명랑하게 웃으며 말했다. "암요, 폭풍이 잠깐 물러갔네요. 해마다 이맘때믄 이래요. 하룻밤 새에 싹 물러가버린다니까요. 온 적두 없구 다신 올 일두 없을 것마냥 말여요. 그게 다 봄철이 다가와서 그려요. 아직 멀긴 했지만 지금 오구 있으니까요."

"난 영국에는 늘 비가 오거나 어두운가 보다 생각했어." 메리가 말했다.

"뭐라구요! 아니여요! 당찮여요!" 마사가 벽난로 청소용 흑연 솔들을 늘어놓은 바닥에서 허리를 일으켜 세워 앉으며 말했다.

"무슨 소리야?" 메리가 진지하게 물었다. 인도에서도 원주민들이 서로 다른 사투리를 쓰면 몇몇 사람들밖에 알아듣지 못했기 때문에 메리는 마사가 이해하지 못할 말을 해도 놀라지 않았다.

마사는 메리를 만난 첫날 아침처럼 웃더니 천천히, 정성껏 설명했다.

"또 그렸네. 메들록 부인이 그러지 말라구 허셨는데, 또 요크셔 사투리가 세게 튀어나왔어요. '당찮다'는 건 '절대루 그렇지 않다'라는 뜻인데 다 말할라믄 너무 길잖여요. 요크셔는 해만 뜨믄 세상에서 젤로 쨍헌 동네지요. 아가씨두 쫌만 지나믄 황무지를 좋아허게 될 거라구 내가 그랬잖여요. 쫌만 기달려봐요. 가시금작화 꽃이 금빛으로 피구 금작화 꽃이 피는 것두 보셔요. 히스 꽃이며, 온갖 자줏빛 방울꽃까지 다 피믄 나비 수백 마리가 팔랑팔랑 날아다니구 벌들이 윙윙 춤을 추구 종다리들이 날아오름서 노래하죠. 아가씨두 해 뜰 녘에 나가믄 디콘마냥 거서 진종일 살려고 헐 거여요."

"내가 거기 갈 수는 있을까?" 메리가 몹시 가보고 싶어 하는 얼굴로, 창밖 아득히 높은 파란 하늘을 쳐다보았다. 너무나 새롭고 드넓고 경이로우며 말 그대로 천국 같은 색깔이었다.

"모르겠네요. 아가씨는 살믄서 한 번두 자기 다리를 써본 적이 없는 사람 같아요. 팔 킬로미터를 걷긴 힘들 거여요. 울 오두막까지 팔 킬로미터쯤 되거든요."

"너희 오두막을 꼭 보고 싶어."

마사가 잠시 호기심 어린 눈으로 메리를 바라보다가 광내는 솥을 집어 들고 다시 장작받침을 문질러 닦기 시작했다. 작고 못생긴 메리의 얼굴이 처음 만난 날 아침에 보았을 때처럼 심술궂어 보이지 않는다는 생각이 들었다. 동생인 수전 앤이 뭔가를 간절히 원할 때처럼 그저 만만해 보였다.

"엄니헌테 물어볼게요. 엄니는 어지간헌 일은 어떻게 허면 되는지 다 아는 그런 분이셔요. 마침 오늘 제가 쉬는 날이라 집에 가거든요. 아! 정말 좋아요. 메들록 부인두 엄니를 무척 좋아하셔요. 어쩌면 엄마가 메들록 부인헌테 말씀을 해주실 수도 있겠어요."

"난 너희 엄마가 좋아."

"나도 그럴 줄 알았어요." 마사가 솔질을 계속하며 맞장구를 쳤다.

"난 너희 엄마를 본 적도 없어."

"그렇지요. 보진 못했지요."

마사는 다시 허리를 세우고 발뒤꿈치를 깔고 앉아서는 손등으로 코끝을 문지르며 잠시 어리둥절한 표정을 지었지만 제법 좋은 방향으로 결론을 지었다.

"그러게, 엄마는 그만치 현명하구 일두 열심히 하구 심성두 착하구 깔끔허신 분이라, 엄마를 본 적이 있는 사람이든 없는 사람이든 다 좋아헐 수밖에 없을걸요. 나도 쉬는 날에 집에 갈 때믄 황무지를 지나믄서 너무 좋아 껑충껑충 뛴다니까요."

"난 디콘도 좋아. 그런데 디콘도 본 적이 없어."

마사가 용감하게 말했다. "그야, 새들두 디콘을 좋아허구, 토끼들허구 산양허구 조랑말이랑 여우들두 그 애를 좋아헌다구 내가 말했잖여요. 그런데⋯⋯." 마사가 곰곰이 생각하는 얼굴로 메리를 가만히 바라보다 말했다. "디콘은 아가씨를 어찌 생각헐까요?"

"디콘은 나를 싫어할 거야. 아무도 나를 좋아하지 않아." 메리가 특유의 뻣뻣하고 냉담한 태도로 대답하자, 마사가 다시 뭔가를 생각하는 표정을 지었다.

"아가씨는 자신을 좋아허요?" 마사가 정말로 알고 싶은 사람처럼 물었다.

메리는 잠시 머뭇거리며 곰곰이 생각했다.

"전혀, 정말로. 하지만 그런 생각을 해본 적은 없어."

마사가 따뜻한 기억이라도 떠오른 듯 살며시 웃었다.

"언젠가 엄니가 저헌테 이렇게 말씀하셨어요. 엄니가 빨래통 앞에 있는데 내가 기분이 안 좋아서 사람들을 욕하구 있으니까 나를 돌아보시믄서 그러시는 거여요. '이 불여우 같으니라고! 거기 가만 서서 이 사람두 싫다, 저 사람두 싫다, 그럼 니 자신은 좋으냐?' 그 말을 들으니 웃음이 나믄서 정신이 번쩍 들더라구요."

마사는 메리에게 아침 식사를 차려주자마자 한껏 들떠서 방을 나갔다. 마사는 황무지를 건너 팔 킬로미터나 되는 거리를 걸어 오두막으로 갈 계획이었고, 가서 어머니를 도와 빨래를 하고 일주일 동안 먹을 빵도 구우면서 원 없이 즐길 터였다.

마사가 집에 없다는 생각을 하자 메리는 평소보다 더 외로웠다. 그래서 최대한 빨리 정원으로 나갔고, 처음 든 생각은 뛰어서 분수 화원을 열 바퀴 돌자는 것이었다. 꼼꼼히 횟수를 세며 다 돌고 나자 기분이 좋아졌다. 햇살이 비치자 이곳 전체가 달라 보였다. 높고 깊고 푸른 하늘이 황무지 위로 펼쳐졌듯 미셀스웨이트 위로도 둥글게 드리웠다. 메리는 계속 고개를 들고 하늘을 들여다보면서 눈처럼 하얗고 작은 구름 위에 누워 떠다니면 어떤 기분일까 상상해 보았다. 그리고 첫 번째 주방 텃밭으로 갔다가 벤 웨더스태프를 발견했다. 벤 노인은 다른 정원지기 두 사람과 같이 일하고 있었다. 날씨 덕에 벤 노인도 심경의 변화가 생겼는지, 메리에게 먼저 말을 걸었다.

"봄이 오는구만요. 냄새가 나남요?"

코를 킁킁대자 메리도 냄새가 느껴지는 것 같았다.

"뭔가 기분 좋고 상쾌하고 축축한 냄새가 나요."

벤 웨더스태프가 땅을 파면서 말했다. "그게 기름진 흙냄새요. 땅두 뭘 기를 준비를 허니 기분이 좋은 게지. 심는 철이 오믄 땅두 기뻐허거든. 아무 헐 일두 없는 겨울은 따분한 거라. 저 밖에 있는 화원들 검은흙 밑에서두 작은 것들이 자라느라 꿈틀꿈틀허겄죠. 햇빛이 따뜻허게 뎁혀주니까요. 좀만 기다리믄 초록 싹들이 검은흙 위로 삐져나오는 걸 보겠구만요."

"그 싹들이 크면 뭐가 되는데요?" 메리가 물었다.

"크로커스두 되구 갈란투스두 되구 수선화두 되구. 한 번도 못 봤남요?"

"네. 인도는 매일같이 너무 덥고 축축한 데다, 비가 오고 나면 온통 초록색이 되거든요. 그래서 하룻밤 사이에 다 자라는 줄 알았어요."

"하룻밤 사이에 자라는 게 아니요. 기다려줘야지. 이쪽서 더 크게 삐져나오는가 하면 저쪽서 더 많이 나오구, 오늘 이파리가 하나 피면 또 딴 날 하나 피고 그런다니까. 한번 보시요."

"그럴게요." 메리가 대답했다.

이내 부드럽게 바스락거리는 날갯짓 소리가 또 들렸다. 메리는 듣자마자 울새가 다시 왔다는 걸 알았다. 녀석은 무척 당돌하고 활발했다. 메리의 발 바로 옆에서 총총 뛰어다니다가 고개를 갸웃하며 장난스럽게 메리를 쳐다보는 모습을 보고 메리는 벤 노인에게 물었다.

"이 새가 나를 기억할까요?"

그러자 벤 노인이 벌컥 역정을 내듯이 대답했다.

"기억허냐니! 녀석은 텃밭에 잘린 양배추 밑동가리가 몇 갠지두 다 알어요. 사람은 말헐 것두 없지. 녀석이 여서 이렇게나 어린 처자를 보는 게 첨이라 아가씨를 깡그리 파헤치려구 작정을 혔구만요. 녀석헌테 뭘 숨길라구 혀봐야 헛수고요."

"울새가 사는 화원의 검은흙 밑에서도 새로운 것들이 꿈틀꿈틀하고 있을까요?"

메리가 묻자 벤 노인이 앓는 소리를 내며 다시 퉁명스레 대꾸했다.

"무슨 화원요?"

"오래된 장미나무들이 있는 화원요. 꽃들이 다 죽었나요? 아님 여름에 다시 피는 꽃들도 있을까요? 거기 장미가 있긴 있어요?" 메리는 너무나 알고 싶었기 때문에 묻지 않을 수가 없었다.

벤 웨더스태프가 울새를 가리키듯 어깻짓을 하며 말했다. "녀석헌테 물어보쇼. 녀석 말구는 아는 사람두 없을 거구. 거긴 아무도 못 들어간 지가 십 년이 됐으니까."

십 년이면 긴 시간이라고, 메리는 생각했다. 메리가 태어난 게 십 년 전이었다.

메리는 걸음을 옮기며 천천히 생각했다. 울새와 디콘과 마사의 어머니가 좋아졌던 것처럼 정원도 이미 좋았다. 마사도 좋아지기 시작했다. 메리는 좋아하는 사람이 너무 많은 것처럼 느껴졌다. 워낙 누구를 좋아하는 데 익숙지 않던 아이다 보니 더욱 그랬다. 메리는 붉은가슴울새도 자기가 좋아하는 '사람들' 중 하나라고 생각했다. 메리는 담쟁이덩굴로 덮인 기다란 담 바깥쪽 산책로로 나갔다. 그 너머로 나무 꼭대기가 보이는 바로 그 담이었다. 그렇게 두 번째로 산책로를 오르내릴 때 메리에게 더없이 신기하고 신나는 일이 일어났다. 그 모든 게 벤 웨더스태프의 울새 덕분이었다.

짹짹 지저귀는 소리가 들려서 메리가 횅한 왼쪽 화단을 내려다보니, 울새가 깡충거리며 흙에서 뭔가를 쪼아대는 시늉을 했다. 메리를 따라온 게 아니라고 변명하는 것 같았다. 하지만 울새가 자신을 따라왔다는 느낌에 메리는 놀라서 몸이 떨릴 지경이었다.

메리가 소리쳤다. "정말로 나를 기억하는구나! 나를 알아! 넌 이 세상 그 무엇보다 더 예쁜 새야!"

메리가 재잘재잘 다정하게 말을 걸자, 울새가 총총 뛰면서 꽁지를 흔들고 쩍쩍 울어댔다. 꼭 말을 하는 것 같았다. 붉은 가슴 털은 공단으로 만든 조끼 같았다. 작은 가슴을 부풀리자 새틴 조끼 같은 붉은 가슴이 어찌나 곱고 화려하고 예쁘던지, 마치 울새 한 마리가 한 사람만큼 중요한 존재라는 걸 과시하는 것 같았다. 메리 아가씨가 지금까지 심술쟁이로 살았다는 사실을 까맣게 잊을 만큼 울새는 메리가 점점 더 가까이 다가서도록 내버려두었다. 메리가 몸을 숙여 말을 걸고 울새 울음 비슷한 소리를 내보아도 도망가지 않았다.

아! 정말로 그렇게 가까이 다가가도록 울새가 허락을 해주다니! 울새는 메리가 자기 쪽으로 손을 뻗거나 만에 하나라도 자기를 놀라게 할 염려가 전혀 없다는 사실을 알고 있었다. 울새가 그것을 아는 이유는 진짜 사람이었기 때문이다. 울새는 이 세상 그 누구보다 더 멋질 뿐, 진짜 사람이었던 것이다. 메리는 너무나 행복해서 거의 숨이 막힐 지경이었다.

화단이 완전히 텅 빈 건 아니었다. 횅해 보이는 건 겨울나기를 하느라 다년생식물들을 베어내서 꽃이 없는 탓이었지, 크고 작은 관목들은 화단 뒤쪽에서 같이 자라났다. 울새가 그 아래쯤에서 총총거리며 뛰어다니다가 갓 파헤쳐진 조그만 흙더미 위로 뛰어 올라가는 모습이 메리 눈에 들어왔다. 울새는 흙더미 위에서 벌레를 찾고 있었다. 흙이 파헤쳐진 이유는 개 한 마리가 두더지를 잡으려고 구멍을 꽤 깊이까지 긁어냈기 때문이다.

메리는 그곳에 왜 그런 구멍이 있는지 모른 채 들여다보다가 갓 파헤쳐진 흙더미 속에 무언가가 파묻혀 있다는 것을 알았다. 녹슨 쇠고리나 놋쇠 고리 같은 모양이었다. 울새가 가까운 나무로 날아 올라간 뒤, 메리는 손을 뻗어 고리를 집어 들었다. 그것은 단순히 고리가 아니었다. 오래전에 묻힌 것으로 보이는 낡은 열쇠였다.

메리는 일어나서 겁에 질린 얼굴로 손가락에 걸린 열쇠를 똑바로 쳐다보았다.

그리고 속삭이듯 말했다. "십 년 동안 땅에 묻혀 있었던 것 같아. 어쩌면 화원 열쇠인지도 몰라!"

8.
울새가 알려준 길

메리는 꽤 한참 동안 열쇠를 바라보았다. 뒤집고 또 뒤집어 보며 생각했다. 앞서 말했듯이 메리는 어떤 일을 할 때 허락을 받거나 어른들에게 조언을 구하게끔 배운 아이가 아니었다. 메리가 열쇠를 보면서 한 생각은, 만약 이게 문이 잠긴 화원의 열쇠라면, 그리고 문이 어디에 있는지 찾을 수만 있다면, 어쩌면 화원 문을 열고 그 담장 안쪽이 어떤 모습인지, 오래된 장미나무가 어떻게 되었는지 볼 수 있겠다는 것뿐이었다. 화원이 보고 싶은 이유는 그 화원이 너무 오래 굳게 닫혀 있었던 탓이었다. 틀림없이 다른 정원들과는 다른 모습이고, 십 년이라는 시간 동안 뭔가 신기한 일이 일어났을 것만 같았다. 게다가 화원이 마음에 들면 매일매일 그곳에 가서 문을 잠근 채 하고 싶은 놀이를 혼자서 마음대로 할 수 있었다. 아무도 메리가 어디에 있는지 모를 테고, 화원은 계속 잠겨 있고 열쇠는 여전히 땅속에 묻혀 있는 줄로만 알 터였기 때문이다. 그런 생각을 하니 무척 즐거웠다.

수수께끼처럼 자물쇠가 채워진 백 개의 방이 있는 집에서 아무런 놀 거리도 없이 오롯이 혼자서 지내다 보니 멈춰 있던 뇌가 열심히 일을 하고 실제로 상상력도 깨어나기 시작했다. 황무지에서 불어오는 신선하고 세차고 깨끗한 바람이 이런 변화에 큰 도움이 되었다는 건 전혀 의심할 여지가 없었다. 바람을 맞으며 식욕이 살아나고 피가 용솟음쳤던 것처럼, 마음속에서도 똑같은 기운이 솟구쳤다. 인도에서는 늘 너무 덥고 느른한 데다 몸도 약해서 어떤 일에든 적극적으로 관심을 갖기가 힘들었다. 하지만 이 저택에서는 새로운 것들에 관심이 가기 시작했고 새로운 일들을 벌이고 싶어졌다. 이미 예전만큼 삐딱한 기분도 별로 들지 않았는데, 메리도 왜 그런지는 알지 못했다.

메리는 열쇠를 주머니에 넣고 산책로를 오르락내리락 걸었다. 메리 말고는 사람이 아무도 오지 않는 것 같아, 천천히 걸으면서 담을 살펴볼 수 있었다. 아니, 정확히 말하면 담을 뒤덮고 자라는 담쟁이덩굴을 살펴보는 것이었다. 담쟁이덩굴이 마치 방해꾼 같았다. 아무리 자세히 들여다보아도 보이는 거라고는 무성하게 자라난, 짙푸른 색이 반질반질한 잎사귀들뿐이었다.

메리는 실망이 이만저만이 아니었다. 산책로를 서성거리며 담 너머 나무 꼭대기를 올려다보았을 때는 비뚤어진 기분 같은 것이 되살아났다. 말도 안 되는 것 같다고, 메리는 혼자 중얼거렸다. 바로 옆에 있는데 들어갈 수가 없다니. 메리는 열쇠를 가지고 저택에 돌아왔다. 그리고 앞으로는 나갈 때마다 항상 열쇠를 가지고 다녀야겠다고 마음먹었다. 혹시라도 숨겨진 문을 찾으면 언제든지 들어갈 수 있어야 하니까.

메들록 부인은 마사에게 오두막에서 하룻밤 자고 와도 된다고 허락했지만 마사는 이른 아침부터 일터로 돌아왔다. 어느 때보다 볼이 발그스름하고 활력이 넘쳐 보였다.

"새벽 네 시에 일어났다니까요. 아! 황무지가 정말 예뻤어요. 새들이 깨어나구 토끼들이 깡충깡충 뛰댕기구 해가 떠오르구. 오는 내 걷진 않았어요. 누가 마차를 태워줘서 즐겁게 왔죠."

집에서 하루 휴가를 보내고 온 마사는 즐거운 이야깃거리가 한 보따리였다. 어머니는 마사를 반갑게 맞아주었고, 두 사람은 빵을 굽고 빨래도 모두 해치웠다. 마사는 동생들 모두에게 흑설탕을 조금 넣은 밀빵도 만들어주었다. "빵을 뜨끈뜨끈허게 구워놨는데 동생들이 황무지서 놀다 들어오데요. 오두막에 갓 구워 따끈허구 구수헌 빵 냄새가 진동을 허니까 동생들이 좋아서 소리를 질렀죠. 디콘은 우리 오두막이 너무 좋아서 왕이 와서 살아도 되겠다구 하구요."

저녁에는 가족 모두 벽난로 앞에 모여 앉았다. 마사는 어머니와 함께 찢어진 옷을 깁고 양말을 꿰매며, 식구들에게 평생 '흑인들'의 시중을 받아 혼자 양말 신는 법도 모르는 인도에서 온 어린 여자아이에 대해 이야기했다.

"아! 우리 식구들이 아가씨 이야기를 듣고 싶어 하더라구요. 아가씨가 타구 온 배랑 흑인들에 대해서두 자세히 알구 싶어했어요. 그런데 해줄 이야기가 많이 없더라구요."

메리가 가만히 생각하더니 말했다.

"다음번 쉬는 날 전까지 많이 이야기해줄게. 그럼 할 이야기가 많아질 거야. 코끼리하고 낙타를 타는 이야기랑 장교들이 호랑이 사냥을 나가는 이야기도 아마 너희 가족이 좋아할 거야."

마사가 기뻐하며 소리쳤다. "세상에! 그럼 울 식구들이 정신 못 차리구 좋아허겠네요. 정말 그렇게 해주실 거여요, 아가씨? 요크에서 야생동물 공연을 한 번 했었다구 말로만 들었는데 그거랑 비슷헐 것 같네요."

메리는 머릿속으로 생각을 곱씹듯 천천히 말했다. "인도는 요크셔랑 정말 달라. 그런 생각은 한 번도 안 해봤어. 디콘이랑 너희 엄마도 내 이야기를 좋아했어?"

"그럼요. 우리 디콘은 눈이 튀어나올 뻔했다구요. 그만큼 똥그랗게 뜨구 들었다니까요. 그런데 엄니는 아가씨가 항시 혼자 지내는 것 같담서 속상해허셨어요. 엄니가 '쥔어른이 아가씨헌테 가정교사나 보모두 안 붙여줬냐?' 그러셨구먼요. 그래서 나두 메들록 부인헌테 들은 대로 대답했죠. 아직은 없는데, 쥔님이 생각나면 붙여주실 거라구요. 하지만 엄니는 쥔님이 앞으로 이삼 년 동안은 그런 생각을 못 허실 거라구 했죠."

"난 가정교사 필요 없어." 메리가 날카롭게 말했다.

"하지만 엄니는 아가씨두 이제 책 읽구 공부를 허야 하고, 아가씨를 보살펴줄 여자가 있어야 한다구 하믄서 그러셨어요. '그러니까 마사야, 너라믄 어떨지 생각해봐라. 그렇게 크다만 집에서 엄마두 없이 종일 혼자 돌아댕기는 기분이 어떻겠니. 아가씨가 힘내게 네가 최선을 다해야 헌다.' 저두 알겠다구 했구요."

메리는 한참 동안 가만히 마사를 바라보았다.

"넌 지금도 날 힘나게 하고 있어. 난 네 이야기를 듣는 게 좋거든."

이내 마사가 방을 나갔다가 두 손에 무언가를 들고 앞치마 밑에 감춘 채 돌아왔다.

마사가 쾌활하게 활짝 웃으며 말했다. "어떻게 생각허실지 모르겠지만, 아가씨 드릴 선물을 하나 가져왔어요."

"선물이라고!" 메리가 즐거운 비명을 질렀다. 늘 배고픈 열네 식구가 사는 오두막집 사람들이 다른 사람에게 선물을 주다니!

"어떤 남자가 마차를 끌고 황무지를 돌아다니믄서 도붓장사를 허더라구요. 그 남자가 우리 집 앞에 수레를 세우는 거여요. 솥이며 냄비며 잡동사니들을 보여주는데, 엄니는 뭘 살래두 돈이 없잖요. 그래 도붓장수가 막 갈라고 허는데, 우리 엘리자베스 엘렌이 그러는 거여요. '엄니, 여기 손잡이가 빨간색 파란색으로 된 줄넘기두 있어요.' 그 말에 엄니가 그 자리서 도붓장수를 불러 세웠죠. '아저씨! 잠깐만요' 하구요. 줄넘기가 얼마냐구 물으니까 도붓장수가 이 펜스라는 거여요. 엄니는 주머니를 뒤적뒤적하시다가 나헌테 그러셨어요. '마사, 우리 착한 딸이 번 돈을 나헌테 갖다줘서, 내가 네 군데다 갈라서 그 돈을 고스란히 모아놨는데, 거서 이 펜스만 꺼내서 그 아가헌테 줄넘기를 사줘야겠구나.' 그래서 엄니가 이걸 사서 주셨어요. 자요."

마사는 앞치마 밑에서 줄넘기를 꺼내 아주 자랑스럽게 보여주었다. 마사가 보여준 건 튼튼하고 가느다란 밧줄이었는데, 양쪽 끝에 빨간색과 파란색 줄무늬가 그려진 손잡이가 달려 있었다. 하지만 메리 레녹스는 줄넘기라는 걸 지금까지 한 번도 본 적이 없었다. 메리가 얼떨떨한 얼굴로 줄넘기를 빤히 쳐다보았다.

"그건 뭐 하는 건데?"

메리가 신기해하며 묻자 마사가 크게 소리쳤다. "뭐 하는 거냐구요? 그 말은 인도엔 줄넘기가 없었단 뜻이여요? 코끼리두 있구 호랑이두 있구 낙타두 있으면서! 허긴 거긴 대부분 흑인이니까 그럴 만두 하네요. 이건 이렇게 하는 거여요. 잘 보셔요."

마사는 그렇게 말하더니 방 한가운데로 뛰어가 양손에 줄넘기 손잡이를 하나씩 잡고 깡충깡충 줄을 넘으며 뛰기 시작했다. 메리는 의자를 돌려놓고 마사를 빤히 쳐다보았다. 오래된 초상화들 속의 이상한 얼굴들도 메리를 쳐다보며, 도대체 저 미천한 오두막집 아이가 자기들 코앞에서 이 무슨 낯짝 두꺼운 짓인지 의아해하는 것 같았다. 하지만 마사는 그 얼굴들 쪽으로는 눈길 한 번 주지 않았다. 메리 아가씨가 관심을 갖고 흥미로워하는 얼굴로 쳐다보자 신이 나서 계속 줄을 넘으며 숫자를 세더니 백 번을 뛰고는 멈추었다.

줄넘기를 멈춘 마사가 말했다. "예전엔 더 많이 헐 수 있었는데. 열두 살 땐 오백 번이나 넘었거든요. 하지만 그땐 지금처럼 살두 안 쪘었구, 연습두 많이 했었지요."

메리가 해보고 싶은 마음이 들어 의자에서 일어섰다.

"재미있어 보여. 너희 엄마는 친절한 분이야. 나도 너처럼 줄넘기를 할 수 있을까?"

마사가 줄넘기를 건네주며 응원했다. "일단 한번 해보셔요. 첨부터 백 개씩 허긴 힘들어요. 하지만 연습허다 보믄 점점 늘 거여요. 엄마가 허신 말씀이여요. 엄니 말씀이 아가씨헌테는 줄넘기만큼 좋은 게 없을 거래요. 애들이 갖구 노는 장난감들 중에 젤로 쓸데 있다구요. 공기가 상쾌한 곳에 나가서 줄넘기를 허게 하믄 아가씨 팔다리가 쭉쭉 늘어나구 힘두 붙을 거라구 말여요."

메리 아가씨의 팔과 다리에 힘이 별로 없다는 사실은 줄넘기를 처음 시작하면서 바로 분명해졌다. 실력은 별로였지만 메리는 줄넘기가 너무 좋아서 그만두고 싶지 않았다.

마사가 말했다. "뭣 좀 걸치구 밖에 나가서 뛰구 줄넘기두 하구 하셔요. 엄니가 아가씨를 시간 날 때마다 밖으루 내보내라구 저헌테 그러셨어요. 비가 조금 와두 옷을 따뜻허게 챙겨 입구 나가게 허라구요."

메리는 외투를 입고 모자를 쓴 다음 한 팔에 줄넘기를 걸쳤다. 그리고 문을 열고 밖으로 나가려다가, 문득 무언가를 떠올리고 쭈뼛쭈뼛 되돌아왔다.

"마사, 그거 네 월급이었잖아. 이 펜스는 사실 네 돈이잖아. 고마워." 메리는 뻣뻣하게 말했다. 다른 사람한테 고마워하거나, 누가 자신을 위해 이러저러한 일들을 했다는 사실을 알고 인정하는 데 익숙하지 않았기 때문이다. "고마워." 메리는 그렇게 말하고는 달리 어떻게 해야 할지 몰라 손을 내밀었다.

마사도 이런 일에 익숙하지 않은 듯 손을 내밀어 어색하게 악수를 했다. 그러고는 웃음을 터뜨렸다.

"아! 아가씨는 이상한 할머니 같은 데가 있다니까요. 우리 엘리자베스 엘렌이었다믄 나헌테 뽀뽀를 했을 거여요."

"내가 너한테 뽀뽀를 했으면 좋겠어?"

메리가 한층 더 경직된 얼굴로 묻자 마사가 다시 웃었다.

"아니요, 아니에요. 다른 사람이었다믄 아마 그렇게 했을 거라구요. 하지만 아가씨는 아가씨죠. 얼른 밖으루 나가서 줄넘기 허구 노셔요."

메리 아가씨는 약간 어색한 기분으로 방을 나섰다. 요크셔 사람들은 다 이상해 보였지만, 그중에서도 마사는 늘 메리에게 수수께끼 같은 존재였다. 처음에는 마사가 아주 싫었지만 지금은 그렇지 않았다. 줄넘기는 정말 신나는 장난감이었다. 숫자를 세면서 줄을 넘고 줄을 넘으면서 숫자를 세다 보니 어느새 두 볼은 발그스름하게 달아올랐다. 태어나서 이렇게 재미있는 놀이는 처음이었다. 햇살이 반짝이고 바람이 가볍게 불었다. 거친 바람이 아니라 기분 좋게 회오리치며 새로 일군 땅의 신선한 흙냄새를 실어다 주는 바람이었다. 메리는 줄넘기를 하면서 분수 화원을 빙 돌고, 산책로를 이쪽저쪽으로 오르내렸다. 그러다가 마침내 줄넘기를 하면서 주방 텃밭에 들어섰고, 그곳에서 땅을 엎으며 울새와 이야기하는 벤 웨더스태프 노인을 보았다. 울새는 노인 주변을 총총 뛰어다녔다. 메리가 줄넘기를 하며 벤 노인에게 다가갔고, 노인은 고개를 들어 호기심 어린 얼굴로 메리를 쳐다봤다. 메리도 노인이 자기를 쳐다볼지 궁금하던 참이었다. 노인이 줄넘기하는 자기 모습을 보았으면 좋겠다고 생각했다.

벤 노인이 소리쳤다. "저런, 세상에. 아가씨두 어린애는 어린앤가 보오. 몸속에 시큼한 버터밀크(buttermilk)* 말구 어린아이 피가 흐르는 게지. 줄넘기를 허다가 볼까지 발갛게 된 게 내가 벤 웨더스태프인 것만치 확실허네요. 아가씨가 줄넘기를 헐 거라곤 생각두 못 했네요."

"줄넘기를 해본 적은 없어요. 처음 해보는 거예요. 아직 스무 개까지밖에 못 해요."

"계속허쇼. 이교도들허고 지냈던 아이치구는 자세가 좋구만요. 저 녀석이 아가씨 처다보는 것 좀 보쇼." 벤 노인이 울새를 향해 홱 고갯짓을 하며 말했다. "녀석이 어제도 아가씨를 따라가던데. 오늘 또 그러겄네. 줄넘기가 뭐 하는 물건인지 기를 쓰구 알아낼라구. 녀석이 첨 보는 물건이거든. 아! 네 녀석은 조심허지 않으믄 언젠간 그노무 호기심 땜에 죽구 말 거다." 벤 노인이 새를 보며 고개를 절레절레 흔들었다.

메리는 줄넘기를 하며 몇 분에 한 번씩 쉬기도 하면서 정원을 빠짐없이 뛰어다니고 과수원도 한 바퀴 돌았다. 마침내 자

---

* 버터를 만들 때 나오는 우유 부산물로 맛이 시큼한 게 특징인데, 영어로 시큼한 맛을 표현하는 'sour'라는 단어에는 '심술궂다'라는 뜻도 있어, 본문에 메리의 심술궂은 성격을 묘사하는 표현으로 매우 자주 등장한다.

신만의 특별한 산책로로 접어든 메리는 산책로 끝까지 줄넘기를 하면서 갈 수 있는지 해보기로 결심했다. 꽤 긴 거리였다. 메리는 천천히 뛰기 시작했지만 반도 못 가 너무 덥고 숨이 차올라 멈출 수밖에 없었다. 하지만 이미 서른 번은 넘게 뛰었기 때문에 별로 개의치 않았다. 메리는 즐거운 마음에 작게 웃으며 멈춰 섰는데, 아니, 바람에 흔들리는 기다란 담쟁이덩굴 가지 위에 울새가 앉아 있는 게 아닌가! 울새는 메리를 따라온 것이었고, 짹짹거리며 인사했다. 메리가 줄넘기를 넘으며 울새에게 가는데 뛸 때마다 주머니 안에서 무언가 묵직한 게 몸을 때렸다. 메리는 울새를 보면서 한 번 더 웃음을 터뜨렸다.

"네가 어제 열쇠 있는 곳을 알려줬지. 오늘은 문이 어디 있는지 알려줘. 하지만 너도 모르겠지!"

울새는 흔들리는 담쟁이덩굴 가지에서 날아올라 담장 위에 앉더니 부리를 열고는 힘차고 아름다운 소리로 노래하며 자신을 뽐냈다. 울새가 자신을 뽐낼 때는 세상 그 무엇보다 귀엽고 사랑스러웠는데, 울새는 거의 언제나 그런 모습이었다.

메리 레녹스는 아야에게 마법 이야기를 정말 많이도 들었었다. 그리고 메리는 바로 그 순간에 일어난 일이 마법이었다고, 언제 어디서든 이야기했다.

기분 좋은 바람이 산책로로 휘잉 회오리치며 지나갔다. 지금까지 맞았던 바람보다는 조금 더 세찬 바람이었다. 강한 바람에 나뭇가지들이 파도치고, 다듬어지지 않은 채 담에 매달린 담쟁이덩굴 가지들이 흔들렸다. 메리가 울새에게 가까이 다가서는데, 갑자기 돌풍이 불어 느슨하게 흘러내린 담쟁이덩굴 가지들을 옆으로 흔들었고, 메리는 와락 달려들어 흔들린 담쟁이덩굴을 손으로 붙잡았다. 가지 밑에서 무언가가 보였다. 담쟁이덩굴 잎사귀들 뒤로 동그란 손잡이가 감추어져 있었던 것이다. 그것은 문에 달린 손잡이였다.

메리는 두 손을 잎사귀 밑으로 집어넣어 담쟁이덩굴을 옆으로 밀고 당기기 시작했다. 담쟁이덩굴은 밑으로 늘어져 흔들리는 커튼 같았는데, 어떤 부분은 가지가 나무와 쇠를 타고 뻗어 나간 곳도 있었다. 기쁘고 흥분된 마음에 심장이 쿵쿵 뛰고 손이 살짝 떨리기 시작했다. 울새는 자기도 메리만큼 신난다는 듯이 계속 노래하고 지저귀며 고개를 한쪽으로 갸울였다. 두 손에 잡힌 이것은 뭘까? 네모난 모양에 쇠로 되어 있고, 손끝에 구멍이 만져지는 이것은?

그것은 십 년 동안 잠겨 있던 문의 자물쇠였다. 주머니에 손을 넣어 열쇠를 꺼내어 보니 열쇠 구멍과 꼭 맞았다. 메리는 열쇠를 꽂아 돌렸다. 두 손을 다 써야 했지만, 열쇠가 돌아갔다.

메리는 숨을 깊이 들이마시고 뒤를 돌아 긴 산책로를 살펴보며 누가 오지는 않는지 확인했다. 아무도 오지 않았고, 누가 올 기미도 없어 보였다. 메리는 너무 떨려서 다시 길게 숨을 들이 쉬고, 흔들리는 담쟁이덩굴 커튼을 뒤로 젖힌 뒤, 문을 뒤로 밀었다. 문이 천천히, 천천히 열렸다.

메리는 그 틈으로 몸을 밀고 들어가 문을 닫고서는, 그 자리에 등을 기대고 서서 주변을 둘러보았다. 숨이 가빠올 만큼 흥분되고 놀랍고 기뻤다.

메리는 비밀의 화원 안에 서 있었다.

9.
세상에서 제일 이상한 집

그곳은 상상이라 해도 이보다 더 아름답고 신비로울 수 없을 것 같은 공간이었다. 화원을 둘러싼 높은 담장은 잎이 다 떨어진 덩굴장미 줄기로 뒤덮여 있었는데, 어찌나 빽빽한지 앙상한 줄기들이 한 덩어리처럼 서로 엉겨 있었다. 메리 레녹스가 앙상한 줄기만 보고도 장미인 줄 알았던 건 인도에서 수많은 장미를 보았던 덕이었다. 바닥은 겨울이라 갈색빛으로 물든 풀들로 온통 뒤덮여 있었고 그 위로는 살아 있다면 장미 덤불이 분명할 관목들이 무더기로 자라났다. 외목 장미(standard rose)*들도 많았는데 가지들을 얼마나 멋지게 뻗었는지, 전부 다 작은

---

* 외목대를 세우고 곁가지 꽃은 따내어 한 꽃대에 한 개의 꽃만 피우는 장미.

나무 같았다. 화원에는 다른 나무들도 있었지만, 그곳을 더없이 신비롭고 아름다운 분위기로 만드는 건 바로 덩굴장미였다. 덩굴장미가 사방에서 온갖 나무들을 타고 올라가며 덩굴손이 기다랗게 늘어져 흔들렸는데 그 모습이 마치 가볍게 흔들리는 커튼 같았다. 여기저기에서 서로 엉키거나 멀리 떨어진 나뭇가지를 붙잡기도 하고, 이 나무와 저 나무를 타고 넘으며 아름다운 다리를 만들기도 했다. 이제 나뭇잎도 없고 장미도 보이지 않아 메리는 그 나무들이 죽었는지 살았는지 알 수 없었지만, 앙상한 잿빛이나 갈색을 띤 가지와 잔가지들은 모든 것을 뒤덮은 희미한 망토처럼 담과 나무 위로 펼쳐졌고 누런 잔디 위로 떨어져 바닥에서도 뻗어나갔다. 나무에서 나무로 뻗어나간 이 희미한 망토 때문에 화원은 온통 신비로운 공간으로 보였다. 메리는 이토록 오랫동안 사람의 발길이 끊겼던 이 화원이 다른 정원들과는 분명히 다를 거라고 생각했다. 그리고 정말로 이곳은 지금껏 살면서 보았던 곳과는 완전히 다른 공간이었다.

메리가 조용히 읊조리듯 말했다. "이렇게 조용할 수가! 정말 조용해!"

메리는 가만히 기다리며 고요함에 귀를 기울였다. 자기 나무 꼭대기로 날아와 앉아 있던 울새도 다른 모든 것들처럼 조용했다. 날개조차 퍼덕이지 않고 작은 움직임도 없이 메리를 내려다보았다.

메리가 다시 조용히 속삭였다. "조용한 게 당연하지. 이곳에 들어와 말을 한 사람은 십 년 만에 내가 처음이니까."

메리는 문에서 떨어져 누가 깨기라도 할까 살금살금 걸음을 옮겼다. 바닥에 풀이 깔려 있어서 걸을 때 소리가 나지 않는 게 다행이었다. 메리는 동화의 한 장면처럼 나무와 나무 사이로 만들어진 회색의 둥근 차양 아래를 걸으며 차양을 이룬 잔가지와 덩굴손들을 올려다보았다.

"전부 다 죽은 건가? 이 화원은 완전히 죽어버린 걸까? 아니라면 좋을 텐데."

벤 웨더스태프 노인이었다면 척 보기만 해도 나무가 살아 있다는 사실을 알았겠지만, 메리가 알 수 있는 건 회색이거나 갈색인 잔가지와 굵은 가지들이 있다는 게 전부였고, 그 어디에서도 작은 새순 하나 올라올 기미 같은 건 없다는 것이었다.

하지만 메리는 이 놀라운 화원 안에 들어와 있었고 또 언제든지 담쟁이덩굴 아래 감춰진 문으로 들어올 수 있었기에, 온전히 자기 것인 세상을 발견한 기분이었다.

태양이 사방을 둘러싼 담장 안에서 반짝거렸고 미셀스웨이트의 이 특별한 공간 위로 드높게 펼쳐진 푸른 하늘은 황무지의 하늘보다 더 눈부시고 부드러워 보였다. 울새는 나무 꼭대기에서 내려와 주변을 총총 뛰거나 덤불 사이를 날며 메리를 따라왔다. 열심히 지저귀며 바삐 쫓아다니는 모습이 마치 메리에게 화원을 안내하는 것 같았다. 모든 게 낯설고 조용하기만 해서 수백 킬로미터 근방에 아무도 없는 것 같았지만 메리는 전혀 외롭지 않았다. 마음에 걸리는 건 장미가 모두 죽었는지, 아니면 조금은 살아남아 날이 따뜻해지면 새잎이 돋고 봉오리가 맺힐지 알고 싶다는 것 하나였다. 메리는 화원이 완전히 죽은 건 아니길 바랐다. 이 화원이 생생하게 살아 있다면 얼마나 멋질까! 수천 송이 장미가 사방에서 자랄 게 아닌가!

메리는 화원에 들어올 때 줄넘기를 팔에 걸고 있었는데, 잠시 이리저리 거닌 뒤에 줄넘기를 하면서 화원 전체를 한 바퀴 돌다가 구경하고 싶은 게 있으면 멈춰야겠다고 생각했다. 여기저기에 잔디가 깔린 길이 있었던 흔적이 있었고, 모퉁이 한두 곳에는 상록수 쉼터가 있었는데 그곳에는 돌 의자도 있고 이끼로 덮인 기다란 꽃병도 있었다.

메리는 두 번째 쉼터에 다가가면서 줄넘기를 멈췄다. 그 안에는 한때 화단이었던 공간이 있었는데, 뭔가가 검은흙을 비집고 나오는 것 같았다. 그것은 작고 뾰족한 연둣빛 새싹이었다. 메리는 벤 웨더스태프 노인에게서 들었던 말이 기억나 무릎을 꿇고 새싹들을 들여다보며 소곤소곤 말했다.

"그래, 이 작은 것들이 자라고 있는 거야. 크로커스거나 갈란투스거나 수선화일 거야."

메리는 그 위로 몸을 바짝 숙여 축축한 땅에서 나는 싱싱한 향기를 맡았다. 그 향이 정말 좋았다.

"아마 이렇게 싹이 올라오는 곳들이 다른 데 더 있을 거야. 화원을 여기저기 다 살펴봐야겠어."

메리는 줄넘기를 뛰지 않고 걸었다. 천천히 걸으면서 땅에서 눈을 떼지 않았다. 가장자리에 있는 오래된 화단과 잔디 사이사이를 들여다보고, 못 보고 지나치는 것이 있을까 봐 열심히 살피며 화원을 한 바퀴 돈 뒤에 뾰족한 연둣빛 새싹들을 더 많이 찾아내고는 다시 들떠서 나직하게 탄성을 질렀다.

"화원이 완전히 죽은 게 아니야. 장미는 죽었을지 몰라도 다른 것들은 살아 있어."

메리는 화원을 가꾸는 일에 대해 아는 건 하나도 없었지만, 군데군데 풀들이 너무 빽빽하게 자라난 곳들에선 연둣빛 새싹들이 밀고 나오다가도 제대로 자라날 공간을 찾지 못하겠단 생각이 들었다. 메리는 이리저리 둘러보다가 뾰족한 나뭇조각을 발견하고는 무릎을 꿇고 흙을 파서 풀과 잡초를 뽑아내며 새싹들 주변을 말끔하게 정리했다.

메리가 첫 번째 땅을 고르고 나서 말했다. "이제 숨 좀 쉴 수 있을 것 같아. 앞으로 더 많이 이렇게 해줘야겠어. 눈에 보이는 곳은 다 해야지. 오늘 시간이 안 되면 내일 다시 오면 되니까."

메리는 이곳저곳으로 오가며 땅을 파고 잡초를 뽑았다. 너무 재미있어서 화단에서 화단으로 이끌려 다니다가 나무 아래 풀밭으로까지 들어갔다. 그렇게 움직이다 보니 너무 더워져서 메리는 처음에는 외투를 벗고 다음에는 모자까지 벗고는 자신도 모른 채 빙긋이 웃으며 잔디와 연둣빛 새싹들을 내내 내려다보고 있었다.

울새는 쉴 새 없이 바빴다. 자기 땅에서 초목을 가꾸는 모습을 보게 되어 무척 기뻤다. 울새는 가끔씩 벤 웨더스태프 노인을 보며 감탄했다. 정원이 잘 가꾸어진 곳에서는 온갖 종류의 신나고 맛있는 먹을거리들이 흙과 함께 나타났다. 이제 이곳에도 새로운 생명체가 그 일을 시작한 것이다. 벤 노인에 비하면 절반 크기도 안 되지만 자신의 화원에 들어와 곧장 일을 시작할 만큼 똑똑한 존재였다.

화원에서 일을 하다 보니 어느덧 점심 식사를 하러 가야 할 시간이었다. 사실 조금 때를 놓쳐 기억이 난 터라, 메리도 외투와 모자를 걸치고 줄넘기를 집어 들면서 자신이 두세 시간 동안 계속 일했다는 사실이 믿기지 않았다. 일하는 내내 정말로 행복했다. 수십 개씩 조그맣게 움튼 연둣빛 새싹들도 말끔하게 정리된 공간에서 돋아나는 모습을 보니 잔디와 잡초들 틈바구니에서 숨 막히게 견딜 때보다 두 배는 더 생기 넘쳐 보였다.

"이따가 오후에 다시 올게." 메리가 자신의 새로운 왕국을 빙 둘러보며, 나무와 장미 덤불이 알아듣기라도 할 것처럼 말했다.

그런 다음 잔디를 가볍게 가로질러 천천히 열리는 낡은 문을 밀고 담쟁이덩굴 밖으로 빠져나왔다. 두 뺨은 발갛고 눈은 생기로 반짝이며 점심을 거뜬히 먹어치우자, 마사가 기뻐하며 말했다.

"고기 두 덩이에 쌀 푸딩을 두 그릇이나! 와! 줄넘기 덕분에 아가씨가 이렇게 달라졌다구 허믄 엄니가 기뻐하실 거여요."

메리 아가씨는 뾰족한 나뭇조각으로 땅을 파면서 양파처럼 생긴 하얀 뿌리 같은 걸 파냈었다. 메리는 파낸 것을 다시 제자리에 묻고 조심스럽게 흙을 다독거려주었는데, 불쑥, 마사라면 그게 뭔지 알려줄 수 있지 않을까 하는 생각이 들었다.

"마사, 하얀 뿌리인데 양파처럼 생긴 건 뭐야?"

"알뿌리여요. 봄꽃은 알뿌리서 자라는 게 많지요. 아주 작은 건 갈란투스랑 크로커스구, 큰 건 흰수선화허구 노란수선화허구 나팔수선이구요. 젤로 큰 건 백합이랑 자주꽃창포라는 거여요. 아! 고것들 참 예쁘죠. 디콘두 것들을 한껏 가져와서 쪼매난 울 집 정원에 심었다니까요."

"디콘은 알뿌리를 다 알아?" 메리가 물었다. 문득 어떤 생각이 떠올랐다.

"우리 디콘은 벽돌담에서두 꽃이 피게 할 아이여요. 엄니는 그 애가 속삭이기만 해두 땅에서 싹을 틔운다구 하셔요."

"알뿌리는 오래 살아? 사람이 돌보지 않아도 몇 년 동안 계속 살아?" 메리가 걱정스레 물었다.

"알뿌리는 혼자서두 잘 살아요. 그래서 없는 집에서두 키울 수가 있는 거구요. 누가 못살게만 안 굴믄 대부분은 평생을 땅속에서 부지런히 뻗어나가면서 새끼를 치거든요. 여기 정원 숲에 가믄 갈란투스가 수천 송이 피는 곳이 있그든요. 봄이 오믄 거기 경치가 요크셔서 젤 예쁘잖아요. 그걸 맨 첨으루 심은 게 언젠지는 아무두 몰라요."

"지금 당장 봄이 오면 좋겠어. 영국에서 자라는 모든 걸 다 보고 싶어."

메리는 식사를 마치고 제일 좋아하는 자리인 벽난로 양탄자 위에 앉았다.

"저기, 있잖아……. 작은 삽이 하나 있으면 좋겠어."

마사가 웃으면서 물었다. "건 뭐에다 쓰실라구요? 땅이라두 파실라구요? 이 이야기두 엄니한테 해드려야겠네요."

메리는 벽난로에서 타오르는 불길을 바라보며 잠시 궁리를 해보았다. 조심하지 않으면 비밀의 왕국을 지킬 수 없었다. 나쁜 짓을 하려는 건 아니지만, 만일 화원 문이 열렸다는 사실을 크레이븐 고모부가 알게 되면 무섭게 화를 내며 다른 열쇠로 영영 잠가버릴 터였다. 그건 정말 견디기 힘들 것 같았다.

메리는 속으로 곰곰이 생각하는 사람처럼 천천히 말했. "여긴 너무 넓고 외로운 곳이야. 집에서도 혼자이고, 숲속에 가도 혼자이고, 정원에서도 혼자야. 잠긴 곳도 너무 많은 것 같아.

인도에 있을 땐 할 일은 없었어도 사람은 지금보다 많이 구경했어. 원주민들도 보고 군인들이 행진하는 것도 보고, 가끔씩 악단이 연주하는 것도 보고. 내 아야는 나한테 이야기도 해줬어. 여기선 이야기할 사람이 너하고 벤 웨더스태프 할아버지밖에 없잖아. 그런데 너는 일을 해야 하고 벤 할아버지는 나랑 말 하지 않으려고 할 때도 많아. 그래서 작은 삽이 하나 있으면 할아버지처럼 어디에다 땅을 파서, 만약 할아버지가 꽃씨를 조금 주면 나도 작은 화원을 만들 수 있을 것 같았어."

마사가 확 밝아진 얼굴로 소리쳤다. "딱 맞네요! 엄니가 꽃씨까진 말씀허지 않으셨지만요. 엄니가 그러셨그든요. '그 너른 저택에 빈 땅두 그렇게 많은데 아가씨헌테 좀 떼주지 그러냐. 거기다가 파슬리하구 무만 심어댄다 한들 좀 어떠냐'구요. '땅두 파구 갈퀴질만 해두 얼마나 즐거울 텐데' 허시믄서요. 정말 그렇게 말씀허셨다니까요."

"그런 말을 하셨어? 너희 엄마는 정말 아는 게 많으시네. 그렇지?"

"아! 그런 비슷한 말씀두 허셨어요. '여자가 자식 열둘을 키우다 보믄 지식보다 더 대단한 걸 배우게 되구, 아이들은 산수나 다름없어서 답을 구하게 해준다'구요."

"삽은 얼마 정도 해? 작은 걸로 사면?"

마사가 곰곰이 생각하는 얼굴로 대답했다. "글쎄요, 스웨이트 마을에 상점이 한두 곳 있는데, 거서 조그만 정원 용품 세트라고 삽이랑 갈퀴랑 쇠스랑까지 다 해서 이 실링에 파는 걸 봤어요. 그 정도믄 튼튼해서 아가씨가 쓸 만할 거여요."

"돈은 지갑에 더 많이 있어. 모리슨 부인이 오 실링을 줬고 메들록 부인도 크레이븐 고모부가 주신 거라며 얼마 더 줬어."

"주인님이 아가씨를 그렇게나 챙겨주셨어요?" 마사가 탄성을 질렀다.

"메들록 부인이 그러는데 나한테 일주일에 일 실링씩 주실 거래. 메들록 부인한테서 토요일마다 받거든. 그 돈을 어디다 써야 할지 모르겠어."

"세상에! 부자네요. 아가씨가 사구 싶은 건 뭐든 다 살 수 있어요. 우리 오두막집 집세가 일 실링 삼 페니밖에 안 허는데 그 돈을 벌라믄 생니가 뽑히는 것마냥 힘들어요. 아, 지금 막 좋은 생각이 났어요."

마사가 두 손을 엉덩이에 올리자, 메리가 잔뜩 기대하는 얼굴로 물었다.

"뭔데?"

"스웨이트에 있는 상점서 꽃씨를 한 봉다리에 일 페니씩 하거든요. 우리 디콘이 어떤 꽃이 젤 예쁘구 어떻게 하믄 잘 자라는지두 다 알아요. 스웨이트까지는 재미 삼아 하루에두 몇 번씩 걸어갔다 오곤 해요. 아가씨, 인쇄체로 글자 쓸 줄 아세요?"

마사가 불쑥 물었다.

"쓰는 법은 알아."

마사가 고개를 저었다.

"울 디콘은 인쇄체 글씨 아니믄 못 읽어요. 아가씨가 인쇄체로 쓸 수 있으믄 디콘헌테 편지를 써서 거 가서 정원 용품 좀 사다 달라구 하믄서 꽃씨도 같이 사 오라구 부탁허믄 되거든요."

메리가 소리쳤다. "아! 넌 좋은 사람이야! 정말이야! 네가 이렇게 착한 줄 몰랐어. 해보면 인쇄체 글씨를 쓸 수 있을 거야. 메들록 부인한테 펜이랑 잉크랑 종이를 달라고 부탁하자."

"그건 나헌테 조금 있어요. 일요일에 어머니헌테 편지 몇 자 적어 보낼라구 사뒀거든요. 그거 가지구 올게요."

마사가 밖으로 뛰어나가고, 메리는 난롯가에 서서 기쁜 마음에 어쩔 줄 몰라 하며 작은 두 손을 마주 잡고 비틀었다. 그리고 속삭여 말했다.

"삽이 생기면 흙도 부드럽게 갈고 잡초도 뽑을 수 있겠지. 씨를 사면 꽃을 키울 수 있으니까 화원도 죽지 않을 거야. 다시 살아날 거야."

메리는 그날 오후에 다시 화원으로 나가진 않았다. 마사가 펜과 잉크와 종이를 가지고 돌아왔을 땐 식탁을 치운 뒤 접시와 그릇 등을 아래층으로 날라야 했고, 부엌에 들어갔다가 메들록 부인을 만나 이것저것 시키는 일들을 해야 했기 때문에, 메리로서는 길게만 느껴지는 시간을 기다린 뒤에야 마사가 돌아왔다. 디콘에게 편지를 쓰는 건 만만찮은 작업이었다. 메리는 배운 게 거의 없었다. 오는 가정교사마다 메리를 너무 싫어해서 오래 붙어 있으려 하지 않았기 때문이다. 단어 자체도 정확히 모르는 게 많았지만 연습하다 보니 인쇄체를 쓸 수는 있었다. 마사가 메리에게 불러준 편지 내용은 이러했다.

사랑하는 디콘에게
이 편지가 너에게 잘 도착하면 좋겠다. 메리 아가씨는 돈이 많으니 네가 스웨이트에 가서 꽃씨와 화단 만드는 정원 용품 세트를 사다 주길 바라. 꽃은 제일 예쁘고 키우기 쉬운 것으로 골라야 해. 아가씨는 화단을 가꾸는 게 처음이고 아가씨가 살았던 인도는 여기와는 다르거든. 어머니와 동생들에게도 안부 전해주렴. 메리 아가씨가 이야기를 아주 많이 해줄 테니, 다음번 쉬는 날엔 코끼리랑 낙타 이야기도, 사자와 호랑이 사냥을 하는 신사들 이야기도 들려줄 수 있을 거야.
너를 사랑하는 누나,
마사 피비 소어비

"봉투에 돈을 넣으믄 내가 푸줏간 아이헌테 말해서 수레에다

신구 가라 헐게요. 그 애가 우리 디콘허구 아주 친한 친구거든요." 마사가 말했다.

"디콘이 그걸 사면 난 어떻게 받지?"

"그 애가 직접 갖다 줄 거여요. 디콘도 이리로 걸어오고 싶어 헐 거여요."

"와! 그럼 나도 볼 수 있겠네! 디콘을 만날 거라곤 생각도 못 했는데."

메리가 외치자 마사가 불쑥 물었다. 메리가 그만큼 즐거워 보였던 것이다.

"디콘을 보구 싶으셔요?"

"응. 여우랑 까마귀가 좋아하는 남자애는 본 적이 없거든. 디콘을 정말 보고 싶어."

마사가 살짝 놀라며, 뭔가가 기억난 듯 말했다.

"인제 생각나는데, 깜박 잊은 게 있었네요. 오늘 아침에 아가씨헌테 젤 먼저 알려드릴라구 했었는데. 엄니헌테 여쮜봤거든요. 그랬드니 엄니가 메들록 부인헌테 직접 부탁해본다구 하셨어요."

"그 이야기는……."

"내가 화요일날 말했던 거요. 언제 한번 아가씨가 마차 타구 우리 오두막에 놀러 와서 엄니가 만들어주시는 따끈한 귀리 빵이랑 버터랑 우유랑 먹고 가두 될지 여쮜본다구 했잖어요."

즐거운 일들이 하루 동안 모두 일어난 것 같았다. 하늘이 파란 대낮에 황무지에 가게 되다니! 아이가 열둘이나 사는 오두막에 가볼 수 있다니!

"너희 엄마는 메들록 부인이 나를 보내줄 것 같대?" 메리가 몹시 불안한 얼굴로 물었다.

"그럼요. 그럴 거래요. 우리 엄니가 얼마나 깔끔헌 분인지, 오두막을 얼마나 반질반질허게 쓸구 닦구 허시는지 부인두 아시니까요."

메리는 너무 좋아서 계속 생각을 곱씹으며 말했다. "가게 되면 디콘뿐 아니라 너희 엄마도 만나겠네. 너희 엄마는 인도에서 본 엄마들하고 다른 것 같아."

화원에서 흙밭을 갈고 오후의 일로 들떴던 메리는 기분을 가라앉히고 생각에 잠겼다. 마사는 차 마시는 시간이 될 때까지 같이 있었지만, 서로 말은 거의 하지 않고 편안하게 머물렀다. 그러다가 마사가 다과상을 가지러 아래층에 막 내려가려고 할 때 메리가 물었다.

"마사, 부엌 심부름하는 아이는 오늘도 이가 아팠어?"

마사는 분명 조금 놀란 것 같았다.

"그건 왜 물으셔요?"

"네가 한참 동안 안 와서 기다릴 때 말이야. 네가 오는지 보려고 문을 열고 나가서 복도를 따라 내려갔거든. 그런데 저 멀리서 울음소리가 또 들리잖아. 지난밤에 들었던 거하고 똑같은 소리가. 오늘은 바람도 안 불었는데, 그게 바람 소리일 리가 없잖아."

마사가 안절부절못하며 말했다. "아! 복도를 돌아다니믄서 무슨 소리가 나나 듣구 그러믄 안 돼요. 쥔님이 엄청 화내실 텐데, 그럼 어떻게 허실지 아무도 몰라요."

"일부러 들은 거 아니야. 그냥 너를 기다리고 있었는데 그 소리가 들린 거야. 이번이 세 번째야."

"아이고! 메들록 부인이 종을 치네요." 마사는 그렇게 말하고 달음질치다시피 방을 나갔다.

"세상에서 제일 이상한 집이야." 메리가 졸린 목소리로 말했다. 옆에 놓인 푹신한 안락의자 위로 고개가 떨어졌다. 상쾌한 공기와 흙 고르기, 그리고 줄넘기 덕분에 기분 좋은 피로가 밀려들며 메리는 금방 잠에 빠져들었다.

10.
디콘

 햇볕이 거의 일주일 내리 비밀의 화원에 쏟아졌다. 비밀의 화원은 메리가 그곳을 생각하며 지은 이름이었다. 메리는 그 이름이 마음에 들었다. 그리고 그보다 더 마음에 드는 건 그 아름답고 오래된 담 안에 들어가 있을 때는 아무도 자신이 어디 있는지 모른다는 사실이었다. 어느 동화 나라에 갇혀 있는 기분마저 들었다. 몇 권 되진 않지만 읽고 좋아했던 책들이 동화책들이었는데, 그중 몇몇 이야기들 속에서 비밀의 화원에 대해 읽은 적이 있었다. 어떤 책에서는 비밀의 화원에 들어간 사람들이 백 년 동안 잠을 잔다는 이야기도 나왔는데, 메리는 정말 어리석은 일이라고 생각했다. 메리는 잠을 잘 생각도 없었을 뿐 아니라, 미셀스웨이트에서 하루하루를 보내는 동안 사실 점점 더 잠에서 깨어나고 있었다. 바깥에서 지내는 게 좋아지기 시작했으며, 이제는 바람도 싫지 않고 오히려 즐겼다. 전보다 더 빠르게 더 멀리까지 뛰어다녔고 줄넘기도 백 개까지 할 수 있었다. 비밀의 화원에 있는 알뿌리들도 깜짝 놀랐을 게 분명했다. 주변이 깔끔하고 쾌적하게 정돈되어 맘껏 숨을 쉴 수 있게 되자, 메리 아가씨가 알고 있었는지는 모르겠지만 검은흙 밑에서 알뿌리들이 기운을 차리고 엄청나게 일을 하기 시작했다. 태양이 그 위로 내려와 따뜻하게 어루만져 주고, 비가 내리면 곧바로 땅속으로 스며들어 알뿌리들은 훨씬 더 생생한 생명의 힘을 느꼈다.

메리는 워낙 성격이 유별나고 결심도 굳은 아이인데, 재미를 붙인 데다 결심까지 굳힌 일이 생기자 그야말로 푹 빠져들어 버렸다. 흙을 갈고 잡초를 뽑으며 끊임없이 일을 해도 지치기는커녕 시간이 갈수록 점점 더 즐거워졌다. 일이라기보다 마음을 앗아 간 놀이 같았다. 뾰족하게 고개를 내미는 연둣빛 새싹들은 바라던 것보다도 더 많아 보였다. 마치 사방에서 올라오는 것 같았고, 메리는 매일매일 조그만 새싹들을 발견했다. 어떤 것들은 너무나 작아서 흙 위로 간신히 보일락 말락 할 정도였다. 그렇게 돋아나는 싹들이 어찌나 많은지, '갈란투스 수천 송이'가 피어나고 알뿌리가 땅속에서 뻗어나가며 새끼를 친다던 마사의 말이 떠올랐다. 돌보는 손길 없이 십 년 동안 방치됐던 알뿌리들이 그렇게 뻗어나가 갈란투스처럼 수천 개의 싹을 틔운 게 분명했다. 메리는 시간이 얼마나 흘러야 이 싹들이 자기가 꽃이라는 사실을 뽐낼까 궁금했다. 가끔은 흙을 일구던 손을 멈추고 화원을 바라보며 아름답게 활짝 핀 수천 송이 꽃들로 뒤덮인 모습을 상상해보기도 했다. 날씨가 화창했던 일주일 동안 메리는 벤 웨더스태프 노인과도 더 가까워졌다. 메리는 마치 땅속에서 튀어나오는 것처럼 벤 노인 옆에 불쑥 나타나 몇 차례나 노인을 깜짝 놀라게 했다. 사실 자기가 오는 것을 보면 노인이 연장을 챙겨 들고 달아나 버릴까 봐 매번 최대한 살금살금 다가간 것이었다. 하지만 노인은 처음처럼 심하게 메리를 밀어내지 않았다. 어쩌면 자기처럼 나이 많은 노인과 어울리고 싶어 하는 메리를 보면서 내심 우쭐한 마음이 들기도 했다. 또 메리가 처음보다는 예의 바르게 행동한 것도 있었다. 벤 노인은 몰랐지만, 처음 만났을 때 메리는 인도인 원주민에게 말하던 습관대로 벤 노인을 대했다. 메리는 화가 많고 억센 요크셔 노인이 평소 주인에게 고개를 조아리는 살람식 인사에는 익숙하지 않다거나, 그저 주인이 일을 시키면 할 뿐이라는 사실을 알지 못했다.

어느 날 아침에 벤 웨더스태프 노인이 고개를 들다가 옆에 서 있는 메리를 보고는 말했다. "아가씨는 울새허구 똑같다니까요. 언제 어서 나타나는지 알 수가 없네."

"울새랑 나는 이제 친구니까요."

벤 웨더스태프가 톡 쏘듯이 말했다. "녀석이 그렇다니까. 변덕에 바람만 잔뜩 들어서는 여자 뒤꽁무니나 졸졸 따라댕기구. 뭔 짓을 해서라두 꽁지 깃털 좀 으스대서 알랑거려볼라구. 가당치두 않은 자만심에 취해서는."

벤 노인은 별로 말이 없는 데다 가끔은 메리가 뭘 물어보아도 대답 없이 툴툴거리기만 할 뿐이었는데, 이날 아침에는 유난히 말이 많았다. 노인은 허리를 펴고 서서 징 박힌 장화 한 짝을 삽 위에 걸쳐놓고 메리를 살펴보다 불쑥 물었다.

"여 온 지는 얼마나 됐남요?"

"한 달 정도 된 것 같아요."

"아가씨 덕에 미셸스웨이트 면이 설라는가. 여 와서 살두 붙구 노리끼리헌 것두 전보다 덜허요. 꼭 털 빠진 까마귀 새끼 모냥으로 해서 여 텃밭에 첨으루 왔었는데. 나 혼자 생각에 그렇게 못나구 심술맞게 생긴 애는 첨 본다구 그랬지요."

메리는 자만심도 없고 자기 외모를 대단히 중요하게 생각한 적도 없었기 때문에 노인의 말에 별로 속상해하지 않았다.

"살이 붙은 건 맞아요. 양말이 자꾸 조이더라고요. 전에는 헐렁해서 주름도 잡히고 그랬는데. 저기 울새예요, 벤 할아버지."

정말로 울새가 있었다. 메리는 울새가 어느 때보다 멋져 보인다고 생각했다. 빨간 가슴 조끼 털은 공단처럼 윤이 흘렀다.

울새는 날개와 꽁지를 파닥이고 머리를 갸웃거리며 총총 뛰어다녔는데 활기차고도 우아한 자태를 이루 다 표현할 수 없었다. 벤 웨더스태프를 감탄하게 만들려고 작정한 것 같았다. 하지만 노인은 비비 꼬아대며 말했다.

"오냐, 왔구나! 같이 놀 상대가 없을 땐 니가 참고 나허구라두 놀아주겠다 이거지. 요 두 주 사이에 조끼 털은 더 빨개지구 반지르르허니 깃털에 광도 내구. 네 녀석이 무슨 꿍꿍인지 내 다 안다. 어디 가서 건방진 처자헌테 구애허구 있는 게지. 지가 미셀 황무지서 울새 중엔 젤루 멋진 수컷이라느니 딴 수컷들 허구 죄다 싸울 자신이 있다느니 허풍을 떨어대믄서."

"와! 저 새 좀 봐요!" 메리가 외쳤다.

울새는 마음을 휘어잡을 듯 예쁘고 눈에 띄게 대담해 보였다. 총총 뛰어 가까이 다가오더니 점점 더 귀엽고 매력적인 눈길로 벤 노인을 쳐다보았다. 울새는 제일 가까운 까치밥나무 덤불 위로 날아올라, 고개를 갸웃거리며 벤 노인에게 짧은 노래를 불러주었다.

"그렇게 하면 내가 넘어갈 줄 아는 게야. 네 녀석헌테 안 넘어가구 배길 사람이 있겠냐 이거지. 네 녀석이 허는 생각이 그렇지." 벤 노인은 그렇게 말하면서 얼굴을 찡그렸지만, 메리가 보기에는 기쁜 속내를 드러내지 않으려고 애쓰는 표정 같았다.

울새가 날개를 활짝 펼쳤다. 그 순간 메리는 두 눈을 믿을 수 없었다. 울새가 벤 노인의 삽자루 손잡이 쪽으로 곧장 날아가더니 그 위에 내려앉은 것이었다. 그러자 찡그렸던 노인의 주름진 얼굴에 조금씩 새로운 표정이 나타났다. 벤 노인은 미동도 없이 서서 숨도 쉬지 못 하는 것 같았다. 울새가 놀라서 날아가 버릴까, 세상을 다 준대도 꿈쩍하지 않을 것처럼 서 있었다. 벤 노인이 조그맣게 속삭여 말했다. 목소리가 어찌나 부드러운지, 그가 하는 말이 다른 뜻처럼 들릴 정도였다.

"이런, 젠장! 네놈은 친구 혼내는 법을 안단 말여. 안다구! 넌 진짜 범상찮어. 너무 잘 알잖어."

벤 노인은 꼼짝없이 서서 숨도 거의 쉬지 않았다. 그러다가 마침내 울새는 다시 한 번 날개를 파닥이고는 날아가 버렸다. 그러자 노인은 선 채로 삽자루 손잡이에 마법이라도 담겨 있는 것처럼 쳐다보다가 다시 땅을 파기 시작했고, 그렇게 몇 분 동안 아무 말도 하지 않았다.

하지만 벤 노인이 불쑥불쑥 슬그머니 미소를 짓곤 했기 때문에 메리도 별 거리낌 없이 말을 붙였다. "할아버지도 정원이 있어요?"

"아니이. 난 결혼도 안 했구 해서 정문 숙소서 마틴허구 같이 살어요."

"정원이 있다면 뭘 심을 거예요?"

"양배추허구 감자허구 양파허구."

"아니, 만약에 꽃을 심는 정원이라면 어떤 꽃을 심을 건데요?"

"알뿌리허구 냄새가 향긋헌 것들……. 그래두 대부분 장미지요."

메리의 얼굴이 확 밝아졌다.

"할아버지도 장미를 좋아해요?"

벤 노인이 잡초 하나를 뿌리째 뽑아서 옆에다 내던진 다음 대답했다.

"뭐, 좋지요. 난 어떤 젊은 부인헌테서 정원 가꾸는 일을 배웠어요. 부인은 자신이 젤루 좋아허는 곳에다가 장미를 많이 심어놓구 그게 자식이라두 되는 것마냥, 울새라두 되는 것마냥 애지중지 키웠지요. 몸을 수그려서 뽀뽀허는 것두 내가 봤다니까." 벤 노인이 다시 잡초를 뽑아 들고 인상을 쓰며 덧붙였다. "그게 벌써 십 년 전 일이요."

"그 부인은 지금 어디 있는데요?"

메리가 궁금해하며 묻자, 노인이 삽을 땅속 깊숙이 밀어 넣으며 대답했다.

"하늘나라요. 언 목사가 그러대."

"장미는 어떻게 됐어요?" 메리가 부쩍 관심을 보이며 다시 물었다.

"거기 고대루 뒀지요."

메리는 몹시 들떠서 조심스럽게 물었다.

"죽어버렸어요? 장미는 그냥 두면 다 죽어버리나요?"

벤 노인이 머뭇머뭇하며 말했다. "뭐, 나두 장미를 좋아하게 되었구, 그리구 부인두 좋아했구, 부인은 장미를 좋아했구. 일 년에 한두 번 가서 슬쩍 손만 봐줬지. 가지두 쳐주구 뿌리 주변 흙두 헤집어주구. 제멋대루 자라두 흙이 기름져서 살아남은 것들이 있더라구요."

"잎사귀도 없고, 회색하고 갈색이 나면서 말라 보일 땐 죽었는지 살았는지 어떻게 알아요?"

"봄기운이 닿을 때까지 기달려야지. 비가 오다가 햇살이 내리쬐구, 햇살이 내리쬐는데 비가 올 때까지 기달리다 보믄 알게 되겠지."

"어떻게, 어떻게요?" 메리가 조심해야 한다는 사실을 깜빡 잊고 소리쳤다.

"잔가지허구 굵은 가지를 살펴보다 보믄 여기저기 갈색 혹이 부푼 게 있을 텐데, 따뜻한 비가 온 담에 그게 어떻게 되는지 지켜보시요." 벤 노인은 갑자기 말을 멈추더니 열심히 듣고 있던 메리를 이상하다는 눈길로 보며 캐물었다. "별안간 장미에 왜 그렇게 관심이 많아졌대요?"

메리 아가씨는 얼굴이 빨갛게 달아오르는 것 같았다. 불안해서 말문이 막힐 지경이었다. 메리는 더듬더듬 대답했다.

"나는⋯⋯. 나는 놀고 싶어서요. 정원에서⋯⋯. 내 정원에서요. 그러니까, 난 할 게 아무것도 없어요. 갖고 놀 것도 없고……. 놀 사람도 없고."

"뭐, 그건 그렇지요. 암것두 없지요." 벤 노인이 천천히 말하며 메리를 쳐다봤다.

그렇게 말하는 말투가 너무 이상해서 메리는 벤 노인이 정말 자기를 조금은 안됐다고 여기는 걸까 생각했다. 메리는 한 번도 자신을 안됐다고 생각해본 적이 없었다. 사람이고 주변 환경이고 다 너무 싫어서 그저 피곤하고 짜증이 날 뿐이었다. 하지만 이제 세상은 변하고 있었고 점점 더 멋진 곳이 되어가는 것 같았다. 아무도 비밀의 화원을 알아내지 못한다면 메리는 언제까지나 즐겁게 지낼 수 있을 터였다.

메리는 십 분에서 십오 분 정도 더 노인 옆에 붙어 서서 용기를 짜내 궁금한 걸 많이 물었고, 벤 노인은 툴툴대는 특유의 이상한 말투로 일일이 대답을 해주었다. 진짜로 짜증이 난 것처럼 보이지도 않았고 삽을 집어 들고 자리를 떠나버리지도 않았다. 벤 노인이 장미에 관해 무언가를 이야기한 건 메리가 다른 곳으로 막 가려고 할 때였는데, 그 이야기를 듣고 메리는 노인이 좋아했다던 장미가 떠올랐다.

"지금도 그 장미들을 보러 가서 돌보고 그래요?"

"올해는 아직이요. 관절염 때문에 관절이 너무 뻣뻣해져서."

벤 노인은 예의 그 투덜거리는 목소리로 대답하더니 갑자기 메리에게 화가 난 것처럼 보였다. 메리는 그 영문을 몰랐다.

벤 노인이 날카롭게 말했다. "보시요! 자꾸 그렇게 물어보지 마시요. 아가씨처럼 되바라지게 질문헐 거 다 허는 아이는 난생첨 보요. 가서 노시요. 오늘 말을 너무 많이 했네."

그 말투가 너무 짜증스러워서 메리는 더 이상 그 자리에 있어봐야 아무 소용 없다는 걸 깨달았다. 메리는 천천히 줄넘기를 하며 바깥 산책로를 따라 내려가며 벤 노인에 대해 곰곰이 생각했다. 그리고 이상한 일이지만 저렇게 짜증을 내는데도 벤 노인도 역시 좋다고 혼자 중얼거렸다. 메리는 벤 웨더스태프 노인이 좋았다. 그랬다. 정말 좋았다. 메리는 언제나 벤 노인과 대화를 이어가고 싶었다. 또 꽃에 관한 한 벤 노인은 온 세상의 모든 지식을 다 알 거라고 믿기 시작했다.

월계수 울타리를 심은 산책로를 따라 비밀의 화원을 빙 돌아가면 길이 끝나는 곳에 공원 숲으로 들어가는 입구가 나왔다. 메리는 이 산책로를 따라가면서 숲속에 깡충깡충 뛰어다니는 토끼가 있는지 살펴볼 생각이었다. 줄넘기는 정말 재미있었다. 메리는 작은 문에 다다랐을 때 그 문을 열고 안으로 들어갔다. 독특하고 나직한 휘파람 소리가 들려서 무슨 소리인지 알고 싶었기 때문이다.

정말 이상한 소리였다. 메리는 숨을 죽이고 걸음을 멈춘 채 소리가 나는 곳을 쳐다봤다. 웬 남자아이가 나무 밑에 등을 기

대고 앉아 대강 깎아 만든 나무 피리를 불고 있었다. 재미있게 생긴 남자아이는 열두 살 정도로 보였다. 인상이 무척 깔끔했는데 코는 들창코에 두 볼은 양귀비만큼 빨갰다. 메리 아가씨도 지금껏 그렇게 눈이 동그랗고 파란 남자아이는 본 적이 없었다. 남자아이가 기대앉은 나무 밑동 위에선 밤색 다람쥐 한 마리가 매달려 아이를 지켜보고 있었고, 근처 덤불 뒤에서는 수꿩 한 마리가 우아하게 목을 빼고 내다보고 있었다. 꿩 바로 옆에는 토끼 두 마리가 앞발을 들고 앉아 코를 발름거리며 냄새를 맡고 있었다. 다들 남자아이가 부는 이상하고 나직한 피리 소리에 이끌리듯 다가와 구경하며 귀 기울여 듣고 있는 것 같았다.

아이는 메리를 보고는 한 손을 들며 피리 소리만큼이나 나지막한 목소리로 말했다.

"움직이지 마시요. 다 도망가니까."

메리는 움직이지 않고 가만히 있었다. 아이는 피리 불기를 멈추고 바닥에서 일어나기 시작했다. 일어나는 속도가 너무 느려서 움직이는 줄도 모를 정도였지만, 마침내 남자아이가 똑바로 일어서자 다람쥐는 날쌔게 나뭇가지 위로 달아났고, 꿩은 목을 움츠렸으며 토끼들도 네 발로 땅을 딛고 깡충깡충 뛰어갔다. 동물들이 겁을 먹은 것 같지는 않았다.

"난 디콘이어요. 거가 메리 아가씨구만요."

그 말을 들은 메리는 왠지 처음부터 그 아이가 디콘이라는 사실을 알고 있었던 것 같았다. 인도에서 원주민이 뱀을 꾀어내듯, 이곳에서 디콘이 아니라면 과연 누가 토끼와 꿩을 꾀어낼 수 있겠는가? 디콘은 입이 크고 입술은 빨갛고 둥글게 올라가는 모양이어서, 웃으니 얼굴 가득 미소가 번졌다.

"내가 천천히 일어난 건 후다닥 움직이믄 동물들이 깜짝 놀라서 그런 거여요. 들짐승이 주변에 있을 땐 조심스럽게 움직이구 목소리두 낮춰야 해요."

디콘은 서로 처음 만난 사이 같지 않게 메리를 아주 잘 아는 사람처럼 말했다. 메리는 남자아이들에 대해 아는 게 없고 조금 수줍기도 해서 약간 딱딱하게 물었다.

"마사가 보낸 편지 받았니?"

디콘은 곱슬거리는 적갈색 머리를 끄덕였다.

"그거 땜에 온 거여요."

디콘은 몸을 숙여 바닥에 놓여 있던 물건을 집었다. 피리를 부는 동안 옆에 내려놓았던 것이었다.

"정원 용품들을 갖구 왔지요. 작은 삽허구 갈퀴허구 쇠스랑, 그리구 괭이여요. 아! 물건은 좋은 거여요. 모종삽두 있구요. 그리구 씨앗두 몇 가지 사니까 상점 쥔아주머니가 흰양귀비랑 파란 참제비고깔 꽃씨두 한 봉다리씩 주셨어요."

"씨앗 좀 보여줄래?"

메리도 디콘처럼 말하고 싶었다. 디콘은 아주 빠르고 듣기 편하게 말했다. 초라한 황무지에 살면서 누더기 옷을 입고 얼굴도 웃기게 생긴 데다 머리는 푸석푸석한 적갈색인 아이가, 자기는 메리가 마음에 드는데 메리도 자기를 마음에 들어 할지 따위는 털끝만큼도 걱정하는 것 같지 않은 말투였다. 메리가 다가가자 디콘 주변에서 히스 꽃과 풀과 나뭇잎 같은 데서 나는 청량한 향이 풍겼다. 마치 디콘이 그런 것들로 만들어진 아이 같았다. 메리는 그 향기가 아주 좋았고, 빨간 볼에 눈이 파랗고 동그란 재미있게 생긴 얼굴을 들여다보니 수줍었던 마음도 기억이 나지 않았다.

"이 통나무에 앉아서 보자."

두 사람이 자리에 앉자 디콘은 외투 주머니에서 투박하게 싼 작은 갈색 종이봉투를 꺼냈다. 묶은 줄을 풀자 그 안에는 훨씬 더 깔끔하고 작은 봉지 여러 개가 들어 있고 봉지마다 꽃 그림이 그려져 있었다.

"목서초허고 양귀비가 많네. 목서초는 자라믄서 향이 으뜸이구 어디다가 뿌려놔두 잘 자라요. 양귀비두 그렇구요. 휘파람만 불어줘두 움이 트구 꽃이 필 정도니까 이만한 꽃이 없지요."

디콘이 말을 멈추더니 고개를 획 돌렸다. 양귀비처럼 볼이 빨간 얼굴이 환해졌다.

"울새가 우리를 부르는데 어디 있대요?"

짹짹 우는 소리는 선명한 빛깔의 새빨간 열매가 달린 호랑가시나무 덤불 무성한 쪽에서 들려왔다. 메리는 그 소리의 주인공이 누구인지 알 것 같았다.

"저게 정말 우리를 부르는 소리야?"

메리가 묻자 디콘이 세상에 이보다 당연한 일은 없다는 듯이 대답했다.

"암요. 자기 친구를 부르구 있구만요. 이렇게 말허네요. '나 여기 있어. 나를 봐. 난 이야기를 나누고 싶어.' 저기 덤불 안에 있네. 저 새는 누구 새여요?"

"벤 웨더스태프 할아버지 새인데, 나도 조금은 아는 것 같아."

메리가 대답하자 디콘이 다시 나직한 목소리로 말했다.

"그러네. 새가 아가씨를 아네요. 좋아허기두 하구요. 아가씨헌테 푹 빠졌어요. 인제 나헌테 아가씨 이야기를 죄다 들려줄 거여요."

디콘은 덤불 바로 옆까지 아까처럼 천천히 움직여 다가간 다음, 울새가 짹짹 우는 것과 구분이 안 갈 정도로 비슷한 소리를 냈다. 울새는 몇 초 동안 골똘히 듣더니 마치 질문에 대답하는 것처럼 지저귀었다.

"암요, 이 새는 아가씨허구 친구네요."

디콘이 빙그레 웃자, 메리가 바라 마지않았다는 듯이 소리쳤다. 정말로 알고 싶었다.

"정말 그런 것 같아? 저 새가 정말 나를 좋아하는 것 같아?"

"좋아허지 않으믄 근처에두 안 갔겠죠. 새들은 원체 친구를 잘 안 만드는데 울새는 사람보다 더 사람을 우습게 여기기두 하거든요. 봐요. 지금 저 새가 아가씨헌테 알랑알랑허잖아요. '넌 친구가 안 보이니?'라고 말허네요."

디콘의 말이 맞는 것 같았다. 울새는 옆걸음을 치고 짹짹 노래하면서 덤불 위를 총총 뛰어다녔다.

"넌 새가 하는 말을 다 알아들어?"

메리가 묻자, 디콘이 활짝 웃었다. 그리고 만면에 크고 빨간 입밖에 보이지 않는 얼굴이 되어 더부룩한 머리를 문질렀다.

"그런 것 같아요. 새들두 그걸 아는 것 같구. 황무지서 새들하구 오랫동안 같이 지냈으니까. 새들이 껍데기를 까구 나오는 것두 지켜봤구, 깃털이 나서 나는 연습을 허는 것두, 지저귀기 시작하는 것두 다 봤구. 그러다 보니까 나두 새가 된 기분이여요. 가끔은 내가 새인 것 같기두 허구, 여우 같기두 허구, 토끼 같을 때두 있어요. 다람쥐나 딱정벌레인지두 모르겠단 생각도 들구요."

디콘이 웃으면서 통나무로 돌아와 다시 꽃씨에 대해 설명하기 시작했다. 꽃이 피면 어떤 모양인지도 알려주고, 씨앗을 심는 법과 눈여겨볼 점, 그리고 양분과 물을 주는 법도 가르쳐주었다.

그러더니 갑자기 고개를 돌려 메리를 보며 말했다. "저기, 내가 직접 심어줄게요. 아가씨 화원은 어디 있남요?"

메리는 무릎에 올리고 있던 가느다란 두 손을 와락 맞잡았다. 무슨 말을 해야 좋을지 몰라 한참 동안이나 입을 꾹 다물고 있었다. 이런 상황이 생길 줄은 생각도 못 했다. 궁지에 몰린 기분이었다. 얼굴이 빨개졌다가 하얗게 질리는 느낌이 들었다.

"작은 화원이라두 있잖어요. 아닌감요?"

얼굴은 정말로 빨개졌다가 다시 창백해졌다. 디콘은 그런 메리를 보다가 메리가 계속 입을 다물고 있자 점점 당황스러워졌다.

"작은 땅뙈기 하나 안 준대요? 아직 아가씨 화원은 없는 거여요?"

메리는 두 손을 더 꽉 맞잡고 디콘을 바라보았다.

그리고 천천히 입을 열었다. "난 남자애들에 대해 아는 게 없어. 너, 내가 비밀 하나 말해주면 비밀 지킬 수 있니? 엄청난 비밀이거든. 누가 알기라도 하면 어떻게 해야 할지 모르겠어. 아마 죽을지도 몰라!" 메리는 격한 목소리로 말을 끝맺었다.

디콘은 더 당황한 표정을 지으며 다시 더부룩한 머리를 문질렀다. 하지만 이내 시원스럽게 대답했다.

"비밀은 꼭 지켜요. 혹여나 내가 다른 친구들헌테 비밀로 해두지 않았다믄, 새끼 여우들이나 새 둥지나 들짐승들이 사는

굴 같은 비밀을 지키지 않았다믄 황무지에 안전한 곳은 하나두 없었을 거여요. 암요, 난 비밀을 지켜요."

메리 아가씨는 그럴 생각이 아니었는데 자신도 모르게 손을 내밀어 디콘의 옷소매를 와락 붙잡고는 속사포처럼 말했다.

"내가 화원을 하나 훔쳤어. 내 것이 아니야. 다른 사람 것도 아니고. 거길 갖고 싶어 하는 사람도 없고, 신경 쓰는 사람도 없고, 거기 들어가는 사람도 없어. 아마 그 안에 있는 건 벌써 다 죽었을 거야. 잘은 모르지만."

메리는 예전처럼 화가 나고 삐뚤어지는 기분도 들기 시작했다.

"그래도 괜찮아. 상관없어! 아무도 나한테서 그 화원을 빼앗아 갈 권리 같은 건 없어. 나 말고는 아무도 관심도 없으면서. 다들 거길 그냥 죽게 내버려두고 있잖아. 문을 꽁꽁 걸어 잠가 가둬놓고." 메리가 격한 감정을 토해내고는 두 팔로 얼굴을 가리며 울음을 터뜨렸다. 가엾고 어린 메리 아가씨.

디콘의 호기심 어린 파란 눈이 점점 더 커졌다.

"어어어!" 디콘이 놀라서 길게 소리를 끌었다. 메리가 안됐기도 했고 놀라기도 해서였다.

"난 할 게 아무것도 없어. 내 건 하나도 없단 말이야. 거긴 나 혼자 찾아서 나 혼자 들어갔어. 나도 울새랑 똑같아. 울새한테서 화원을 빼앗진 않을 거잖아."

"거가 어디대요?" 디콘이 목소리를 낮추며 물었다.

메리 아가씨가 통나무에서 벌떡 일어났다. 다시 삐뚤어지고 고집불통이 된 기분이었지만, 아무 상관 없었다. 메리는 인도에 있을 때처럼 거만했고, 동시에 화가 나고 슬펐다.

"같이 가자. 보여줄게."

메리는 디콘을 데리고 월계수 길을 돌아 담쟁이덩굴이 빽빽하게 자란 산책로로 향했다. 메리를 따라가는 디콘은 얼굴에 연민같이 묘한 표정이 떠올랐다. 낯선 새 둥지를 보러 가는 기분이 들었고 조용조용 움직여야 할 것만 같았다. 메리가 담장에 다가가서 늘어져 있는 담쟁이덩굴을 걷어 올리자 디콘은 깜짝 놀랐다. 그곳에 문이 있었고, 메리가 문을 밀자 문이 천천히 열렸다. 디콘과 함께 안으로 들어간 메리는 그 자리에 서서 시바라도 걷듯 손으로 화원을 한 바퀴 훑으며 가리켜 보였다.

"여기야. 이게 비밀의 화원이야. 이곳이 살아 있길 바라는 사람은 이 세상에 나 하나뿐이고."

디콘은 화원을 둘러보고 또 둘러보았고, 또다시 둘러보고 한 번 더 둘러보며 속삭이듯 말했다.

"아! 묘허구 아름다운 곳이네요! 마치 꿈속에 들어와 있는 것 같아요."

11.
울새의 둥지

 디콘은 이삼 분 동안 선 채로 주변을 둘러보았고, 그동안 메리는 그런 디콘을 지켜보았다. 이윽고 디콘은 조용히 돌아다니기 시작했다. 이 네 담장 안에 처음 들어왔던 날 메리가 걷던 것보다 더 부드러운 발걸음이었다. 디콘은 두 눈에 모든 것을 다 담는 것 같았다. 회색 나무와 그 나무들을 감고 올라가 가지를 타고 늘어진 덩굴, 담장과 풀밭에 얽혀 있는 덩굴, 상록수 쉼터와 그곳에 놓인 돌 의자와 키 큰 화병 등.
 "이곳을 보게 되리라구는 생각두 못 했어요." 마침내 디콘이 속삭이는 목소리로 말했다.
 "여기를 알아?"
 메리가 큰 소리로 말하자 디콘이 신호를 보냈다.

"목소리 낮춰야 돼요. 누가 우리 말소리라두 들으믄 여서 뭘 허는지 이상허다고 생각할 거여요."

"아! 깜빡했어! 이 화원에 대해 알고 있었어?" 메리가 깜짝 놀라 재빨리 손으로 입을 틀어막았다가 마음을 진정시키고는 다시 물었다.

디콘이 고개를 끄덕였다.

"마사 누나가 아무두 발을 들이지 않는 화원이 하나 있다구 했었어요. 거가 어떻게 생겼는지 궁금했었는데."

디콘이 말을 멈추고 주변에 있던 멋진 회색 덩굴을 돌아보았다. 동그란 두 눈이 뭐라 표현할 수 없이 묘하게 행복해 보였다.

"아! 봄이 오믄 여기 둥지가 가득허겄어요. 여긴 영국 전체를 통틀어두 둥지 틀기에 젤루 안전한 곳일 거여요. 근처에 오는 사람두 없구, 나무들허구 장미허구 저렇게 덩굴을 만들구 있으니 둥지를 짓기두 좋구. 황무지의 새들이 죄다 여서 둥지를 틀지 않은 게 이상헐 정도네요."

메리 아가씨가 자신도 모르게 한 손을 디콘의 팔에 올리며 나지막이 물었다.

"장미가 필까? 넌 아니? 난 전부 다 죽은 줄 알았거든."

"아! 아니요! 그건 아니어요. 싹 다 죽진 않았어요! 여길 봐요!"

디콘이 가장 가까이 있는 나무로 다가갔다. 늙디늙은 나무는 나무껍질이 온통 회색 이끼로 뒤덮였어도 휘장마냥 뒤엉켜 늘어진 잔가지와 굵은 가지들을 매달고 있었다. 디콘은 주머니에서 두꺼운 칼을 꺼내 날 하나를 끄집어냈다.

"죽은 나무가 많아 그런 건 쳐내야 돼요. 늙은 나무두 많구. 그런데 이건 작년에 새 가지가 났네요. 여기 이게 새로 난 거여요." 그러면서 디콘은 작은 순 하나를 건드렸다. 딱딱하게 마른 회색이 아니라 갈색이 도는 초록빛으로 보이는 순이었다. 메리도 간절한 마음이 그대로 느껴지는 경건한 자세로 그 순을 만졌다.

"저건? 저건 살아 있어?"

디콘이 큼지막한 입으로 빙긋이 웃으며 말했다.

"이건 아가씨나 나만치루 팔팔허요."

메리는 "팔팔하다"는 말이 "살아 있다"는 뜻도 되고 "생생하다"는 뜻도 된다는 걸 마사에게 들은 기억이 나서, 숨죽여 외쳤다.

"팔팔하다니 다행이야! 여기 전부 다 팔팔하면 좋겠어. 화원을 돌면서 팔팔한 애들이 얼마나 되는지 세어보자."

메리는 간절히 바라는 마음 때문에 숨이 가빠질 정도였고, 디콘도 메리만큼 열심이었다. 두 아이는 이 나무에서 저 나무로, 이 덤불에서 저 덤불로 돌아다녔다. 디콘은 칼을 손에 들고 다니면서 이러저러한 것들을 보여주었고, 메리는 보는 것마다 멋지고 경이롭다고 생각했다.

"튼튼한 녀석들은 지멋대루 자라긴 했어두 꽤나 무성해졌네요. 젤루 약한 놈들은 죽어 사라졌지만 다른 놈들은 자라구 또 자라구, 뻗구 계속 뻗어서 장관을 이뤘구만요. 여길 봐요!" 디콘은 말라 보이는 굵은 회색 나뭇가지를 끌어 내렸다. "이걸 보구 죽은 나무인 줄 아는 사람들두 있겠지만, 내 보기엔 아니어요. 뿌리가 살아 있잖어요. 내가 아래쪽을 잘라볼 테니 보시오."

디콘이 무릎을 꿇더니 죽은 것처럼 보이는 나뭇가지가 땅 위로 올라온 부분을 칼로 잘라냈다. 그리고 의기양양하게 말했다.

"봐요! 내 그랬잖어요. 나무 속에 아직 초록색이 있다니까. 여길 봐요."

메리는 디콘이 말하기도 전에 무릎을 꿇고 앉아 열심히 쳐다보고 있었다.

디콘이 설명했다. "이렇게 살끔 파르스름허구 물기가 보이믄 그건 팔팔한 거여요. 내가 자른 이 가지마냥 속이 말라 수이 부러지믄 이미 끝난 거구요. 여 큰 뿌리가 있으니까 이 나무들이 다 살아서 뻗쳐댔을 테구. 늙은 나무를 베어내구 주변 땅을 골라주구 잘 돌보믄 나중에……." 디콘이 말을 멈추고 고개를 들더니 머리 위로 엉키고 늘어진 잔가지들을 올려다보았다. "……올 여름엔 여서 장미 분수가 터지겠네요."

두 아이는 덤불에서 덤불로, 나무에서 나무로 옮겨 다녔다.

145

디콘은 매우 힘이 세고 칼 다루는 솜씨도 좋을 뿐 아니라, 말라 죽은 나무를 베어내는 법도 잘 알았다. 또 겉보기엔 죽은 것 같은 크고 작은 가지들이 아직 초록 생명을 안고 있는 경우를 잘 구별해냈다. 삼십 여분이 지나자 메리도 이제 분간이 가는 것 같았다. 디콘이 생명의 흔적을 볼 수 없는 나뭇가지를 잘라내고 메리가 그 안에 미미하게 배어 있는 초록빛 물기를 찾아내면 그때마다 숨죽여 기쁨의 탄성을 질러댔다. 삽과 괭이와 쇠스랑은 아주 쓸모가 많았다. 디콘은 메리에게 쇠스랑 쓰는 법을 가르쳐주면서 자신은 삽으로 뿌리 주변 땅을 고르고 공기가 들어가도록 흙을 뒤집어주었다.

두 아이가 제일 큰 외목 장미들 주변에서 부지런히 일하고 있을 때, 디콘이 무언가를 보고는 깜짝 놀라 탄성을 지르며 몇 발자국 떨어진 곳의 잔디를 가리켰다.

"와아! 저건 누가 했남요?"

그곳은 메리가 연둣빛 새싹 주변으로 풀과 잡초를 뽑아낸 자리 중 한 곳이었다.

"내가 했어."

"와, 아가씨는 화단 가꾸는 법 같은 건 전혀 모르는 줄 알았어요." 디콘이 감탄했다.

"아는 건 없어. 하지만 새싹들은 너무 조그만데 주위에 풀이 너무 무성하고 억세서 새로 나오는 싹들이 숨 쉴 틈도 없어 보이더라고. 그래서 공간을 조금 만들어준 거야. 난 저 싹들이 뭔지도 몰라."

디콘이 그 옆으로 가서 무릎을 꿇고 앉으며 함박 미소를 지었다.

"아가씨 말이 맞어요. 정원사헌테 배웠어두 더 잘허긴 힘들겠네요. 이 싹들은 인제 잭의 콩나무마냥 자랄 거여요. 요것들은 크로커스허구 갈란투스허구, 여기 이쪽은 흰수선화네요." 디콘은 다른 자리를 돌아보며 설명을 이어갔다. "이건 나팔수선화이고. 아! 나중에 정말루 볼만허겠네요."

디콘은 메리가 다듬어놓은 새싹 자리들을 찾아 뛰어다니다가 메리를 쳐다보며 말했다.

"조그만 아가씨가 일을 많이두 해놨네."

"난 계속 살이 붙는 중이야. 힘도 점점 세지고 있고. 전에는 늘 피곤했는데 이젠 땅을 파도 하나도 피곤하지 않아. 흙을 뒤엎을 때 나는 냄새도 좋아."

디콘이 어른스럽게 고개를 끄덕이며 말했다. "진짜루 잘됐네요. 깨끗한 흙냄새보다 더 좋은 건 없지요. 있다믄 비 맞구 나서 싱싱허게 자라나는 초목 냄새 정도일까. 난 비 오는 날엔 하루에두 몇 번씩 황무지루 나가요. 덤불 밑에 누워 빗방울이 히스꽃 위루 토닥토닥 떨어지는 소리를 들음서 킁킁 냄새를 맡죠. 그럼 코끝이 토끼마냥 발름거린다고, 엄니가 그러대요."

"그럼 감기에 걸리지 않아?" 메리가 감탄스러운 얼굴로 디콘을 빤히 바라보며 물었다. 지금껏 이토록 재미있는 남자아이는, 아니 이토록 좋은 남자아이는 만나본 적이 없었다.

디콘이 싱긋 웃었다. "안 걸려요. 감기는 지금까지 한 번두 안 걸려봤어요. 그렇게 약하게 크지 않았거든요. 날씨가 어떻든 토끼마냥 황무지를 뛰어다녔으니까요. 엄니 말씀이, 난 십이 년 동안 신선한 공기를 너무 많이 킁킁대서 감기 때문에 킁킁댈 일은 없다고 그러시대요. 나는 산사나무 몽둥이만치 튼튼해요."

디콘은 말을 하는 동안에도 일하는 손을 멈추지 않았고 메리는 디콘을 따라다니며 쇠스랑이나 모종삽을 들고 거들었다.

"여긴 할 일이 엄청 많네!" 디콘이 개선장군처럼 주변을 둘러보며 말했다.

메리가 간절하게 부탁했다. "다시 와서 나를 도와줄래? 나도 도울 수 있을 거야. 흙도 고르고 잡초도 뽑고 네가 하라고 하는 건 뭐든 다 할 수 있어. 아! 꼭 와줘, 디콘!"

디콘이 듬직하게 대답했다. "아가씨가 오라믄 날마다 올게요. 비가 오든 날이 개든. 내 살믄서 이렇게 재밌는 일은 첨이라니까요. 여 안에 틀어박혀서 잠자는 화원을 깨우는 일이잖아요."

"네가 와준다면, 정원이 살 수 있도록 도와준다면 내가……. 모르겠어. 내가 뭘 해줄 수 있을지." 메리는 힘없이 말을 맺었다. 디콘 같은 아이에게 뭘 해줄 수 있단 말인가?

디콘이 즐거워 보이는 미소를 지으며 말했다. "아가씨가 헐일은 내가 말해줄게요. 살을 더 찌우구 새끼 여우마냥 먹을 걸 찾구 나처럼 울새허구 말하는 법을 배우게 될 거여요. 아! 우리 정말 재미있겠네."

디콘은 천천히 걷기 시작했다. 나무와 담장을 올려다보고 덤불을 살펴보는 얼굴이 생각에 잠긴 듯 보였다.

"정원 일꾼들이 가꾼 화원처럼 죄 잘라내서 멀끔허게 보이게는 안 허고 싶은데, 안 그래요? 이렇게 멋대루 자라서 서루 엉키구 흔들리구 하는 게 더 낫지요."

메리가 걱정스러운 얼굴로 말했다. "말끔하게 다듬지 말자. 말끔하면 비밀의 화원 같지 않을 거야."

디콘이 가만히 서서 적갈색 머리를 손으로 쓸며 어리둥절한 표정을 지었다.

"아닌 게 아니라 여가 비밀의 화원이 맞긴 허네요. 그런데 울새 말구두 누가 여 드나들었던 모양인데요. 십 년 전에 문을 잠그고 난 담에 말여요."

"하지만 문은 잠겨 있고 열쇠는 땅에 묻혀 있었어. 아무도 들어올 수 없었을걸."

"맞아요. 요상헌 곳이네요. 내 보기엔 조금씩 가지를 쳐낸 흔적들이 여기저기 있단 말여요. 십 년 안 된 흔적들이."

"하지만 어떻게 그랬겠어?"

디콘이 외목 장미 가지 하나를 살펴보다가는 고개를 저으며 중얼거렸다.

"그러니까요! 어떻게 그랬을까요! 문은 잠겨 있구 열쇠는 묻혀 있었는데."

메리 아가씨는 아무리 시간이 흘러도 비밀의 화원이 자라나기 시작한 이 첫날 아침을 잊지 못할 것 같다고 생각했다. 메리에겐 이날 아침에 화원이 자라기 시작한 것처럼 보였다. 디콘이 씨앗 심을 장소를 정리하기 시작했을 때 메리는 배질이 자신을 놀리느라 부르던 노래가 기억났다.

"종처럼 생긴 꽃도 있어?" 메리가 물었다.

"은방울꽃두 그렇구, 앵초두 그렇구, 초롱꽃두 그렇구." 디콘이 모종삽으로 흙을 파내며 대답했다.

"그 꽃들도 같이 심자."

"은방울꽃은 벌써 가져왔지요. 예상했거든. 은방울꽃은 너무 촘촘히 자라서 솎아줘야 허는데, 그래도 여기 많아요. 다른 꽃들은 씨를 뿌리믄 두 해는 지나야 꽃을 보니까, 우리 오두막 정원서 몇 그루 뽑아 오는 게 좋겠네요. 그 꽃들은 왜 심을라구요?"

메리는 디콘에게 인도에서 만났던 배질 남매 이야기를 들려주었다. 자신이 그 아이들을 정말 싫어했다는 이야기와 아이들이 자기를 '심술쟁이 메리 아가씨'라고 놀려댔던 이야기도 해주었다.

"그 애들이 내 주위를 빙빙 돌면서 춤추고 노래도 불렀다니까. 이런 노래였어.

심술쟁이 메리 아가씨
그 정원은 어떻게 가꾸나요?
은종과 새조개 껍데기와
금잔화가 나란히 줄지어 있네요.

방금 이 노래가 생각나서, 정말 은종처럼 생긴 꽃이 있는지 궁금했어."

메리는 살짝 눈살을 찌푸리며 분한 듯이 모종삽을 흙바닥에 내리박았다.

"난 그렇게 심술쟁이도 아니었어."

하지만 디콘은 웃음을 터뜨리며 기름진 검은흙을 바스러뜨리더니 메리가 보는 앞에서 쿵쿵거리며 냄새를 맡았다. "아! 꽃이랑 이런 것들이 있구, 저 많은 짐승 친구들이 사방을 돌아다니면서 자기들끼리 가정을 꾸리거나, 둥지를 짓구 노래하구 지저귀구 허는 걸 생각하믄, 누구든 심술부릴 필요가 없을 것 같은데, 안 그래요?"

메리는 씨앗을 든 디콘 옆에 무릎을 꿇고 앉아 디콘을 쳐다보며 인상을 풀었다. "디콘, 넌 마사 말대로 좋은 아이야. 나는 네가 좋아. 넌 내가 좋아한 다섯 번째 사람이야. 내가 다섯 사람이나 좋아하게 될 줄은 몰랐어."

디콘은 마사가 벽난로 장작받침을 닦을 때처럼 쪼그려 앉은 채로 윗몸을 일으켰다. 그 얼굴이 재미있으면서도 기분 좋아 보인다고, 메리는 디콘의 동그랗고 파란 눈과 빨간 뺨과 행복해 보이는 들창코를 보면서 생각했다.

"좋아허는 사람이 다섯 명밖에 안 돼요? 다른 네 명은 누구래요?"

메리가 손가락을 꼽으며 대답했다. "너희 엄마랑 마사. 그리고 울새랑 벤 웨더스태프 할아버지."

디콘은 웃음이 터지는 바람에 소리를 막으려고 한쪽 팔로 입을 가려야 했다.

"아가씨가 보기엔 나두 이상헌 사내애 같겠지만. 나야말로 아가씨만치 엉뚱헌 여자애는 첨 보는구만요."

그러고 나서 메리가 한 행동은 정말 이상했다. 앞으로 몸을 내밀며 지금껏 다른 사람한테 하리라고 꿈도 꾼 적 없던 질문을 디콘에게 한 것이다. 그것도 메리는 요크셔 사투리를 사용했다. 디콘이 요크셔 사투리를 사용했고, 인도에서는 원주민들이 누군가 자신들의 말을 알면 언제나 좋아했기 때문이다.

"너두 내가 좋남?"

디콘이 진심으로 대답했다. "그럼요! 좋죠. 난 아가씨가 정말로 좋은데, 울새도 그런 거 같네요!"

"그럼 둘이네. 둘이나 나를 좋아해."

그리고는 두 아이는 지금까지보다 더 열심히, 더 즐겁게 일하기 시작했다. 메리는 안뜰에 있는 커다란 시계에서 점심 식사 시간을 알리는 소리를 듣고는 깜짝 놀라기도 하고 아쉽기도 하여 안타까워하며 말했다.

"나는 가야 해. 너도 가야 하지?"

디콘은 빙긋 웃었다.

"나는 점심을 들구 다녀요. 엄니가 늘 주머니에다 뭐라두 조금씩 넣구 다니게끔 해주시거든요."

디콘은 풀밭에 벗어둔 외투를 집어 들고 주머니에서 올록볼록한 작은 꾸러미를 하나 꺼냈다. 아주 깨끗하지만 천이 거친, 파란색과 흰색이 섞인 손수건으로 싼 꾸러미였다. 꾸러미 안에는 사이에 뭔가 두툼하게 들어간 빵 두 조각이 들어 있었다.

"거진 빵만 있는데 오늘은 맛있는 베이컨두 두툼허니 들었네요."

메리는 이상한 점심이라고 생각했지만 디콘은 맛있게 먹을 일만 남은 얼굴이었다.

"후딱 가서 아가씨두 점심 드시요. 난 먼저 다 먹구 집에 가기 전에 일을 쬠만 더 허다 갈게요."

디콘은 나무에 등을 기대고 앉았다.

"울새헌테 오라 해서 베이컨 껍데기나 쪼아 먹으라구 줘야겠네. 새들은 이런 기름진 걸 진짜 좋아허거든요."

메리는 디콘과 헤어져 그곳을 나오려니 발걸음이 떨어지지 않았다. 갑자기 디콘이 나무의 요정 같은 것이어서 다시 화원에 돌아오면 이미 사라지고 없을지도 모른다는 생각이 들었다. 너무 좋아서 진짜 사람처럼 보이지 않았다. 메리는 담에 난 문까지 느릿느릿 걸어가다가 중간쯤에서 걸음을 멈추고 되돌아와 말했다.

"무슨 일이 있어도, 절대…… 절대로 말하지 않을 거지?"

디콘은 빵과 베이컨을 크게 한입 베어 먹어 양귀비처럼 빨간 볼이 볼록해진 채로, 용케도 안심하라는 듯한 미소를 지었다.

"아가씨가 울새라면 나헌테 둥지를 보여준 것인데 내가 딴 사람헌테 말헐 것 같어요? 아니요. 아가씨는 울새만치루 안전허요."

메리는 정말 그렇다고 확신할 수 있었다.

12.
"땅을 조금 주실 수 있나요?"

얼마나 빨리 달렸는지 메리는 숨을 가쁘게 새근거리며 방에 도착했다. 머리카락이 헝클어져 이마로 내려오고 뺨은 분홍빛으로 발그레했다. 점심 식사가 차려진 식탁 옆에서 마사가 기다리고 있었다.

"조금 늦었네요. 어디 다녀오셨남요?" 마사가 물었다.

"디콘을 만났어! 디콘을 만났다고!"

"그 애가 올 줄 알았어요. 만나보니 어떻든가요?" 마사가 의기양양해서 말했다.

"나는……. 나는 디콘이 예쁜 것 같아!"

메리가 단호한 목소리로 말하자, 마사는 당황한 표정이었지만 기분은 좋아 보였다.

"저기, 그 애가 나면서부터 지금껏 나무랄 데 없는 아이긴 헌데, 우린 잘생겼단 생각은 한 번두 안 해봤어요. 코두 너무 들렸구."

"나는 코가 들린 게 좋아."

"눈두 너무 동그랗잖아요. 색깔은 이쁘지만." 마사가 약간 미심쩍어하며 말했다.

"눈도 동그란 게 좋아. 색깔도 딱 황무지 위로 보이는 하늘 색깔이야."

마사가 환하게 흐뭇한 미소를 지었다.

"엄니는 디콘이 늘상 새들이랑 구름을 올려다보느라 눈 색깔이 그렇게 됐다구 하셔요. 그래두 입은 진짜 큰데. 그렇지 않남요?"

"입이 큰 것도 좋아. 나도 입이 그렇게 크면 좋겠어." 메리가 고집스럽게 대답하자 마사가 기뻐하며 빙긋 웃었다.

"아가씨는 얼굴도 쪼매난데 입이 그렇게 크믄 진짜 웃길 거여요. 어쨌든 난 아가씨가 그 애를 만나믄 그렇게 생각허실 줄 알았어요. 씨앗허구 정원 용품들은 맘에 드셨어요?"

"디콘이 그걸 가져온 걸 어떻게 알았어?"

"그 애가 그걸 안 가져올 거란 생각은 해본 적이 없어요. 요크셔에 없지만 않으믄 꼭 가져올 테니까요. 디콘은 그만큼 믿을 수 있는 아이여요."

메리는 마사가 대답하기 곤란한 것들을 물을까 봐 불안했지만 그런 질문은 해오지 않았다. 마사가 궁금해하는 건 오로지 씨앗과 정원 용품 쪽이었고, 메리가 깜짝 놀란 순간은 딱 한 번뿐이었다. 꽃씨를 어디에 심을 건지 물어올 때였다.

"누구헌테 물어는 봤어요?"

마사가 묻자 메리는 머뭇거리며 대답했다.

"아직 아무한테도 안 물어봤어."

"그럼, 수석 정원사헌테는 묻지 마셔요. 너무 으스대거든요. 로치 씨 말여요."

"그 사람은 한 번도 본 적이 없어. 정원 일꾼들하고 벤 웨더스태프 할아버지밖에 못 봤어."

"나라믄 벤 영감님헌테 묻겠어요. 벤 영감님이 겉모습은 그래두 맘씨는 나쁘지 않어요. 좀 괴팍허긴 허지만요. 크레이븐 쥔님두 벤 영감님이 허는 일은 좋을 대루 내비두셔요. 쥔마님이 살아 계실 때부터 여 계셔서 벤 영감님 덕에 마님이 웃을 일두 많았거든요. 쥔마님이 벤 영감님을 좋아하셨더랬죠. 벤 영감님이라면 아가씨헌테 어디 후미진 구석에 있는 땅뙈기를 알려줄 수 있을 거여요."

"구석진 곳에 있고 아무도 쓰지 않는 곳이라면 내가 가져도 누가 신경 쓰지 않겠지?"

메리가 걱정스럽게 말하자 마사가 대답했다.

"그럴 이유가 없죠. 아가씨가 나쁜 짓을 할 것두 아니구."

메리는 최대한 빨리 식사를 끝냈다. 식탁에서 일어나 다시 모자를 쓰러 방으로 뛰어가려는 찰나, 마사가 메리를 불러 세웠다.

"드릴 말씀이 있어요. 식사를 다 허시고 나서 말씀드리는 게 좋을 거 같아서요. 크레이븐 쥔님이 오늘 아침에 돌아오셨는데, 아가씨를 만나구 싶어 하시는 거 같아요."

메리는 얼굴이 하얗게 변했다.

"아! 왜? 왜! 내가 처음 왔을 땐 나를 만나고 싶지 않다고 했잖아. 피처가 그렇게 말하는 거 들었어."

"그게, 메들록 부인이 그러는데 울 엄니 때문이래요. 엄니가 스웨이트 마을루 걸어가다가 쥔님을 만나셨나 봐요. 쥔님하고는 한 번두 이야기를 나눠본 적이 없는데 크레이븐 쥔마님은 울 오두막에 두세 번 오셨었거든요. 쥔님은 잊구 계셨지만 엄니는 기억을 허셨죠. 그래서 용기를 쥐어짜서 쥔님을 붙잡았구요. 엄니가 아가씨 이야기를 뭐라구 허셨는지는 몰라두 무슨 말씀을 허셨으니까 쥔님이 아가씨를 만나볼 맘이 생긴 거여요. 내일 다시 저택을 떠나시기 전에요."

"아! 고모부가 내일 떠나셔? 정말 다행이다!"

"이번엔 오래 걸리실 것 같아요. 가을이나 겨울까진 안 돌아오실 수두 있구요. 외국으로 여행 가실 거래요. 항상 그러셔요."

"아! 정말 다행이야. 정말로!" 메리가 감사한 일이라는 듯이 말했다.

고모부가 겨울까지, 아니 가을까지라도 이곳에 돌아오지 않는다면, 비밀의 화원이 살아나는 모습을 지켜볼 시간은 있을 터였다. 고모부가 화원을 빼앗아 간다 하더라도 최소한 그때까지는 메리에게 주어진 것이었다.

"고모부가 언제 나를 보자고 하실……."

메리가 말을 다 마치기도 전에 문이 열리며 메들록 부인이 들어왔다. 메들록 부인은 제일 좋은 검은 드레스 차림에 모자를 쓰고 옷깃에는 남자 얼굴 그림이 장식된 커다란 브로치를 달고 있었다. 브로치에 새긴 남자 얼굴은 몇 년 전에 사별한 메들록 씨의 컬러 사진이었는데, 부인은 격식을 갖춰 차려입는 날엔 언제나 그 브로치를 달았다. 부인은 긴장한 듯 들뜬 기색으로 빠르게 말했다.

"머리가 엉망이군요. 가서 빗어요. 마사, 아가씨가 제일 좋은 옷을 입도록 도와드려. 주인님이 내게 아가씨를 서재로 데리고 오라셨다."

메리의 뺨에서 핏기가 싹 가셨다. 심장이 쿵 내려앉았다. 자신이 뻣뻣하고 못생기고 말없는 아이로 다시 돌아가는 느낌이었다. 메리는 메들록 부인에게 대답도 하지 않고 몸을 돌려 자기 방으로 들어갔다. 마사가 그 뒤를 따랐다. 마사가 옷을 갈아

입혀주고 머리를 빗겨주는 동안 메리는 한마디도 하지 않았다. 아주 단정해진 메리는 메들록 부인을 따라 복도를 내려가는 동안에도 말이 없었다. 무슨 할 말이 있을까? 어쩔 수 없이 크레이븐 고모부를 만나야 하지만, 고모부는 자신을 마음에 들어하지 않을 테고 자신도 고모부가 싫을 게 뻔했다. 고모부가 자신을 어떻게 생각할지 메리는 알고 있었다.

메리가 따라간 곳은 저택에 들어와 살면서 처음 가보는 곳이었다. 마침내 메들록 부인이 어떤 문을 두드렸고, 누군가 "들어와요"라고 말했다. 두 사람은 방으로 함께 들어갔다. 한 남자가 난로 앞 안락의자에 앉아 있었다. 메들록 부인이 그 남자에게 말했다.

"메리 아가씨 왔습니다, 주인님."

"아이는 여기 두고 부인은 나가보시오. 아이를 데리고 나가야 할 때가 되면 종을 울리겠소." 크레이븐 씨가 말했다.

메들록 부인이 문을 닫고 방을 나가자, 못생긴 꼬마 메리는 가느다란 두 손을 맞잡고 비틀며 그저 서서 기다리는 수밖에 없었다. 메리가 보기에 의자에 앉아 있는 고모부는 곱사등이라기보다 어깨가 높고 굽은 사람이었고, 검은 머리에 흰머리가 듬성듬성 보였다. 고모부는 높은 어깨 너머로 뒤를 돌아보며 메리에게 말했다.

"이리 오렴!"

메리는 고모부에게 걸어갔다.

크레이븐 씨는 못생긴 얼굴은 아니었다. 그렇게 우울해 보이지만 않았다면 잘생겼다고 할 수 있을 것 같았다. 크레이븐 씨는 메리를 보자 불안하고 조바심이 나서 도무지 이 아이를 어떻게 대하면 좋을지 모르겠다는 표정으로 물었다.

"잘 지내니?"

"네." 메리가 대답했다.

"사람들이 잘 보살펴주고?"

"네."

크레이븐 씨가 안절부절못하고 이마를 문지르며 메리를 유심히 살펴보았다.

"아주 말랐구나."

"점점 살이 붙고 있어요." 메리는 한껏 딱딱한 말투로 대답했다.

크레이븐 씨는 그야말로 불행해 보이는 얼굴이었다! 검은 두 눈은 메리를 거의 보지 못하고 다른 무언가를 보고 있는 듯했고, 메리에게 생각을 집중하기도 힘든 것 같았다.

"너를 잊고 있었구나. 내가 어떻게 너를 기억하겠니? 너한테 가정교사나 보모 같은 사람을 보내주려고 했는데, 깜빡 잊어버렸어."

"제발, 제발……."

메리는 말을 하려고 했지만 목이 메어 말이 나오지 않았다. 그러자 크레이븐 씨가 물었다.

"하고 싶은 말이 있니?"

"저는……. 저는 너무 커서 보모는 필요 없어요. 그리고 제발……. 제발 가정교사는 아직 보내지 말아주세요."

크레이븐 씨가 다시 이마를 문지르며 메리를 쳐다보다가 넋이 나간 사람처럼 멍하니 중얼거렸다.

"소어비 부인도 그렇게 말하더구나."

"그분이……. 그분이 마사의 엄마인가요?"

"그래. 그런 것 같구나."

"그분은 아이들을 잘 알아요. 아이가 열둘이나 되거든요. 그러니까 잘 알죠."

크레이븐 씨가 정신을 차리는 듯 보였다.

"너는 뭘 하고 싶니?"

메리는 목소리가 떨리지 않기를 바라며 대답했다. "전 밖에 나가서 놀고 싶어요. 인도에선 밖에서 노는 게 싫었어요. 여기선 밖에서 놀다 보니 배도 고프고 살도 붙어요."

크레이븐 씨는 메리를 유심히 보았다.

"소어비 부인도 너한테 그게 좋을 거라고 말했단다. 그럴지도 모르지. 네가 튼튼해지는 게 가정교사를 두는 것보다 먼저라고 생각하더군."

"노는데 황무지에서 바람이 불어오면 튼튼해지는 기분이에요." 메리가 분명히 말했다.

"어디에서 노니?"

메리가 깜짝 놀라 대답했다. "아무 데서나요. 마사 엄마가 줄넘기를 보내주셨어요. 그래서 줄넘기하면서 뛰어요. 돌아다니면서 땅에서 뭐가 돋아나고 있는지 찾아보기도 하고요. 나쁜 짓은 안 해요."

크레이븐 씨가 걱정하는 목소리로 말했다. "그렇게 겁먹은 얼굴 하지 마라. 네가 무슨 나쁜 짓을 하겠니, 너처럼 어린아이가! 너 하고 싶은 대로 해도 돼."

메리는 손을 들어 목을 가렸다. 너무 신이 나서 목 안쪽으로 울컥 올라오는 벅찬 느낌을 고모부에게 들킬까 걱정됐기 때문이다. 메리가 크레이븐 씨에게 한 발짝 다가가서 떨리는 목소리로 물었다.

"그래도 돼요?"

불안해 보이는 조그만 얼굴 때문에 크레이븐 씨는 점점 더 걱정스러워지는 것 같았다.

크레이븐 씨가 큰 소리로 말했다. "그렇게 겁먹은 표정 짓지 마라. 그래도 되고말고. 나는 네 후견인이야. 비록 아이를 돌볼 능력은 안 되지만. 나는 너하고 같이 지낼 수도 없고 네게 마음을 써줄 수도 없단다. 몸이 너무 아픈 데다 정신도 피폐해졌고 산만해. 하지만 너는 행복하고 편안하길 바란단다. 나는 아이들에 대해 아는 게 없지만, 메들록 부인이 너한테 필요한 건 전부 챙겨줄 거다. 오늘 너를 부른 건 소어비 부인이 그래야 한다고 했기 때문이야. 딸한테서 네 이야기를 들었더구나. 부인은 네가 신선한 공기를 마시면서 자유롭게 뛰어다녀야 한다고 생각해."

"그분은 아이에 대해 모르는 게 없어요." 메리가 자신도 모르게 다시 한 번 말했다.

"그렇겠지. 황무지에서 내 앞을 막기에 꽤나 대담무쌍한 여자라고 생각했는데, 그러더구나. 크레이븐 부인이 자기한테 친절하게 대해줬다고." 크레이븐 씨는 죽은 아내의 이름을 말하는 게 힘들어 보였다. "훌륭한 여인이야. 이제 너를 보니 부인이 합당한 말을 했다는 생각이 드는구나. 밖에 나가 마음껏 놀아라. 여긴 넓은 곳이니 가고 싶은 곳에 가서 하고 싶은 걸 하며 재미있게 지내렴. 뭐 갖고 싶은 건 없니? 장난감이나 책이나 인형 같은 거?" 크레이븐 씨는 갑자기 생각났다는 듯이 물었다.

메리가 떨리는 목소리로 대답했다. "저, 저에게 땅을 조금 주실 수 있나요?"

간절한 마음이 앞섰던 메리는 그 말이 얼마나 이상하게 들릴지 미처 깨닫지 못했다. 원래 하고 싶은 말은 그게 아니었다는 것도 알아차리지 못했다. 크레이븐 씨가 깜짝 놀란 얼굴로 물었다.

"땅이라고! 그게 무슨 말이냐?"

"씨앗을 심어서……. 키워보려고……. 살아나는지 보려고요." 메리가 더듬더듬 말했다.

크레이븐 씨가 잠깐 동안 가만히 메리를 바라보더니 한 손을 들어 얼른 두 눈을 가리며 천천히 말했다.

"너……. 화원 가꾸는 걸 아주 좋아하는구나."

"인도에 있을 땐 몰랐어요. 항상 아팠고 늘 피곤했고 너무 덥기도 했거든요. 가끔 모래밭에서 꽃밭 놀이를 하면서 거기에 꽃들을 심은 적은 있어요. 하지만 여기선 달라요."

크레이븐 씨가 일어나 방을 천천히 걷기 시작했다.

"땅 조금이라." 크레이븐 씨가 혼잣말을 중얼거렸다. 메리는 어쩐지 자신이 고모부에게 어떤 기억을 불러일으킨 것 같다는 생각이 들었다. 걸음을 멈추고 입을 열 즈음, 크레이븐 씨의 검은 눈은 부드럽고 다정해 보였다.

"땅은 필요한 만큼 가지렴. 네 덕분에 땅과 자라나는 것들을 사랑하던 어떤 사람이 떠오르는구나. 가지고 싶은 땅을 보게 되면, 가지거라, 애야. 그리고 그곳을 살려보렴." 크레이븐 씨가 미소 비슷한 것을 머금은 채 말했다.

"아무 땅이나 가져도 돼요? 아무도 안 쓰는 곳이면요?"

"아무 땅이든. 자! 이제 가보렴. 피곤하구나." 크레이븐 씨가 종을 쳐서 메들록 부인을 불렀다. "잘 가거라. 나는 여름 내내 멀리 떠나 있을 거란다."

메들록 부인이 얼른 들어오는 것을 보고 메리는 부인이 복도에서 기다린 모양이라고 생각했다. 크레이븐 씨가 메들록 부인에게 말했다. "메들록 부인, 아이를 만나보니 소어비 부인이 한 말이 무슨 뜻인지 이제야 이해가 가오. 이 아이는 건강부터 챙긴 다음 공부를 시작하는 게 좋겠소. 아이에게 담백하고 건강에 좋은 음식을 주시오. 정원에서 마음대로 뛰어놀게 하고. 일일이 다 챙겨주지도 마시오. 이 애는 자유롭게 돌아다니며 신선한 공기를 마시고 즐겁게 뛰놀 필요가 있소. 소어비 부인이 이따금 아이를 만나러 올 거요. 이 아이도 가끔씩 오두막에 보내주시오."

메들록 부인은 기분이 좋아 보였다. 부인은 메리를 일일이 '챙길' 필요가 없다는 말을 듣고 안심이 됐다. 메리가 성가신 짐처럼 여겨져서 사실 마주칠 일을 되도록 만들지 않던 참이었다. 게다가 메들록 부인은 마사의 엄마를 아주 좋아했다.

"고맙습니다, 주인님. 수전 소어비와 저는 함께 학교에 다녔는데 하루 종일 돌아다녀봐야 그처럼 사리 분별이 뛰어나고 마음씨 좋은 여자는 찾아보기 어렵지요. 저야 아이가 없지만 수전 소어비는 아이가 열둘이나 되고 다들 남부럽지 않게 건강하고 반듯하답니다. 메리 아가씨가 그 애들하고 어울려도 나쁠 게 없을 거예요. 저도 아이들 문제와 관련해서는 언제나 수전 소어비에게 조언을 구하거든요. 수전 소어비는 정신이 건강한 사람이라고 할 수 있답니다. 제 뜻이 제대로 전달됐는지 모르겠지만요."

"잘 알아들었소. 이제 메리를 데려가고 피처를 부르시오."

메들록 부인이 메리를 방이 있는 복도 입구까지 데려다주고 돌아가자 메리는 날아갈 듯 방으로 뛰어 들어갔다. 마사가 방에서 기다렸다. 사실 마사는 저녁 먹은 그릇을 치우고 급히 돌아온 것이었다.

메리가 외쳤다. "내 화원을 갖게 됐어! 마음에 드는 곳에다 화원을 만들어도 된대! 가정교사는 한참 동안 오지 않을 거야! 너희 엄마가 나를 만나러 오실 거고 나도 오두막에 보내주신대! 고모부가 그러시는데, 나처럼 어린애가 무슨 나쁜 짓을 하겠냐고 하고 싶은 대로 다 해도 된대. 어디서든 다!"

마사도 기뻐하며 말했다. "세상에! 정말 다정허시네요. 그죠?"

메리가 자못 진지하게 말했다. "마사, 고모부는 정말 좋은 분이야. 얼굴이 너무 우울해 보이고 이마를 찡그려서 그렇지."

메리는 화원으로 있는 힘껏 달려갔다. 생각보다 집에서 너무 오래 시간을 보냈고, 디콘은 팔 킬로미터 남짓한 길을 걸어가려면 일찌감치 화원을 나서야 했을 것이다. 담쟁이덩굴 뒤로 난 문을 열고 들어가자 그 자리에서 헤어졌던 디콘이 일을 하는 모습은 찾아볼 수 없었다. 정원 용품들은 나무 아래에 나란히 놓여 있었다. 그쪽으로 뛰어가며 주변을 두리번거렸지만 디콘은 어디서도 보이지 않았다. 디콘은 가고 없었고 비밀의 화원은 텅 비어 있었다. 울새만 막 담장 위를 넘어와 외목 나무 덤불 위에 앉아서 메리를 지켜볼 뿐이었다.

메리가 구슬피 말했다. "가버렸어. 아! 그 애는……. 그 애는……. 그냥 나무의 요정이었던 걸까?"

그때 하얀 뭔가가 외목 나무 덤불에 매여 있는 게 눈에 들어왔다. 종이쪽지였다. 사실 그것은 메리가 마사 대신 디콘에게 써 보낸 편지 종이였다. 종이가 매달린 곳은 기다란 가시가 달린 덤불이었는데, 메리는 디콘이 남긴 것이라는 걸 금세 알아차렸다. 종이를 풀어 보니 서툴게 쓴 인쇄체 글자 몇 자와 그림 같은 것이 있었다. 처음에는 그게 무슨 그림인지 알아보기 힘들었다. 하지만 다음 순간 새가 둥지에 앉아 있는 모습을 그리려 했다는 걸 깨달았다. 그 아래에는 인쇄체로 이렇게 쓰여 있었다.

"또 올 꺼구만요."

13.
"난 콜린이야"

 메리는 저녁을 먹으러 집으로 가면서 그림을 가지고 돌아와 마사에게 보여주었다.
 마사가 굉장히 자랑스러워하며 말했다. "우아! 우리 디콘이 솜씨가 그렇게 좋은지 정말 몰랐어요. 그림에다가 둥지에 앉아 있는 울새를 딱 그대루 옮겨다 놨네요."
 그때 메리는 디콘이 그림으로 전하려 한 말이 있다는 걸 깨달았다. 비밀을 지킬 테니 안심해도 된다는 말이었다. 메리의 화원은 메리의 둥지였고 메리는 울새와 같다는 뜻이었다. 아, 이 별난 평민 아이가 어찌나 좋았는지!
 메리는 디콘이 바로 다음 날 다시 오기를 바라면서 아침을 고대하며 잠이 들었다.

하지만 요크셔에선 날씨가 어떻게 될지 아무도 장담할 수가 없는데, 특히 봄철에는 더했다. 메리는 굵은 빗방울이 창문을 두드리는 소리에 한밤중에 잠에서 깨어났다. 비가 사납게 퍼붓고 바람은 거대한 고택의 모퉁이를 돌고 굴뚝 안으로 들어와 '휘불었다.' 메리는 침대에서 일어나 앉았다. 참담하고 화가 났다.

"비가 옛날의 나처럼 어깃장을 놓는 것 같아. 오지 않기를 바라는 걸 알면서 오는 거잖아."

메리는 다시 털썩 엎드려 베개에 얼굴을 파묻었다. 울지는 않았지만, 엎드린 채 둔탁하게 두드리는 빗소리를 원망하고 '휘부는' 바람 소리를 탓했다. 다시 잠이 오지 않았다. 구슬픈 소리에 잠이 오지 않았던 건 메리 자신의 처지가 구슬퍼서였다. 마음이 행복했다면 빗소리가 자장가로 들렸을 것이다. 바람이 어찌나 '휘불고' 굵은 빗방울은 어찌나 줄기차게 쏟아지며 유리창을 때려대던지!

"꼭 누가 황무지에서 길을 잃고 계속 헤매면서 우는 소리 같아."

메리는 누워서 잠들지 못한 채로 한 시간여를 이리저리 뒤척이다가 갑자기 어떤 소리를 듣고 침대에서 일어나 앉아 문 쪽으로 고개를 돌린 채 귀를 기울였다. 메리는 귀를 쫑긋 세우고 열심히 듣고 또 들었다.

메리가 큰 소리로 중얼거렸다. "이건 바람 소리가 아니야. 바람이 아니야. 다른 소리야. 이건 전에 들었던 그 울음소리야."

방문이 조금 열려 있어서 그 소리가 복도를 타고 들어왔다. 저 멀리서 희미하게 들리는 칭얼대는 울음소리였다. 메리는 잠시 더 가만히 들어보았다. 들으면 들을수록 확실해졌다. 그 소리의 정체가 무엇인지 반드시 알아내야 할 것만 같은 생각이 들었다. 비밀의 화원과 땅에 파묻힌 열쇠보다도 더 이상하게 여겨졌다. 어쩌면 어깃장을 놓고 싶은 마음 때문에 대담해진 건지도 몰랐다. 메리는 침대에서 발을 내리고 일어섰다.

"저게 무슨 소린지 알아낼 거야. 지금은 모두 잠들었고, 메들록 부인은 상관없어……. 신경 안 써!"

침대 옆에 촛불이 있었다. 메리는 그 촛불을 집어 들고 조용히 방을 빠져나갔다. 복도는 매우 길고 어두워 보였지만, 메리는 마음이 몹시 들떠 있었기 때문에 신경 쓸 겨를이 없었다. 어떤 모퉁이를 돌아야 문에 태피스트리를 걸어둔 짧은 복도를 찾아갈 수 있을지도 기억할 수 있을 것 같았다. 요 전날 길을 잃고 헤맬 때 메들록 부인이 나왔던 그 방의 문이 있는 복도였다. 소리가 흘러나온 곳이 그 통로였다. 그래서 메리는 어둑한 촛불을 들고 길을 더듬으며 앞으로 나아갔다. 심장이 어찌나 쿵쿵 뛰어대는지 귀에 들리는 것만 같았다. 저 멀리서 희미한 울음소리가 계속 들리며 메리를 인도했다. 이따금 소리가 잠깐씩 멈췄다가 다시 시작됐다. 여기서 도는 게 맞나? 메리는 걸음을 멈추고 생각했다. 그래, 맞아. 이 길을 따라 내려가다가 왼쪽으로 꺾은 다음 넓은 계단을 두 단 올라가 다시 오른쪽으로 꺾는 거야. 그래, 거기에 태피스트리가 걸린 문이 있었어.

메리는 조용히 문을 열고 들어가 다시 닫고서 복도에 섰다. 울음소리가 또렷하게 들렸는데 크지는 않았다. 소리는 메리가 서 있는 곳의 왼쪽 벽 안쪽에서 새어 나왔고, 몇 미터 떨어진 곳에 문이 하나 있었다. 그 문 아래로 새어 나오는 불빛이 보였다. 누군가 방 안에서 울고 있었다. 아주 어린 사람이었다.

메리는 앞으로 걸어가 문을 밀고 안으로 들어갔다!

고풍스럽고 멋진 가구들이 있는 커다란 방이었다. 벽난로에선 잦아든 불이 희미한 빛을 뿜었고, 밤을 밝히는 등불이 조각 무늬가 있는 네 기둥에 수놓은 비단 차양을 늘어뜨린 침대 옆에서 환하게 타올랐다. 그리고 침대 위에선 한 남자아이가 누워서 칭얼대며 울고 있었다.

메리는 이게 현실인지, 아니면 자기도 모르게 다시 잠들어 꿈을 꾸고 있는 것인지 분간이 가지 않았다.

남자아이는 날카롭고 섬세한 인상에 얼굴빛은 상아색이었으며, 눈은 얼굴에 비해 너무 커 보였다. 숱 많은 머리카락이 수북이 이마를 덮고 있어 갸름한 얼굴이 더 작아 보였다. 아이는 아팠던 것 같았지만, 어디가 아파서라기보다는 피곤하고 짜증 난 것처럼 울었다.

 메리는 손에 초를 들고 숨을 죽인 채 문 앞에 서 있었다. 그러다가 살금살금 방을 가로질러 걸어갔다. 메리가 다가가자 촛불의 불빛이 주의를 끌었는지 남자아이가 베개에 뉘인 고개를 돌려 메리를 쳐다보았다. 아이가 잿빛 눈을 휘둥그레 뜨자, 두 눈이 어마어마하게 커 보였다.

 "누구야? 유령이야?" 마침내 아이가 반쯤 겁을 집어먹은 목소리로 속삭이다시피 말했다.

 "아니, 난 아니야. 너야말로 유령이니?" 메리가 대답하는 소리도 속삭임처럼 들렸는데 반쯤 겁에 질려 있었다.

 남자아이는 메리를 빤히 쳐다보며 보고, 보고, 또 보았다. 메리는 아이의 눈이 정말 이상하다는 걸 알아차렸다. 아이는 눈이 마노 보석 같은 회색인 데다 까만 속눈썹이 위아래 전체적으로 도드라져서 얼굴에 비해 유난히 커 보였다.

 "아니, 난 콜린이야." 남자아이가 잠시 말없이 기다리다 대답했다.

 "콜린이 누군데?" 메리가 주춤거리며 물었다.

 "콜린 크레이븐이야. 넌 누구야?"

 "나는 메리 레녹스야. 크레이븐 씨가 내 고모부이고."

 "그분이 우리 아빠야."

 "아빠라고!" 메리는 숨이 꼴깍 넘어갔다. "고모부한테 아들이

있다는 말은 못 들었는데! 왜 아무도 말을 안 했지?"

"이리 와봐." 콜린은 여전히 이상한 두 눈을 메리에게 고정한 채 불안한 표정으로 말했다.

메리가 침대 옆으로 다가가자 콜린이 한 손을 내밀어 메리를 만졌다.

"넌 진짜지? 난 이런 진짜 같은 꿈을 자주 꿔. 너도 그런 꿈일지 몰라."

메리는 방을 나올 때 모직 가운을 입었기 때문에, 가운의 천을 콜린의 손가락 사이에 끼워 넣어주었다.

"이걸 문질러서 얼마나 두껍고 따뜻한지 느껴봐. 괜찮으면 내가 살짝 꼬집어줄 수도 있어. 그럼 내가 진짜라는 걸 알게 될 거야. 잠깐은 나도 꿈꾼 줄 알았거든."

"넌 어디서 왔니?" 콜린이 물었다.

"내 방에서. 바람이 휘불고 해서 잠이 오지 않았는데 누가 우는 소리가 들리는 거야. 그게 누군지 알아보고 싶었어. 왜 울고 있었니?"

"나도 잠을 잘 수가 없었거든. 머리도 아팠고. 네 이름이 뭐라고 했지?"

"메리 레녹스. 내가 여기서 살게 됐다는 걸 아무도 말해주지 않았어?"

콜린은 아직도 메리의 가운 주름을 만지작거리고 있었지만,

메리가 진짜 존재하는 사람이라는 걸 조금씩 믿기 시작한 것 같았다.

"아니. 감히 못 하지."

"왜?" 메리가 물었다.

"네가 날 볼까 봐 걱정했을 테니까. 난 사람들 눈에 띄어서 나를 두고 쑥덕거릴 빌미를 주고 싶지 않아."

"왜?" 들으면 들을수록 영문을 알 수 없어 메리가 다시 물었다.

"난 늘 이렇게, 아파서 누워 있거든. 아빠도 내가 사람들 입에 오르내리는 일은 만들지 않으셔. 하인들도 내 이야기를 하는 건 금지야. 내가 죽지 않고 산다면 곱사등이가 되겠지만, 난 살지 못할 거야. 아빠는 내가 아빠처럼 될 거라는 생각은 몹시 하기 싫어하셔."

"아, 이 집은 정말 이상해! 너무 이상하다고! 모든 게 다 비밀이야. 방도 잠겨 있고, 화원도 잠겨 있고, 너까지! 방이 잠겨서 갇혀 지냈던 거니?"

"아니야. 내가 방에서만 지내는 이유는 내가 밖으로 나가고 싶지 않아서야. 나가면 너무 힘들어서."

"아빠가 너를 보러 오셔?" 메리가 용기를 내어 물었다.

"가끔. 보통 내가 잘 때 오셔. 나를 만나고 싶어 하지 않으시니까."

"왜?" 메리는 또다시 묻지 않을 수 없었다.

화의 낌새 같은 것이 아이의 얼굴을 스쳐 지나갔다.

"내가 태어났을 때쯤 엄마가 돌아가신 거라 나를 보면 괴로우신 거지. 아빠는 내가 모르는 줄 아시지만, 사람들이 말하는 걸 들었어. 아빠는 나를 싫어하는 거나 다름없어."

"고모부는 화원도 싫어하셔. 고모가 돌아가셔서."

메리가 반쯤 혼잣말처럼 이야기하자 콜린이 물었다.

"무슨 화원?"

"아! 그냥……. 그냥 고모가 좋아하셨던 화원. 너는 항상 여기서 지냈니?" 메리가 더듬거리며 대답하곤 물었다.

"거의 항상이지. 가끔 바닷가가 보이는 곳으로 가야 할 때도 있지만 사람들이 보는 게 싫어서 오래 머물진 않아. 등을 곧게 펴려고 쇠로 만든 보호대를 입었는데, 런던에서 유명한 의사가 와서 나를 보고는 바보 같은 짓이라고 했어. 그걸 벗기고 밖으로 내보내서 신선한 공기를 마시게 하라고. 하지만 난 신선한 공기도 싫고 밖에 나가고 싶지도 않아."

"나도 처음 여기에 왔을 땐 그랬어. 왜 나를 그렇게 쳐다보는 거야?"

콜린이 약간 보채듯이 대답했다. "꿈이 너무 생생해서 그래. 가끔은 눈을 뜨고 있어도 내가 깨어 있다는 걸 믿지 못할 때가 있거든."

"우리 둘 다 깨어 있어." 메리는 천장이 높고 구석은 그늘지고 난롯불이 침침한 방을 휙 둘러보며 말했다. "꼭 꿈같기는 해. 지금은 한밤중이고 이 집에 사람은 모두 자고 있으니까. 우리 둘만 빼고. 우린 말똥말똥하잖아."

"난 이게 꿈이 아니면 좋겠어." 콜린이 안절부절못하며 말했다.

메리는 문득 어떤 생각이 떠올랐다.

"사람들이 너를 보는 게 싫으면 나도 그만 가는 게 좋을까?"

콜린은 그때까지도 쥐고 있던 메리의 가운을 살짝 잡아당겼다.

"아니, 네가 가면 난 이게 꿈이었다고 믿어버릴 거야. 네가 진짜라면 저 큰 발받침 의자에 앉아서 이야기를 해봐. 네 이야기를 듣고 싶어."

메리는 들고 있던 초를 침대 가까이에 있는 탁자에 내려놓고, 쿠션이 있는 발받침 의자에 앉았다. 메리도 방으로 돌아갈 마음이 전혀 없었다. 수수께끼같이 비밀스런 방에 남아서 수수께끼 같은 아이와 이야기를 나누고 싶었다.

"어떤 이야기가 듣고 싶은데?"

콜린은 메리가 미셀스웨이트에 온 지 얼마나 됐는지 알고 싶어 했다. 메리의 방은 어떤 복도에 있는지, 무엇을 하며 지내는지, 자신처럼 황무지를 싫어하는지, 요크셔에 오기 전에는 어디에서 살았는지도 궁금해했다. 메리는 이 질문들에 모두 대답하고 더 많은 이야기를 해주었다. 콜린은 다시 베개를 베고 누워 메리의 이야기에 귀 기울였다. 그리고 인도 이야기와 대양을 건너온 항해 이야기를 더 많이 해달라고 보챘다. 메리는 콜린이 병약한 탓에 다른 아이들처럼 공부하진 않았다는 것을 알게 됐다. 콜린이 아주 어렸을 때 보모 중 한 사람이 읽기를 가르쳐주었고, 콜린은 늘 화려한 책들을 읽고 그 그림을 들여다보았다.

콜린의 아버지는 아들이 깨어 있는 시간에는 찾아오지 않았을지 몰라도, 혼자서 놀 수 있도록 온갖 멋진 장난감들을 장만해주었다. 그래도 콜린은 재미있게 놀아본 적이 한 번도 없는 것 같았다. 콜린은 가지고 싶은 것은 무엇이든 가질 수 있었고, 하기 싫은 일은 누가 뭐래도 하지 않을 수 있었다.

콜린은 아무렇지 않게 말했다. "모두들 억지로 내 기분을 맞춰줘. 화를 내면 몸에 안 좋으니까. 내가 어른이 될 때까지 살 거라고 믿는 사람은 아무도 없어."

이런 상황에 너무 익숙해져서 이제 더는 하나도 중요한 일이 아니라는 투였다. 콜린은 메리의 목소리가 좋은 듯했다. 메리가 이야기를 이어나가는 동안, 콜린은 졸려 하면서도 관심을 보이며 귀 기울였다. 한두 번인가 메리는 콜린이 점차 잠에 빠져드는 게 아닐까 생각했다. 하지만 마침내 콜린은 질문을 하나 던져 새로운 화두를 꺼냈다.

"넌 몇 살이야?"

"열 살이야. 너도 똑같잖아."

자신도 모르게 순식간에 나온 대답에, 콜린이 놀란 목소리로 되물었다.

"네가 그걸 어떻게 알아?"

"네가 태어난 해에 화원 문을 잠그고 열쇠를 땅에 묻었거든. 그렇게 문을 잠근 다음 십 년이 지났으니까."

콜린이 반쯤 일어나 메리 쪽으로 돌아앉으며 팔꿈치로 몸을 지탱했다.

"무슨 화원 문을 잠가? 누가? 열쇠는 어디에 묻었다고?" 콜린은 갑자기 흥미가 솟구치는 것처럼 외쳤다.

"저…… 저기 크레이븐 고모부가 싫어하는 화원 말이야. 열쇠를 어디에 묻었는지는 아무도…… 아무도 몰라."

"거긴 무슨 화원인데?" 콜린이 포기하지 않을 듯이 캐물었다.

"십 년 동안 아무도 들어가 보지 못했어." 메리는 조심스럽게 대답했다.

하지만 조심하기엔 이미 늦은 듯했다. 콜린은 메리와 무척이나 비슷한 처지였다. 콜린도 달리 생각할 거리가 전혀 없었고, 숨겨진 화원이란 생각만으로도 메리가 마음을 빼앗겼듯이 콜린도 마음을 빼앗겼다. 콜린은 질문 세례를 퍼부었다. 그 화원은 어디에 있어? 문을 찾아보긴 했니? 정원사들한테는 물어봤니?

"사람들이 그 화원에 대해서는 말하지 않으려고 해. 누가 물어봐도 대답해주지 말라고 지시를 받은 것 같아." 메리가 말했다.

"내가 말하라고 할게." 콜린이 말했다.

"할 수 있어?" 메리는 겁이 나기 시작해서 목소리가 흔들렸다. 콜린이 사람들을 말하게 만들 수 있다면, 무슨 일이 일어날지 누가 알까!

"모두들 어쩔 수 없이 내 기분을 맞춰준다고 했잖아. 내가 살 수만 있다면 이곳은 언젠가 내 것이 될 거야. 그걸 모르는 사람은 없어. 내가 말하라고 할게."

메리는 자신이 버릇없는 응석받이였다는 사실을 몰랐지만, 이 수수께끼 같은 아이가 버릇없다는 사실만큼은 분명하게 알 수 있었다. 콜린은 온 세상이 전부 다 제 것이라고 생각했다. 얼마나 특이한 아이인지. 자기가 오래 살지 못한다는 말을 얼마나 태연하게 하는지.

"넌 네가 오래 못 살 것 같아?" 정말 궁금하기도 했고, 한편으로는 화원에 대한 건 잊기를 바라는 마음에 메리가 물었다.

콜린은 조금 전처럼 무심하게 대답했다. "아마 그럴 거야. 아주 어린 시절부터 그런 말밖에 들은 기억이 없어. 처음에는 다들 내가 너무 어려서 이해하지 못한다고 생각했고, 지금은 내가 듣지 못한다고 생각하지. 하지만 다 들었어. 내 주치의는 아빠의 사촌이야. 아주 가난한데, 만약 내가 죽으면 아빠가 돌아가신 다음에 미셀스웨이트 전체가 그 의사 차지가 될 거야. 그 의사는 틀림없이 내가 사는 걸 바라지 않을 거야."

"넌 살고 싶니?"

메리가 묻자 콜린은 짜증 나고 지친다는 듯이 대답했다. "아니. 하지만 죽고 싶지도 않아. 몸이 아플 땐 여기에 누워서 그런 생각을 하다가 결국 울고 또 우는 거야."

"네가 우는 소리를 세 번이나 들었는데 누가 우는 건지 몰랐어. 그런 생각을 하면서 울었던 거야?" 메리는 콜린이 화원을 잊어버리길 간절히 바랐다.

"아마도. 다른 이야기 하자. 그 화원 이야기를 해. 넌 그 화원을 보고 싶지 않아?"

"보고 싶어." 메리가 아주 나지막한 목소리로 대답했다.

콜린은 고집스럽게 말을 이었다. "나도 그래. 전에는 뭐든 정말로 보고 싶은 게 없었던 것 같은데, 지금은 그 화원을 보고 싶어. 열쇠를 파내고 싶어. 잠긴 문을 열고 싶어. 나를 휠체어에 태워 그곳으로 밀고 가게 할 거야. 그러면 신선한 공기를 마시게 되겠지. 사람들한테 문을 열라고 할게."

콜린이 흥분하자 이상한 두 눈이 별처럼 반짝이면서 한층 더 커다랗게 보였다.

"사람들은 내 기분을 맞춰야 해. 나를 그곳으로 데려가게 하고 너도 가게 해줄게."

메리는 두 손을 깍지 낀 채 꽉 움켜잡았다. 그러면 모든 것이 망가질 텐데. 모든 것이 다! 디콘은 두 번 다시 오지 않을 것이다. 안전한 은신처에 둥지를 튼 울새가 된 기분도 다시는 느끼지 못할 터였다.

"아, 안 돼, 안 돼, 안 돼, 안 돼, 하지 마!" 메리가 소리쳤다.

콜린은 정신 나간 사람을 보듯 메리를 쳐다보았다!

콜린이 소리쳐 물었다. "왜? 너도 보고 싶댔잖아."

"보고 싶어. 하지만 네가 그렇게 사람들한테 문을 열게 하고 널 데려가게 만들면 거긴 다시는 비밀이 될 수 없을 거야." 메리가 울음이 섞여 나오는 목소리로 대답했다.

콜린이 몸을 앞으로 더 내밀었다.

"비밀이라니, 그게 무슨 소리야? 말해 봐."

메리가 두서없이 횡설수설했다. 숨도 거칠어졌다.

"있잖아……. 그렇잖아. 아무도 모르고 우리만 안다면……. 문이 있는데, 담쟁이덩굴 아래 어딘가 숨겨져 있다면……. 문이 있다면……. 우리가 찾을 수도 있고, 같이 거기 들어가서 문을 닫아버리면 아무도 그 안에 누가 있다는 걸 모를 거고 우리가 거기를 우리 화원이라고 부르고 상상을, 우리가 울새고 그곳이 우리 둥지라고 상상을 하고 거기서 매일 놀면서 땅을 파서 꽃씨를 심고 모든 게 살아나게 하면……."

"거기가 죽었어?" 콜린이 메리의 말을 끊고 물었다.

"아무도 돌보지 않으면 곧 그렇게 될 거야. 알뿌리는 살겠지만 장미는……."

콜린은 메리만큼이나 흥분해서 또 말을 자르고 재빨리 물었다.

"알뿌리가 뭐야?"

"나팔수선화랑 백합이랑 갈란투스야. 지금 땅속에서 일하고 있어. 연둣빛 새순들을 밀어 올리는 거야. 봄이 오고 있으니까."

"봄이 온다고? 그게 어떤 건데? 아파서 방에 틀어박혀 있다 보면 봄이 와도 알 수가 없거든."

"봄이 오는 건 비가 오다가 햇살이 내리쬐고 햇살이 내리쬐는데 비가 떨어지는 거야. 그럼 많은 것들이 땅 위로 밀고 올라오고 땅 밑에서 일을 해. 화원을 비밀로 놔두면 우린 그 안에 들어가서 매일 그런 것들이 자라는 걸 지켜볼 수 있고, 장미가 얼마나 많이 살았는지도 알 수 있어. 모르겠니? 아, 비밀로 하면 얼마나 더 멋질지 모르겠어?"

콜린이 다시 머리를 털썩 떨어뜨리고는 베개를 베고 누워 묘한 표정을 지었다.

"나는 비밀이란 게 한 번도 없었어. 어른이 될 때까지 살지 못

한다는 거 빼고. 내가 그걸 아는 건 아무도 모르니까. 이것도 비밀이라면 비밀이지. 하지만 이쪽 비밀이 더 좋네."

메리가 애원했다. "네가 사람들한테 데려다 달라고 하지 않아도, 어쩐지……. 내가 머지않아 그 화원에 들어갈 방법을 꼭 찾아낼 수 있을 것 같아. 그리고 그때……. 의사 선생님이 네가 휠체어를 타고 밖에 나가는 게 좋겠다고 하고, 네가 원하는 건 뭐든 다 할 수 있으면……. 어쩌면 네 휠체어를 밀어줄 남자아이를 구할 수 있을 거고, 그럼 우리끼리 그 화원에 갈 수 있고 그곳은 언제까지나 비밀의 화원일 거야."

콜린이 꿈꾸는 눈으로 아주 천천히 말을 이었다. "그게…… 좋을 것…… 같아. 마음에 들어. 비밀의 화원에서라면 신선한 공기를 마셔도 상관없어."

메리는 마음 놓고 숨을 가다듬기 시작했다. 비밀을 지킨다는 생각을 콜린도 좋게 받아들인 것 같아서였다. 이야기를 계속 들려줘서 자기가 본 그대로를 마음속으로 그려볼 수 있게 해준다면 콜린도 화원을 좋아하게 되어 다른 사람들이 아무 때나 드나들 수 있다는 건 생각하기도 싫어질 게 분명하다고 생각했다.

"그 화원은 이런 모습일 것 같아. 나중에 들어가서 보면 말이야. 너무 오랫동안 문이 잠겨 있었으니까 풀이랑 나무들이 자라서 막 엉켜 있을 거야."

콜린은 가만히 누워서 귀를 기울였고 메리는 이야기를 이어 나갔다. 장미 덩굴이 이 나무에서 저 나무를 타고 옮겨 다니며 밑으로 대롱대롱 늘어져 있을 거야. 거기에 둥지를 튼 새들도 많겠지. 거긴 아주 안전할 테니까. 그러다가 메리는 울새와 벤 웨더스태프 노인 이야기도 꺼냈다. 울새에 대해서는 할 이야기가 아주 많은 데다 쉽고 마음 편히 말할 수 있었고 조심스럽게 말할 필요도 없었다. 더는 불안해하지 않아도 되었다. 울새 이야기가 무척 마음에 들었는지 콜린이 미소 지은 모습이 멋있어 보이기까지 했다. 처음에 메리는 콜린이 눈이 크고 머리숱이 많아 자기보다도 못생겼다고 생각했다.

"새들이 그럴 수도 있다는 건 몰랐어. 하지만 방에만 있다 보면 아무것도 알 수가 없거든. 넌 아는 게 정말 많구나. 꼭 그 화원에 다녀온 사람 같아."

메리는 뭐라 말해야 할지 몰라서 아무 말도 하지 않았다. 콜린도 대답을 들으려고 한 말은 아닌 것 같았고, 다음 순간 메리에게 뜻밖의 말을 꺼냈다.

"너한테 보여줄 게 있어. 벽난로 선반 위쪽 벽에 장미색 비단 커튼이 걸려 있는 거 보이니?"

미처 보지 못했는데 메리가 눈을 들어보니 그제야 커튼이 보였다. 그림처럼 보이는 것 위로 부드러운 비단 커튼이 드리워져 있었다.

"응."

"거기 끈이 하나 달려 있어. 가서 당겨."

메리는 영문을 모른 채 자리에서 일어나 콜린이 말한 끈을 찾았다. 끈을 당기자 고리에 달린 커튼이 뒤로 젖혀지며 그림이 드러났다. 웃고 있는 소녀를 그린 그림이었다. 밝은 머리를 파란 리본으로 묶은 모습이었는데, 명랑하고 사랑스러운 눈은 불행해 보이는 콜린의 눈과 똑 닮아서, 마노 보석 같은 회색 눈이 위아래로 난 검은 속눈썹 때문에 두 배는 더 커 보였다.

콜린이 볼멘소리로 말했다. "우리 엄마야. 엄마가 왜 죽었는지 모르겠어. 가끔은 엄마가 죽어서 미울 때가 있어."

"진짜 이상해!" 메리가 말했다.

콜린이 툴툴거렸다. "만약 어머니가 살아 계셨다면 나도 이렇게 만날 아프진 않았을 거야. 아마 살 수도 있었을 거야. 아빠도 나를 보는 게 아무렇지 않았을 거고. 내 등도 튼튼했을 거야. 커튼을 다시 내려."

메리는 콜린이 시키는 대로 하고 발받침 의자로 돌아가 앉았다.

"너희 엄마가 너보다 훨씬 더 예쁘다. 그런데 눈은 너랑 똑같아. 일단 생긴 거랑 색깔은 그래. 엄마 그림에 커튼은 왜 쳐놓았어?"

콜린이 불편해하며 몸을 움직였다.

"내가 그렇게 해두라고 시켰어. 가끔은 엄마가 나를 바라보는 게 싫어. 내가 아프고 비참할 때도 너무 환하게 웃고 있잖아. 그리고 엄마는 내 거니까, 아무나 보는 것도 싫어."

잠시 침묵이 흐르다가 메리가 입을 열었다.

"내가 여기 다녀간 걸 메들록 부인이 알게 되면 어떻게 돼?"

"메들록 부인은 내가 시키는 대로 할 거야. 너를 매일 내 방에 데려와 이야기를 나눌 수 있게 해달라고 말해야겠어. 네가 와서 기뻐."

"나도 그래. 올 수 있을 때마다 자주 올게. 하지만……." 메리가 잠시 망설이다가 말했다. "나는 매일 화원 문을 찾으러 다녀야 할 거야."

"그래, 그래야지. 그래야 나중에 나한테 말해줄 수 있으니까."

콜린이 누운 채로 조금 전처럼 잠시 생각에 빠졌다가 다시 입을 열었다.

"네가 오는 것도 비밀로 해야겠어. 사람들이 알게 될 때까지 말하지 않을래. 언제든지 보모를 방에서 내보내고 나 혼자 있고 싶다고 말하면 되니까. 너 마사 알아?"

"응, 아주 잘 알아. 내 시중을 들어주거든."

콜린이 바깥 복도 쪽을 향해 고갯짓을 했다.

"저 방에서 자고 있는 사람이 바로 마사야. 보모가 어제 여동생네 집에서 하룻밤 자고 온다고 외출했는데, 밖에 나갈 땐 항상 마사한테 내 시중을 맡기거든. 여기 언제 오면 되는지 마사가 알려줄 거야."

그제야 메리는 울음소리가 어디서 나는 건지 물었을 때 마사가 곤란한 표정을 지었던 이유를 알 것 같았다.

"마사는 처음부터 너에 대해 알고 있었니?" 메리가 물었다.

"그래. 내 시중을 자주 들어. 보모가 자꾸 도망가서 그럴 땐 마사가 와."

"시간이 많이 지났네. 이제 갈까? 네 눈이 졸려 보여."

"내가 잠든 다음에 가면 좋겠어."

콜린이 수줍게 부탁하자 메리는 의자를 끌고 침대에 다가가 앉았다. "눈을 감아. 인도에 있을 때 내 아야가 해줬던 대로 해줄게. 손을 토닥토닥 쓰다듬으면서 아주 조용히 노래를 부를 거야."

"그거 좋을 것 같아." 콜린이 졸린 목소리로 말했다.

어쩐지 메리는 콜린에게 안쓰러운 마음이 들어, 잠 못 든 채 두고 싶지 않았다. 그래서 침대에 기대어 콜린의 손을 토닥이고 쓰다듬으며 아주 나직이 힌두스타니어 노래를 부르기 시작했다.

"그거 좋다." 콜린은 한층 더 졸린 목소리로 말했다. 메리는 멈추지 않고 노래하며 쓰다듬었다. 그러다가 다시 바라보니 콜린은 검은 속눈썹이 뺨에 닿을 듯 눈을 감고 깊이 잠들어 있었다. 메리는 조용히 일어나 자기가 가져왔던 촛불을 집어 들고 소리 나지 않게 살금살금 방을 빠져나왔다.

14.
어린 라자

아침이 되자 황무지가 엷은 안개 속에 자취를 감추었고 비는 그칠 기미 없이 계속 쏟아졌다. 밖에 나가기는 힘들었다. 마사는 너무 바빠서 메리가 말을 붙일 틈도 없었지만, 오후에는 놀이방으로 와서 같이 있어달라고 부탁했다. 마사는 쉴 틈이 날 때마다 뜨개질하던 양말을 가지고 올라왔다.

"뭔 일 있남요? 꼭 할 말 있는 사람 같애요." 메리와 함께 자리에 앉자마자 마사가 물었다.

"할 말 있지. 그 울음소리가 뭔지 알아냈거든."

마사가 뜨개질하던 것을 무릎에 떨어뜨리고는 깜짝 놀란 눈으로 메리를 쳐다보며 소리쳤다.

"그럴 리가! 설마요!"

"밤에 그 소리가 들렸어. 그래서 침대에서 나와 소리가 나는 곳이 어딘지 보러 갔어. 콜린이 그랬더라고. 내가 그 애를 찾아냈어."

마사가 겁에 질려 얼굴이 빨개져서 울먹울먹 말했다.

"아! 메리 아가씨! 그럼 안 되는데……. 그러지 마시지! 아가씨 때문에 내가 곤욕을 치르게 생겼네요. 난 도련님 이야기는 한마디두 안 했는데……. 아가씨 때문에 내가 큰일 나겠어요. 일자리를 잃게 되는 엄니는 뭐라구 하실까!"

"일자리는 문제없을 거야. 콜린은 내가 가니까 반가워했어. 우린 수많은 이야기를 나누었고 내가 와서 기쁘다고 했다니까."

마사가 외쳤다. "도련님이요? 정말루요? 도련님이 짜증이라두 나면 어떤지 아가씨는 몰러요. 다 커서 애기처럼 울구, 역정을 낼 땐 우릴 겁주려구 고래고래 소리를 질러대구요. 우리가 감히 맞서지 못허는 걸 아시니까요."

"짜증 내지 않던데. 내가 돌아가는 게 좋겠냐고 물어봤는데 그냥 있으라고 했어. 나한테 질문도 하고, 나는 커다란 발받침 의자에 앉아서 인도 이야기랑 울새 이야기랑 화원 이야기도 해 줬어. 그 애가 나를 붙잡은 거야. 나한테 자기 엄마 사진도 보여 주고. 방을 나오기 전에는 내가 자장가도 불러줬다니까."

마사가 놀라서 숨을 헉 들이마셨다가 불만스럽게 투덜댔다.

"그 말은 도저히 못 믿겠네요! 아가씨가 사자 굴루다 걸어 들어갔다는 말이나 매한가지죠. 평상시 같으믄 막 성질을 부리믄서 온 집 안을 발칵 뒤집어 놨을 거여요. 도련님은 낯선 사람들헌테 얼굴 보이는 걸 싫어하는데."

"나한테는 보여주던데. 난 계속 그 애를 처다봤고 그 애도 나를 처다봤어. 우린 서로 바라봤어!"

마사가 흥분해서 외쳤다. "어쩌믄 좋아! 메들록 부인이 알믄 내가 명령을 어기구 아가씨헌테 다 말했다구 생각허실 거여요. 그럼 난 짐을 싸서 엄니헌테 돌아가야 한다구요."

메리가 올차게 말했다. "콜린은 메들록 부인한테 아무 말도 안 할 거야. 일단은 비밀로 하기로 했거든. 그리고 콜린이 그러는데 이곳 사람들 모두 다 자기 기분을 맞춰줘야 한대."

"네, 그 말은 맞어요. 성질이 웬만허야지!" 마사가 한숨을 쉬며 앞치마로 이마를 닦았다.

"콜린이 메들록 부인도 그래야 한다고 했어. 그리고 나더러 매일 와서 같이 이야기하면 좋겠대. 나랑 이야기하고 싶을 때마다 네가 나한테 알려주게 될 거야."

"내가요! 난 여서 쫓겨나겄네요……. 기어이 그리되겄어요!"

"그럴 리 없어. 넌 콜린이 시키는 대로 하면 되고, 여기선 모두 다 그 애 말을 들어야 하잖아."

메리가 강하게 말하자 마사가 눈을 휘둥그레 뜨고 외쳤다.

"도련님이 아가씨헌텐 친절했다는 말이어요?"

"내 생각인데 콜린은 나를 좋게 본 것 같아."

메리가 대답하자, 마사가 한숨을 내쉬며 결론을 내렸다.

"그러믄 아가씨가 도련님을 홀렸나 보네요!"

"마법 같은 걸 부렸단 말이야? 인도에 있을 때 마법에 대해 들어본 적이 있는데, 난 마법 부릴 줄 몰라. 난 그냥 그 방에 들어갔다가 그 애를 보고 너무 놀라서 서서 쳐다보기만 했어. 그러고 있는데 그 애가 나를 돌아보더니 빤히 쳐다보는 거야. 내가 유령이 아니면 꿈일 거라 생각했다는데, 난 그 애가 유령이거나 꿈인 줄 알았어. 한밤중에 거기 우리 둘밖에 없는데 서로 모르는 사이니까 너무 이상하더라. 그래서 서로 궁금한 걸 묻기 시작했어. 그러다가 내가 갔으면 좋겠냐고 물으니까 그 애가 가지 말라고 한 거야."

"세상에 종말이 오려나 보네!" 마사가 헉 하고 숨을 들이켰다.

"그 애한테 무슨 문제가 있어?" 메리가 물었다.

"아무두 확실한 건 몰러요. 쥔님은 도련님이 태어날 때 머리가 돌아버렸어요. 의사들은 쥔님을 정신병원에 넣어야 헌다구 생각했대요. 쥔마님이 제가 말씀드렸던 것처럼 그렇게 돌아가셔서요. 쥔님은 아기헌테 눈길두 주지 않으려구 허셨어요. 그저 고래고래 소리만 지르시믄서 본인마냥 곱사등이가 될 바엔 죽는 게 낫다구 허셨죠."

"콜린이 곱사등이야? 그렇게 안 보이던데." 메리가 물었다.

"아직은 아니어요. 하지만 첨부터 완전히 틀어지긴 했죠. 엄니는 집안에 그만한 풍파가 있었으믄 어떤 아이라두 잘못됐을 거래요. 다들 도련님 등이 약할까 봐 허구헌날 그것만 신경 써요……. 계속 눕혀 놓구 걷지두 못허게 허구. 한번은 등 보조기를 입혔는데 도련님이 거슬려 하더니 결국엔 아주 끙끙 앓더라구요. 그러다가 한 유명한 의사 선생님이 도련님 진료를 보러 오셔서는 보조기를 벗기라구 허셨지요. 그 선생님이 다른 의사 선생님헌테 막 뭐라구 허셨잖어요. 말씀은 점잖게 허셨지만요. 약두 너무 많이 먹이구 애를 너무 제멋대루 하게 내버려 뒀다구요."

"콜린이 아주 버릇없는 아이 같긴 해." 메리가 말했다.

"버릇없기루는 세상 최악이죠! 도련님이 많이 아프지 않았다는 말씀은 아니어요. 기침감기 때문에 죽다 살아난 적두 두세 번 있었구요. 한번은 류머티즘열에 걸린 적두 있구, 한번은 장티푸스두 왔었어요. 참! 그때 메들록 부인헌테 간담이 서늘헌 일이 있었는데. 도련님이 정신이 들락날락허구 있을 때라 메들록 부인이 보모랑 이야기 중이었는데, 도련님이 암 소리두 못 들을 줄 알고 그런 말을 한 거여요. 이번에는 도련님이 진짜루 죽을 거라구, 그게 도련님을 위해서두 다른 사람들을 위해서두 제일 좋은 거라구 말이어요. 그러구 나서는 도련님을 보는데 도련님이 그 크다만 눈을 뜨구는 자기를 빤히 쳐다보고 있더래요. 메들록 부인만치 멀쩡한 눈을 하구 말여요. 부인은 무슨 일이 일어날지 모르겠다 했는데, 도련님이 그냥 빤히 보면서 그러더래요. '넌 물 좀 가져오고 그만 떠들어.'"

"너도 그 애가 죽을 것 같아?" 메리가 물었다.

"엄니는 이런 데서 어떤 아이가 살 수 있겠냐고 하셔요. 신선한 공기두 못 마시구, 허는 일 없이 진종일 등 붙이구 누워만 있구, 그림책이나 읽구 약만 먹으믄서요. 도련님은 몸이 약하구 번거로워서 밖으루 나가는 걸 질색하셔요. 감기두 쉬 걸리구 해서 나가면 병난대요."

메리는 가만히 앉아 벽난로를 바라보다가 천천히 말했다. "궁금해. 정원에 나가서 꽃과 나무들이 자라는 걸 지켜보면 그 애한테 도움이 되지 않을까? 난 도움이 됐거든."

"도련님이 유독 심허게 발작을 일으킨 적이 몇 번 있었는데, 한번은 도련님을 분수 옆에 장미가 많이 핀 곳으루 데려갔을 때였어요. 도련님은 신문에서 '장미열'*이라는 거에 걸린 사람들 기사를 읽구 있었는데, 갑자기 재채기를 허기 시작하더니 본인이 그 병에 걸렸다는 거여요. 그러구 있는데 정원지기 하

---

* 장미 꽃가루 때문에 생기는 알레르기 증상.

나가 새루 와서 규칙도 모르구 그냥 옆을 지나가다가 궁금한 얼굴루 도련님을 쳐다본 거여요. 도련님이 역정을 내믄서 자기가 곱사등이가 될 거라 그 사람이 쳐다봤다는 거여요. 그러믄서 온몸에 열이 뻗치도록 울구불구허다가 결국엔 밤새 앓았더 랬어요."

"나한테 한 번이라도 화를 내면 난 다시는 콜린을 만나러 가지 않을 거야." 메리가 말했다.

"도련님이 부르믄 아가씨두 갈 수밖에 없어요. 그건 미리 알아두시는 게 좋을 거여요."

얼마 지나지 않아 바로 종이 울렸고, 마사는 뜨개질하던 것을 둘둘 말았다.

"보모가 도련님을 잠깐 봐달라구 부르는 걸 거여요. 도련님 기분이 좋아야 헐 텐데."

마사는 방을 나갔다가 십 분 정도 만에 어리둥절한 얼굴을 하고 돌아왔다.

"이거 참, 아가씨가 도련님을 뭘루 홀린 거라니까요. 도련님이 소파에 앉아 그림책을 보구 계셔요. 보모헌테 여섯 시까지 나가 있으라구 하셨대요. 나헌테는 옆방서 대기허라구 하시구요. 보모가 나가자마자 나를 부르셔서 이러시네요. '메리 레녹스를 불러 이야기를 나누고 싶어. 그리고 이건 아무한테도 말해선 안 된다는 걸 명심하고.' 아가씨 얼른 후딱 가보셔야겠어요."

메리도 기꺼이 빨리 가고자 했다. 디콘을 만나고 싶은 만큼은 아니었지만, 콜린도 무척 보고 싶긴 했다.

메리가 콜린의 방에 들어갔을 때, 난로에서 불이 활활 타고 있었다. 환한 낮의 햇빛 속에서 보니 방은 실로 무척 아름다웠다. 색채가 풍부한 양탄자와 장식용 벽걸이와 그림과 벽에 꽂힌 책들 덕에 잿빛 하늘과 떨어지는 빗방울에도 방 안은 따뜻하고 아늑했다. 콜린마저도 한 폭의 그림 같았다. 콜린은 벨벳 가운을 입고 비단 쿠션에 기대어 앉아있었다. 두 뺨에는 붉은 반점이 올라와 있었다.

"어서 와. 아침 내내 네 생각이 났어."

"나도 네 생각을 하고 있었어. 넌 마사가 얼마나 겁에 질렸는지 모를 거야. 네 이야기를 나한테 떠들어댄 사람을 자기라고 생각해서 메들록 부인이 자기를 쫓아낼 거래."

콜린이 얼굴을 찌푸렸다.

"가서 마사한테 이리로 오라고 해. 지금 옆방에 있어."

메리는 옆방에 가서 마사를 데리고 돌아왔다. 가엾은 마사는 온몸을 덜덜 떨었다. 콜린은 여전히 찌푸린 얼굴로 따지듯 물었다.

"넌 내가 기뻐할 일을 해야 돼, 안 해야 돼?"

"도련님이 기뻐하실 일을 해야 허죠." 마사가 빨갛게 달아오른 얼굴로 더듬거리며 대답했다.

"메들록도 내가 기뻐할 일을 해야 할까?"

"모두가 허야죠, 도련님."

"좋아, 그럼 내가 너한테 메리 아가씨를 데려다 달라고 명령하는데, 메들록이 그 사실을 안다고 해도 어떻게 너를 쫓아낸다는 거지?"

"제발 그렇게 못 허게 해주셔요, 도련님."

마사가 애원하자 크레이븐가의 꼬마 주인이 거만하게 말했다.

"메들록이 그런 말을 한마디라도 들먹이면 내가 그 여자를 내쫓아 버릴 거야. 메들록도 그런 걸 바라진 않을 거야."

"고맙습니다, 도련님. 제 의무는 다허고 싶어요, 도련님." 마사가 무릎을 굽혀 인사했다.

콜린이 더 거만한 태도로 말했다. "내가 원하는 게 바로 그거야. 넌 내가 돌봐줄게. 이제 가봐."

마사가 문을 닫고 나갔을 때, 콜린은 메리가 마치 이상한 장면이라도 목격한 사람처럼 자신을 쳐다보는 것을 깨닫고 물었다.

"왜 그렇게 쳐다봐? 무슨 생각을 하는 건데?"

"두 가지 생각이 들어."

"그게 뭔데? 앉아서 말해봐."

메리가 커다란 발받침 의자에 앉으며 말했다. "첫 번째로 한 생각은 이거야. 인도에 살 때 라자*라고 하는 남자아이를 본 적이 있거든. 그 애는 루비랑 에메랄드랑 다이아몬드를 온몸에 두르고 다녔어. 자기 백성들한테 말할 땐 방금 네가 마사한테 하듯이 했고. 누구든지 라자가 시키는 건 뭐든 다 해야만 했어. 그 즉시 말이야. 그렇게 하지 않는 사람은 다 죽었을 거야."

"라자 이야기는 곧 듣기로 하고, 두 번째 생각을 먼저 말해봐."

"두 번째로 든 생각은 넌 디콘과 굉장히 다르다는 거야."

"디콘이 누구야? 이름도 괴상하네!"

메리는 말을 해줘도 괜찮겠다고 생각했다. 비밀의 화원을 언급하지 않고도 디콘 이야기를 할 수 있을 것 같았다. 메리도 마사에게서 디콘 이야기를 듣는 게 좋았다. 게다가 메리도 디콘에 대해 정말 말하고 싶었다. 그러면 디콘과 좀 더 가까이에 있는 기분이 들 것 같았다. "그 애는 마사의 동생이야. 열두 살이고. 그 애는 세상 어떤 사람하고도 달라. 여우랑 다람쥐랑 새들을 마법처럼 부리거든. 인도 원주민이 뱀을 부리듯이 말이야. 피리로 아주 부드러운 음악을 연주하면 동물들이 와서 들어."

콜린 옆의 탁자에는 큰 책들이 놓여 있었는데, 콜린이 갑자

---

* 인도의 왕이나 영주.

기 그중 한 권을 자기 앞으로 끌어당겼다. "여기 뱀 부리는 사람 그림이 있어. 와서 봐."

색채가 뛰어난 삽화가 있는 아름다운 책이었다. 콜린은 책장을 넘겨 삽화 하나를 펼쳐 보이고는 기대감 가득한 얼굴로 물었다.

"이런 것도 할 수 있어?"

"디콘이 피리를 불면 동물들이 와서 들어. 하지만 그 애는 그걸 마법이라고 말하지 않아. 자기가 황무지에 오래 살아서 동물들의 습성을 잘 알아서 그런 거래. 디콘이 그러는데 가끔은 자기가 새나 토끼처럼 느껴진대. 그만큼 좋아한다는 거야. 울새한테도 질문을 하는 것 같았어. 서로 소곤소곤 지저귀면서 대화를 나누는 것처럼 보였거든."

콜린은 쿠션에 등을 기댔다. 눈이 점점 휘둥그레졌고 뺨에 올라왔던 반점은 빨갛게 불타는 듯했다.

"그 애에 대해서 좀 더 말해봐."

메리는 설명을 이어갔다. "그 애는 새 알하고 둥지에 대해 모르는 게 없어. 여우랑 오소리랑 수달이 어디어디에 사는지도 알아. 하지만 다른 아이들이 알면 그런 굴을 찾아가 동물들을 겁줄까 봐 아무한테도 말해주지 않아. 디콘은 황야에서 자라거나 사는 것들에 대해서는 모르는 게 없어."

콜린이 물었다. "그 애는 황무지를 좋아해? 저렇게 거대하고 메마르고 쓸쓸한 곳을 어떻게 좋아할 수 있어?"

메리가 발끈했다. "거긴 가장 아름다운 곳이야. 수천 가지 아름다운 것들이 자라나고 수천 마리의 작은 생명들이 바쁘게 둥지를 짓고 굴을 파고 쨱쨱거리고 노래하고 찍찍대며 이야기를 나눠. 다들 무척 바쁘고 땅 밑이나 나무 속이나 히스 덤불 아래서 재미있게 놀아. 황무지는 그들의 세상이야."

"어떻게 그런 걸 다 알아?" 콜린이 팔꿈치를 틀어 메리를 쳐다보며 물었다.

메리는 문득 기억이 떠올라 대답했다. "나도 사실 황무지에 가본 적은 없어. 깜깜한 밤에 마차를 타고 한 번 지나온 게 다야. 그땐 보기 싫다고 생각했어. 그러다가 마사한테 처음으로 황무지 이야기를 들었고 그다음엔 디콘이 말해줬어. 디콘이 하는 이야기를 듣다 보면 눈앞에 그 장면이 생생하게 펼쳐지고 소리도 들리는 것만 같아. 마치 내가 햇빛이 반짝이는 히스 꽃밭에 서 있고 꿀 냄새 같은 가시금작화 향기가 풍겨오고, 벌과 나비가 온 천지에 날아다니는 기분이 들거든."

"아프면 아무것도 볼 수 없어." 콜린이 안절부절못하며 말했다. 마치 저 멀리에서 새로운 소리를 듣고 무슨 소리인지 궁금해하는 사람처럼 보였다.

"방 안에만 틀어박혀 있으면 못 보지."

메리가 말하자 콜린은 억울하다는 말투로 대답했다.

"난 황무지에 못 가."

메리는 잠시 말없이 있다가 용기 내어 말했다.

"나갈 수 있을 거야……. 언젠가는."

콜린이 깜짝 놀란 듯 몸을 움찔했다.

"황무지에 간다고! 내가 어떻게? 난 죽을 건데."

"그걸 네가 어떻게 알아?" 메리는 동정심이라고는 느껴지지 않는 말투로 대답했다. 콜린이 그런 식으로 죽음을 말하는 게 마음에 들지 않았다. 안됐다는 마음도 별로 들지 않았다. 오히려 콜린이 그 사실을 뽐내며 말하는 것처럼 들렸다.

콜린이 뿌루퉁하게 대답했다. "아, 기억할 수 있는 어린 시절부터 늘 들었던 말이거든. 다들 그렇게 쑥덕대면서 나는 눈치 못 챌 거라 생각해. 내가 죽기를 바라는 거야."

메리 아가씨는 삐딱해지는 기분이 들어, 입술을 꽉 깨물었다.

"사람들이 그걸 바란다 해도 나라면 죽지 않을 거야. 그런 걸 누가 바란다는 거야?"

"하인들도 그렇고……. 당연히 크레이븐 박사님도 그렇겠지. 미셀스웨이트를 차지하면 더 이상 가난뱅이가 아니라 부자가 될 테니까. 그런 말을 감히 입 밖에 내지는 못하지만, 내 상태가 심해지는 날에는 늘 신이 나 보이거든. 내가 장티푸스에 걸렸을 땐 얼굴에 살까지 붙더라니까. 내 생각엔 아빠도 바라시는 것 같아."

"고모부는 아닐 거야."

메리가 고집을 부리듯 말하자 콜린이 돌아누우며 다시 메리를 쳐다봤다.

"아니라고?"

그러더니 다시 쿠션에 기대어 생각에 잠긴 듯 가만히 있었다. 꽤 긴 침묵이 흘렀다. 아마도 두 아이 모두 보통의 아이들은 잘 생각하지 않는 이상한 생각을 하는 중인지도 몰랐다.

마침내 메리가 입을 열었다.

"난 런던에서 왔다는 그 유명한 의사 선생님이 마음에 들어. 너한테서 쇠로 만든 그거 벗기라고 했다며. 그 선생님도 네가 죽을 거라고 했어?"

"아니."

"그럼 뭐라고 했는데?"

"소곤소곤하진 않더라. 내가 귓속말을 싫어하는 걸 알았나 봐. 한 가지를 아주 큰 소리로 말하는 걸 들었어. 저 아이는 자기가 마음만 먹으면 살 수 있을 거라고. 그럴 기분이 들 수 있게 해주라고. 꼭 화가 난 목소리처럼 들렸어."

메리가 곰곰이 생각하며 말했다. 이 문제를 어떤 식으로든 끝내고 싶은 마음이었다. "너한테 그런 기분을 느끼게 해줄 사람을, 어쩌면 알 것 같아. 디콘이라면 할 수 있을 거야. 그 애는 언제나 살아 있는 것들에 대해 이야기하거든. 죽은 것이나 아픈 것에 관한 이야기는 안 해. 항상 하늘을 올려다보면서 날아다니는 새를 바라보든지, 아니면 땅을 내려다보면서 자라나는 것들을 살펴봐. 눈도 동그랗고 파란데 늘 그 눈을 크게 뜨고 주변을 두리번거려. 웃을 때도 활짝 웃는데 입도 워낙에 커. 볼은 빨갛고. 앵두만큼 빨개." 메리는 의자를 끌어당겨 소파에 더 가까이 다가갔다. 활짝 웃는 입과 둥그렇게 뜬 눈을 떠올리는 메리의 표정도 바뀌었다.

"있잖아. 죽는 이야기는 하지 말자. 난 그런 이야기가 싫어. 사는 이야기를 하자. 디콘 이야기를 하고 또 하는 거야. 네 그림책도 같이 보고."

그건 메리가 할 수 있는 최선의 말이었다. 디콘에 대해 이야기하자는 건 황무지에 대해서, 오두막에 대해서, 그리고 오두막에 살며 일주일에 십육 실링으로 생활하는 열네 식구에 대해서 이야기하자는 뜻이었고, 또한 야생 조랑말처럼 황무지 풀밭 위에서 살찌는 아이들에 대해 이야기하자는 말이었다. 그리고 디콘의 엄마와 줄넘기와 황무지 하늘에 뜬 태양과 검은흙을 비집고 올라오는 연둣빛 새싹에 대해서도. 이 모든 게 생생하게 살아 있는 것들이어서 메리는 이전보다 훨씬 더 많은 말을 했다. 콜린 역시 귀 기울여 듣고 같이 이야기하기도 했는데, 그렇게 말하는 것도 듣는 것도 콜린으로서는 처음 있는 일이었다. 그리고 두 아이 모두 아이들이 행복할 때 그러듯이 아무것도 아닌 일로 웃음을 터뜨리기 시작했다. 어찌나 웃어댔는지 나중에는 두 아이 모두 원래 그런 평범하고 건강한 열 살 아이들처럼 야단법석을 떨었다. 더 이상 몸과 마음이 메마른 쌀쌀맞은 여자아이와 자기가 죽을 거라 믿는 병약한 남자아이가 아니었다.

얼마나 즐거웠는지 두 아이는 그림책을 보기로 한 것도, 시간이 가는 것도 까맣게 잊었다. 벤 웨더스태프와 울새 이야기를 할 때는 꽤 요란하게 웃어댔고, 콜린은 등이 약하다는 사실도 깜박한 채 일어나 앉아 있다가 문득 무언가를 생각해냈다.

"너 그거 알아? 우리 둘 다 전혀 생각 못 했던 게 하나 있어. 우리는 사촌이야."

그렇게 많은 이야기를 나누면서도 이렇게 간단한 사실 하나를 기억해내지 못했던 게 어찌나 이상했던지 둘은 지금까지보다 더 큰 소리로 웃어댔다. 두 아이는 무엇을 보고 들어도 웃음이 터질 듯한 기분이었다. 그렇게 한창 재미있던 순간, 문이 열리며 크레이븐 박사와 메들록 부인이 걸어 들어왔다.

크레이븐 박사는 그야말로 깜짝 놀랐고, 뒤따라오던 메들록 부인은 그런 박사와 부딪치는 바람에 뒤로 넘어질 뻔했다.

"세상에! 맙소사!"

소리치는 메들록 부인은 얼굴에서 눈알이 튀어나올 것 같은 표정이었다. 크레이븐 박사도 앞으로 다가오며 물었다.

"이게 뭐니? 어떻게 된 일이지?"

그때 메리는 라자라는 남자아이가 다시 떠올랐다. 콜린은 박사가 놀라든 말든, 메들록 부인이 공포에 떨든 말든 안중에도 없다는 듯이 대답했기 때문이었다. 콜린은 마치 늙은 고양이나 강아지가 방에 들어오기라도 한 것처럼 조금도 불안하거나 겁먹은 기색을 보이지 않았다.

"내 사촌인 메리 레녹스예요. 내가 메리한테 와서 말동무가 되어달라고 부탁했어요. 난 이 애가 좋아요. 내가 부르면 이 애는 언제든지 이야기 나누러 와야 하고요."

크레이븐 박사가 질책하듯이 메들록 부인을 돌아보았다.

메들록 부인이 숨을 가쁘게 쉬며 말했다. "아, 선생님. 저도 어떻게 이런 일이 생겼는지 모르겠어요. 이 집엔 감히 떠벌리고 다닐 하인도 없답니다. 빠짐없이 지시를 내렸는데."

콜린이 말했다. "누가 이 애한테 뭘 알려준 게 아니야. 내가 우는 소리를 듣고 직접 나를 찾아온 거야. 난 메리가 와서 기뻐. 멍청하게 굴지 마, 메들록."

메리가 보기에 크레이븐 박사는 기분이 좋아 보이지는 않았지만, 환자를 감히 거역할 수도 없는 게 분명했다. 박사는 콜린 옆에 앉아 맥을 짚었다.

"네가 지나치게 흥분한 것 같아서 걱정이 되는구나. 흥분하면 몸에 좋지 않단다, 애야."

콜린의 눈이 위험해 보일 만큼 반짝였다. "메리를 못 오게 하면 더 흥분할 거예요. 난 더 좋아졌어요. 메리 덕분에 더 좋아진 거예요. 보모한테 내 차를 가져올 때 메리의 차도 가져오라고 해요. 같이 차를 마실래요."

메들록 부인과 크레이븐 박사는 곤란한 표정으로 서로 마주 보았지만, 다른 방법이 없는 것 또한 분명했다.

메들록 부인이 용기를 내어 말했다. "도련님이 조금 좋아진 것 같아 보이긴 하네요, 선생님. 하지만……." 부인은 문제를 곰곰이 생각해보는 듯했다. "오늘 아침에 아가씨가 방에 들어오기 전엔 더 좋아 보였어요."

"메리가 여기 온 건 어젯밤이었어. 와서 나하고 오랫동안 같이 있었어. 힌두스타니 노래도 불러줘서 그 덕분에 내가 잘 수도 있었고. 아침에 일어나니까 기분이 좋았어. 아침도 먹고 싶었고. 지금은 차를 마시고 싶어. 보모한테 말해, 메들록."

크레이븐 박사는 오래 머물지 않았다. 보모가 들어오자 잠깐 이야기를 나눈 뒤 콜린에게 몇 마디 주의를 주었다. 말을 너무 많이 하면 안 된다. 아프다는 사실을 잊어선 안 된다. 쉽게 지친다는 것도 잊으면 안 된다. 메리가 듣기에도 콜린이 잊으면 안 되는 불편한 사실들이 너무 많다는 생각이 들었다.

콜린은 짜증스러운 얼굴로 검은 속눈썹이 난 이상한 눈을 크레이븐 박사의 얼굴에서 떼지 않았다.

그러고는 마침내 입을 열었다. "난 잊어버리고 싶어요. 이 애는 그걸 잊게 해줘요. 그래서 메리랑 같이 있고 싶은 거예요."

크레이븐 박사는 썩 유쾌하지 못한 얼굴로 방을 나갔다. 나가면서 커다란 의자에 앉은 작은 여자아이를 당혹스러운 눈길로 쳐다보았다. 메리는 박사가 들어오자마자 다시 뻣뻣하고 말 없는 아이로 돌아가 있었기 때문에 박사는 메리의 어떤 점이 그렇게 사람 마음을 끌어당기는 것인지 이해할 수 없었다. 하지만 콜린은 실제로 더 밝아 보였다. 박사는 무겁게 한숨을 내쉬면서 복도를 내려갔다.

보모가 차를 들고 소파 옆 탁자에 내려놓자 콜린이 말했다. "사람들은 내가 먹기 싫은데도 만날 나한테 뭘 먹으라고 해. 지금은 네가 먹으면 나도 먹을 거야. 저 머핀은 정말 맛있고 따뜻해 보인다. 그럼 라자 이야기를 해봐."

15.
둥지 짓기

 비가 일주일이나 더 내린 뒤에 다시금 파란 하늘이 드높이 펼쳐지자 내리쬐는 볕이 제법 뜨거웠다. 그사이에 비밀의 화원이나 디콘을 볼 기회는 없었지만 메리는 무척이나 즐겁게 시간을 보냈다. 일주일이 길게 느껴지지 않을 정도였다. 매일 콜린을 만나 라자 이야기나 화원 이야기도 하고 디콘과 황무지 오두막 이야기도 하면서 몇 시간씩 보냈다. 두 아이는 화려한 책과 그림들을 보았다. 때로는 메리가 콜린에게 책을 읽어주었고, 가끔은 콜린이 조금 읽어줄 때도 있었다. 콜린이 재미있어 하고 흥미를 느낄 때면, 메리는 콜린이 전혀 아픈 사람처럼 보이지 않았다. 다만 얼굴에 핏기가 없고 늘 소파에 앉아 있을 뿐이었다.

한번은 메들록 부인이 이런 말을 하기도 했다. "아가씨는 나이도 어린데 영악하네요. 자다가 소리만 듣고 일어나 그 밤에 거길 찾아가다니. 하지만 그게 여기 많은 사람들한테 잘된 일이 아니라고는 말 못 하겠네요. 도련님이 아가씨하고 친구가 되고부터는 성질을 부리거나 발광하며 울어대거나 하진 않으니까요. 보모가 넌더리가 나서 간병을 포기하려던 참이었는데, 이젠 아가씨가 할 일을 덜어줘서 그냥 있어도 괜찮다네요." 메들록 부인이 살짝 웃었다.

콜린과 대화를 나눌 때면 메리는 비밀의 화원에 대한 이야기는 조심하려고 무척이나 노력했다. 콜린에 대해 알고 싶은 것들이 몇 가지 있었지만 콜린에게 직접 물어보기보다 스스로 알아내야 한다고 생각했다. 우선 콜린과 함께 있는 시간이 좋아져서, 메리는 콜린이 비밀을 나누어도 좋은 아이인지 알고 싶어졌다. 콜린은 디콘과는 전혀 달랐지만, 아무도 모르는 정원을 생각할 땐 너무도 즐거워 보여서 어쩌면 믿어도 될 것 같았다. 하지만 확신을 갖기에는 콜린을 알고 지낸 시간이 너무 짧았다. 또 하나 확인하고 싶은 건 이런 것이었다. 만일 콜린이 믿을 수 있는 아이라면, 정말로 콜린을 믿어도 좋다면……. 아무도 모르게 그 애를 화원까지 데리고 갈 수 있지 않을까? 유명한 의사는 콜린이 신선한 공기를 마셔야 한다고 했고 콜린은 비밀의 화원에서라면 신선한 공기를 마셔도 괜찮을 거라고 말했다.

신선한 공기를 맘껏 마시고, 디콘과 울새와 친구도 되고, 자라나는 꽃과 나무를 본다면 콜린도 죽는다는 생각을 그렇게 많이 하지 않을 것 같았다. 메리는 이따금 거울에 비친 자기 모습을 들여다보면서, 인도에서 막 건너왔던 그때의 아이와 사뭇 달라진 아이를 마주하곤 했다. 지금의 아이가 더 좋아 보였다. 마사조차 메리가 변한 걸 느끼고 이렇게 말했다.

"황무지 공기가 벌써 아가씨헌테 도움이 됐는가 보네요. 인제 그렇게 노르께하지두 않구 그렇게 빼빼하지두 않구. 머리카락두 머리에 찰싹 달라붙어 매가리 없이 흘러내리지두 않구. 힘이 생겨서 살짝 뻗치기까지 허네요."

메리가 말했다. "나랑 똑같네. 점점 자라고 살도 붙잖아. 숱도 더 많아진 것 같아."

마사가 메리의 얼굴 위로 둥글게 떨어진 머리를 헝클어 보며 말했다. "그러게, 그래 보이네요. 처음만치 못생겨 보이지도 않구 뺨두 살짝 발그레허요."

정원과 신선한 공기가 자신에게 좋았다면 콜린에게도 좋을 터였다. 하지만 콜린이 사람들의 시선을 싫어한다면 어쩌면 디콘과 만나고 싶어 하지 않을지도 몰랐다.

하루는 메리가 물었다. "사람들이 쳐다보는 게 왜 그렇게 화가 나?"

"원래부터 싫었어. 아주 어릴 때부터 쭉. 어느 날 나를 바닷

가로 데려가서 무개 마차 안에 누워만 있는데, 지나가는 사람마다 전부 나를 빤히 쳐다보고 여자들은 내 보모한테 와서 말을 거는 거야. 그러고 나서는 서로 소곤거렸지만 내가 커서 어른이 될 때까지 살지 못할 거란 이야기인 걸 나는 알았어. 그 여자들은 가끔 내 뺨을 쓰다듬으면서 '불쌍한 것'이라고 말했고! 한번은 어떤 여자가 또 그러기에 내가 고래고래 비명을 지르면서 그 여자 손을 물어버렸어. 그랬더니 기겁하고 도망가 버리더라."

"그 여자는 네가 개처럼 미친 아이인 줄 알았겠다."

메리가 감탄과는 거리가 먼 말투로 대꾸하자 콜린이 이마를 찌푸렸다.

"그 여자가 어떻게 생각하든지 알 게 뭐야."

"내가 네 방에 들어왔을 땐 왜 나한테 소리 지르고 깨물지 않았어?"

메리는 말을 마치고 천천히 미소 짓기 시작했다.

"난 네가 유령이 아니면 꿈이라고 생각했어. 유령이나 꿈은 깨물 수 없잖아. 비명을 질러봐야 꿈쩍도 안 하고."

"어떤 남자애가……. 남자애가 너를 쳐다보면 싫을 것 같니?" 메리가 머뭇거리며 물었다.

콜린은 쿠션에 등을 기대며 잠시 생각에 잠겼.

그리고 한마디 한마디를 신중하게 고른 듯 천천히 말을 꺼냈다. "한 명 있어. 한 명은, 괜찮을 것 같은 애가 있어. 여우가 어디 사는지 아는 아이……. 디콘 말이야."

"그 애라면 너도 분명 괜찮을 거야."

콜린은 계속해서 생각을 곱씹으며 말했다. "새들도 괜찮아 하고 다른 동물들도 그러니까, 그래서 나도 괜찮을 것 같은 거야. 그 애는 동물을 부리는 마법사랑 비슷하고 나는 아이 동물이니까."

그렇게 말하고 콜린이 웃자 메리도 웃었다. 사실 대화는 둘이 그렇게 한껏 웃어대면서 끝이 났다. 아이 동물이 자기 굴에 숨어 있다는 생각이 참으로 재미있었다.

그 뒤로 메리는 디콘에 대해서는 걱정할 필요가 없겠다고 생각했다.

하늘이 다시 파랗게 갠 첫날 아침에 메리는 아주 일찍 일어났다. 햇살이 블라인드 틈으로 비스듬히 쏟아져 들어왔고, 그 광경에 뭔가 즐거운 마음이 샘솟아 메리는 침대에서 폴짝 뛰어내려 창가로 달려갔다. 블라인드를 걷어 올리고 창문을 열자 신선하고 향긋한 공기가 훅 밀려들었다. 황무지는 푸르렀고 온 세상이 마법에 걸린 것처럼 보였다. 부드럽고 작은 피리 소리가 여기저기 사방에서 들려왔다. 마치 수십 마리 새들이 화음을 맞춰가며 연주회 준비를 시작한 것 같았다. 메리는 창밖으로 손을 뻗어 햇살 속으로 내밀었다.

"따뜻해⋯⋯. 따뜻해! 햇살을 받으면 연둣빛 새싹들이 올라오고 올라오고 또 올라올 테고, 알뿌리랑 뿌리도 흙 속에서 온 힘을 다해 열심히 일하겠지."

메리는 무릎을 꿇고 창밖으로 최대한 몸을 내밀어 숨을 깊이 들이마시면서 코를 쿵쿵거려 공기 냄새를 맡다가 웃음을 터뜨렸다. 디콘이 토끼처럼 코끝을 발름거린다던 디콘 엄마의 말이 떠올랐기 때문이다.

"아주 이른 아침인가 봐. 작은 구름들은 모두 분홍빛이고 이런 하늘은 태어나서 처음 봐. 일어난 사람도 아무도 없고. 마구간지기 아이들 소리조차 안 들리잖아."

문득 어떤 생각이 떠올라 메리는 벌떡 일어났다.

"못 참겠어! 화원을 보러 가야지!"

메리는 이제 혼자 옷 입는 법을 배워 오 분 만에 옷을 입었다. 혼자서 빗장을 풀 수 있는 작은 쪽문을 알고 있어서 양말만 신은 채로 아래층까지 뛰어 내려가 현관 앞 복도에서 신발을 신었다. 메리는 쇠줄을 벗기고 빗장을 내리고 자물쇠를 풀고 쪽문을 연 다음 한달음에 계단을 뛰어내렸다. 메리는 잔디밭 위에 서 있었다. 그곳은 더 파릇파릇하게 물들어 있었고, 머리 위에서 햇살이 쏟아져 내려왔으며 따뜻하고 달콤한 내음이 주변을 감돌았다. 피리 소리와 짹짹 지저귀고 노래하는 소리가 여기저기 덤불과 나무에서 들려왔다. 메리는 순수한 기쁨에 겨워

두 손을 꼭 움켜잡고 하늘을 올려다보았다. 너무나 파란 데다 분홍빛과 진줏빛과 하얀빛까지 어린 하늘에 봄날의 빛이 넘쳐 흘러 메리는 피리를 불고 큰 소리로 노래를 불러야 할 것 같았다. 지빠귀와 울새와 종달새가 왜 노래할 수밖에 없는지 알 것 같았다. 메리는 관목과 오솔길을 지나 비밀의 화원을 향해 달렸다.

"벌써 확 달라졌어. 풀들은 초록빛이 짙어지고 사방에서 새싹들이 비집고 올라와 말린 잎을 펴고 있어. 연두색 잎눈들도 보여. 오늘 오후에는 분명 디콘이 올 거야."

긴 시간 따뜻한 비가 내리면서 낮은 담장 옆 산책로를 구분해 놓은 화단에 이상한 일이 일어났다. 빽빽하게 뭉친 식물 줄기에서 싹이 자라나 흙을 밀고 올라왔고 크로커스 줄기들 사이로 푸르스름한 자줏빛과 노란빛을 띠고 펼쳐지는 순들이 실제로 여기저기에서 눈에 띄었다. 여섯 달 전만 해도 메리 아가씨는 세상이 어떻게 잠에서 깨어나는지 보지 못했을 테지만 이제는 단 하나도 놓치지 않았다.

담쟁이덩굴 밑으로 문이 숨겨진 곳에 도착했을 때, 메리는 크고 기이한 소리를 듣고 깜짝 놀랐다. 까마귀가 깍깍 우는 소리였다. 소리가 들리는 곳은 담장 위였다. 메리가 올려다보니 깃털에 윤기가 반지르르한 감파른 빛깔의 큰 새가 아주 영리해 보이는 눈으로 내려다보고 있었다. 지금까지는 까마귀를 그토록 가까이에서 본 적이 없었기 때문에 메리는 신경이 살짝 곤두섰다. 하지만 다음 순간 까마귀는 날개를 펼치더니 퍼덕거리며 화원 저쪽으로 날아가 버렸다. 메리는 까마귀가 화원 안으로 들어가지 않았기를 바라면서 설마 하는 마음으로 문을 밀었다. 화원 안으로 얼마간 깊이 들어갔을 즈음, 그 안에 남아 있기로 작정한 듯한 까마귀가 보였다. 까마귀는 키 작은 사과나무 위로 날아가 앉았고, 사과나무 밑에는 꼬리털이 복슬복슬한 작고 불그스름한 동물이 앉아 있었다. 두 동물은 구부정하게 몸을 숙인 적갈색 머리의 디콘을 지켜보았다. 디콘은 무릎을 꿇고 풀밭 위에 앉아 열심히 일하는 중이었다.

메리는 풀밭을 가로질러 디콘에게 달려가며 소리쳐 불렀다.

"아, 디콘! 디콘! 어떻게 이렇게 일찍 온 거야! 어떻게! 해도 이제 막 떴는데."

디콘은 헝클어진 머리로 환하게 웃으며 일어났다. 눈동자가 마치 하늘 조각 같았다.

"아! 내가 햇님보다두 훨씬 먼저 일어났으니께요. 어떻게 침대서 미적거리구 누워 있겠어요! 세상이 오늘 아침부터 다시 축제를 벌이기 시작했잖어요. 세상이 일을 허구, 콧노래를 부르구, 긁어대구, 피리를 불구, 둥지를 짓구, 향기를 내불구 허니 등짝 붙이구 누워 있을 수가 있남요. 얼른 나와야죠. 해가 폴짝 올라오니까 황무지가 좋아 날뛰더라구요. 그때 난 히스 들판 한

가운데 있었는데 나두 미친놈마냥 뛰댕기믄서 소리두 지르구 노래두 부르구 했다니까요. 그러구는 곧장 이리루 온 거여요. 안 오구 배길 수가 있남요. 봐요, 화원이 여서 기달리구 있잖어요!"

메리는 두 손을 가슴에 얹으며 마치 자기가 뛰어오기라도 한 것처럼 숨을 가쁘게 몰아쉬었다.

"아, 디콘! 디콘! 너무 행복해서 숨을 쉴 수가 없어!"

디콘이 낯선 사람과 이야기하는 것을 보자 꼬리가 복슬복슬한 작은 동물이 나무 아래에서 일어나 디콘에게 다가갔고, 까마귀는 한 번 더 깍 울더니 가지에서 날아와 조용히 디콘의 어깨에 내려앉았다.

디콘이 작고 불그스름한 동물의 머리를 쓰다듬으며 말했다. "애는 새끼 여우여요. 이름은 대장이구요. 그리구 이쪽은 검댕이어요. 검댕이는 나를 따라 황무지를 날아서 건넜구, 대장두 사냥개헌테 쫓기듯이 뛰어왔어요. 둘 다 나허구 같은 기분이었으니께요."

까마귀나 여우나 메리를 전혀 무서워하지 않는 것 같았다. 디콘이 걸어 다니기 시작하자 검댕이는 어깨에 가만히 앉아 있었고 대장은 옆에 달라붙어 종종걸음으로 따라다녔다.

디콘이 말했다. "여길 보시요! 이것들이 밀고 올라온 것 좀 보시요. 여기두, 또 여기두! 그리구 아! 여기 이것들도 보시요!"

디콘이 털썩 무릎을 꿇었고 메리도 그 옆에 앉았다. 크로커스가 군락을 이루어 자줏빛과 주황빛과 금빛 꽃망울을 터뜨린 곳이었다. 메리는 얼굴을 숙여 꽃송이에 입을 맞추고 또 맞추었다.

"사람한테는 절대 이런 식으로 입 맞추지 못할 거야. 꽃은 전혀 다르거든."

메리가 얼굴을 들면서 말하자 디콘이 어리둥절한 표정을 짓다가 미소를 떠올렸다.

"아! 난 엄니헌테 몇 번씩 뽀뽀를 허는데. 황무지에서 진종일 돌아댕기다가 집으로 돌아가믄 엄니가 해가 드는 문가에 반갑구 편안한 얼굴루 서 계실 때가 있거든요."

두 아이는 화원 이쪽저쪽을 뛰어다니면서 놀라운 것들을 너무 많이 보았고, 그 때문에 말할 때는 속삭이거나 나지막한 목소리를 내야 한다는 사실을 되새겨야만 했다. 디콘은 죽은 것처럼 보였던 장미 나뭇가지에서 잎눈이 돋아난 것을 보여주었다. 수없이 많은 연둣빛 새싹들이 비옥한 흙을 밀고 올라오는 모습도 보여주었다. 디콘과 메리는 신이 나서 코를 땅에 들이대고 킁킁대며 따스한 봄날의 숨결을 들이마셨다. 황홀경에 빠져 땅을 파고 잡초를 뽑고 숨죽여 웃다 보니 어느새 메리 아가씨도 디콘처럼 머리칼이 헝클어지고 두 뺨은 양귀비만큼 빨갛게 상기됐다.

그날 아침 비밀의 화원에는 세상의 모든 기쁨이 깃들었다. 그리고 그 모든 기쁨 가운데 무엇보다 경이롭기에 가장 크고 유쾌한 기쁨 하나가 찾아들었다. 무언가가 날쌔게 벽을 넘어와 나무들이 한 줄로 줄지어 선 한쪽 구석으로 쏜살같이 날아간 것이다. 작은 불꽃처럼 가슴이 빨간 새였고, 부리에는 뭔가를 물고 있었다. 디콘은 꼼짝 않고 멈춰 서서, 웃음을 터뜨렸다가 갑자기 그곳이 교회라는 걸 깨달은 아이처럼 한 손을 메리에게 얹었다.

그리고 강한 요크셔 사투리로 메리에게 말했다. "옴짝두 마시요. 숨소리두 내지 말구. 접때 보구 짝을 찾는 줄은 알구 있었는데. 벤 할배의 울새네요. 제 둥지를 짓고 있구만요. 우리가 날려 보내지만 않으믄 여서 살겠네요."

두 아이는 조용히 풀밭에 앉아서 꼼짝도 하지 않았다.

디콘이 말했다. "너무 빤허게 쳐다본다는 티도 내믄 안 돼요. 우리가 지금 방해허는 거라구 여기기라두 허믄 우리허구는 영영 끝이어요. 둥지를 다 지을 때까진 딴 새마냥 굴 거요. 지금 살림 채릴 준비를 허는 거라서요. 사람두 피허구 뭐든 안 좋게 받아들이기 쉬워요. 손님이 와두 맞아줄 시간두 없구 수다 떨 시간두 없구. 우린 옴짝달싹 말구 가만히 앉아서 풀인 척 나무인 척 덤불인 척해야 허요. 그러다가 우리가 녀석 눈에 븬 다음 내가 몇 번 짹짹거리고 나믄 녀석두 우리가 훼방 놓지 않을 거란 걸 알았죠."

 메리 아가씨는 풀이나 나무나 덤불인 척하려면 어떻게 해야 하는지, 디콘은 아는 듯한 그 방법을 전혀 몰랐다. 하지만 디콘은 그 희한한 일을 세상에서 제일 간단하고 자연스러운 일인 양 말했고, 메리도 디콘에게 그 정도는 어려운 일도 아닐 거라 생각했다. 메리는 실제로 몇 분 동안 디콘을 유심히 지켜보면서, 정말 디콘이라면 조용히 초록색으로 변해 가지며 잎을 돋워내지 않을까 생각했다. 하지만 디콘은 놀랄 만큼 가만히 앉아 있기만 했다. 그리고 목소리를 어찌나 부드럽게 낮췄는지, 그 소리가 들리는 게 신기할 정도였지만 어쨌든 메리는 그 소리를 들을 수 있었다.

 "이것두 봄의 한 부분이어요. 둥지 짓는 거 말여요. 장담하는데 세상이 생긴 뒤루는 해마다 똑같이 이렇게 계속되어 왔을 거여요. 새들두 지들 나름대루 생각허구 뭘 허는 거라 사람은 껴들지 않는 게 낫죠. 친구를 쉽게 잃기두 하는 게 딴 때보다두 봄이 더허요. 호기심이 너무 많으믄요."

 메리가 최대한 목소리를 낮춰 말했다. "울새 이야기를 하면 저절로 울새를 쳐다보게 되거든. 다른 이야기를 해야 할 것 같아. 너한테 하고 싶은 이야기가 있어."

 "저 새두 우리가 딴 이야기 허는 걸 더 좋아할 거여요. 나헌테 허고 싶은 이야기는 뭔감요?"

"음, 너 콜린에 대해 아니?"

메리가 속삭여 말하자 디콘이 고개를 돌려 메리를 쳐다보았다.

"아가씨가 도련님을 어떻게 아남요?"

"그 애를 만났어. 지난 일주일 동안 매일 그 애를 만나서 같이 이야기했어. 그 애는 내가 오는 걸 좋아해. 나하고 있으면 자기가 아프고 죽어간다는 사실을 잊게 된대."

디콘의 동그란 얼굴에서 깜짝 놀란 표정이 가시면서 정말로 안심하는 기색이 올라왔다.

"그랬다니 잘됐네요. 참말 다행이어요. 마음두 한결 편해지구요. 도련님 이야기는 입두 벙긋허면 안 되는 줄 알구는 있었지만 뭘 숨겨야 허는 걸 원체 싫어해서요."

"이 화원을 숨기는 것도 싫어?"

메리가 묻자 디콘이 말했다.

"화원에 대한 건 절대 말허지 않아요. 그래두 엄니헌테 그런 말은 했어요. 내가 꼭 지켜야 될 비밀이 하나 있는데, 엄니도 아시겠지만 나쁜 건 아니라구. 새 둥지를 숨겨주는 것보다두 나쁘지 않은 일이라구, '엄니, 괜찮죠?' 하구요."

메리는 디콘의 엄마 이야기라면 언제나 듣고 싶었다.

"엄마가 뭐라고 하셨어?" 메리는 그 대답을 듣는 게 전혀 겁나지 않았다.

디콘이 사람 좋게 싱긋 웃었다.

"엄니답게 말씀허셨지요. 내 머리를 쓰다듬고 웃으시믄서 그러시대요. '그래, 애야, 얼마든지 비밀을 가져도 된단다. 내가 너를 열두 해나 보았잖니.'"

"콜린은 어떻게 아는 거야?" 메리가 물었다.

"크레이븐 쥔어른을 아는 사람들은 죄다 알아요. 쥔어른처럼 몸이 불편한 사내아이가 하나 있구 쥔어른이 그 아이 이야기를 허는 걸 싫어허는 것도 다 알죠. 마을 사람들은 쥔어른이 불쌍허다구 생각허요. 쥔마님이 참말 젊고 어여쁜 분이셨구 두 분은 금실이 그렇게 좋으셨거든요. 메들록 부인이 스웨이트에 갈 적엔 꼭 우리 오두막에 들르셨는데, 우리 남매들이 있어두 엄니랑 거리낌 없이 이야기를 하셔요. 우리가 믿을 수 있는 아이들로 컸다는 걸 아시니까요. 아가씨는 도련님을 어떻게 알았남요? 마사 누나가 접때 집에 왔을 때 엄청 곤란해하더라구요. 아가씨가 도련님이 칭얼대는 소리를 듣고 물어대는 통에 뭐라구 대답허야 할지 모르겠다구 하믄서요."

메리는 한밤중에 바람이 휘부는 소리 때문에 잠에서 깼던 날일을 들려주었다. 저 멀리서 희미하게 칭얼대는 소리가 들려 촛불을 들고 컴컴한 복도를 따라 내려간 이야기며, 방문을 열어보니 어둑하게 불을 밝힌 방 한구석에 조각 무늬가 있는 네 기둥 침대가 있더라는 이야기까지. 메리가 상아처럼 희고 작은 얼굴과 까만 속눈썹이 아래위로 난 이상한 눈 이야기를 하자 디콘이 고개를 절레절레 흔들었다.

"쥔마님 눈허구 똑같네요. 그런데 쥔마님은 눈이 항시 웃구 있었다고들 허던데. 쥔님이 콜린 도련님이 깨어 있을 때 만나는 걸 못 견뎌 허는 이유가 그래서래요. 눈이 쥔마님 눈허구 너무 닮았는데, 얼굴이 슬퍼 뵈니께 또 너무 달라서요."

"넌 그 애가 죽고 싶어 한다고 생각해?" 메리가 소곤소곤 물었다.

"아니요. 허지만 아예 태어나지 않았으믄 좋았겄다는 생각은 허겠지요. 엄니는 애들헌테 그런 생각을 허는 것보다 나쁜 일은 없을 거래요. 부모가 원치 않는 아이들은 잘 자라날 수가 없잖아요. 쥔어른은 불쌍한 도련님을 위해 돈으루 살 수 있는 건 뭐든 사주지만 도련님이 세상에 존재헌다는 사실은 잊구 싶어 허셔요. 뭣보다 나중에 아들을 봤는데 곱사등이가 되어 있을까 봐 그런 거죠."

"콜린도 그 걱정 때문에 앉으려고 하지도 않아. 늘 그런 생각을 한대. 혹이 생기는 느낌이 들면 자긴 미쳐서 비명을 질러대다 죽어버릴 거라고."

"아! 방에 누워서 그런 생각만 허믄 안 되는데. 그런 생각을 허믄 어떤 아이라두 건강헐 수가 없죠."

여우는 디콘 옆 풀밭에 누워 가끔 쓰다듬어 달라며 쳐다보앉고, 디콘은 몸을 숙여 여우의 목덜미를 부드럽게 어루만지며 잠시 조용히 생각에 잠겼다. 그러고는 이내 고개를 들어 화원을 둘러보았다.

"우리가 첨에 들어왔을 땐 온통 다 회색으루 보였는데, 한번 빙 둘러보구 뭐 달라진 게 없는지 말해봐요."

돌아보던 메리의 숨이 살짝 잦아들었다.

메리가 감탄하며 말했다. "와! 회색 담이 변하고 있어. 꼭 엷은 초록 안개가 담 위로 퍼져 올라가는 것 같아. 너풀거리는 초록 면사포 같아."

"맞어요. 저렇게 계속 초록빛이 더해가믄서 회색은 죄 사라지겠죠. 내가 좀 전에 무슨 생각을 했는지 아셔요?"

메리가 잔뜩 기대하며 대답했다. "뭔가 좋은 거라는 건 알겠어. 콜린하고 관련된 생각일 것 같아."

"도련님이 일루 나오믄 등짝서 혹이 나오나 그것만 보구 있진 않을 거란 생각을 했어요. 그 대신 장미나무서 꽃망울이 터지나 안 터지나 지켜보게 될 거구 그럼 더 건강해질 거구만요. 내가 궁금헌 건 도련님이 휠체어를 타구 일루 나와서 나무 아래 누워 보구 싶은 기분이 들게끔 우리가 헐 수 있을까 허는 거였어요."

"나도 그걸 궁리하고 있었어. 콜린하고 이야기를 할 때마다 거의 매번 그 생각을 했거든. 그 애가 비밀을 지킬 수 있을지도 알고 싶고, 우리가 아무한테도 들키지 않고 그 애를 여기까지 데리고 올 수 있을지도 궁금했어. 내 생각에 네가 그 애 휠체어를 밀면 될 것 같아. 의사 선생님이 콜린한테 신선한 공기를 마셔야 한다고 했으니까, 콜린이 우리한테 여기로 데리고 나와 달라고만 하면 아무도 그 말을 거역하진 못할 거야. 콜린은 다른 사람들 때문에 나가지 않으려는 거니까 우리하고 같이 나간다고 하면 사람들은 좋아하겠지. 정원지기들한테는 콜린이 멀찍이 떨어져 있으라고 명령하면 되니까 우리가 뭘 하는지 알 수 없을 거야."

디콘이 대장의 등을 긁어주면서 골똘히 생각했다.

"콜린 도련님헌테 도움이 될 거라고 장담허요. 우린 도련님이 태어나지 않는 편이 좋았을 거란 생각은 안 헐 거니까요. 우린 그저 화원이 자라는 걸 지켜보는 두 아이일 뿐이구 도련님도 우리 같은 아이인 거여요. 그냥 봄날을 구경허는 남자애 둘 허고 여자애 하나. 분명 그게 의사헌테 치료받는 것보다 나을 거구만."

"콜린은 방에 너무 오래 누워만 있었던 데다가 등 때문에 늘 걱정만 하다 보니 좀 이상해졌어. 책에서 읽고 아는 건 아주 많지만 그것 말고는 아는 게 없어. 그 애 말로는 너무 아프다 보니 다른 걸 알 수가 없었대. 문밖에 나가는 건 질색하고 정원이랑 정원지기도 싫어해. 하지만 이 화원 이야기는 좋아해. 이건 비밀이니까. 많은 이야기를 해줄 순 없었지만, 콜린은 이 화원을 보고 싶다고 했어."

"언젠가 우리가 꼭 도련님을 델구 이리루 올 거여요. 휠체어 정도는 내가 거뜬히 밀구말구요. 우리가 여 앉아 있는 동안 울새허구 그 짝허구 어떻게 했는지 봤남요? 저 나뭇가지에 앉아 있는 녀석 좀 보시요. 저걸 어디에 놓으믄 젤루 좋을까 궁리하믄서 잔가지를 부리에 물고 있잖어요."

디콘이 나지막이 휘파람을 불자 울새가 고개를 돌려, 여전히 잔가지를 부리에 문 채 호기심 어린 눈으로 쳐다보았다. 디콘은 벤 웨더스태프 노인처럼 울새에게 말을 걸었지만, 디콘은 다정하게 충고하는 말투였다.

"그거 암 데나 놓아두 다 괜찮어. 넌 알에서 나오기두 전부터 둥지 짓는 방법을 알고 있었잖어. 놓구 싶은 데다가 놔. 낭비헐 시간이 없어."

메리가 웃으면서 즐거워했다. "아, 네가 울새한테 이야기하는 걸 들으니 정말 좋다! 벤 웨더스태프 할아버지는 울새를 야단치고 놀리셔. 그럼 울새가 그 옆을 총총 뛰어다니면서 한마디 한마디를 다 알아듣는 표정을 짓는데, 얘도 그걸 좋아하는 것 같거든. 벤 할아버지는 이 새가 하도 자만심이 강해서 무시당하느니 차라리 자기한테 돌을 던지는 걸 더 좋아할 거래."

디콘도 웃으면서 울새에게 이어서 말했다.

"우리가 널 성가시게 허지 않을 거란 거 알잖어. 우리두 들짐승이나 똑같어. 우리두 둥지를 짓는 중이거든. 이런, 우리 이야기는 어디 가서 허지 말아줘."

부리에 나뭇가지를 물고 있어 대답하진 못했지만 울새가 잔가지를 물고 화원 구석의 자기 자리로 날아갈 때 메리는 알 수 있었다. 이슬처럼 반짝이는 까만 눈이 무슨 일이 있어도 두 아이의 비밀을 알리지 않겠다고 말한다는 것을.

16.
"안 올 거야!"

 그날 아침에는 두 아이 다 할 일이 굉장히 많아서 메리도 늦게야 집에 돌아왔다. 메리는 다시 급하게 일하러 돌아가려다가 문을 나서기 직전에야 콜린 생각이 나서 마사에게 말했다.
 "콜린한테 지금은 못 간다고 전해줘. 화원에 할 일이 너무 많아."
 마사는 약간 겁이 나는 듯 보였다.
 "아! 메리 아가씨. 그렇게 말허믄 도련님이 몹시 언짢아허실 텐데."
 하지만 메리는 다른 사람들처럼 콜린을 무서워하지도 않았고 남을 위해 기꺼이 제 것을 포기하는 성격도 아니었다.
 "얼른 가야 돼. 디콘이 기다리고 있단 말이야." 메리는 그 말만 남기고 뛰어나갔다.

오후는 아침보다도 더 아름답고 바빴다. 화원 안은 벌써 잡초를 거의 다 솎아내고 장미와 나무들도 대부분 가지를 치고 주변 흙을 파놓은 상태였다. 디콘은 자기 삽을 가지고 왔고, 메리에게도 정원용 도구들을 사용하는 방법을 알려주었다. 그래서 이즈음 이 아름다운 야생 공간은 '정원사의 화원'이 될 일은 없었지만 봄날이 다 가기 전에 온갖 식물들이 자라는 야생 들판이 되리라는 게 분명해졌다.

디콘이 온 힘을 다해 일하며 말했다. "머리 위엔 사과꽃허구 벚꽃이 필 거구요. 담 옆에선 복숭아나무허구 자두나무에 꽃이 필 거구, 풀밭두 꽃 천지가 되겠어요."

새끼 여우와 까마귀도 두 아이만큼이나 바쁘고 행복했다. 울새와 그 짝은 작은 번갯불처럼 앞으로 뒤로 날아다녔다. 때때로 까마귀는 검은 날개를 퍼덕이며 공원에 있는 나무 꼭대기 위로 날아 올랐다. 그리고 돌아올 때마다 디콘 옆에 앉아 모험담을 들려주기라도 하듯 몇 차례씩 까아거렸다. 그러면 디콘은 울새에게 그랬듯이 까마귀와도 대화를 나누었다. 한번은 디콘이 너무 바빠서 바로 대답하지 않자 검댕이가 디콘의 어깨 위로 올라가 앉아 커다란 부리로 디콘의 귀를 살살 잡아당겼다. 메리가 조금 쉬고 싶어 할 때는 디콘도 나무 아래 나란히 앉아 쉬었고, 디콘이 주머니에서 피리를 꺼내 묘하고 은은한 곡을 연주하자 다람쥐 두 마리가 담장 위에 나타나 귀를 기울였다.

메리가 흙을 파내는 모습을 보면서 디콘이 말했다. "접때 봤을 때보다 훨씬 더 튼튼해졌어요. 달라지는 게 확실히 보여요."

메리는 운동을 한 데다 기분도 좋아서 빨갛게 달아올라 있었다. 메리가 한껏 뿌듯한 얼굴로 말했다.

"매일매일 살찌고 있어. 메들록 부인이 나한테 좀 더 큰 옷을 만들어줘야 할걸. 마사는 내 머리카락도 더 굵어지고 있대. 이젠 그렇게 힘없이 축 늘어지지도 않는대."

해가 지기 시작하며 짙은 황금빛 햇살이 나무 아래로 비스듬히 떨어질 즈음 두 아이는 헤어졌다.

"내일두 날씨가 좋겠어요. 해 뜰 쯤에 와서 일허구 있을게요."

디콘이 말하자 메리도 대답했다.

"나도 그럴게."

메리는 최대한 빠르게 발을 굴러 집으로 뛰어갔다. 콜린에게 디콘이 데리고 온 새끼 여우와 까마귀 이야기도 해주고 봄이 바꿔놓은 풍경에 대해서도 들려주고 싶었다. 콜린도 분명히 듣고 싶어 할 것 같았다. 그래서 방문을 열었을 때 처량한 얼굴로 서서 기다리는 마사가 보이자 별로 기분이 좋지 않았다.

"무슨 일이야? 내가 못 간다고 하니까 콜린이 뭐라고 했어?"

"아이고! 아가씨가 갔어야 혔는데. 도련님이 성질을 부릴라구 허는 바람에 진정시키느라구 오후 내내 엄청 바빴어요. 도련님은 내내 시계만 보시구."

메리는 입술을 꽉 깨물었다. 메리 역시 콜린만큼이나 다른 사람을 배려하는 데 익숙하지 않았다. 게다가 어째서 성질 나쁜 남자애가 자기가 제일 좋아하는 일에 참견하려 드는지 이해할 수 없었다. 아파서 신경이 날카롭다는 이유로 자기감정도 조절하지 못한 채 다른 사람까지 아프고 신경 날카롭게 만드는 사람에겐 불쌍하단 마음이 들지 않았다. 메리도 인도에 있을 때 자기 머리가 아플 때면 기를 쓰고 다른 사람들까지 골치 아프게 만들거나 그만큼 괴롭혔다. 그리고 그때는 그게 옳다고 생각했다. 하지만 지금은 콜린이 아주 글렀다는 생각이었다.

콜린 방에 찾아갔을 때 콜린은 소파에 앉아 있지 않았다. 콜린은 침대에 똑바로 누운 채 메리가 방 안으로 들어오는데도 쳐다보지 않았다. 시작이 좋지 않았다. 메리는 특유의 뻣뻣한 태도로 콜린을 향해 성큼성큼 걸어갔다.

"왜 일어나 있지 않니?"

콜린이 눈길도 돌리지 않은 채 대답했다. "아침엔 네가 올 줄 알고 일어났었지. 오후가 돼서 다시 눕히라고 한 거야. 등도 아프고 머리도 아프고 힘들었거든. 왜 안 왔어?"

"디콘이랑 화원에서 일했어."

콜린이 눈살을 찌푸리며 거들먹거리는 표정으로 메리를 쳐다봤다.

"네가 여기 와서 나랑 이야기하지 않고 개한테만 간다면 앞으론 그 녀석을 여기 못 오게 할 거야."

메리는 발끈 화가 치밀었다. 큰 소리를 내지 않고도 얼마든지 화를 낼 수 있었다. 그저 심술을 부리고 고집을 부리면서 무슨 일이 일어나든 신경 쓰지 않으면 되었다.

"네가 디콘을 못 오게 하면 난 다시는 이 방에 오지 않을 거야!" 메리가 쏘아붙였다.

"내가 오라고 하면 와야 할걸."

"안 올 거야!"

"내가 오게 할 거야. 사람들한테 끌고 오라고 시키면 돼."

메리가 사납게 말했다. "해보시지, 라자 나리! 나를 끌고 올 수는 있어도 말하게는 할 수 없을걸. 난 가만히 앉아서 이를 꽉 물고 너한테 한마디도 안 할 거야. 널 쳐다도 안 볼 거야. 바닥만 보고 있을 거야!"

서로를 노려보는 두 아이는 잘 어울리는 한 쌍이었다. 만약 거리의 아이들이었다면 서로 달려들어 치고받는 난투극을 벌였을 것이다. 거리의 아이들은 아니었지만 둘은 그에 버금가는 짓을 벌였다.

"넌 이기적이야!" 콜린이 소리쳤다.

"너는 어떻고! 이기적인 사람들이 꼭 그렇게 말하더라. 자기들이 바라는 대로 안 하는 사람한테는 다 이기적이래. 넌 나보다 더 이기적이야. 너처럼 이기적인 아이는 나도 태어나서 처음 봐."

콜린이 빽 소리쳤다. "아니야! 난 네가 좋아하는 그 잘난 디콘만큼 이기적이진 않다고! 그 애는 내가 혼자 있는 걸 알면서도 흙장난이나 하자고 너를 붙잡았잖아. 이기적인 건 그 애지!"

메리의 눈에서 불이 번쩍였다.

"디콘은 세상에서 제일 착한 아이야! 그 애는, 그 애는 천사야!" 바보처럼 들릴 것도 같은 말이었지만 메리는 상관하지 않았다.

"천사 좋아하네! 그 앤 황무지 밖 오두막에 사는 천한 아이야!"

콜린이 거세게 비웃자 메리가 쏘아붙였다.

"천한 라자보단 나아! 디콘이 천 배는 더 낫다고!"

두 아이 중 힘이 더 센 메리가 콜린보다 우위에 서기 시작했다. 사실 콜린은 살면서 지금껏 한 번도 자기 같은 사람과 싸워본 적이 없었다. 그리고 이런 다툼은 전체적으로 콜린에게 좋은 일이었다. 물론 메리나 콜린은 그런 사실에 대해서는 전혀 알지 못했다. 콜린이 베개를 벤 채로 고개를 돌리고 눈을 감자 굵은 눈물방울이 뺨을 타고 흘러내렸다. 다른 누구도 아닌 자기 자신이 애처롭고 불쌍하게 여겨졌다.

"나는 너만큼 이기적이지 않아. 난 항상 아프고 등에 혹이 생길 거란 걸 아니까. 게다가 나는 죽어가고 있어."

"아니야. 그렇지 않아!"

메리가 가차 없이 반박하자 콜린이 분해하며 감았던 눈을 휘둥그레 떴다. 그런 말은 생전 처음 들어보았다. 사람이 두 가지 감정을 한 번에 느낄 수 있는지 모르겠지만, 몹시 화가 치밀면서 동시에 기쁜 마음도 조금 들었다.

"아니라고? 아니, 맞아! 너도 알잖아! 모두들 그렇게 말한다고."

메리가 심술 맞게 말했다. "나는 그 말 안 믿어! 넌 단지 사람들한테 동정을 얻으려고 그렇게 말하는 거야. 넌 그걸 자랑스러워한다고. 나는 안 믿어! 네가 착한 아이라면 네 말이 맞을지 모르지만……. 넌 너무 못됐어!"

콜린은 등에 힘이 없을 텐데도 화가 치밀어 침대에서 벌떡 일어나 앉았다.

"방에서 나가!" 콜린이 소리를 지르며 메리에게 베개를 집어 던졌다. 힘이 없어 멀리 날아가지 못한 베개는 메리의 발 앞에 툭 떨어졌다. 하지만 메리는 얼굴이 있는 대로 일그러졌다.

"갈 거야. 그리고 이젠 안 와!"

메리는 방을 나가려다가 문 앞에 다다라서는 뒤를 돌아보고 한마디를 더 던졌다.

"난 너한테 온갖 멋진 이야기를 해주려고 했어. 디콘이 새끼 여우랑 까마귀를 데려와서 그 이야기도 자세히 해주려고 했다고. 이젠 단 하나도 말해주지 않을 거야!"

메리가 성큼성큼 방을 나와 문을 닫았다. 놀랍게도 문밖에는 간호사 교육을 받은 보모가 서 있었는데, 그곳에서 두 아이가 다투는 소리를 다 듣고 있었던 것 같았다. 더 놀라운 건 보모가 웃고 있었다는 사실이다. 보모는 덩치가 있고 얼굴이 예쁘장한 젊은 여자였는데 애초에 보모가 되지 말았어야 할 성격이었다. 병자를 견디기 힘들어해서 언제나 핑계를 대고 마사나 다른 사람한테 콜린을 떠넘기기 일쑤였다. 메리는 보모가 전혀 마음에 들지 않았기 때문에, 키득거리는 웃음을 손수건에 묻고 서 있는 보모를 가만히 쳐다보았다.

"뭐가 그렇게 웃긴 거죠?" 메리가 물었다.

보모가 말했다. "두 사람 때문에요. 아픈 응석받이한테 제일 좋은 게 똑같이 제멋대로인 맞수가 나타나 들이받는 거거든요." 보모는 다시 손수건으로 입을 막고 웃어댔다. "도련님한테 여우 새끼같이 성질 사나운 누이가 있어서 서로 티격태격 싸우며 자랐다면 지금보다 훨씬 건강한 모습일 거예요."

"콜린은 죽게 되나요?"

"나는 몰라요. 알고 싶지도 않고요. 그렇지만 히스테리한 그 성질머리가 도련님 병을 반은 키우죠."

"히스테리가 뭐예요?"

"이다음에 아가씨가 도련님을 성질부리게 만들면 알게 될 거예요. 어쨌든 아가씨가 도련님한테 히스테리를 부릴 거리를 만들어줘서, 난 기뻐요."

메리가 자기 방으로 돌아왔을 때는 화원에 다녀올 때와 기분이 완전히 딴판이었다. 짜증이 나고 실망스러웠지만 콜린이 불쌍하다는 생각은 조금도 들지 않았다. 메리는 콜린에게 아주 많은 이야기를 해주려고 즐겁게 기대했고, 엄청난 비밀을 알려줘도 안전할지 마음의 결정까지 내려볼 작정이었다. 그래도 될 것 같다는 생각이 들기 시작하던 참이었는데, 이젠 마음이 완전히 바뀌어 버렸다. 절대 말해주지 않을 생각이었다. 그러고 싶으면 자기 방에 틀어박혀서 신선한 공기도 못 마시고 죽으라지! 그래도 싸! 어찌나 심술 맞고 가차 없는 기분이 들던지 잠깐 동안 메리는 디콘도, 세상으로 번지는 초록 면사포도, 황무지에서 불어오는 부드러운 바람도 다 잊었다.

마사가 방에서 기다렸다. 얼굴에 가득했던 근심 대신 잠시나마 흥미와 호기심이 떠올랐다. 탁자 위에 나무 상자가 한 개 놓여 있었는데 뚜껑이 열려서 그 안에 한가득 정돈되어 있는 꾸러미들이 보였다.

"쥔님이 아가씨헌테 보낸 거여요. 안에 그림책이 들어 있는 거 같으네요."

메리는 고모부 방에 갔던 날 고모부가 물어봤던 말이 생각났다. "뭐 갖고 싶은 건 없니? 장난감이나 책이나 인형 같은 거?"

메리는 꾸러미를 풀면서 고모부가 인형을 보내셨을까 궁금했고, 인형을 보내셨다면 그 인형을 가지고 뭘 해야 하나 고민도 했다. 하지만 고모부가 보낸 건 인형이 아니었다. 콜린 것과 같은 아름다운 책 서너 권이 들어 있었고, 그 가운데 두 권은 정원에 관한 책으로 그림이 가득했다. 게임 도구 두세 개와 금색으로 이름의 머리글자를 넣은 작고 예쁜 필통, 그리고 금 펜촉과 잉크스탠드도 있었다.

모든 게 너무 좋아서 기쁜 마음이 밀려들며 화가 수그러들었다. 고모부가 자신을 기억할 거란 기대가 전혀 없었기 때문에 어린 메리의 딱딱한 마음은 점점 따뜻해졌다.

"난 인쇄체보다는 그냥 쓰는 걸 더 잘 하거든. 그러니까 이 펜으로 제일 먼저 할 일은 고모부한테 편지를 써서 감사하다고 말씀드리는 거야."

콜린과 아직 친구 사이였다면 한달음에 달려가 선물을 보여주었을 테고, 둘이 같이 그림책을 보고 정원에 관한 책을 읽고 아마 게임도 같이했을지 모른다. 콜린도 재미있게 노느라 죽는다는 생각도 잊을 것이고 손으로 등뼈를 더듬으며 혹이 나오는지 확인하지도 않을 것이었다. 콜린이 습관처럼 하는 행동들을 메리는 참기 힘들었다. 그런 콜린을 보면 불편하고 겁이 났는데 그건 콜린 자신이 늘 겁먹은 얼굴을 하기 때문이었다. 콜린은 언젠가 아주 작은 멍울이라도 만져지면 그건 곱사등이가 되기 시작했다는 뜻이라고 말했다. 메들록 부인이 보모에게 뭐라고 소곤대는 말을 듣고 그런 생각을 하게 된 것인데, 속으로 남몰래 곱씹고 고민하다 보니 마음속에 그렇게 굳어버린 것이었다. 메들록 부인은 콜린의 아버지가 어릴 때 그런 식으로 등이 굽기 시작했다고 말했다. 콜린이 아무에게도 말하지 않고 메리에게만 털어놓은 이야기가 있었는데, 사람들이 자기한테 '성질 부린다'고 하는 행동들 대부분은 남몰래 숨겨진 히스테리성 두려움에서 나온다는 것이었다. 그 말을 들었을 때 메리는 콜린이 가여웠다.

메리는 혼잣말처럼 중얼거렸다. "콜린은 화가 나거나 힘들 때마다 그런 생각을 했는데. 오늘 화가 났지. 어쩌면…… 어쩌면 오후 내내 그 생각만 하고 있었을지도 모르겠네."

메리는 가만히 서서 양탄자를 내려다보며 생각했다.

"다신 안 가겠다고 했는데……." 메리는 망설이며 이맛살을 찌푸렸다. "그래도 봐서, 봐서, 가봐야겠어……. 그 애가 오라고 하면……. 아침에 말이야. 또 베개를 던지려고 할지 모르지만……. 생각해보니까……. 가야겠어."

17.
성질부리기

메리는 이른 아침부터 일어나 화원에서 열심히 일한 덕에 졸리고 피곤했다. 그래서 마사가 저녁 식사를 가져오자마자 얼른 먹어치우고 달가운 마음으로 잠자리에 들었다. 베개에 머리를 누이면서 메리는 혼자 중얼거렸다.

"아침 먹기 전에 나가서 디콘이랑 같이 일하고 그런 다음엔……. 그래도……. 그 애한테 가봐야겠어."

한밤중 같았다. 메리는 아주 끔찍한 소리에 잠에서 깨어나 곧장 침대에서 튀어 내려왔다. 뭐지? 무슨 소리지? 그 순간 메리는 소리의 정체를 분명하게 알 수 있었다. 문을 여닫는 소리며 복도를 다급히 오가는 발소리가 들렸고, 누군가 비명을 지르면서 울어대는 소리에 소름이 끼쳤다.

"콜린이야. 성질을 부리는 거구나. 보모가 히스테리라고 말한 그거야. 소리가 너무 끔찍해."

흐느껴 울며 비명을 질러대는 소리를 듣고 있으려니, 사람들이 그토록 겁을 먹는 것도 당연하다는 생각이 들었다. 그 소리를 들으니 멋대로 하도록 내버려두는 이유도 알 것 같았다. 메리는 손으로 두 귀를 틀어막았다. 속이 메스껍고 몸이 덜덜 떨렸다.

"어떻게 해야 할지 모르겠어. 어떻게 해야 할지 모르겠어. 못 참겠어." 메리가 계속 중얼거렸다.

용기를 내어 자기가 가본다면 콜린이 저 행동을 멈출까 생각도 해보았지만, 자기를 방에서 쫓아냈던 기억이 떠올라 어쩌면 자기 얼굴을 보고 상태가 더 심해질지 모르겠단 생각도 들었다. 귀를 아무리 꽉 틀어막아도 끔찍한 소리를 막아낼 수 없었다. 그 소리가 너무 싫고 너무 무서운 나머지 메리는 벌컥 화가 나기 시작했고, 자신도 당장 성질을 부려대서 지금 느끼는 이 무서운 기분을 콜린도 똑같이 느끼게 해주고 싶었다. 메리는 자기가 성질을 부리는 데는 익숙했지만 다른 사람이 성질을 부리는 것엔 익숙하지 않았다. 메리는 귀에서 손을 떼고 벌떡 일어나서 발을 쿵쿵 구르며 소리쳤다.

"콜린을 멈추게 해! 누가 좀 못 하게 하란 말이야! 누구든 콜린을 꺾어보라고!"

그때 복도를 뛰어 내려오는 소리가 들리더니 메리의 방문이 열리고 보모가 들어왔다. 이번엔 웃음기라고는 찾아볼 수 없었다. 오히려 창백해 보이기까지 했다.

보모는 매우 다급하게 말했다. "도련님이 히스테리를 부리고 있어요. 저러다 자기 몸을 다치게 할 거예요. 아무도 도련님을 어떻게 할 수가 없어요. 아가씨가 가서 기세 좋게 말려 봐요. 도련님은 아가씨를 좋아하잖아요."

"콜린은 오늘 아침에 나를 방에서 쫓아냈어요." 메리가 흥분해서 한 발을 쿵쾅대며 말했다.

발을 쿵쾅대는 모습을 보고 보모는 오히려 반가워했다. 사실 보모는 메리가 이불을 뒤집어쓰고 울고 있을까 봐 걱정이었다.

"바로 그거예요. 그 기분으로 가면 돼요. 가서 도련님을 혼내 줘요. 도련님한테 다른 생각할 거리를 주는 거예요. 어서 가요, 아가씨, 얼른, 빨리요."

나중에야 메리는 그 상황이 끔찍하기도 하지만 우습기도 했다는 것을 깨달았다. 우스웠다. 다 큰 어른들이 전부 다 얼마나 겁을 집어먹었으면 조그만 여자애한테 달려왔겠는가. 그 여자애가 짐작건대 성질 나쁘기로는 콜린과 견주어볼 만한 것 같다는 그 이유 하나로.

메리는 날 듯이 복도를 달려갔다. 비명 소리가 가까워질수록 점점 더 화가 치솟았다. 그렇게 악에 받친 상태로 문 앞에 다다랐다. 메리는 문을 쾅 열어젖히고 방으로 들어가 곧장 기둥이 네 개 달린 침대 쪽으로 뛰어가며 소리쳤다.

"그만해! 멈추라고! 지긋지긋해! 모두 다 너를 싫어해! 전부 다 이 집에서 도망가고 너 혼자 소리 지르다 죽게 내버려두면 좋겠어! 넌 혼자 악쓰다가 일 분 만에 죽을 거야. 그렇게 되면 좋겠네!"

착하고 동정심 있는 아이라면 이런 말을 입 밖에 내기는커녕 생각조차 하지 않았을 테지만, 아무도 감히 말리지 못하고 맞설 생각조차 못했던 이 히스테리증 아이에겐 이런 말을 듣는 충격이 가장 좋은 약이 될 수도 있었다.

콜린은 엎드려 누운 채 두 손으로 베개를 때리면서 거의 펄쩍펄쩍 뛰다가 분을 삭이지 못한 작은 목소리를 듣고는 홱 고개를 돌렸다. 콜린은 얼굴이 하얗게 질리고 빨갛게 달아오른 데다 퉁퉁 부어서 끔찍해 보였고, 숨이 잘 쉬어지지 않는 것처럼 헐떡거렸다. 하지만 무자비한 꼬마 메리는 털끝만큼도 신경 쓰지 않았다.

"한 번만 더 소리를 지르면 나도 소리 지를 거야. 난 너보다 더 크게 소리 지를 수 있어. 그래서 너를 겁줄 거야. 너를 겁줄 거라고!"

사실 콜린은 메리를 보고 너무 깜짝 놀라서 악쓰는 걸 이미 멈춘 뒤였다. 내뱉으려던 비명이 목구멍에 딱 걸린 느낌이었다.

얼굴 위로 눈물이 줄줄 흐르고 온몸이 덜덜 떨렸다.

 콜린이 숨을 헐떡이며 엉엉 울어댔다. "멈출 수 없어! 난 못 해……. 안 된단 말이야!"

 메리가 소리쳤다. "넌 할 수 있어! 네 병을 키우는 건 절반이 히스테리랑 성질머리야. 그냥 히스테리, 히스테리, 히스테리라고!" 메리는 한마디, 한마디에 맞춰 발을 굴렀다.

 콜린이 목이 멘 듯 간신히 말을 이었다. "혹이 만져져. 내가 만져봤어. 그럴 줄 알았어. 이제 곱사등이 될 거고 그러다가 죽겠지." 콜린이 다시 몸부림치면서 얼굴을 돌리고 엉엉 울었지만 악을 쓰지는 않았다.

 메리가 무섭게 반박했다. "혹 같은 거 없어! 혹이 있다면 히스테리 혹이겠지. 히스테리 때문에 혹이 생기는 거야. 진저리 나는 네 등하고는 아무 상관 없어……. 문제는 히스테리라고! 엎드려 봐. 내가 볼게!"

 메리는 '히스테리'라는 말이 마음에 들었다. 그 말이 왠지 콜린에게 영향을 미치는 것 같았다. 콜린도 자신과 비슷하니 그 말을 한 번도 들어본 적이 없을 것 같았다.

 메리가 명령했다. "보모, 이리 와서 지금 당장 얘 등을 보여줘요!"

 보모와 메들록 부인과 마사는 문 앞에 같이 모여 서서 입을 반쯤 벌린 채 메리를 지켜보고 있었다. 세 사람 모두 겁을 먹고 여러 번씩 숨을 집어삼켰다. 보모가 조금 불안한 듯 앞으로 나왔다. 콜린이 숨을 가쁘게 몰아쉬며 엉엉 울어대느라 몸이 들썩였다.

"도련님이……. 도련님이 못 하게 하실 거예요."

보모가 조그만 목소리로 주춤거리자, 그 말을 들은 콜린이 흐느끼는 와중에 숨을 새근거리며 말했다.

"메, 메리에게 보여줘! 메리도, 메리한테도 보일 거야!"

맨살이 드러난 등은 가냘프게 야위어 있었다. 갈비뼈와 등뼈 관절까지 하나하나 다 셀 수 있을 정도였다. 물론 메리 아가씨는 뼈를 세진 않았다. 허리를 굽혀 엄숙하고 가차 없는 작은 얼굴로 등을 관찰했다. 그 얼굴이 얼마나 심술궂고 고루해 보였던지 보모는 고개를 옆으로 돌려 씰룩이는 입을 숨겨야 했다. 잠깐 침묵이 흘렀다. 그동안 콜린도 숨을 죽였고, 메리는 런던에서 왕진 온 유명한 의사처럼 등뼈를 위아래로 살피고 또 살피고 유심히 살펴봤다.

그리고 마침내 입을 열었다. "혹은 한 개도 없어! 바늘만 한 혹도 한 개 없어. 등뼈만 튀어나와 있지. 그게 만져지는 건 네가 말라서 그런 거야. 나도 등뼈 마디가 있어. 그게 너처럼 튀어나와 있었는데 살이 붙으면서 좀 들어갔어. 나도 아직 완전히 안 보일 만큼 살이 찐 건 아니야. 혹이라고는 바늘만 한 거 하나 없다고! 한 번만 더 혹 이야기를 하면 웃어버릴 거야!"

다른 사람은 몰라도 콜린만은 그렇게 심사를 부리며 이죽거리는 유치한 말들이 어떤 힘을 갖고 있는지 잘 알았다. 만일 콜린이 남모를 공포를 털어놓을 상대가 있었다면, 용기 내어 물어볼 수라도 있었다면, 콜린에게 또래 친구가 있었다면, 문을 꼭꼭 걸어 잠근 이 거대한 저택에서 자신을 알지도 못하면서 진절머리 내는 사람들의 두려움이 무겁게 가라앉은 공기를 마시며 누워 있지 않았다면, 콜린도 자신을 괴롭히는 병과 두려움이 대부분 스스로 만들어낸 것임을 깨달았을 것이다. 콜린은 침대에 누워서 자기 자신에 대해, 그리고 자신의 병과 시들한 마음에 대해 몇 시간이고, 며칠이고, 몇 달이고, 몇 년이고 생각하고 또 생각했다. 그런데 이제 와서 인정머리라곤 없는 성난 여자애가 콜린은 자기 생각만큼 아프지 않다고 고집을 부리며 우겨댔다. 그러자 콜린도 정말 이 아이가 하는 말이 진실일 수도 있다고 느꼈다.

보모가 용기를 내어 말했다. "도련님이 등뼈에 혹이 있다고 생각하시는 줄은 몰랐어요. 도련님 등이 약한 이유는 일어나 앉으려고 하지 않기 때문이에요. 등에 혹이 없다는 건 제가 알려드릴 수도 있었는데."

콜린이 침을 꿀꺽 삼키고 고개를 살짝 돌려 보모를 보더니 측은하게 물었다.

"정…… 정말이야?"

"네, 도련님."

"그것 봐!" 메리도 침을 삼켰다.

콜린은 다시 고개를 틀었다. 한숨을 길게 내쉬면서 폭풍 같던 흐느낌을 진정시킬 뿐, 콜린은 잠시 가만히 누워만 있었다. 그사이에도 얼굴에선 눈물이 줄줄 흘러내려 베개를 적셨다. 사실 그 눈물은 신기하게도 콜린에게 크나큰 안도가 찾아왔다는 뜻이었다. 이내 콜린이 얼굴을 들고 다시 보모를 보았다. 이상하게도 보모에게 말을 거는 콜린의 모습이 라자와는 거리가 멀어 보였다.

"네 생각엔……. 내가…… 어른이 될 때까지 살 수 있을 것 같아?"

보모는 똑똑한 사람도 아니고 마음이 상냥한 사람도 아니었지만 런던의 의사가 했던 말을 어느 정도 되뇌어 줄 수는 있었다.

"아마 그렇게 될 거예요. 하라는 대로 잘 따르고, 성질에 휘둘리지 말고, 밖에 나가서 신선한 공기를 많이 마시면요."

한바탕 성질부리기를 끝낸 콜린은 울부짖다 힘이 빠지고 녹초가 된 탓에 마음도 유순해진 듯했다. 콜린은 메리에게 손을 약간 내밀었고, 다행히 메리 역시 성질이 가라앉아 마음이 누그러진 터라 손을 내밀어 콜린과 맞잡았다. 말하자면 화해 같은 것이었다.

"너랑…… 너랑 같이 밖에 나갈래, 메리. 신선한 공기도 싫어하지 않을 거야. 우리가 정말……." 콜린은 원래 "우리가 정말 비밀의 화원을 찾을 수 있다면"이라고 말할 뻔했는데, 이렇게 말하면 안 된다는 것을 아슬아슬하게 기억해내고는 대신 이렇게 끝을 맺었다. "나도 같이 나가고 싶어. 디콘이 와서 휠체어를 밀어준다면 말이야. 디콘도 정말 만나고 싶고 새끼 여우랑 까마귀도 너무 보고 싶어."

보모는 흐트러진 침대를 정돈하고 베개를 흔들어 평평하게 만들었다. 그런 다음 콜린에게 소고기 수프를 한 그릇 만들어주고 메리에게도 한 그릇 주었다. 감정이 격앙됐다 가라앉은 터라 메리도 아주 반갑게 수프를 받았다. 메들록 부인과 마사는 기뻐하며 그곳을 빠져나갔고, 보모도 말끔하고 평온한 상태로 모든 정리정돈을 마친 뒤에 아주 기꺼이 자리를 뜨고 싶어 하는 눈치였다. 보모는 젊고 건강한 여자인지라 잘 시간을 빼앗긴 게 원망스러워 메리를 쳐다보며 일부러 보란 듯이 하품을 했다. 메리는 커다란 발받침 의자를 네 기둥 침대 옆에 밀어다 놓고 앉아 콜린의 손을 잡았다.

"아가씨도 이제 방으로 돌아가 자야지요. 도련님도 곧 있으면 잠이 들 거예요. 기분이 괜찮으시면요. 그러고 나면 나도 옆방에 가서 잘게요."

"내가 아야한테서 배운 노래를 불러줄까?" 메리가 콜린에게 소곤거리며 물었다.

콜린이 메리의 손을 가볍게 잡아당기면서 피곤한 눈으로 부탁한다는 듯이 쳐다보았다.

"아, 좋아! 그 노래는 정말 귀가 편해. 그 노래를 들으면 눈을 감자마자 잠이 들 거야."

메리가 하품을 하는 보모를 보며 말했다. "콜린은 내가 재울게요. 가도 돼요."

보모가 마지못해 간다는 듯이 말했다.

"그럼, 삼십 분이 지나도 도련님이 잠들지 않으면 나를 부르세요."

"그럴게요."

메리가 대답하자마자 곧바로 보모가 방을 나갔고, 콜린이 다시 메리의 손을 잡아당겼다.

"하마터면 말할 뻔했어. 그렇지만 내가 알아서 딱 멈췄지. 난 말은 그만하고 이제 잘게. 그런데 네가 아까 나한테 온갖 멋진 이야기들을 해주려고 했다고 했잖아. 뭐 좀, 비밀의 화원 안에 들어가는 방법에 대해서 뭐라도 좀 알아낸 것 같아?"

메리는 힘들어 보이는 콜린의 작고 가여운 얼굴과 부어오른 눈을 쳐다보았다. 마음이 누그러졌다.

"으응. 그런 것 같아. 지금 잘 거면 내일 이야기해줄게."

콜린의 손이 파들파들 떨렸다.

"아, 메리! 아, 메리! 그 안에 들어갈 수 있다면 나도 어른이 될 때까지 살 수 있을 것 같아! 아야의 노래를 불러주는 대신에……. 첫날처럼 화원 안이 어떻게 생겼을지 네가 상상한 모습을 조용조용 이야기해주면 안 될까? 그럼 분명 잠들 수 있을 거야."

"그래. 눈을 감아."

콜린이 가만히 누워 눈을 감자 메리는 콜린의 손을 잡고 아주 느릿느릿, 아주 작은 목소리로 이야기를 시작했다.

"내 생각에 거긴 너무 오랫동안 아무도 건드리지 않아서……. 온갖 것들이 자라나서 아름답게 얽혀 있을 거야. 장미 덩굴이 뻗어 올라가고 또 올라가고 또 올라가서 나뭇가지며 담장마다 늘어져 매달려 있고 다시 기어 내려와 바닥을 타고 퍼져 나갔을 거야. 마치 신비한 회색 안개처럼. 어떤 것들은 죽었겠지만, 많은 장미가 살아 있어서 여름이 되면 장미 커튼이랑 장미 분수도 볼 수 있을 거야. 흙속에는 수선화랑 갈란투스랑 백합이랑 붓꽃이 한가득 있어서 어둠을 비집고 올라오려고 열심히 일하고 있을 것 같아. 이제 봄이 왔으니까……. 아마…… 아마도……."

부드럽고 나직한 목소리에 콜린은 점점 더 움직임 없이 고요해졌고, 메리는 그 모습을 보며 말을 이었다.

"아마 꽃들이 풀밭에서 틈을 찾아 올라오고 있을 거야…….

아마 자줏빛, 금빛 크로커스가 옹기종기 피어 있는지도 몰라……. 바로 지금 말이야. 아마 잎들도 움이 터서 순을 펼치고 있을 거고……. 그리고 또……. 회색이 변하면서 하늘거리는 초록 면사포가 되어 퍼지고 있을 거야……. 그렇게 퍼지고 퍼져서……. 모든 걸 덮어버리는 거지. 새들도 나와서 그 모습을 구경하고……. 왜냐하면 거긴……. 그만큼 안전하고 고요하거든. 그리고 아마…… 아마…… 아마…….” 메리는 실로 지극히도 부드럽고 느릿하게 말을 이었다. “울새가 짝을 찾아서……. 둥지를 짓고 있을 거야.”

콜린은 잠들었다.

18.
"미루적거릴 시간이 없구만요"

 당연하게도 메리는 다음 날 아침에 일찍 일어나지 못했다. 늦잠을 잔 건 피곤해서였다. 마사는 아침 식사를 가져와서, 콜린이 차분하긴 하지만 아프고 열이 나는 상태라고, 감정이 격앙되어 울고불고하느라 한 번씩 진을 다 빼고 나면 늘 그렇게 아프다고 말해주었다. 메리는 천천히 아침을 먹으면서 마사가 하는 말에 귀를 기울였다.
 "아가씨가 최대한 빨리 도련님을 만나러 오믄 좋겠대요. 도련님이 아가씨를 그렇게나 맘에 들어 하다니 참 이상허네요. 어젯밤엔 확실허게 야단두 쳤잖아요. 안 그래요? 남들은 감히 엄두두 못 냈을 텐데. 아! 불쌍한 도련님! 이제껏 뭐든 다 허구 싶은 대루 허구 살았는데 뭔 수로 구제가 되겠어요. 엄니가 그러셨거든요. 아이헌테 젤 나쁜 게 두 가지 있는데, 암것두 맘대루 못 허게 허는 거랑 뭐든 다 지 맘대두 허게 냅두는 거라구요. 뭐가 더 나쁜지는 모르겠다네요. 아가씨두 화를 잘 냈었잖어요. 그런데 내가 도련님 방에 들어갔는데 도련님이 그러시는 거여요. 메리 아가씨헌테 와서 나랑 이야기 좀 헐 수 있겄느냐구 물어봐 달라구, 부탁헌다구요. 도련님이 부탁헌다구 했다구요! 가실 거여요, 아가씨?"

"디콘한테 먼저 갈 거야. 아니야, 얼른 가서 콜린부터 만나야겠어. 할 말이 생각났어." 메리가 문득 어떤 생각을 떠올려 말했다.

모자를 쓰고 방에 들어오는 메리를 보고 콜린은 순간적으로 실망한 표정을 지었다. 콜린은 침대에 누워 있었다. 얼굴은 가엾을 정도로 파리한데 눈가는 거무스름하게 그늘져 보였다.

"네가 와서 기뻐. 머리도 아프고 온몸이 다 쑤시거든. 너무 힘들어서 그래. 어디 가려고?"

메리가 다가가 침대에 기대어 섰다.

"오래 걸리지 않을 거야. 디콘을 만나러 가는데 곧 돌아올게. 콜린, 일이……. 비밀의 화원이랑 관련된 일이 있거든."

콜린은 얼굴 전체가 환해지면서 혈색이 조금 돌아와 외쳤다.

"아, 정말이야? 밤새도록 그 꿈을 꿨어. 네가 회색이 초록으로 변하고 있다고 뭐라고 하는 걸 듣고 나서 꿈속에서 내가 파르르 떨리는 작은 초록 잎들이 가득한 곳에 서 있었어. 사방에 새들이 있고 저마다 제 둥지에 앉아 있는데 그 모습이 정말 부드럽고 조용해 보였어. 난 네가 돌아올 때까지 누워서 꿈을 생각하고 있을래."

오 분 뒤에 메리는 디콘과 함께 화원 안에 있었다. 새끼 여우와 까마귀가 또 디콘과 같이 왔고 이번에는 길이 든 다람쥐 두 마리도 함께였다.

"오늘 아침엔 조랑말을 타구 왔지요. 아! 정말 착한 녀석이어요. 점프 말여! 요 두 녀석은 주머니에 넣어 델구 왔어요. 여기 이 녀석은 호두구 이쪽 녀석은 딱지여요."

디콘이 '호두'라고 말할 때 다람쥐 한 마리가 디콘의 오른쪽 어깨로 뛰어 올라왔고, '딱지'라고 말하자 나머지 한 마리가 왼쪽 어깨로 뛰어 올라왔다.

메리와 디콘이 풀밭에 앉자 대장이 그 발치로 와서 몸을 웅크렸고 검댕이가 나무 위에서 진지하게 귀를 기울였으며 호두와 딱지는 가까이에서 코를 킁킁거리며 돌아다녔다. 메리는 이렇게 즐거운 곳을 떠나자니 좀처럼 발이 떨어지지 않을 것 같았다. 하지만 이야기를 하기 시작했을 때 재미있게 생긴 디콘의 얼굴에 나타난 표정을 보며 왠지 메리는 조금씩 마음이 바뀌었다. 디콘이 자신보다 더 콜린을 불쌍히 여긴다는 걸 알 수 있었다. 디콘은 고개를 들어 하늘과 주변의 모든 것을 올려다보았다.

"새소리 좀 들어보시요. 세상이 온통 저 소리네요……. 죄다 삑삑, 짹짹거리믄서 노래허잖어요. 바삐 쏘다니는 새들 좀 보시요. 서루 불르는 소리두 들어보구요. 봄날이 오믄 온 세상이 다 불르는 것 같어요. 잎사귀가 말아 쥔 손을 펼치믄 알게 되죠. 그리구, 아이구야, 여 주변서 좋은 냄새가 나네요!" 디콘이 행복한 들창코를 킁킁거렸다. "그런데 불쌍한 도련님은 방에 틀어박혀 누워만 있구 암것도 보질 못허니까 자꾸 생각나는 것들이 비명 나올 것들뿐이겠죠. 아이구! 우리가 도련님을 여기루 델구 나와야 허요. 델구 나와서 보게 허구 듣게 허구 공기 냄새두 맡게 허구, 햇볕도 흠뻑 쬐게 허야 허구요. 미루적거릴 시간이 없구만요."

디콘은 어떤 일에 깊은 관심이 생기면 요크셔 사투리가 심하게 나왔지만 평소에는 메리가 잘 알아들을 수 있도록 사투리를 적게 쓰려고 노력했다. 그러나 메리는 디콘이 쓰는 강한 요크셔 억양이 정말 좋았고, 사실 자신도 그렇게 말하는 법을 배우려고 애를 써보았다. 덕분에 이젠 조금 할 줄도 알았다.

"암, 그렇게 허야지. 우리가 젤루 먼저 헐 일을 알려줄게." 메리가 이렇게 말하자 디콘이 씩 웃었다. 어린 여자애가 혀를 꼬아가며 요크셔 사투리를 쓰려고 애쓰는 모습이 무척이나 재밌었다. "그 애는 너를 진짜루 좋아헌다니까. 널 만나구 싶어 허구 검댕이랑 대장두 보구 싶어 해. 내가 저택에 돌아가믄 콜린헌테 가서 낼 아침에 네가 올 거라구, 동물들두 델구 올 거니까 불러서 안 만난다믄 가만 안 두겠다구 할 거야. 그런 담에……. 좀 더 있다가 잎들이 더 나구, 꽃눈두 하나둘 올라오믄 우리가 그 애를 델구 나오는 거지. 그래서 네가 그 애 휠체어를 밀구 일루 와서 전부 다 보여주는 거야."

말을 마치고 나서 메리는 무척 뿌듯해했다. 요크셔 사투리를 써서 이렇게 길게 말해본 게 처음이었는데, 생각이 아주 잘 났다.

디콘이 쿡쿡 웃으며 말했다. "콜린 도련님헌테두 그렇게 사투리 조금 섞어서 말허야겠는데요. 그러믄 도련님이 웃을 거구, 아픈 사람헌테 웃음만치 좋은 건 없거든요. 엄니는 아침에 삼십 분씩만 신나게 웃으믄 발진티푸스가 오다가두 도망갈 거라구 하셔요."

"오늘 당장 사투리로 말해야지." 메리도 킥킥 웃었다.

화원은 매일 밤낮으로 마법사들이 지나다니며 요술 지팡이로 땅과 나뭇가지에서 아름다움을 끌어내는 듯한 시기에 이르렀다. 이 모든 것을 두고 화원을 나서는 건 쉽지 않았다. 더군다나 호두는 메리의 치맛자락에 기어오르고 딱지는 두 아이가 기대앉은 사과나무 줄기를 타고 후다닥 내려와 그 자리에서 호기심에 찬 눈으로 메리를 쳐다보고 있었다. 하지만 메리는 저택으로 돌아갔다. 메리가 콜린의 침대 옆에 앉자, 콜린은 디콘이 그러듯 코를 킁킁대기 시작했다. 물론 디콘처럼 많이 해본 솜씨는 아니었다.

콜린은 아주 즐거워하며 탄성을 질렀다. "너한테서 꽃 냄새가 나……. 신선한 냄새 같은 것도. 이게 무슨 냄새야? 시원하면서 따스하기도 하고 또 달콤해."

"황무지서 불어오는 바람 냄새야. 디콘허구 대장허구 검댕이 허구 호두랑 딱지랑 다 같이 나무 아래 풀밭에서 앉았다 와서 그래. 인제 봄철이라 밖에 나가믄 햇살두 얼마나 싱그럽다구."

메리는 할 수 있는 한 센 억양으로 말했다. 요크셔 사투리는 누가 말하는 걸 직접 들어보지 않고는 짐작도 안 갈 만큼 억양이 강했다. 콜린도 웃기 시작했다.

"뭘 하는 거야? 네가 그렇게 말하는 건 처음 들어봐. 너무 웃겨."

메리가 의기양양해하며 말했다. "너헌테 요크셔 사투리 조끔 뵈주는 거잖어. 디콘허구 마사만치루 멋들어지게는 못 허두 보다시피 흉내는 조끔 내거든. 딱 들으믄 요크셔 사투리인 줄 모르겄어? 여서 나고 자란 요크셔 사람이믄서? 어이구! 낯부끄러운 줄 알어라."

그러고 나서 메리도 웃기 시작하면서 두 아이는 같이 웃었다. 웃음이 멈춰지질 않아 방이 떠나가라 계속 웃어대는데, 마침 메들록 부인이 방문을 열고 들어오려다가 깜짝 놀라 복도로 물러났다. 그리고 그 자리에 서서 열심히 귀를 기울였다.

"아이고나, 세상에! 저렇게 웃는 건 첨 들어보네! 저럴 거라구 당최 누가 생각이나 했겠어!" 메들록 부인 입에서 다소 강한 요크셔 억양이 흘러나왔다. 주변에 듣는 귀도 없는 데다 그 정도로 크게 놀란 탓이었다.

할 이야기가 무척 많았다. 콜린은 디콘과 대장과 검댕이와 호두와 딱지와 점프라고 하는 조랑말 이야기를 아무리 들어도 성에 차지 않아 하는 것 같았다. 메리는 콜린에게 오기 전에 점프를 보려고 디콘과 함께 숲속으로 뛰어갔었다. 점프는 자그마하고 털이 더부룩하게 난 황무지 조랑말이었다. 숱 많은 갈기가 늘어져 눈을 덮었는데 얼굴은 아주 예뻤고 벨벳처럼 보드라운 코는 어디에든 계속 문질러댔다. 황무지 풀을 먹고 자란 탓에 조금 야위었지만 강인하고 튼튼하여 작은 다리의 근육은 마치 강철로 만든 용수철 같았다. 점프는 디콘을 본 순간 고개를 들어 조용히 히잉 울고는 총총걸음으로 다가가더니 디콘의 어깨에 머리를 얹었다. 디콘이 귀에 대고 뭔가를 말하자 점프도 히잉, 푸푸 하며 특이한 소리들로 대답했다. 점프는 디콘이 하라는 대로 메리에게 작은 앞발을 내주고 보드라운 벨벳 코를 메리의 뺨에 문질렀다.

"디콘이 하는 말을 그 조랑말이 정말 다 알아들어?" 콜린이 물었다.

"그런 것 같아. 디콘이 그랬거든. 확실한 친구가 되면 어떤 동물이든 말을 알아들을 수 있대. 대신 정말 확실히 친구가 되어야 한대." 콜린은 잠시 말없이 누워서 이상한 회색 눈동자로 벽만 물끄러미 바라보았다. 하지만 메리는 콜린이 생각 중이라는 것을 알았다.

마침내 콜린이 말했다. "나도 그런 것들하고 친구였으면 좋겠지만, 난 아니야. 친구로 삼을 만한 걸 가져본 적도 없고, 사람은 내가 싫고 꺼려지니까."

"나도 싫어?" 메리가 물었다.

"아니, 넌 괜찮아. 이상하게도 너는 심지어 좋아."

메리가 말했다. "벤 할아버지는 내가 자기랑 비슷하대. 보나마나 자기처럼 성질이 고약할 거라나. 내 생각엔 너도 벤 할아버지랑 비슷해. 우리 셋 다 똑같다고. 너랑 나랑 벤 할아버지랑. 할아버지가 그랬거든. 우린 생긴 것도 별로고, 생긴 것만큼 심술쟁이라고. 그렇지만 난 울새랑 디콘을 만난 다음부터는 예전처럼 그렇게 심술을 부리고 싶거나 하지 않아."

"너도 사람들이 싫었어?"

메리가 꾸밈없이 대답했다. "그래, 울새랑 디콘을 알기 전에 너를 만났더라면 너를 싫어했을 거야."

콜린이 가느다란 손을 내밀어 메리를 잡았다.

"메리, 디콘을 못 오게 할 거라는 말은 하지 말걸 그랬어. 네가 그 애를 천사라고 했을 때 네가 정말 미웠고, 너를 비웃었는데……. 그런데 그 애는 정말 천사인가 봐."

메리가 솔직하게 인정했다. "뭐, 그렇게 말해놓고 약간 웃기긴 했어. 디콘은 코도 들창코이고 입도 큰 데다 옷은 여기저기 다 기워 입잖아. 요크셔 사투리도 심하고. 하지만…… 하지만 천사가 요크셔에 와서 황무지에 산다면, 요크셔 천사가 있다면 말이야……. 그 천사는 초록 식물들을 이해하고 잘 자라게 하는 법도 알고, 들짐승하고 대화하는 법도 알 거라고 믿어. 디콘이 하는 것처럼 말이야. 그럼 짐승들도 천사가 자기들 친구라고 확실히 알 거고."

"디콘이 나를 쳐다보는 건 상관없어. 그 애를 보고 싶어."

"네가 그렇게 말해서 다행이야. 왜냐하면…… 왜냐하면……."

불현듯 바로 지금이 콜린에게 말해야 할 때라는 생각이 메리의 머릿속을 스쳤다. 콜린은 뭔가 새로운 일이 다가오고 있다는 걸 알아채고 간절하게 물었다.

"왜냐하면 뭐?"

메리도 조바심이 나서 의자에서 일어나 콜린에게 다가갔다. 그리고 콜린의 두 손을 붙잡고 매달리는 심정으로 물었다.

"너를 믿어도 될까? 내가 디콘을 믿은 건 새들이 디콘을 믿어서였어. 널 믿어도 될까? 정말? 정말로?"

메리의 얼굴이 얼마나 신중하고 진지한지 콜린은 거의 들릴 듯 말 듯한 목소리로 대답했다.

"그럼⋯⋯. 그럼!"

"있잖아, 디콘이 내일 아침에 너를 만나러 올 거야. 동물 친구들도 데려올 거고."

"아! 아!" 콜린이 기뻐하며 외쳤다.

메리가 진지하고 초조한 마음에 거의 파리해진 얼굴로 계속해서 말했다. "그런데 그게 다가 아니야. 지금부터가 진짜야. 화원으로 들어가는 문이 있어. 내가 찾아냈어. 담장을 덮은 담쟁이덩굴에 가려져 있었어."

콜린이 힘이 넘치는 건강한 사내아이였다면 아마 '만세! 만세! 만세!'를 외쳤을 것이다. 하지만 콜린은 몸이 약하고 신경증이 있는 아이였다. 콜린의 눈이 점점 더 휘둥그레 커지더니 숨을 가쁘게 몰아쉬었다.

"아! 메리! 나도 볼 수 있을까? 내가 가볼 수 있을까? 내가 살아서 그 안에 들어가게 될까?"

콜린이 울부짖다시피 외치고는 메리의 손을 덥석 움켜잡고 끌어당겼다. 메리는 화가 난 목소리로 톡 쏘아붙였다.

"그럼 볼 수 있지! 당연히 살아서 거기 들어갈 거야! 바보 같은 소리 하지 마!"

너무도 냉철하고 꾸밈없고 어린애 같은 메리의 태도에 콜린은 제정신이 들며 스스로가 어처구니없고 우스워졌다. 잠시 뒤에 메리는 다시 의자에 앉아 상상 속 비밀의 화원이 아니라 진짜 화원의 모습을 있는 그대로 알려주었다. 콜린은 아프고 힘든 것도 까맣게 잊은 채 열심히 귀를 기울이며 이야기에 푹 빠져들었다.

마침내 콜린이 말했다. "네가 상상한 모습 그대로야. 꼭 네가 직접 보고 말한 것 같아. 네가 처음으로 화원 이야기를 해준 날에도, 꼭 다녀온 사람 같다고 내가 그랬잖아."

메리는 잠시 망설이다가 용기를 내어 사실대로 말했다.

"그때 보고 말한 거였어. 화원에 다녀왔던 거 맞아. 열쇠를 찾아서 들어간 게 몇 주 전이었어. 하지만 너한테 말할 수 없었어. 용기가 안 났거든. 불안해서, 너를 믿어도 될까……. 정말로 말이야!"

19.
"봄이 왔어!"

 콜린이 한바탕 성질을 부리고 그다음 날 아침에 크레이븐 박사가 불려왔다. 그런 일이 있고 나면 어김없이 사람을 보내 크레이븐 박사를 불러왔고, 박사가 저택에 들어와 보면 콜린은 하얗게 질린 얼굴로 바들바들 떨며 침대에 누워 있었다. 아이는 아직 뚱하고 불안정한 상태여서 말 한마디만 잘못해도 언제든 다시 울음을 터뜨릴 태세였다. 사실 크레이븐 박사는 이런 식으로 불려 들어오는 게 몹시 두렵고 꺼림칙했다. 이번에는 오후가 다 되어서야 미셀스웨이트 저택에 도착했다.
 크레이븐 박사는 저택에 도착해서 메들록 부인에게 짜증 섞인 말투로 "아이는 어때요? 이렇게 발작을 하다가는 언젠가 혈관이 터지고 말 거요. 그 애는 히스테리에다 너무 제멋대로라

반은 제정신이 아닌 것 같아요."

메들록 부인이 대답했다. "글쎄요, 선생님. 직접 보시면 아마 눈을 의심하실 거예요. 뚱하니 못생겨가지고 도련님만큼이나 말 안 듣는 그 애가 방금 도련님을 홀렸다니까요. 어떻게 그랬는지 알 수가 없어요. 생긴 것도 볼품없고 사람들 앞에선 말도 거의 안 하는 앤데, 감히 아무도 못 하는 일을 한 거예요. 어젯밤에 도련님한테 고양이 새끼처럼 휘딱 달려가더니 발을 쿵쿵 구르면서 소리 그만 지르라고 명령을 하더라니까요. 어쩐 일로 도련님도 깜짝 놀라서는 정말로 멈추더니, 오늘 오후엔……. 그냥 올라가서 한번 보세요, 선생님. 도무지 믿기지가 않아요."

크레이븐 박사가 병자의 방에 들어갔을 때 눈앞에 펼쳐진 광경은 정말로 놀라웠다. 메들록 부인이 문을 열자 웃고 떠드는 소리가 들렸다. 콜린은 잠옷 가운 차림으로 소파에 앉아 있었는데, 등을 무척이나 꼿꼿이 펴고 정원 책을 들여다보며 못생긴 여자애와 이야기를 나누고 있었다. 여자아이 또한 그 순간에는 못생겼다는 말이 온당치 않을 만큼 즐거움으로 얼굴이 환하게 빛났다.

콜린이 이렇게 말하고 있었다. "기다란 첨탑처럼 생긴 저 파란 꽃……. 저거 많이 심자. 이름이 델, 피, 니움이래."

메리 아가씨가 소리쳤다. "디콘은 그걸 참제비고깔이라고 했어. 아주 크고 화려한 꽃이라고. 벌써 무더기로 있어."

그때 두 아이가 크레이븐 박사를 보고 이야기를 멈추었다. 메리는 입을 다물고 꼼짝도 하지 않았고, 콜린은 못마땅한 표정을 지었다.

"어젯밤에 아팠다니 안됐구나, 얘야." 크레이븐 박사가 약간 초조해하며 말했다. 박사는 성격이 예민한 사람이었다.

콜린이 라자 같은 말투로 돌아가 대답했다. "지금은 괜찮아요. 훨씬 좋아졌어요. 날씨만 좋으면 내일이나 모레쯤 휠체어를 타고 밖으로 나갈 거예요. 신선한 공기를 마시고 싶어요."

크레이븐 박사가 콜린 옆에 앉아서 맥박을 재어보고는 미심쩍어 하는 눈으로 쳐다보며 말했다.

"그러려면 날씨가 아주 좋아야 한단다. 피곤한 일이 없도록 조심도 해야 하고."

"신선한 공기를 마셔서 피곤할 일은 없죠." 어린 라자가 말했다.

이 어린 도련님이 한때는 버럭 화를 내고 악을 쓰며 신선한 공기 때문에 자기가 감기에 걸려 죽어버릴 거라 우겨대던 그 사람이었기에, 주치의로서 약간 놀란 것도 당연했다.

"나는 네가 신선한 공기를 싫어하는 줄 알았다."

크레이븐 박사의 말에 라자가 대답했다.

"혼자 나가는 건 싫어요. 하지만 이젠 내 사촌이 같이 나갈 거예요."

크레이븐 박사가 권유하듯이 물었다. "물론 보모도 같이 가는 거지?"

"아니요, 보모는 같이 안 가요." 그 위풍당당한 태도에 메리는 저절로 인도에서 본 어린 원주민 왕자가 떠올랐다. 다이아몬드와 에메랄드와 진주를 온몸에 휘감고 큼지막한 루비가 번쩍이는 작고 검은 손으로 자신에게 다가와 고개를 조아리고 명령을 받들라고 하인들한테 손짓하던 어린 왕자의 모습이.

"나를 돌보는 법은 사촌이 잘 알아요. 애랑 같이 있으면 늘 상태가 나아지거든요. 어젯밤에도 사촌 덕분에 좋아졌던 거예요. 힘이 아주 센 남자애 하나를 아는데, 그 애가 휠체어를 밀어줄 거고요."

크레이븐 박사는 약간 불안해졌다. 이 성가시고 신경질적인 아이가 건강을 회복하기라도 한다면 자신이 미셀스웨이트를 물려받을 기회는 날아가 버릴 터였다. 하지만 박사는 나약한 사람이긴 해도 염치없는 성격은 아니었다. 콜린을 정말 위험에 빠뜨릴 마음은 없었다.

"정말 힘이 세고 믿을 수 있는 아이여야 할 텐데. 나도 그 아이에 대해 좀 알아야겠구나. 그 애가 누구니? 이름이 뭐지?"

"디콘이에요." 메리가 불쑥 끼어들어 큰 소리로 대답했다. 어쩐지 황무지를 아는 사람이면 마땅히 디콘도 알 거라고 생각했다. 그리고 그 생각은 틀리지 않았다. 순간적으로 심각해 보이던 크레이븐 박사의 얼굴이 풀리면서 마음이 놓이는 듯 미소가 떠올랐다.

"아, 디콘. 디콘이라면 안심할 수 있지. 그 애는 황무지 조랑말처럼 튼튼하니까. 디콘은."

"그리구 믿을 만허구요. 요크셔에서 젤루 믿음직헌 아이잖어요." 메리가 콜린과 대화하면서 쓰던 말투가 입에 배어 자신도 모르게 요크셔 사투리로 말했다.

"그런 건 디콘이 가르쳐줬니?"

크레이븐 박사가 터져 나오는 웃음을 숨기지 않고 묻자, 메리는 조금 쌀쌀맞게 대답했다.

"프랑스어 배우듯이 배우는 거예요. 인도에서 원주민들이 쓰던 사투리랑 비슷하거든요. 아주 똑똑한 사람들은 그런 말을 배우려고 노력해요. 나는 이 사투리가 좋고, 콜린도 좋아해요."

"그래, 그래. 사투리가 재미있으면 써서 나쁠 거 없지. 어젯밤에 진정제는 먹었니, 콜린?"

콜린이 대답했다. "아니요. 처음에는 먹기 싫어서 안 먹었고, 메리 덕분에 진정된 뒤에는 메리가 해주는 이야기를 듣다가 잠들었어요. 조그만 소리로 봄이 스며드는 화원 이야기를 해줬거든요."

"말만 들어도 마음이 편안해지는구나." 크레이븐 박사는 조금 전보다 더 당혹스러운 마음으로, 의자에 앉아 눈을 내리깔고 말없이 양탄자를 바라보는 메리 아가씨를 흘긋 곁눈질했다. "나아진 건 분명하다만, 이건 꼭 기억해두렴……."

라자가 다시 나타나 박사의 말에 끼어들었다. "기억하기 싫어요. 혼자 누워서 그런 걸 떠올리고 있으면, 온몸이 아프기 시작하고 온갖 생각들이 떠올라 비명을 지르게 돼요. 너무 싫어서요. 어디든 내가 아프다는 사실을 잊게 해줄 의사가 있다면 난 그 의사를 여기로 데려올 거예요." 콜린이 마른 손을 휘저었다. 정말로 왕가의 문장이 새겨진 반지가 끼워져 있어야 할 것 같았다. "내 사촌은 내가 환자라는 걸 잊을 수 있게 해주니까 내 상태가 좋아지는 거예요."

크레이븐 박사는 콜린이 성질을 부린 뒤에 불려와서 이렇게 짧게 머문 적이 없었다. 평소 같았으면 아주 오랜 시간 동안 머물면서 굉장히 많은 일들을 해야 했다. 이날 오후에 박사는 새로운 약도 주지 않았고 새로운 처방을 내리지도 않았으며 아무런 불쾌한 장면도 볼 필요가 없었다. 박사는 생각에 골몰한 얼굴로 아래층에 내려와 서재에서 메들록 부인과 이야기를 나누었다. 메들록 부인은 박사가 무척 당황했다고 느꼈다.

메들록 부인이 용기를 내어 말했다. "저, 박사님. 믿기시나요?"

"확실히 새로운 상황이로군요. 이전 상황보다 더 나아졌다는 건 부인할 수 없겠네요."

메들록 부인이 말했다. "수전 소어비가 옳은 것 같아요. 정말로요. 어제 스웨이트에 가는 길에 오두막에 들러서 수전 소어비하고 대화를 좀 나눴어요. 나한테 그러더군요. '글쎄, 사라 앤, 그 애가 착하지 않을 수두 있구 예쁘지 않을 수두 있지만, 애는 애야. 그리구 애들은 애들허구 어울려야 허는 법이야.' 우린 함께 학교에 다녔더랬지요. 수전 소어비하고 저하고요."

"그 여인은 내가 아는 최고의 간병인이오. 왕진 간 오두막에서 소어비 부인을 만나면 내가 환자를 살릴 가능성이 높겠구나 하고 생각하죠."

메들록 부인이 미소를 지었다. 부인은 수전 소어비가 좋았다.

메들록 부인이 입심 좋게 말을 이어갔다. "수전은 자기가 뭘 해야 하는지 아는 여자예요. 어제 수전이 한 말이 아침 내내 생각나더라고요. 수전이 그랬거든요. '한번은 아가들이 쌈박질을 허는 통에 내가 잔소리를 조끔 혔거든. 죄 불러 앉혀 놓구 말했지. 내가 학교에 다닐 적에 지리 선생님이 세상은 오렌지 모양으루다 생겼다구 허셔서, 내 열 살두 되기 전에 오렌지 하나가 통째루 있을 땐 어느 누구의 것두 아니란 걸 깨달았다. 아무두 자기 몫보다 더 많이 가져갈 수 없구, 어쩔 땐 충분한 몫이 돌아오지 않는 것처럼 보일 때가 있는 거다. 그런데 그렇다구 해서 절대루…… 너희 어느 누구두…… 오렌지 하나를 통째루 가지구 있다구 생각허면 안 된다. 안 그르믄 나중에 가서 니들이 잘

못 판단했다는 걸 알게 될 테구, 그걸 알기까지 너희가 겪어야 헐 험난한 일들두 여간허지 않을 거라구. 애들은 애들허구 어울려 놀믄서 오렌지를 껍질째 통으루 움켜쥐어 봐야 소용없는 짓이란 걸 배우거든. 그랬다가는 씨도 못 얻어먹기 십상이니까. 씨는 쥐구 있어 봐야 써서 먹지두 못허구.'"

"정말 야무진 여인이에요." 크레이븐 박사가 외투를 입으면서 말했다.

메들록 부인은 아주 흡족한 얼굴로 말을 맺었다. "그렇다니까요. 수전은 말솜씨도 좋아요. 가끔 제가 그런 말도 했다니까요. '아! 수전, 네가 다른 여자이고 요크셔 사투리를 그렇게 심하게 쓰지 않았더라면, 난 벌써 몇 번이나 너한테 영리하다고 했을 거야.'"

그날 밤 콜린은 한 번도 깨지 않고 잠을 잤고, 아침에 눈을 떴을 땐 가만히 누워서 자기도 모르게 미소를 지었다. 정말 이상하리만큼 편안해서 나오는 미소였다. 실제로도 깨어 있는 기분이 참 좋아서 몸을 뒤집고 팔과 다리를 아주 편하게 쭉 뻗었다. 팽팽하게 몸을 묶고 있던 끈이 느슨해져 몸이 풀려난 기분이었다. 크레이븐 박사가 보았다면 신경이 이완되어 몸이 쉬어서 그런 거라고 말했겠지만 콜린은 알지 못했다. 지금은 누워서 벽만 뚫어지게 쳐다보며 깨어 있지 않기를 바라는 대신, 전날 메리와 함께 세웠던 계획들과 화원과 디콘과 들짐승 친구들을 볼 생각으로 머릿속이 가득했다. 생각할 거리가 있다는 건 참으로 근사한 일이었다. 깨어나서 십 분도 채 지나기 전에 복도를 뛰어오는 발소리가 들리더니 메리가 문을 열고 나타났다. 어느새 방 안으로 들어온 메리는 침대 앞으로 달려왔다. 아침의 향기가 가득한 신선한 공기 한 줄기가 메리를 따라왔다.

"나갔다 왔구나! 밖에 나갔었어! 기분 좋은 이파리 냄새가 나!"

메리는 계속 뛰어온 터라 머리가 날리고 헝클어진 데다 바람을 맞아 얼굴도 환하고 뺨에 발그스름한 혈색이 돌았지만, 콜린에겐 그런 게 보이지 않았다.

메리는 빨리 뛰어오느라 약간 숨이 찼다. "너무 아름다워! 이렇게 아름다운 건 처음 봐! 드디어 왔어! 요 전날 아침에 온 줄 알았는데, 그땐 아직 오는 중이었던 거야. 이젠 정말 왔어! 완전히 봄이야! 디콘이 그랬어!"

"정말?" 콜린이 큰 소리로 물었다. 비록 봄에 대해 아무것도 몰랐지만 심장이 뛰었다. 콜린은 침대에서 벌떡 일어나 앉아, 반쯤은 기쁘고 설레는 마음에, 반쯤은 공상에 빠져들어 웃음을 터뜨리며 말했다. "창문을 열어! 황금트럼펫(golden trumpet)* 소리가 들릴지도 몰라!"

---

* 알라만다, 또는 옐로벨이라고도 하는 나팔 모양의 노란 꽃이다.

콜린은 웃었고, 메리는 말이 떨어지기 무섭게 창가로 가서 어느새 창문을 활짝 열어젖혔다. 상쾌하고 부드러운 공기와 향긋한 냄새와 새들의 노랫소리가 쏟아져 들어왔다.

"신선한 공기야. 똑바로 누워서 깊이 들이마셔 봐. 디콘도 황무지에 누워서 그렇게 해. 그러면 공기가 피에 섞여 온몸을 돌면서 더 튼튼해지는 기분이 들고, 마치 영원히, 영원히 죽지 않고 살 수 있을 것 같은 기분이 든대. 어서 공기를 들이마셔 봐, 어서."

디콘에게 들었던 말을 그대로 전한 것뿐이었지만, 콜린은 메리의 말이 마음에 쏙 들었다.

"'영원히, 영원히'라고! 신선한 공기를 마시면 그런 기분이 든대?" 콜린은 메리가 말한 대로 숨을 길게 들이마시고 또 들이마셨다. 그렇게 몇 번이고 반복하다 보니 뭔가 굉장히 새롭고 신나는 일이 자기에게 일어나고 있다는 기분이 들었다.

메리는 다시 콜린의 침대 옆으로 가서 쉬지 않고 말을 이어 갔다. "새싹들이 땅 위로 한가득 올라오고 있어. 꽃들은 꽃잎을 펴고 어디든 꽃봉오리랑 새 눈이 나지 않는 데가 없어. 초록 면사포는 이제 회색이 거의 보이지 않을 정도로 다 깔렸고, 새들은 너무 늦었을까 봐 허둥지둥 둥지를 틀고 있어. 그러다 보니 비밀의 화원 안에서 자리다툼을 벌이는 새들까지 있더라니까. 장미 덤불은 팔팔하기가 더 팔팔할 수 없을 정도이고, 길가랑 숲속에 앵초가 피었고, 우리가 심은 씨앗들도 싹이 올라왔고, 디콘이 여우랑 까마귀랑 다람쥐랑 새로 태어난 새끼 양을 데려왔어."

메리가 말을 멈추고 숨을 돌렸다. 갓 태어난 아기 양은 디콘이 사흘 전에 황무지에 갔다가 가시금작화 덤불 사이에서 죽은 어미 옆에 누워 있는 걸 발견한 것이었다. 어미 잃은 새끼 양을 발견한 게 처음이 아니라서 디콘은 어떻게 해야 하는지 잘 알았다. 디콘은 새끼 양을 재킷으로 감싸 오두막으로 데려온 다음 난로 가까이에 두고 따뜻한 우유를 먹였다. 폭신폭신한 새끼 양은 사랑스럽고 어수룩한 아기 얼굴을 하고 다리는 몸에 비해 다소 길었다. 디콘은 새끼 양을 팔에 안고, 젖병과 다람쥐 두 마리를 주머니에 넣고 황무지를 건넜다. 나무 아래 앉아 무릎 위에 몸을 옹크린 말캉하고 따뜻한 새끼 양을 올려놓았을 때 그 기분은, 낯설고 묘한 기쁨이 가득 차올라 입을 열 수조차 없었다. 새끼 양이라니……. 새끼 양이라니! 진짜 새끼 양이 아기처럼 무릎에 누워 있다니!

메리가 기쁨에 겨워 아주 상세히 이야기를 들려주었고, 콜린은 열심히 귀를 기울이며 숨을 길게 들이마셨다. 그때 보모가 들어왔다. 보모는 창문이 열려 있는 것을 보고 깜짝 놀랐다. 콜린은 창문을 열면 감기에 걸린다고 굳게 믿고 있었기 때문에 날이 따뜻할 때 이 방에 앉아 있으면 숨이 턱 막히곤 했던 것이다.

"정말로 안 추워요, 콜린 도련님?" 보모가 물었다.

"안 추워. 지금 신선한 공기를 깊이 들이마시는 중이야. 그렇게 하면 튼튼해지거든. 난 일어나서 소파로 가서 아침을 먹을 거야. 내 사촌도 나랑 같이 식사할 거고."

보모는 웃음기를 감춘 채 두 아이의 아침 식사를 지시하려고 방을 나갔다. 보모에겐 하인 숙소가 병자의 방보다 더 재미있는 곳이었고, 지금은 다들 위층에서 내려오는 새로운 소식을 듣고 싶어 했다. 인심을 잃은 어린 은자를 두고 수많은 우스갯소리가 오갔는데, 요리사는 콜린이 "제대로 임자를 만났고, 잘된 일"이라고 말했다. 하인 숙소 사람들은 도련님이 성질부리는 데 신물이 나 있었다. 자기 가족이 있는 집사는 이 병자가 "호되게 매질을 해야" 나아질 거라는 의견을 여러 번 피력하기도 했다. 콜린이 소파에 앉아 있을 때 두 아이가 먹을 아침 식사가 탁자에 차려지자, 콜린은 더없이 라자 같은 태도로 보모에게 통보했다.

"남자아이하고, 여우하고, 까마귀하고, 다람쥐 두 마리하고, 갓 태어난 새끼 양이 오늘 아침에 나를 만나러 올 거야. 그들이 도착하는 대로 바로 위층으로 데려와. 동물들을 하인 숙소에 데려가서 놀면 안 돼. 이리로 데리고 와야 해."

보모가 헉 하고 숨 막히는 소리를 뱉었다가 그 소리를 감추려고 기침을 쿨럭거리며 대답했다.

"네, 도련님."

콜린이 손을 내저으며 덧붙여 말했다.

"네가 할 일이 있으면 알려줄게. 마사한테 그들을 이리로 데려오라고 전해. 그 아이가 마사의 동생이거든. 이름은 디콘이고, 동물을 부리는 마법사야."

"그 동물들이 물지 않았으면 좋겠네요, 콜린 도련님."

보모의 말에 콜린이 근엄하게 말했다.

"그 애가 동물을 부리는 마법사라니까. 그런 마법사가 데리고 다니는 동물은 절대 물지 않아."

메리가 말했다.

"인도에도 뱀을 부리는 마법사가 있어요. 그리고 그 사람들은 자기 입속에 뱀 머리를 집어넣기도 해요."

"에구머니!" 보모가 몸서리를 쳤다.

두 아이는 쏟아지는 아침 공기를 온몸으로 맞으며 아침을 먹었다. 콜린이 먹는 아침은 꽤 훌륭했고, 메리는 진지하게 관심을 갖고 콜린을 지켜보았다.

"너도 이제 나처럼 점점 살이 찔 거야. 나도 인도에서 지낼 땐 한 번도 아침을 먹고 싶은 적이 없었는데, 지금은 하루도 거르고 싶지 않아."

"나도 오늘은 아침을 먹고 싶었어. 신선한 공기를 마셔서 그런가 봐. 디콘은 언제 올 것 같아?"

오래지 않아 디콘이 찾아왔다. 십여 분이 지나자 메리가 한 손을 들며 말했다.

"들어봐! 깍 소리 들었어?"

콜린도 귀를 쫑긋 세우고 소리를 들었다. 집 안에서 들으니 세상에서 제일 이상하게 들리는, 쉰 목소리로 "깍깍" 우는 소리였다.

콜린이 대답했다. "그래."

"저건 '검댕이'야. 또 들어봐. 매애 하는 소리 들려? 아주 조그만 소리야."

"아, 그래!" 콜린이 빨갛게 상기된 얼굴로 소리쳤다.

"저건 갓 태어난 새끼 양이야. 디콘이 오고 있어."

디콘이 황무지를 다닐 때 신는 장화는 두께가 두툼하고 투박해서 조용히 걸으려고 해도 긴 복도를 지날 때는 쿵쿵 소리가 났다. 메리와 콜린은 디콘이 성큼성큼 걷고 또 걷는 소리를 들었다. 장화 소리가 태피스트리 문을 지나 콜린의 방 복도에 깔린 푹신한 양탄자 위로 올라섰다.

마사가 문을 열면서 소식을 고했다. "도련님, 저어, 도련님, 디콘허구 동물들이 왔습니다."

디콘이 어느 때보다 즐거워 보이는 함박웃음을 머금고 안으로 들어왔다. 갓 태어난 새끼 양은 팔에 안겨 있고, 붉은 여우는 종종걸음으로 디콘 옆을 따라왔다. 호두가 왼쪽 어깨에, 검댕이 오른쪽 어깨에 앉아 있고, 딱지는 머리와 앞발만 외투 주머니 밖으로 빠끔 내밀고 있었다.

콜린은 천천히 일어나 앉아 가만히 쳐다보고 또 쳐다봤다. 메리를 처음 만났을 때처럼 그렇게 쳐다보았지만, 이번에는 경이로움과 기쁨이 넘치는 눈빛이었다. 이야기는 숱하게 들었어도 사실 콜린은 디콘이 어떤 아이일지 전혀 몰랐다. 게다가 여우와 까마귀와 다람쥐와 새끼 양이 디콘에게 저렇게 딱 붙어 있는 데다 디콘도 친숙하게 이들을 품고 있어 전부 다 디콘과 한 몸처럼 보일 지경이었다. 콜린은 태어나서 한 번도 남자아이와 말을 해본 적이 없는 데다 너무나 큰 기쁨과 호기심에 휩싸여 어떤 말을 꺼낼 생각도 못 하고 있었다.

하지만 디콘은 조금도 수줍어하거나 어색해하지 않았다. 디콘은 까마귀와 처음 만났을 때도, 까마귀가 자기 말을 못 알아듣고 그저 쳐다만 보며 말하지 않는다고 해서 당황해하지 않았다. 동물들은 상대를 파악하기 전까지는 언제나 그런 식이었다. 디콘은 콜린이 앉은 소파로 걸어가 갓 태어난 새끼 양을 말없이 콜린의 무릎에 올려놓았는데, 무릎에 내리자마자 새끼 양은 따뜻한 벨벳 잠옷 가운 쪽으로 돌아서서 그 주름 속을 파고들며 코와 주둥이를 비벼대다가 털이 곱슬곱슬한 머리로 보채듯이 콜린의 옆구리를 가볍게 들이받았다. 물론 그럴 때라면 어떤 아이라도 말을 할 수밖에 없었을 것이다.

"얘가 뭘 하는 거야? 뭘 달라는 거야?"

디콘은 미소를 짓더니 점점 더 환하게 웃었다. "어미를 찾는 거지요. 배를 조끔 곯려서 델구 왔거든요. 도련님이 이놈 젖 먹는 모습을 보구 싶어 헐 것 같어서."

디콘이 소파 옆에 무릎을 꿇고 앉더니 주머니에서 젖병을 꺼냈다. 그리고 털이 복슬복슬한 작고 하얀 머리를 갈색 손으로 조심스럽게 잡아 돌렸다. "일루 오렴, 아가야, 네가 찾는 거 여 있네. 비단 벨벳 가운보단 여서 나올 게 더 많을 텐데. 자." 디콘이 우유병의 고무젖꼭지를 가운에 비벼대던 입속에 밀어 넣자 새끼 양은 허겁지겁 젖꼭지를 빨아대며 무아지경에 빠졌다.

그 뒤로는 무슨 말을 할까 고민할 필요가 없었다. 새끼 양이 잠에 빠져들 즈음엔 질문들이 쏟아져 나왔고, 디콘은 일일이 대답했다. 사흘 전 해가 막 올라오던 아침에 새끼 양을 처음 발견한 이야기도 들려주었다. 디콘이 황무지에 서서 종달새가 지저귀는 소리를 들으며 하늘 높이, 높이 날아올라 파란 하늘 속 한 점이 될 때까지 지켜보던 중이었다.

"노랫소리가 안 들렸으믄 새를 놓쳤을 거라, 그렇게 순식간에 세상 밖으루다 날아가 버린 것 같은데, 어떻게 소리가 들릴까 궁금해허구 있는데……. 그때 다른 소리가 저 멀리 가시금작화 덤불 쪽서 들리더라구요. 가느다랗게 매애 우는 소리라

태어난 지 얼마 안 된 새끼 양이 배가 고파 우는구나 허는 건 알겠는데, 어미가 있으믄 배를 곯아 울진 않을 거 아녀요. 그래, 찾으러 갔죠. 아! 정말 열심히 찾았어요. 가시금작화 덤불 안팎을 들락날락해가믄서 돌구 또 돌구 허는데 계속 헛발질을 허는 것 같구. 그러다가 나중에서야 허연 게 황무지 꼭대기에 있는 바윗돌 옆에서 언뜻 보이길래 글루 올라가보니께, 요 어린 게 춥구 젖을 곯아서 반쯤 죽어가구 있지 뭐여요."

디콘이 이야기하는 동안 검댕이는 열린 창문으로 근엄하게 날아 나들면서 바깥 풍경에 대해 깍깍 논했고, 호두와 딱지는 집 밖의 커다란 나무들로 여행을 떠나 나무줄기를 오르내리고 가지들을 탐험했다. 대장은 벽난로 앞 양탄자 자리가 마음에 들었는지 그 위에 앉은 디콘 옆에 몸을 말고 엎드려 있었다.

아이들은 정원 책에 실린 그림들도 함께 보았다. 디콘은 모든 꽃마다 그 지역에서 부르는 이름을 알았고, 어떤 꽃이 비밀의 화원에서 자라나고 있는지도 정확히 알았다.

'아퀼레기아'라고 적힌 꽃을 가리키며 디콘이 말했다. "그건 뭐라구 읽어야 헐지 모르겠지만 우린 매발톱꽃이라고 불러요. 저건 금어초라구 허는데 둘 다 산울타리서 자라는 들꽃이어요. 그런데 얘네들은 화원서 큰 것들이라 더 크구 화려하네요. 우리 정원에두 매발톱꽃이 다발로 자라요. 꽃이 필 때 보믄 파란 나비 흰나비 떼가 꽃밭서 팔랑팔랑 날아다니는 거마냥 하다니까요."

콜린이 소리쳤다. "나도 보러 갈래. 보러 갈 거야!"

메리가 아주 진지하게 대답했다. "암, 가야겠지. 그럴라믄 미루적거릴 시간이 없구만."

20.
"난 영원히 살 거야! 영원히!"

하지만 세 아이는 일주일도 더 기다려야 했다. 우선 며칠 동안 바람이 너무 셌고 콜린도 감기에 걸릴 조짐이 보였기 때문이다. 이런 두 가지 일이 잇달아 일어났으니 예전 같으면 콜린은 분명 화를 주체하지 못했을 테지만, 아이들에겐 신중하고 비밀스럽게 계획을 세워 해야 할 일이 너무 많았다. 게다가 거의 매일 디콘이 찾아와 단 몇 분일지라도 황무지와 길가와 산울타리와 개울가 등지에서 일어나는 일들에 대해 이야기해주었다. 새 둥지와 들쥐 굴 이야기는 말할 것도 없고, 수달과 오소리와 물쥐가 사는 집에 대해서도 동물을 부리는 마법사만이 알 수 있는 온갖 자세한 이야기들을 듣다 보면 땅속 세계 전체가 얼마나 살 떨리는 간절함과 불안을 안고 쉼 없이 움직이고 있는지 깨닫게 되면서 몸서리쳐지는 흥분에 빠질 수밖에 없는 것이다.

"것들도 우리랑 똑같어요. 단지 집을 해마다 지어야 헐 뿐이죠. 그러다 보니 너무 바빠서 집을 지으려구 아옹다옹허는 거구요."

하지만 무엇보다 아이들이 푹 빠져들었던 건 콜린을 화원까지 몰래 데려갈 수 있게끔 준비를 하는 것이었다. 휠체어와 디콘과 메리가 관목에 둘러싸인 길모퉁이를 돌아 담쟁이덩굴 담장 바깥쪽 산책로로 접어든 다음부터는 누구의 눈에 띄어서도 안 되었다. 하루하루가 지날수록 콜린은 비밀의 화원을 둘러싼 신비함이야말로 화원이 지닌 가장 큰 매력이라는 확신을 점점 더 굳혀갔다. 그 무엇도 이 매력을 망가뜨려서는 안 되었다. 어느 누구도 세 아이에게 비밀이 있다는 걸 눈치채서도 안 되었다. 콜린이 메리와 디콘과 함께 외출하는 이유는 그가 두 아이를 좋아하기 때문이고 두 아이는 콜린을 쳐다봐도 괜찮기 때문이라고, 사람들이 생각하게 만들어야 했다. 세 아이는 어떤 길로 어떻게 갈지 오랫동안 아주 즐겁게 대화를 나누었다. 이 길로 올라갔다 저 길로 내려와서 그다음 길을 건넌 다음 분수 화단 사이를 걸어 다니면서 수석 정원사 로치 씨가 화단에 옮겨 심으려고 가꾸어둔 꽃 모종을 구경하는 척하기로 했다. 너무나 그럴 법한 일이라 아무도 수상쩍다 여기지 않을 터였다. 그런 다음 모퉁이를 돌아 관목 숲 산책로로 들어가서 눈에 띄지 않게 기다란 담장까지 걸어가면 된다. 전쟁 중 위대한 장군들이 세운 행군 계획처럼 진지하고 정교하게 계획해낸 작전이었다.

병자의 방에서 일어나고 있는 새롭고도 신기한 일들은 물론 하인 숙소를 통해 마굿간지기들에게, 다시 정원지기들에게로 소문이 퍼져나갔다. 로치 씨도 그런 소문을 듣고는 있었지만, 어느 날 콜린 도련님에게서 직접 할 이야기가 있으니 방으로 오라는 명령을 받고는 깜짝 놀랐다. 밖에서 일하는 사람들은 아무도 본 적이 없는 방이었다.

로치 씨가 급하게 외투를 갈아입으며 혼잣말로 중얼거렸다. "아이구, 이거 참. 이걸 어쩌나? 언제는 쳐다도 못 보게 하시던 고귀하신 분께서 눈길 한 번 주지 않던 이 몸을 부르시다니."

로치 씨도 궁금하지 않은 것은 아니었다. 도련님이란 아이를 직접 본 적은 없지만, 생김새나 하는 짓이 섬뜩하다거나 성질 부리는 게 제정신은 아니라는 몇 배는 부풀려진 이야기들을 수십 번은 들은 터였다. 제일 많이 들리던 이야기는 아이가 언제 죽을지 모른다는 것이었는데, 그런 이야기엔 등이 툭 불거졌다든지 팔다리를 못 쓴다든지 하는, 아이를 한 번도 본 적 없는 사람들이 상상력을 보태어 만든 모습들이 따라다녔다.

"저택 상황이 변하고 있어요, 로치 씨." 메들록 부인은 뒤쪽 계단을 올라가 지금껏 비밀에 싸여 있던 방으로 이어지는 복도로 로치 씨를 안내했다.

"변하고 있다니 그게 좋은 쪽이기를 바랍시다, 메들록 부인."

"더 나빠지려야 나빠질 수가 없지요. 그리고 이상한 일이지만 일하는 사람들도 각자 소임을 하기가 훨씬 더 수월해졌대요. 놀라지 마세요, 로치 씨. 동물원 한복판에 서 있는 기분이 들 수도 있어요. 마사 소어비의 동생 디콘이 로치 씨나 나보다 여기서는 더 집처럼 편안해 보일 수 있거든요."

메리가 남몰래 믿고 있는 것처럼, 디콘에겐 정말 마법 같은 힘이 있었다. 로치 씨는 디콘의 이름을 듣자 인자한 미소를 지었다.

"그 애라면 버킹엄 궁전에 가나 탄광 막장에 가나 제 집처럼 편하게 지낼 녀석이죠. 그런데 또 건방지지는 않거든요. 정말 괜찮은 아이에요. 그 녀석은."

메들록 부인 덕에 마음의 준비를 하고 왔기에 망정이지, 그러지 않았다면 로치 씨는 펄쩍 뛸 듯이 놀랐을지 모른다. 침실 문이 열리자, 조각 장식을 새겨 놓은 의자의 높다란 등받이에는 커다란 까마귀 한 마리가 제 집인 것처럼 편안하게 앉아 있다가 손님이 왔다며 "깍깍" 요란한 알림을 울려댔다. 메들록 부인에게서 주의를 듣고 왔는데도, 로치 씨는 채신사납게 뒤로 나자빠지는 꼴을 간신히 면할 수 있었다.

어린 라자는 침대에 누워 있지도, 소파에 앉아 있지도 않았다. 콜린은 안락의자에 앉아 있었고, 그 옆에는 새끼 양이 먹이 먹을 때 그러듯 꼬리를 흔들며 서 있었으며, 디콘은 무릎을 꿇고서 젖병으로 우유를 먹였다. 디콘이 구부정하게 숙인 등 위에선 다람쥐 한 마리가 앉아 열심히 도토리를 갉아먹었다. 인도에서 온 여자아이는 커다란 발받침 의자에 앉아 그 모습을 쳐다보았다.

"콜린 도련님, 로치 씨가 왔습니다." 메들록 부인이 말했다.

어린 라자가 고개를 돌려 자신의 종을 훑어보았다. 적어도 수석 정원사가 느끼기엔 그랬다.

"아, 네가 로치야? 아주 중요하게 지시할 게 있어서 너를 불렀어."

"네, 도련님." 로치 씨는 혹시 공원에 있는 참나무를 모두 베어 버리라거나 과수원을 수상 정원으로 개조하라는 명령은 아닐까 생각했다.

"나는 오늘 오후에 휠체어를 타고 밖에 나갈 거야. 신선한 공기가 나한테 맞으면 매일 나갈 수도 있어. 내가 나갈 땐 정원 담을 따라 도는 기다란 산책로 근처에 정원 일꾼들 그 누구도 얼씬 못 하게 해. 아무도 거기 있으면 안 돼. 난 두 시쯤 나갈 거니까, 다들 돌아와 일을 해도 좋다는 전갈을 보낼 때까지는 전부 다 멀리 떨어져 있어야 돼."

"알겠습니다, 도련님." 로치 씨는 참나무도 무사하고 과수원도 안전한 지시를 듣고 마음이 놓였다.

콜린이 메리를 돌아보며 말했다. "메리, 할 말을 다 해서 이제 가도 좋다고 할 때 인도에서는 어떻게 해?"

"'그만 가보거라'라고 해."

라자가 손을 휘저었다.

"그만 가보거라. 로치. 하지만 내 말 명심해. 아주 중요한 거야."

"깍깍!" 까마귀가 쉰 목소리로 끼어들었지만 무례하게 들리진 않았다.

"알겠습니다, 도련님. 감사합니다, 도련님." 로치 씨가 대답을 마치자 메들록 부인이 그를 데리고 밖으로 나왔다.

복도로 나오자 사람 좋은 로치 씨가 벙긋이 웃기 시작하더니 소리가 터져 나올 지경까지 웃음을 멈추지 않았다.

"세상에! 도련님 말씨가 참으로 위풍당당하시네요. 안 그래요? 왕실 일가를 다 합쳐서 한 사람으로 만들어 놓았나 봐요. 여왕 부군까지 다 합쳐서."

메들록 부인이 변명해주듯이 말했다. "아! 도련님이 걷기 시작할 때부터 우리를 짓밟고 다녀도 그냥 놔둘 수밖에 없었어요. 도련님은 우리가 태어날 때부터 그래도 되는 사람인 줄 아시죠."

"크면 달라지겠죠. 살아 있다면." 로치 씨가 넌지시 말했다.

"글쎄요, 확실한 게 하나 있긴 하죠. 도련님이 살고 저 인도 여자애가 계속 여기서 지낸다면, 오렌지 한 개가 통째로 도련님 몫은 아니라는 걸 저 여자애가 가르쳐줄 겁니다. 수전 소어비 말처럼요. 그럼 도련님도 자기 몫이 얼마만큼인지 알게 될 거예요."

방 안에선 콜린이 등을 쿠션에 기댄 채 말했다.

"이젠 모든 게 안전해. 그리고 오늘 오후에는 나도 그곳을 볼 수 있어. 오늘 오후엔 나도 그곳에 들어가는 거야!"

디콘은 동물 친구들을 데리고 화원으로 돌아갔고 메리는 콜린과 함께 있었다. 메리 눈에는 콜린이 피곤해 보이지 않았지만, 콜린은 점심 식사가 오기 전에도 별말이 없었고, 식사를 하는 동안에도 내내 조용했다. 메리는 이유가 궁금해서 콜린에게 물었다.

"넌 눈이 정말 커, 콜린. 뭔가를 생각할 땐 그보다 더 커지고. 지금은 무슨 생각을 하는 거야?"

"어떤 모습일지 계속 그 생각만 나."

"화원 말이야?" 메리가 물었다.

"봄날. 지금까지 한 번도 제대로 본 적이 없다는 생각을 했거든. 밖에 잘 나가지도 않았고, 나가더라도 그런 건 쳐다보지도 않았어. 생각조차 하질 않았으니까."

"나도 인도에 있을 땐 한 번도 못 봤어. 인도엔 봄이 없거든."

병약한 몸으로 방에만 틀어박혀 지냈던 콜린은 메리보다 상상력이 뛰어났고, 훌륭한 책과 그림을 보며 많은 시간을 보냈다.

"그날 아침에 네가 뛰어 들어오면서 '진짜 왔어! 봄이 왔어!' 하고 소리칠 때, 정말 이상한 기분이 들었어. 마치 모든 게 멋지게 행진하면서 뭐가 펑펑 터지고 음악도 한 번씩 울려 퍼지고 그러면서 다가오는 것처럼 들렸거든. 책에 그런 비슷한 그림이 있었는데……. 멋진 어른하고 아이들 한 무리가 화관을 쓰고 꽃이 달린 나뭇가지를 들고 있는 거야. 전부 다 웃고 춤추고 우르르 모여서 피리도 불고. 그래서 그때 내가 황금트럼펫 소리가 들릴지 모르니 창문을 열라고 했던 거야."

"정말 재미있어! 봄은 정말 그런 느낌이야. 만약 꽃과 잎과 모든 초록 식물들과 새하고 들짐승들까지 모두 함께 춤을 추며 지나간다면 얼마나 어마어마할까! 분명히 다들 춤추고 노래하고 피리를 불 텐데, 그럼 음악이 한 번씩 울려 퍼질 거야."

두 아이는 웃음을 터뜨렸지만 그 생각이 웃겨서가 아니라 무척 마음에 들어서였다.

잠시 후에 보모가 콜린이 나갈 채비를 마쳤다. 보모는 콜린에게 옷을 입히는 동안에 콜린이 통나무처럼 누워만 있는 게 아니라 일어나 앉아서 스스로 입으려고 조금씩 노력한다는 걸 깨달았다. 그러면서 내내 콜린은 메리와 이야기하고 웃었다.

보모는 콜린을 진료하려고 들른 크레이븐 박사에게 말했다.
"오늘은 도련님 상태가 참 좋아요, 선생님. 그렇게 기분이 좋으니 몸도 더 튼튼해지는 것 같고요."

"아이가 돌아오면 오후에 다시 들르도록 할게요. 바깥 외출을 해도 몸이 괜찮은지 어떤지 봐야 하니까." 그러더니 박사가 목소리를 아주 작게 낮춰 말했다. "콜린이 당신도 데리고 나가면 좋겠는데."

"그렇게 권하실 거면 전 여기서 지내느니 차라리 지금 당장 환자를 포기하겠어요." 보모가 돌연히 단호한 태도를 취하며 대답하자, 박사는 약간 초조한 기색을 보이며 말했다.

"정말로 그렇게 하라고 아직 결정을 한 건 아니에요. 어디 두고 봅시다. 디콘이라면 갓난아기라도 믿고 맡길 수 있는 아이니까."

저택에서 제일 힘이 센 마종이 콜린을 아래층으로 옮겨 밖에 준비해둔 휠체어에 앉혔다. 휠체어 옆에는 디콘이 기다리고 있었다. 하인이 무릎 덮개와 쿠션을 제자리에 놓자, 라자는 하인과 보모에게 손을 흔들었다.

"그만 가보거라." 콜린이 말하자 두 사람은 재빨리 사라졌는데, 솔직히 말하자면 무사히 집 안에 들어가자마자 킥킥거렸다.

디콘은 천천히, 안정감 있게 휠체어를 밀기 시작했다. 메리 아가씨는 옆에서 같이 걸었고, 콜린은 등을 기댄 채 얼굴을 들어 하늘을 보았다. 둥근 하늘은 드높았고, 눈처럼 새하얀 구름은 파란 수정인 듯 투명한 하늘 아래 두 날개를 펼치고 떠 있는 하얀 새들 같았다. 황무지에서부터 부드럽고 큰 숨결처럼 쓸고 지나가는 바람엔 맑고 달콤한 자연의 향이 강하게 배어 있어 낯설었다. 콜린은 연신 여윈 가슴을 부풀리며 그 공기를 들이마셨고, 커다란 두 눈은 마치 귀를 대신해서 듣고, 듣고, 또 들으려는 것처럼 보였다.

"짹짹거리는 소리, 윙윙거리는 소리, 울음소리 같은 게 정말 많이 들려. 바람이 불 때 나는 이 향기는 뭐야?"

디콘이 대답했다. "가시금작화가 황무지에서 한창 퍼지고 있구만요. 아! 오늘 글루 간 벌들은 아주 신나겠네요."

세 아이가 접어든 오솔길에 사람은 한 명도 눈에 띄지 않았다. 실제로 정원지기나 정원 일꾼들 모두 마술에 걸린 듯 사라지고 없었다. 하지만 아이들은 관목 숲 오솔길을 이리저리 돌다 나와 분수대 화단 사이를 돌아다니는 등, 꼼꼼하게 계획한 길을 그대로 따라가며 단순히 비밀스러움 그 자체를 즐겼다. 하지만 마침내 담쟁이덩굴이 드리워진 담장 옆 기다란 산책로로 접어들자, 세 아이는 황홀경을 맞이하기 직전의 흥분에 휩싸여, 설명할 수 없는 어떤 이상한 이유로 목소리를 낮추고 소곤거리기 시작했다.

메리가 숨죽여 말했다. "바로 이 길이야. 여기를 오르락내리락하면서 궁리하고 또 궁리했던 거야."

"여기가?" 콜린이 열심히 파헤쳐보는 눈으로 담쟁이덩굴을 살피기 시작하더니, 이내 조그맣게 소곤댔다. "그런데 난 아무것도 안 보여. 문이 없는데."

"나도 그렇게 생각했어." 메리가 말했다.

그러고는 숨소리 하나 없는 그림 같은 침묵이 지나갔고, 다시 휠체어를 밀었다.

"저기가 벤 웨더스태프 할아버지가 일하는 정원이야." 메리가 말했다.

"저기?" 콜린이 말했다.

몇 미터 더 걸어가다가 메리가 다시 속닥였다.

"여긴 울새가 담 위로 날아간 곳이야."

"여기? 아! 울새가 다시 왔으면!" 콜린이 외쳤다.

메리가 즐겁고도 엄숙한 얼굴을 하고, 커다란 라일락 덤불 아래쪽을 손가락으로 가리켰다. "그리고 저기, 저기서 울새가 조그만 흙더미 위에 앉아서 나한테 열쇠 있는 곳을 알려줬어."

그 말에 콜린이 몸을 똑바로 일으켜 앉았다.

"어디? 어디? 저기?" 콜린은 《빨간 두건》에서 빨간 두건이 늑대에게 왜 그렇게 눈이 크냐고 물어볼 때의 늑대만큼이나 눈이 휘둥그레져 있었다. 디콘이 가만히 멈춰 서자 휠체어도 멈췄다.

메리는 담쟁이덩굴 가까이에 있는 화단에 올라섰다. "그리고 여기는 울새가 담장 위에서 나한테 재잘거리기에 내가 말을 걸러 갔던 곳이야. 그리고 이게 바람에 젖혀졌던 그 담쟁이덩굴이고." 그렇게 말하면서 메리는 늘어진 초록 커튼을 붙잡았다.

"아! 여기가……. 여기가!" 콜린은 숨이 가빠졌다.

"여기 손잡이가 있고, 여기 문이 있어. 디콘, 콜린을 데리고 들어가. 빨리 가!"

디콘은 힘차게 흔들림 없이 한 번 힘을 주어 멋지게 밀고 들어갔다.

콜린은 쿠션 위로 털썩 밀려나 앉긴 했지만 기뻐서 숨을 가쁘게 몰아쉬었고, 아무것도 보지 않으려고 두 눈을 손으로 꼭 가린 채 떼지 않았다. 이윽고 세 아이가 모두 화원 안으로 들어오며 마법에 걸린 듯 휠체어가 멈춰 섰고 화원 문이 닫혔다. 그제야 비로소 콜린은 손을 떼고 디콘과 메리가 그랬던 것처럼 주위를 둘러보고 둘러보고 또 둘러보았다. 담장 위에, 땅 위에, 나무 위에, 흔들리는 잔가지와 덩굴손 위에 아름다운 초록 면사포 같은 작고 여린 이파리들이 퍼져나갔고, 나무 아래 풀밭과 상록수 쉼터 안 회색 꽃병에, 그리고 사방 여기저기에 황금빛과 자줏빛과 하얀빛이 화사하게 아른거렸다. 나무마다 콜린의 머리 위에서 분홍빛과 눈처럼 하얀빛을 펼쳐내 보였다. 날개가 파닥거렸고, 달콤한 피리 소리와 콧노래 소리가 희미하게 들렸고, 향긋한 냄새가 온 주변을 에워쌌다. 햇살이 사랑스럽게 어루만지는 손길처럼 콜린의 얼굴에 따스하게 내리쬐었다. 메리와 디콘은 경이에 차서 가만히 선 채 콜린을 바라보았다. 콜린은 아주 다르고 낯설어 보였다. 은은하게 반짝이는 분홍빛이 온몸을, 상아색 얼굴과 목과 손까지 모두 감싸 안고 있었기 때문이다.

콜린이 소리쳤다.

"난 좋아질 거야! 병이 나을 거야! 메리! 디콘! 나는 건강해질 거야! 그래서 영원히 살 거야. 영원히, 영원히!"

21.
벤 웨더스태프

세상을 살면서 겪는 이상한 일들 가운데 하나는 이따금 내가 언제까지나 영원히 살 거라는 확신이 든다는 것이다. 가끔 감수성 예민하고 숙연한 새벽녘에 잠에서 깨어나 밖으로 나가 고개를 한껏 뒤로 젖히고 저 높디 높은 곳을 올려다볼 때, 파리한 하늘이 서서히 변하며 붉은 기운이 돌고 알 수 없는 놀라운 일들이 일어나는 것을 지켜보다 보면 동쪽 하늘의 모습에 탄성을 지르게 되고, 수천 년, 수백만 년, 수억 년의 시간 동안 매일 아침 떠오르는 태양의 낯설고도 변함없는 장엄함에 심장은 가만히 존재를 감춘다. 우리는 그때 한순간일지라도 영원을 확신한다. 가끔은 해가 넘어가는 숲속에 홀로 서 있을 때 그런 확신이 찾아든다. 신비롭고 짙은 황금빛 적막이 나뭇가지 틈새로, 또 그 아래로 비스듬히 새어들며 아무리 노력해도 우리에겐 닿지 않는 어떤 이야기를 천천히, 거듭 반복하여 말하는 듯 느껴질 때 그렇다. 때로는 수천, 수백만 개의 별들이 떠올라 지켜보는 짙푸른 밤하늘의 무한한 고요에 우리는 확신하고, 때로는 저 멀리서 흘러드는 음악 소리에 확신을 느끼고, 때로는 누군가의 눈빛에서도 우리는 영원을 확신한다.

콜린이 높다란 네 담장에 둘러싸인 비밀의 화원에 들어와 처음으로 봄날을 보고 듣고 느꼈을 때 마음이 꼭 그랬다. 그날 오후 온 세상은 한 소년에게 완벽하고 눈부시게 아름답고 다정한 곳이 되려고 온 힘을 다하는 듯 보였다. 어쩌면 하늘의 순수하고 선한 마음이 봄을 불러내서, 봄이 가진 능력을 아낌없이 이 한 곳에다 쏟아부어 놓은 것도 같았다. 디콘은 몇 번이나 하던 일을 잠깐씩 멈추고 가만히 서서 경이로움이 담긴 눈으로 슬며시 고개를 흔들었다.

"아! 멋지네요. 내가 열둘에서 인제 열셋이 되는데, 십삼 년 동안 오후를 숱하게 봤어두 지금처럼 멋진 오후는 첨 보는 것 같아요."

메리도 맞장구를 치고는 기쁨에 겨워 한숨을 쉬었다. "암, 멋진 오후지. 장담허는데 지금이 여지껏 세상에서 지나간 오후 중에 젤루 멋진 오후일 거야."

콜린이 꿈결을 헤매듯 조심스럽게 말했다. "니들은 그렇게 생각 안 허니? 여 있는 모든 게 나를 위해 이렇게 된 거라구?"

메리가 감탄하며 말했다. "세상에! 너 요크셔 사투리 좀 쓰네. 그 정도믄 최곤데. 너 최고라구."

기쁨이 가득했다. 아이들은 휠체어를 자두나무 아래로 밀고 갔다. 자두나무엔 눈처럼 하얀 꽃이 가득 피었고 벌들이 음악처럼 윙윙거렸다. 마치 왕을, 요정 왕을 위한 차양 같았다. 주변에는 꽃이 한창인 벚나무와 분홍색, 흰색 꽃봉오리가 맺힌 사과나무가 있었고, 여기저기에 꽃이 활짝 핀 사과나무들도 보였다. 꽃송이가 달린 나뭇가지 차양 틈새로 파란 하늘이 아름다운 눈처럼 내려다보았다.

메리와 디콘은 여기저기서 조금씩 일을 했고 콜린은 그 모습을 지켜보았다. 아이들은 콜린에게 구경할 만한 것들을 가져다주었다. 한창 피어나는 꽃봉오리와 꼭 다물린 꽃봉오리, 잎사귀에 이제 막 초록빛이 올라오는 잔가지, 풀밭에서 주운 딱따구리 깃털, 일찌감치 세상 밖으로 나온 어느 새의 알껍데기 같은 것들이었다. 디콘은 휠체어를 밀며 천천히 화원을 돌다가 시시때때로 멈춰 서서 땅에서 솟아나거나 나무에서 늘어진 놀라운 것들을 콜린에게 보여주었다. 마치 마법의 왕과 왕비가 다스리는 나라를 공식 방문하며 온갖 신비한 보화들을 구경하는 것 같았다.

"울새도 볼 수 있을까?"

콜린의 물음에 디콘이 대답했다.

"조끔만 지나믄 푸지게 보게 될 거여요. 새끼가 알을 깨구 나올 적엔 울새가 너무 바빠놔서 머리가 팽팽 돌 지경이거든요. 앞으루 날아갔다 뒤루 날아갔다 하믄서 거진 지 몸집만 헌 벌레를 물구 다니는데 둥지서는 또 얼마나 요란허게 울어대는지, 요 녀석이 돌아와서두 첨 물어 온 먹이를 어떤 커다란 입에 넣어줘야 허나 허둥댈 수밖에 없다니까요. 여기저기서 입을 쩍쩍 벌리구 삐약삐약대 봐요. 울 엄니는 쉴 새 없이 입을 벌리는 새끼들헌테 벌레를 물어다 넣어줘야 허는 울새를 보구는 헐 일 없는 여자 같은 기분이 든다구 허시더라구요. 엄니 말씀이 한번은 그 쪼매난 새가 땀을 뚝뚝 흘리겄다 싶더래요. 사람들 눈엔 안 보이지만요."

이 이야기를 듣고 세 아이는 너무 재미있어서 킥킥거리다가, 소리가 밖으로 새어나가면 안 된다는 사실을 떠올리고는 손으로 입을 틀어막아야 했다. 콜린이 말할 때 소곤거리거나 목소리를 낮춰야 한다는 규칙을 전달받은 건 며칠 전이었다. 콜린은 그 비밀스러움이 좋았고 규칙을 지키려고 최선을 다했다. 하지만 들뜨고 신날 때는 소곤거리는 건 그렇다 쳐도 웃지 않는 건 정말 어려웠다.

오후는 순간순간마다 새로운 일들로 넘쳐났고, 시간이 지날수록 햇살은 점점 더 황금빛이 짙어졌다. 차양 아래로 돌아온 디콘이 그 자리에 휠체어를 세워두고 풀밭에 앉아 막 피리를 꺼내 드는데, 콜린이 아까는 겨를이 없어 알아채지 못한 뭔가를 보았다.

"저쪽에 저건 아주 오래된 나무인가 봐."

디콘이 풀밭 건너 나무를 보자 메리도 그 나무를 쳐다보았다. 잠깐 침묵이 흘렀다.

"맞아요." 침묵을 깨는 디콘의 목소리는 나직하고 아주 조심스러웠다.

메리는 그 나무를 바라보며 생각에 잠겼다.

콜린이 다시 입을 열었다. "나뭇가지는 완전히 회색이고 어디에도 잎사귀 하나 없어. 완전히 죽은 거지?"

디콘이 인정했다. "맞아요. 하지만 사방에 장미가 타구 올라가서 꽃허구 이파리가 성성할 때는 어딜 봐두 죽은 가지가 안 보이겠죠. 그땐 죽은 나무 같지 않을 거여요. 여서 젤루 예뻐 뵐 걸요."

메리는 여전히 나무만 바라보며 생각에 잠겨 있었다.

콜린이 말했다. "커다란 가지 하나가 부러졌던 것처럼 보여. 왜 저렇게 됐을까?"

"그렇게 된 지는 몇 년 되었지요." 그러더니 디콘이 갑자기 표정이 밝아지며 깜짝 놀라 한 손을 콜린에게 얹었다. "아! 저기 울새요! 울새가 왔어요! 짝헌테 줄라구 먹이 구하구 댕기는구만요."

콜린은 하마터면 못 볼 뻔했지만 뭔가를 부리에 물고 휙 지나가는 가슴이 빨간 새를 간신히 볼 수 있었다. 울새는 초록빛 사이를 쏜살같이 지나 나무들이 줄지어 자란 구석 쪽으로 날아들더니 곧 사라졌다. 콜린은 다시 등을 쿠션에 기대고 살짝 웃었다.

"짝한테 차를 갖다주나 봐. 그럼 지금이 다섯 시 정도 되었겠네. 나도 차 마시고 싶다."

그렇게 상황은 무사히 지나갔다.

"마법이 울새를 보내준 거야. 그건 마법이었어." 나중에 메리는 디콘에게 몰래 말했다. 메리와 디콘은 콜린이 십 년 전에 가지가 부러진 나무를 보고 뭔가 물어볼까 봐 걱정되어 이미 그 이야기를 나누었고, 디콘은 선 채로 곤란하다는 듯이 머리를 엉클어뜨렸다.

"그 나무가 다른 나무들허구 하나두 다른 게 없는 것마냥 보여야 허요. 불쌍헌 도련님헌테 그 나뭇가지가 어쩌다 부러졌는지 절대 말 못 허죠. 도련님이 그 나무에 대해 뭘 물어봐두 우리는…… 우린 그냥 명랑한 기분인 것처럼 보이게끔 허야 해요."

"암, 그렇게 허야지." 메리도 그렇게 대답했다.

하지만 메리는 나무를 바라보던 순간에 명랑한 것처럼 기분을 꾸미기 어려웠다. 그 짧은 시간 동안 궁금하고 또 궁금했던 건, 디콘이 들려주었던 또 다른 이야기에 어떤 진실이 담겨 있는 게 아닐까 하는 것이었다. 디콘은 당황스럽다는 듯이 적갈색 머리를 계속 문질러댔지만, 파란 눈동자엔 다정하게 위로를 받은 듯한 빛이 번지기 시작하더니, 조금 머뭇거리며 말을 이었다.

"크레이븐 퀸마님은 아주 아름답구 젊은 분이셨어요. 엄니는 아마두 퀸마님이 미셀스웨이트를 떠나지 못허구 콜린 도련님을 보살피려 하실 거라구 생각허신대요. 모든 엄니들이 세상을 뜨믄 다 그런다구요. 자식헌테 돌아온다구 허잖아요. 퀸마님이 화원에 있다가, 우리를 여서 일허게 만들구 우리헌테 도련님을 델구 오게 만든 건 아닐까요."

메리는 디콘이 뭔가 마법에 대한 이야기를 하는 거라고 생각했다. 메리는 마법을 철석같이 믿었다. 마음속으로는 디콘이 주변 모든 것에 마법을 부린다고 거의 확신했다. 물론 당연히 좋은 마법을 부리고 있고, 그래서 사람들이 디콘을 그렇게 좋아하고 들짐승들도 그를 친구로 여기는 거라고 생각했다. 실제로 콜린이 곤란한 질문을 던진 순간에 딱 맞춰 울새를 부른 것도 디콘이 지닌 재능으로 한 일이 아니었을까 궁금했다. 디콘이 오후 내내 마법을 발휘하여 콜린도 전혀 다른 아이처럼 보였던 거라고 생각했다. 악을 쓰고 제 베개를 때리고 물어뜯으며 발광하던 아이와 같은 사람이라니 있을 수 없는 일 같았다. 화원에 있을 때 콜린은 심지어 상아처럼 하얗던 피부색마저 달라진 듯했다. 처음 화원에 들어갔을 때 콜린의 얼굴이며 목이며 손에서 희미하게 반짝이던 빛깔은 결코 사라지지 않았다. 콜린은 이제 상아나 밀랍이 아니라 진짜 살을 가진 아이처럼 보였다.

울새가 짝에게 두세 번 먹이를 물어다 주는 모습을 보고 있자니 세 아이도 차 생각이 간절해져서 콜린은 아이들과 함께 차를 마셔야겠다고 생각했다.

"가서 남자 하인 아무한테나 철쭉 산책로로 간식 바구니를 가지고 오라고 해. 그럼 너랑 디콘이 그걸 여기로 가져오면 되잖아."

괜찮은 생각이었고, 쉽게 이루어졌다. 세 아이는 하얀 천을 풀밭에 깔고 뜨거운 차와 버터 바른 토스트와 팬케이크를 신나게 먹어치웠다. 집 안 심부름을 다니던 새 몇 마리가 가던 길을 멈추고 무슨 일인지 알아보더니 빵 부스러기에 이끌려 활기차게 시식을 벌였다. 호두와 딱지는 빵 조각을 들고 나무 위로 날쌔게 올라갔고, 검댕이는 버터 바른 팬케이크 반 조각을 통째로 들고 구석으로 날아가 콕콕 쪼면서 살피고 뒤집어서 쉰 목소리로 깍깍대더니 마침내 맛있게 꿀꺽 한 입에 삼켰.

오후는 천천히 흐르며 그윽하게 깊어져 갔다. 햇살은 한층 더 짙은 황금빛으로 쏟아졌다. 벌들은 집으로 발길을 돌렸고 날아다니는 새들도 뜸해졌다. 메리와 디콘은 풀밭에 앉아 있었다. 간식 바구니는 집으로 들고 가기 좋게 정리도 마친 참이었다. 콜린이 쿠션에 기대어 눕자 이마를 수북하게 덮고 있던 앞머리가 뒤로 넘어갔는데, 낯빛이 무척 자연스러워 보였다.

"이 오후가 가지 않았으면 좋겠어. 하지만 내일도, 모레도, 그다음 날도, 또 그다음 날도 여기 올 거야."

메리가 말했다. "그럼 신선한 공기를 아주 많이 마시겠지?"

콜린이 대답했다. "그거 말고 다른 건 안 마실 거야. 이제 봄을 봤으니까 여름도 볼 거야. 여기서 자라는 건 전부 다 볼래. 나도 여기서 자랄 거고."

디콘이 말했다. "그럴 거구만요. 얼마 안 가서 도련님두 다른 사람들마냥 여길 돌아댕기구 땅두 파구 허게 우리가 해드릴 거니께요."

콜린이 빨갛게 상기된 얼굴로 말했다.

"걷는다고! 땅을 파! 내가?"

콜린을 흘깃 바라보는 디콘의 눈길은 세심하고 조심스러웠다. 메리도 디콘도 콜린에게 다리에 무슨 문제가 있느냐고 물어본 적이 없었다.

디콘이 씩씩하게 말했다. "걷구말구요. 도련님두, 도련님두 다리가 있잖어요. 딴 사람들허구 똑같이!"

메리가 겁에 질려 있을 때 콜린의 대답이 들렸다.

"사실 무슨 병이 있는 건 아니야. 단지 너무 가늘고 약해서 그래. 너무 후들후들 떨려서 일어서기가 무서워."

메리와 디콘은 둘 다 안도의 한숨을 내쉬었다.

디콘이 다시 기운 찬 목소리로 말했다. "무서워만 안 허믄 설 수 있어요. 좀만 있으믄 무서운 맘두 안 들 거구요."

"그럴까?" 콜린은 가만히 누워 여러 가지 상념에 빠져드는 듯했다. 해는 뉘엿뉘엿 지고 있었다.

세 아이는 잠깐 동안 아무 말 없이 가만히 있었다. 모든 것이 정말로 고요해지는 그런 시간이었고, 아이들에게는 정말로 바쁘고 신나는 오후였다. 콜린은 아주 편하게 쉬고 있는 것처럼 보였다. 동물들도 더는 돌아다니지 않고 아이들 곁에 한데 모여 휴식을 취했다. 검댕이는 낮은 나뭇가지에 앉아 한 다리를 접은 채 졸린 듯 회색 눈꺼풀을 껌벅껌벅했다. 메리는 속으로 검댕이가 금방 코라도 골 것 같다고 생각했다.

이런 정적에 휩싸여 있을 때여서, 콜린이 고개를 반쯤 들고 갑자기 깜짝 놀란 목소리로 소리 죽여 외쳤을 때 아이들은 더 화들짝 놀랐다.

"저 사람 누구야?"

디콘과 메리가 후다닥 일어났다.

"사람이라니!" 두 아이가 동시에 작고 빠른 목소리로 외쳤다.

콜린이 담장 높은 쪽을 가리키며 흥분한 듯 속삭였다.

"저기 봐! 보라고!"

메리와 디콘이 홱 돌아 콜린이 가리킨 곳을 쳐다봤다. 그곳엔 사다리를 타고 올라온 벤 웨더스태프 노인이 담장 위로 화가 난 얼굴을 내밀고 아이들을 노려보고 있었다! 벤 노인은 메리를 향해 주먹을 휘저으며 소리쳤다.

"내가 혼잣몸이 아니구 아가씨가 내 딸년이믄 매타작을 했을 건데!"

벤 노인은 무서운 얼굴로 사다리를 한 단 더 올라섰다. 분기충천하여 담장에서 뛰어내려 메리를 혼쭐이라도 낼 듯한 기세였다. 하지만 메리가 그쪽으로 다가가자 벤 노인은 생각이 달라졌는지 사다리 맨 윗단에 서서 메리를 향해 주먹만 흔들어 댔다.

벤 노인이 장황하게 말을 늘어놓기 시작했다. "내 한 번두 아가씨를 좋게 본 적이 없다니까! 첨에 딱 볼 때부터 참을 수가 없었다구. 빼짝 말라서 생긴 건 버터밀크마냥 뚱해서 어린애가 여시마냥 틈만 나면 꼬치꼬치 캐묻질 않나 반기지두 않는데 여기저기 들쑤시구 다니질 않나 말이요. 나허구 어떻게 그래 친해져가지구. 울새만 아니었다믄…… 젠장헐 울새 같으니……."

"벤 할아버지." 메리가 숨을 고르고 크게 외쳤다. 메리는 벤 노인 아래쪽에 서서 숨을 가쁘게 몰아쉬며 위를 향해 소리쳤다. "벤 할아버지, 바로 그 울새가 나한테 길을 알려준 거예요!"

그러자 벤 노인은 정말로 메리가 있는 담장 아래로 당장 기어 내려오기라도 할 듯이 노발대발하며 메리를 향해 소리쳤다.

"저런 못된 것! 지 잘못을 울새헌테 뒤집어씌우다니……. 그놈이 건방져두 아무 짓이나 헐 놈은 아니구만. 울새가 길을 알려줬다구! 울새가! 허! 뒤퉁스럽기는." 하지만 메리는 벤 노인이 결국 호기심을 이기지 못해 불쑥 다음 말을 내뱉고 말았다는 걸 알 수 있었다. "그런데 대체 어떻게 들어왔남?"

메리도 막무가내로 대꾸했다. "울새가 길을 알려줬다니까요. 자기도 모르고 그런 거긴 하지만 알려줬다고요. 그리고 할아버지가 나한테 그렇게 주먹을 휘두르는데 여기서 알려드릴 순 없죠."

바로 그 순간 벤 노인이 흔들어대던 주먹을 멈추더니 말 그대로 입을 떡 벌리고는 메리의 머리 너머로 자신을 향해 풀밭을 건너오는 무언가를 뚫어지게 쳐다보았다.

처음에 노인이 화를 내며 퍼부어대는 소리에 콜린은 너무 놀라서 주문에라도 걸린 듯 그저 일어나 앉아 듣고만 있었다. 하지만 그렇게 듣다가 정신을 차리고는 거만한 손짓으로 디콘을 불러 명령했다.

"나를 저기로 밀고 가! 나를 저 가까이로 밀고 가서 저 할아범 바로 앞에 세워줘!"

이 모습을 본 벤 노인이 입을 떡 벌리게 된 것이었다. 화려한 쿠션과 가운으로 장식한 휠체어가 국왕의 마차처럼 벤 노인을 향해 다가왔다. 쿠션에 등을 기대앉은 어린 라자는 까만 속눈썹이 아래위로 돋아난 큼직한 눈으로 왕처럼 명령하며 가느다란 하얀 손을 거만하게 뻗어 노인을 가리켰다. 휠체어가 벤 웨더스태프 노인의 코앞에 멈춰 섰다. 입이 떡 벌어진 게 오히려 당연했다.

"내가 누군지 알아?" 라자가 물었다.

벤 노인이 어찌나 넋을 놓고 쳐다보는지! 노인은 유령이라도 본 듯 빨갛게 충혈된 눈을 자기 앞의 아이에게 고정했다. 그러고는 바라보고 또 바라보다 목이 멘 듯 울컥 올라오는 감정을 삼키며 한마디도 하지 않았다.

콜린이 한층 더 거만하게 물었다. "내가 누군지 아냐고! 대답해!"

벤 노인은 옹이 진 손을 들어 두 눈과 이마를 비비더니 묘하게 떨리는 목소리로 대답했다.

"도련님이 누구냐구요? 암요……. 알지요……. 엄니허구 똑같은 눈을 허구 절 쳐다보시잖어요. 대체 여까진 어찌 나오신 건지. 도련님은 가엾게두 불구인데."

콜린은 등에 대해서는 까맣게 잊고 있었다. 얼굴이 새빨갛게 달아올라 꼿꼿이 몸을 세워 앉더니 머리끝까지 화를 내며 소리 질렀다.

"나는 불구가 아니야! 아니라고!"

메리도 불같이 화를 내며 담장 위에다 소리쳤다. "아니에요! 콜린한테는 바늘만 한 혹도 없어요! 내가 봤는데 그런 건 없었어요. 단 하나도요!"

벤 웨더스태프 노인은 손을 들어 다시 이마를 비벼대고는 봐도 봐도 부족하다는 듯이 콜린을 바라보았다. 손도 떨리고 입도 떨리고 목소리도 떨렸다. 벤 노인은 무지하고 요령 없는 노인이라 그저 들은 이야기를 기억하는 게 전부였다.

"도련님은······. 도련님은 등이 구부렁허지 않어요?" 노인이 쉰 목소리로 묻자 콜린이 소리쳤다.

"아니야!"

"다리도······. 다리도 구부렁허지 않구요?" 벤 노인이 한층 더 쉰 목소리로 떨면서 물었다. 그러나 지나쳤다. 보통 콜린이 히스테리 발작을 일으킬 때 솟구치던 힘이 이제 새로운 형태로 북받쳐 올랐다. 다리가 굽었다고 의심하는 말은 수군거리는 소리로도 들어본 적이 없었다. 그런데 그런 소문이 존재하고 기정사실처럼 돌고 있다는 사실을 벤 웨더스태프 노인의 목소리로 확인하는 순간 라자도 사람인지라 도저히 견딜 수 없었다. 자존심이 뭉개지고 분노가 솟구쳐 콜린은 모든 것을 잊은 채 그 한순간만을 생각했고, 온몸에는 자신도 미처 몰랐던 힘이 가득 차올랐다. 거의 불가사의하다 할 만한 힘이었다.

"이리 와!" 콜린이 디콘에게 소리치더니, 실제로 다리를 싸매고 있던 덮개를 거칠게 잡아당겨 벗겨버렸다. "이리 와! 이리 오라고! 당장!"

디콘은 즉시 콜린 옆으로 갔다. 메리는 놀라서 숨이 턱 막힌 듯 가쁘게 허덕거렸고, 얼굴에서 핏기가 가시는 느낌이었다.

"콜린은 할 수 있어! 콜린은 할 수 있어! 콜린은 할 수 있어! 할 수 있다구!" 메리가 최대한 빠르게 숨죽여 종알거렸다.

두 팔로 몸을 지탱하여 일어서려는 격한 몸부림이 짧게 이어진 끝에 무릎 덮개가 땅바닥으로 휙 떨어지며 디콘이 콜린의 팔을 부축했다. 콜린이 마른 다리를 밖으로 내밀고 마른 발로 풀밭을 밟았다.

콜린은 똑바로 섰다. 똑바로, 화살처럼 곧게 서자 이상할 만큼 키가 커 보였다. 콜린이 고개를 뒤로 젖히고 신비한 눈동자를 번개처럼 번쩍이더니, 벤 노인을 휙 돌아보았다. "나를 봐! 어서 보라고! 할아범! 나를 보란 말이야!"

디콘이 소리쳤다. "도련님은 나만치 꼿꼿허네요! 요크셔 어느 아이들 못지않게 꼿꼿허요!"

그때 벤 노인이 보인 행동은 메리의 눈에는 기이하기 짝이 없었다. 벤 노인은 목이 멘 듯 목을 울컥거리더니, 갑자기 풍파에 찌들어 주름진 뺨으로 눈물을 줄줄 흘리면서 늙은 손을 맞부딪쳤다.

그리고 불쑥 말했다. "아! 사람들 말이 가짓부리네요! 꼬챙이마냥 마르구 유령만치 허옇긴 해두 도련님헌텐 혹 마디 하나 없구만요. 도련님은 어른이 될 때까지 살 거여요. 신께서 축복해주시기를!"

디콘이 콜린의 팔을 꽉 붙잡고 있었지만 콜린은 흔들림 하나 없었다. 점점 더 꼿꼿하게 서서 벤 노인 얼굴을 똑바로 쳐다보았다.

"아버지가 안 계실 때는 내가 주인이야. 그러니 할아범도 내 말을 들어야 돼. 여기는 내 화원이야. 거기에 대해서는 감히 한 마디도 하지 마! 그 사다리에서 내려와 기다란 산책로로 나오면 메리 아가씨가 할아범을 이리로 데려올 거야. 할아범하고 이야기를 하고 싶어. 우린 할아범까지 끼워줄 마음은 없었지만 이젠 할아범도 같이 비밀을 지켜야 해. 빨리!"

벤 노인의 성마르고 주름진 얼굴은 아직도 알 수 없이 쏟아지는 눈물로 젖어 있었다. 노인은 야윈 몸으로 등을 곧게 편 채 고개를 젖히고 제 발로 선 콜린에게서 눈을 떼지 못 하는 듯했다.

"예, 도련님! 그라믄요! 우리 도련님!" 노인은 속삭이다시피 대답하고는 정신을 차린 듯 갑자기 정원지기 특유의 몸짓으로 모자를 만지면서 "예, 쥔님! 예, 쥔님!" 하며 순순히 사다리를 내려가더니 담장 뒤로 사라졌다.

22.
해가 질 때

벤 노인의 얼굴이 시야에서 사라지자 콜린이 메리를 돌아보며 말했다.

"마중 나가봐."

메리는 재빨리 풀밭을 가로질러 담쟁이덩굴 아래 숨은 문까지 달려갔다.

디콘이 날카로운 눈매로 콜린을 살펴보았다. 뺨에 선홍빛 반점이 올라와 있었고 감탄스러워 보였다. 넘어질 것 같지는 않았다.

"서 있을 수 있어." 콜린은 여전히 고개를 꼿꼿이 쳐들고 호기롭게 말했다.

"무서워허지만 않으믄 금방 헐 수 있다고 했잖어요. 무서워

안 허시더만요."

"맞아, 무섭지 않았어."

콜린은 그렇게 말하고는 갑자기 메리가 했던 말이 떠올라 디콘에게 날카롭게 물었다.

"네가 마법을 부리는 거야?"

디콘이 둥근 입을 활짝 벌려 유쾌하게 웃었다.

"마법은 도련님이 부리구 있잖아요. 똑같은 마법이어요. 이 꽃들을 땅속에서 솟아나게 헌 마법허구." 디콘은 그렇게 말하며 투박한 장화로 풀밭에 무리 지어 핀 크로커스를 툭 건드렸다.

콜린은 크로커스를 내려다보더니 천천히 말했다.

"암, 그보다 더 큰 마법은 없겠지……. 없을 거구말구."

콜린은 등을 더 곧게 세우고 몇 미터 떨어진 나무를 가리키며 말했다. "저 나무까지 걸어갈 거야. 벤 웨더스태프 할아범이 여기 오면 난 서 있을 거야. 힘들면 나무에 기대면 돼. 앉고 싶으면 앉겠지만 지금은 아니야. 휠체어에서 무릎 덮개를 가져와."

콜린은 나무가 있는 곳까지 걸어갔다. 디콘이 팔을 잡아주긴 했지만 놀랄 만큼 안정된 걸음걸이였다. 나무줄기에 기대어 서는데 줄기 표면이 매끌매끌하지 않아서 콜린은 혼자 섰고, 여전히 등을 곧추 펴고 있었으므로 키도 커 보였다.

벤 웨더스태프 노인이 담장에 난 문을 통해 들어왔을 때 콜린이 서 있는 모습이 보였고, 메리가 뭐라고 숨죽여 중얼거리는 소리도 들렸다.

"뭔 소리요?" 벤 노인이 다소 짜증스럽게 물었다. 마른 몸으로 꼿꼿이 선 키 큰 남자아이의 모습과 오만한 얼굴을 바라보는 데 아무런 방해도 받고 싶지 않아서였다.

하지만 메리는 노인의 물음에 대답하지 않았다. 메리는 이런 말을 중얼거리고 있었다.

"넌 할 수 있어! 넌 할 수 있어! 할 수 있다고 내가 그랬잖아! 넌 할 수 있어! 넌 할 수 있어! 할 수 있다고!"

메리가 이렇게 중얼거리고 있었던 이유는 마법을 부려서 콜린이 지금 모습처럼 계속 서 있도록 하고 싶어서였다. 콜린이 벤 노인 앞에서 주저앉는 모습은 차마 볼 수 없었다. 콜린은 주저앉지 않았다. 문득 야윈 몸이지만 아주 멋져 보인다는 생각에 메리는 기분이 날아올랐다. 콜린은 특유의 우습도록 거만한 태도로 벤 노인만 뚫어져라 쳐다봤다.

그리고 명령했다. "나를 봐! 나를 자세히 보라고! 내가 곱사등이야? 내 다리가 휘었어?"

벤 웨더스태프 노인은 좀처럼 감정을 주체하지 못했지만 마음을 조금 추스르고는 평소의 그답게 대답했다.

"아니요. 전혀 그렇지 않구먼요. 그동안 어서 뭘 하신 거여요? 아무두 못 보게 숨어서 남들이 도련님헌테 불구라구 허든 쭘 모질란다구 허든 냅두구?"

콜린이 화를 내며 말했다. "모자란다고? 누가 그래?"

"멍청한 놈들이 다 그래요. 세상엔 입만 열믄 가짓부리를 지껄이는 얼간이들이 수두룩허니까요. 왜 그렇게 틀어박혀 계셨던 건감요?"

콜린이 퉁명스럽게 말했다. "다들 내가 죽을 거라고 생각했으니까. 난 안 죽어!"

그 단호한 말투에 벤 노인은 콜린을 위아래로 보고 다시 아래위로 보며 계속 훑어보다 천연덕스럽게 탄성을 질렀다. "도련님이 죽는다구요! 당치두 않어요! 도련님 맘속에 이렇게나 용기가 넘쳐나는데요. 도련님이 그 다리로 그리 급허게 땅을 딛는 걸 보구 도련님이 멀쩡허다는 걸 알아봤구만요. 여 깔개에 잠시 앉으시요. 저헌테 명령만 내려주시요."

벤의 태도에는 괴팍하지만 친절하고 눈치 빠르게 모든 걸 이해하는 마음씨가 묘하게 뒤섞여 있었다. 메리는 기다란 산책로를 걸어 내려오면서 최대한 빠르게 일장 연설을 늘어놓았다. 무엇보다도 콜린이 점점 좋아지고 있다고, 건강해지고 있다는 걸 잊지 말라고 말했다. 그게 화원 덕분이라는 것도 알려주었다. 아무도 콜린에게 혹이나 죽음을 떠올리게 해서는 안 된다고 당부했다.

라자는 나무 아래 깔아놓은 깔개에 기꺼이 앉아주었다.

"벤 할아범은 정원에서 무슨 일을 해?"

벤 노인이 말했다. "허라는 일은 뭐든 합죠. 지야 친절을 베풀어주신 덕에 자리 보존을 허는 거니까요. 마님이 저를 아껴주셔서."

"마님?"

콜린이 묻자 벤 노인이 대답했다.

"도련님 엄니 말여요."

"우리 엄마라고?" 콜린이 노인을 말없이 살펴보다가 물었다. "여기가 우리 엄마의 화원이었구나. 그렇지?"

벤 노인도 콜린을 살펴보며 대답했다. "암요, 그랬지요! 마님은 여를 젤루 좋아하셨어요."

콜린이 새롭게 결정된 사항을 밝히듯 말했다. "이제 여긴 내 화원이야. 나는 이곳이 정말 좋아. 앞으로 매일 올 거고. 하지만 이건 비밀이야. 내 명령이야. 우리가 여기 온다는 사실을 아무도 알게 해선 안 돼. 디콘하고 내 사촌이 열심히 일해서 여기를 살려놓았어. 가끔 할아범도 부를 테니 와서 도와줘. 하지만 아무한테도 들키지 말고 와야 해."

벤 노인이 고개를 돌리며 주름 자글거리는 입으로 설핏 웃었다.

"전에도 아무헌테도 안 들키구 여기 왔었구만요."

"뭐라고! 언제?" 콜린이 깜짝 놀라 물었다.

벤 노인이 턱을 문지르며 두리번거렸다. "마지막으루 왔던 게 이 년쯤 전이겠네요."

"하지만 십 년 동안 들어온 사람이 아무도 없었잖아! 문이 잠겼었는데!" 콜린이 소리쳤다.

벤 노인이 무덤덤하게 말했다. "아무두가 아닌가 부죠. 문으루다 들어오진 않았어요. 담 넘어 들어왔으니까요. 관절염 때문에 지난 이 년 동안은 꼼짝두 못 했지만요."

디콘이 외쳤다. "여 와서 가지치기를 헌 사람이 할아버지요? 어떻게 그렇게 돼 있는 건지 통 이해가 안 갔는데."

벤 노인이 천천히 말했다. "마님이 여를 정말루 좋아하셨지요……. 정말루요! 참말루 젊구 아름다운 분이셨구요. 한 날에는 저헌테 웃으믄서 그러시대요. 만약에 마님이 아프거나 세상을 떠나믄 이 장미들을 돌봐줘야 헌다구. 그런데 마님이 돌아가시구는 아무두 여 근처두 오지 말라는 명령이 떨어진 거지요. 하지만 전 왔죠." 노인은 심술 맞고 고집스러운 말투로 말을 이었다. "담을 넘어서요. 그러다가 관절염 때문에 움직이질 못해서……. 해마다 한 번씩은 들어왔었구만요. 마님이 먼저 명령을 허신 것이니까요."

디콘이 말했다. "할아버지가 아니었다면 여 나무들이 이처럼 팔팔허지 않았을 거여요. 정말 궁금허더라니깐."

콜린이 말했다. "그렇게 해줘서 기뻐, 벤 할아범. 비밀을 지키는 법도 잘 알겠네."

벤 노인이 대답했다. "암요, 알 겁니다, 쥔님. 관절염 걸린 늙은이는 문으루 드나드는 게 더 쉬울 거구요."

나무 근처 풀밭에는 메리가 놓아둔 모종삽이 있었다. 콜린은 손을 뻗어 모종삽을 집었다. 얼굴에 야릇한 표정이 떠오르더니 콜린은 땅을 긁기 시작했다. 다들 콜린을 보고 있었고 특히 메리는 숨을 죽이고 지켜보았다. 가냘픈 손은 약하긴 했지만 이내 모종삽 끝을 땅속으로 밀어 넣어 흙을 파 엎었다.

"넌 할 수 있어! 넌 할 수 있어! 할 수 있다니까!" 메리가 다시 혼잣말로 중얼거렸다.

디콘은 동그란 눈에 간절한 바람과 호기심이 가득했지만 한마디도 하지 않았다. 벤 웨더스태프 노인도 흥미로운 얼굴로 바라보았다.

콜린은 끈기 있게 해냈다. 몇 차례 한 삽 가득 흙을 파 엎은 뒤에 콜린은 요크셔 사투리 실력을 최대한 뽐내며 디콘에게 의기양양하게 말했다.

"다른 사람들허구 똑같이 여를 돌아다니게 해줄 거라구 나헌테 그랬지? 그리구 땅을 파게 해주겠다구두 했구. 첨엔 그게 나헌테 듣기 좋으라구 허는 가짓부리인 줄 알았어. 오늘이 첫날인데 벌써 걸었잖어. 지금 땅두 팠구."

벤 웨더스태프가 또다시 입을 떡 벌리고 그 말을 듣더니 끝에 가서는 빙그레 웃었다.

"아! 그 말을 들으니 도련님이 속두 멀쩡하다는 걸 알겠네요. 도련님두 요크셔 아이는 아이요. 인제 땅두 팠구, 거다가 뭘 심어보믄 어떻겄어요? 제가 장미 묘목은 하나 가져다드릴 수 있는데."

"가서 가져와! 빨리! 빨리!" 콜린이 신이 나서 땅을 팠다.

일은 정말 신속하게 이루어졌다. 벤 웨더스태프 노인은 관절염도 잊고 화분을 가지러 떠났다. 디콘은 자기 삽을 들고, 손이 희고 가는 새로운 정원 일꾼에겐 아직 힘든 크기로 깊고 넓게 구덩이를 팠다. 메리는 살짝 빠져나가 물뿌리개를 가지고 돌아왔다. 디콘이 구덩이를 더 깊게 파면 콜린은 부드러운 흙을 계속 파 엎고 또 파 엎었다. 콜린이 하늘을 올려다봤다. 약간이긴 하지만 평소 하지 않던 새로운 운동을 한 탓에 얼굴은 붉게 상기되고 발그레하게 빛이 났다.

"해가 다 지기 전에 끝내고 싶어."

메리는 해가 일부러 몇 분 동안 지지 않고 기다려주는 것 같다고 생각했다. 벤 웨더스태프 노인이 온실에서 키운 장미 묘목을 들고 왔다. 절뚝거리면서도 할 수 있는 한 빠르게 풀밭을 건너왔다. 노인도 들뜨기 시작한 참이었다. 벤 노인은 구덩이 옆에 무릎을 꿇고 화분에서 모종을 꺼냈다.

벤 노인이 묘목을 콜린에게 건넸다. "여기요, 도련님. 직접 심으시요. 임금님두 새로운 곳에 가믄 똑같이 헌다믄서요."

콜린은 마르고 하얀 두 손이 덜덜 떨리고 붉게 상기된 얼굴이 점점 더 달아오르는 채로 구덩이에 장미 모종을 넣고 꽉 붙잡고 있었다. 그사이에 벤 노인이 흙을 덮고 땅을 다졌다. 구덩이에 흙을 채우고 꽉꽉 밟아 단단히 다졌다. 메리는 손과 무릎으로 땅을 짚었다. 검댕이도 날아들어 무슨 일을 하는지 보려고 앞으로 다가왔다. 호두와 딱지는 벚나무 위에서 재잘거리며 참견했다.

마침내 콜린이 말했다. "다 심었다! 해가 이제 막 넘어가려고 해. 나 좀 일으켜줘, 디콘. 일어나서 해가 지는 모습을 보고 싶어. 저것도 마법이 만든 거거든."

디콘은 콜린이 일어날 수 있게 도와주었다. 마법이었는지 혹은 다른 무엇이었든지 간에 콜린은 강한 힘을 얻었고, 해가 다 넘어가 아이들의 낯설고 아름다운 오후가 끝날 즈음에 콜린은 정말로 두 발을 딛고 서서 웃고 있었다.

23.
마법

크레이븐 박사가 저택에서 한참을 기다리고 있을 때 아이들이 집으로 돌아왔다. 사람을 보내 정원 산책로들을 찾아보는 게 어떨까 생각하던 참이었다. 사람들이 콜린을 방으로 데리고 돌아왔을 때, 가여운 박사는 콜린을 진지하게 살펴보았다.

"그렇게 오래 밖에 나가 있으면 안 돼. 절대로 무리해선 안 된다고."

콜린이 말했다. "하나도 힘들지 않아요. 밖에 나가니 몸이 건강해졌어요. 내일은 아침에도 나가고 오후에도 나갈 거예요."

크레이븐 박사가 대답했다. "허락해도 될지 모르겠다. 좋은 생각이 아닌 것 같구나."

콜린이 아주 진지하게 말했다. "나를 못 가게 막는 거야말로 좋은 생각이 아닐 거예요. 나는 갈 거예요."

메리는 콜린에게 정말 특이한 점이 하나 있다는 걸 알아차렸다. 제 힘만 믿고 얼마나 버릇없는 태도로 사람들에게 명령하는지, 스스로는 전혀 모른다는 것이었다. 콜린은 평생을 무인도나 다름없는 곳에서 살았고 그 섬의 왕으로 군림했기에 예절을 배웠다기보다 내키는 대로 행동했고 달리 자신을 비추어볼 상대도 없었다. 메리도 사실 콜린과 무척이나 비슷했는데, 미셀스웨이트에 온 뒤로 자기 태도 역시 평범하거나 사람들과 잘 지낼 수 있는 방식이 아니라는 걸 차차 깨달았다. 이렇게 깨달은 바가 있었기 때문에 메리는 자연스레 이 문제에 깊은 관심이 생겨 콜린과 이야기해보자고 생각했다. 그래서 크레이븐 박사가 가고 난 뒤 메리는 자리에 앉아 호기심 어린 눈으로 몇 분 동안 콜린을 쳐다봤다. 메리는 무슨 일로 그러냐고 콜린이 물어오기를 바랐고, 물론 바람은 이루어졌다.

"왜 나를 그렇게 쳐다봐?" 콜린이 물었다.

"크레이븐 박사님이 좀 안됐다는 생각이 들어서."

"맞아, 나도 그래. 내가 안 죽으면 그 사람은 미셀스웨이트를 상속받지 못할 거야." 콜린은 조용히 말했지만 만족스러워하는 기색은 없었다.

"그것도 안되긴 했지, 물론. 하지만 방금 안됐다고 한 건 늘 버릇없이 구는 아이를 지난 십 년 동안이나 정중하게 대해야 한다는 게 얼마나 끔찍했을까 하는 생각이 들어서야. 나라면 그렇게 못 했을 거거든."

"내가 버릇이 없어?" 콜린이 차분하게 물었다.

"네가 저 박사님 아들이고 박사님이 아이를 때리는 어른이었다면 넌 매를 맞았을 거야."

"하지만 감히 그렇게 못 하지."

메리가 치우침 없이 곰곰이 생각하다 대답했다. "그래, 못 하지. 네가 싫어하는 일은 그게 뭐든 아무도 할 엄두를 내지 못했어. 왜냐하면 넌 죽을 거고, 뭐 그랬잖아. 넌 아주 불쌍한 아이였으니까."

콜린이 고집스럽게 잘라 말했다. "하지만 이제부터 난 불쌍한 아이가 아니야. 사람들이 그런 식으로 생각하게 놔두지 않을 거야. 오늘 오후에도 내 발로 일어섰잖아."

"항상 네 마음대로 하니까 그렇게 별난 아이가 됐지." 메리가 마음속 생각을 그대로 꺼내 보였다.

콜린이 고개를 돌리고 눈살을 찌푸리며 물었다.

"내가 별나?"

메리가 대답했다. "그래, 아주. 그렇다고 골낼 거 없어. 나도 너처럼 별나거든. 벤 할아버지도 그렇고. 그렇지만 난 예전만큼은 아니야. 사람들을 좋아하게 되고 화원을 발견한 다음부터는 나아지고 있어." 메리는 공평하게 덧붙여 말했다.

"나도 별나게 구는 거 싫어. 그렇게 안 할래." 콜린은 결심을 새기느라 다시 얼굴을 찌푸렸다.

콜린은 자존심이 아주 강한 아이였다. 콜린은 잠시 누워서 생각에 잠겼다. 메리는 콜린의 얼굴에 아름다운 미소가 번지면서 점차 얼굴이 전체적으로 달라지는 모습을 보았다.

콜린이 말했다. "별나게 굴지 않을 것 같아. 매일 화원에 간다면 말이야. 그곳엔 마법이 있어. 거기엔 좋은 마법이 있잖아, 메리. 그건 틀림없어."

"나도 그렇게 생각해."

"그게 진짜 마법이 아니라 해도 우린 진짜라고 상상하면 돼. 그곳에 뭔가가 있긴 있으니까!"

"그게 마법이야. 하지만 나쁜 마법은 아니야. 눈처럼 하얀 마법이지."

아이들은 언제나 그것을 마법이라고 불렀고, 정말로 그렇게만 보이는 몇 달이 흘러갔다. 그 몇 달은 경이롭고…… 찬란하고…… 놀라운 시간들이었다. 아! 화원에서 일어난 일들이란! 화원을 가져본 적 없는 사람이라면 이해하지 못할 테고, 화원이 있는 사람이라면 그 안에서 벌어지는 온갖 일들을 묘사하는 데 책 한 권이 오롯이 필요하다는 것을 잘 알 것이다. 처음에는 파릇파릇한 것들이 영원히 멈추지 않고 흙 위로, 풀잎 사이로, 화단 가득, 담장의 갈라진 틈에서도 밀고 올라오는 것 같았다. 그러더니 파릇파릇한 것들에서 봉오리들이 보이기 시작하고, 봉오리가 오므린 꽃잎을 펼치며 그 안의 색깔을, 갖가지 파란색과 갖가지 자주색과 온갖 채도와 농도의 진홍색을 드러냈다. 따스한 봄기운이 완연해지자 꽃들은 구멍 속과 구석구석까지 빈틈없이 빼곡하게 피어났다. 벤 노인은 그것을 보고 직접 담장 벽돌 사이에서 모르타르를 긁어내고 흙을 메워 예쁜 덩굴들이 그 위로 매달려 자라날 수 있도록 했다. 붓꽃과 흰백합이 풀밭에서 다발로 자라났고, 푸른 쉼터에도 뾰족하게 솟은 참제비고깔이며 매발톱꽃과 초롱꽃 등 하얗고 파란 꽃들이 한가득 피어 있었다.

벤 노인이 말했다. "마님은 저것들을 젤루 좋아허셨지요. 저것들이 항시 파란 하늘을 향해서 쭉쭉 뻗어 올라가서 좋다구, 그렇게 말씀허시구는 허셨어요. 그렇다구 마님이 저것들처럼 땅만 내려다본 건 아니셨어요. 저런 걸 좋아는 허셨지만 마님은 파란 하늘을 올려다보믄 늘 기뻐 보인다구 허셨지요."

디콘과 메리가 심은 씨앗들은 요정이 돌봐주기라도 하듯 잘 자라났다. 온갖 빛깔의 곱고 보드라운 양귀비는 산들바람에 몸을 맡기고 수십 송이씩 춤을 추면서, 화원 안에서 수년째 살았던 꽃들에게 유쾌하게 반항하는 것 같았다. 이런 터줏대감 꽃들은 솔직히 말하면 저 새로운 사람들이 어떻게 거기까지 들어왔는지 궁금해하는 것처럼 보였다. 그리고 장미들……, 장미들이 있었다! 풀밭에서 솟아올라 해시계 둘레로 얽히고, 나무 줄기를 휘감고 올라가 가지에서 늘어지기도 했다. 담장을 타고 오르며 그 위로 뻗어나간 장미 덩굴은 기다란 화환이 되어 폭포수처럼 떨어졌다. 장미는 매일매일, 시시각각으로 생생하게 살아났다. 이파리는 곱고 싱싱했으며, 봉오리, 봉오리 진 꽃망울들은 처음에는 아주 작았지만 점점 부풀어 오르며 마법을 부렸다. 그러다가 망울이 탁 터지고 꽃잎을 펼치면서 향기로 가득한 꽃잔이 되면 찰랑거리며 잔에서 흘러넘친 향이 화원을 한 가득 채웠다.

콜린은 그렇게 일어나는 변화들을 전부 다 지켜보았다. 매일 아침 휠체어를 타고 밖으로 나와 비가 오지 않으면 모든 시간을 화원에서 보냈다. 날이 흐려도 기분이 좋았다. 콜린은 풀밭에 누워 "이런저런 것들이 자라는 걸 지켜보겠다"고 말했다. 한참을 그렇게 지켜보고 있으면 꽃봉오리가 터지는 모습을 볼 수 있다고 했다. 또 뭘 하는 중인지는 알 수 없지만 진지한 일을 하느라 뛰어다니는 게 분명한 낯설고 바쁜 곤충들과 인사를 나눌 수도 있다. 이 벌레들은 가끔 작은 지푸라기나 깃털이나 먹이 조각을 들고 가기도 했고, 풀잎이 마치 나무인 양 그 꼭대기에 오르면 그들의 왕국을 굽어 살필 수 있는 것처럼 오르기도 했다. 두더지 한 마리가 땅굴을 파다가 흙더미를 밀어 올려 마침내 꼬마 요정처럼 발톱이 긴 앞발로 둔덕 위로 쏙 올라오는

모습이 아침 내내 콜린의 마음을 온통 빼앗아 가버린 날도 있었다. 개미와 딱정벌레와 벌과 개구리와 새와 식물들이 각각 살아가는 방식 전부가 콜린에겐 들여다보고 살펴봐야 할 새로운 세계였다. 디콘은 이 모든 것을 알려주고 거기에 더하여 여우와 수달과 흰담비와 다람쥐와 송어, 그리고 물쥐와 오소리가 사는 이야기까지 들려주어 이야기하고 생각할 거리가 끊이질 않았다.

여기까지는 마법의 채 절반도 되지 않았다. 정말로 자기 발로 일어섰다는 사실 때문에 콜린은 수많은 생각에 빠져들었고, 메리가 그날 마법의 주문처럼 외웠던 말들을 이야기해주자 콜린은 신이 나서 크게 고개를 끄덕였다. 그리고 끊임없이 그 일을 이야기했다.

하루는 콜린이 으스대며 말했다. "물론 이 세상엔 많은 마법이 있겠지. 하지만 사람들은 마법이 어떤 건지, 마법을 어떻게 일으키는 건지 알지 못해. 어쩌면 시작은 좋은 일들이 일어날 거라고 말하는 것인지도 몰라. 그 일이 실제로 일어날 때까지 계속 말하는 거야. 내가 실험을 해봐야겠어."

다음 날 아침, 아이들이 비밀의 화원으로 가자마자 콜린은 곧바로 벤 웨더스태프 노인을 불렀다. 벤 노인이 허둥지둥 와 보니 라자가 나무 아래 서 있었다. 아주 당당해 보이는 데다 무척 아름다운 미소까지 짓고 있었다.

"안녕, 벤 할아범. 할아범하고 디콘하고 메리가 나란히 서서 내 말을 들어주면 좋겠어. 이제부터 아주 중요한 이야기를 할 거거든."

"암요, 암요, 쥔님." 벤 노인이 대답하며 이마를 툭 건드렸다. (벤 웨더스태프 노인이 오랫동안 감추고 있던 마법 중 하나는 어린 시절에 집을 나가 바다로 가서 항해를 했다는 것이다. 그래서 벤 노인은 뱃사람처럼 대답할 수 있었다.)

라자가 설명했다. "나는 과학 실험을 해볼 거야. 내가 커서 어른이 되면 위대한 과학 발견들을 할 건데, 지금 이 실험이 그 시작이 되는 거야."

"암요, 암요, 쥔님!" 벤 노인이 신속하게 대답했지만, 위대한 과학 발견이란 건 처음 들어보는 말이었다.

메리도 처음 듣는 말이긴 마찬가지였지만, 여기까지만 듣고도 벌써 콜린이 별나기는 해도 뛰어난 책들을 아주 많이 읽었고 사람의 마음을 움직일 줄 아는 아이라는 걸 깨닫기 시작했다. 콜린이 고개를 꼿꼿이 치켜들고 그 이상한 눈으로 빤히 쳐다보면 고작 열 살이고 이제 열한 살이 되는 아이를 자신도 모르게 믿는 것만 같았다. 이 순간에 콜린에게 특히 더 믿음이 갔던 이유는 콜린이 갑작스레 어른처럼 실제로 연설 비슷한 걸 한다는 것에 마음을 사로잡혔기 때문이다.

"내가 할 위대한 과학 발견은 마법에 관한 거야. 마법은 위대한 것인데, 옛날 책에 나오는 몇 사람 말고는 아는 사람이 거의 없어. 메리는 조금 알지. 메리는 인도에서 태어났잖아. 인도에는 파키르(fakir)*가 있으니까. 내 생각에는 디콘도 마법을 조금 아는데, 정작 자신은 안다는 걸 모르는 것 같아. 디콘은 마법을 써서 동물을 부리고 사람한테도 마법을 부려. 디콘이 나를 만나러 올 때 허락했던 건 그 애가 동물을 부리는 마법사라서야. 그건 아이들한테도 마법을 걸 수 있다는 뜻이거든. 아이도 동물이잖아. 난 이 세상 모든 것에 마법이 있다고 믿어. 다만 우리한테 감각이 부족해서 그 마법을 발견하고 이롭게 쓰지를 못하는 거지. 전기나 말이나 증기처럼 말이야."

이 말이 얼마나 인상적이었는지 벤 웨더스태프 노인은 몹시 설레서 그야말로 가만히 있을 수가 없었다.

"암요, 암요, 쥔님." 그렇게 말한 벤 노인은 몸을 더 꼿꼿이 펴고 서기 시작했다.

달변가는 연설을 계속했다. "메리가 처음 이 화원을 찾아냈을 때, 이곳은 꼭 죽어 있는 것 같았어. 그런데 어떤 힘이 온갖 것을 흙 위로 밀어 올리기 시작했고, 무에서 유를 창조한 거야. 어제는 그 자리에 없던 것이 다음 날 생긴 거야. 그런 걸 보는 게 처음이라 정말 궁금해졌어. 과학을 하는 사람들은 늘 호기

---

* 힌두교에서 금욕 생활을 하며 고행하는 성자, 또는 마술이나 신비적 수행을 한다고 알려진 탁발승을 일컫는 말.

심이 많고 난 과학을 할 거니까. 난 혼자서 계속 생각했어. '저게 뭐지? 저게 뭘까?' 그건 특별한 힘이지, 절대 시시한 것일 리 없잖아! 이름은 모르겠어. 그래서 난 마법이라고 부를 거야. 나는 해가 뜨는 걸 한 번도 본 적이 없지만, 메리하고 디콘이 보고 해준 말들을 생각해보면, 난 그것도 마법이라고 확신해. 어떤 힘이 해를 밀어 올리고 끌어당기는 거지. 화원에 나온 뒤로는 가끔 나무 사이로 하늘을 올려다보는데, 그럴 때면 이상한 행복감 같은 게 느껴졌어. 마치 어떤 힘이 내 가슴을 밀고 당기고 하면서 숨을 더 빨리 쉬게 만드는 것처럼 말이야. 마법은 언제나 밀어내고 끌어당기고 없던 것을 만들어내. 모든 게 다 마법으로 만들어진 거야. 이파리와 나무도, 꽃이랑 새도, 오소리랑 여우랑 다람쥐랑, 그리고 사람도 모두. 그러니까 마법은 틀림없이 우리 주변에 있을 거야. 이 화원에도, 그리고 세상 어디에나. 이 화원 안에 있는 마법 덕분에 나는 일어서게 됐고, 어른이 될 때까지 살 거라는 사실도 알게 됐어. 내가 하려는 과학 실험은 그 마법을 조금 얻어서 내 안에 넣어보는 거야. 내 안에서 나를 밀고 당기면서 튼튼하게 만들어주도록 말이야. 어떻게 해야 하는지는 모르지만, 우리가 계속 그걸 생각하면서 부르면, 아마 나타날지도 몰라. 어쩌면 그게 마법을 얻는 첫 번째 기본적인 방법일 수 있어. 내가 처음 일어서려고 했을 때, 메리가 계속 혼잣말을 했다는 거야. 최대한 빠르게, '넌 할 수 있어! 넌 할 수 있어!' 그리고 정말로 난 해냈어. 물론 동시에 나도 노력을 해야 했지만, 메리의 마법이 나를 도운 거야. 디콘의 마법도 그렇고. 매일 아침저녁마다, 그리고 낮에는 기억나는 대로 자주 이렇게 말할 거야. '마법이 내 안에 있다! 마법으로 나는 건강해진다! 나는 디콘만큼 튼튼해질 거야! 디콘만큼 튼튼해질 거야!' 너희들도 모두 그렇게 해야 해. 그게 내 실험이야. 도와줄 거야, 할아범?"

"암요, 그러믄요, 쥔님!" 벤 웨더스태프 노인이 말했다. "암요, 암요!"

"너희들이랑 할아범이 매일 빼먹지 않고 병사들이 훈련받듯이 그렇게 한다면 어떤 일이 일어날지, 그리고 실험이 성공했는지도 어떤지도 알게 될 거야. 뭘 배울 때 그걸 반복해서 말하고 계속 생각해서 영원히 기억하게 되는 거잖아. 나는 마법도 같을 거라고 생각해. 우리가 계속 와서 도와달라고 부르다 보면, 마법은 우리 안에 들어와 머물면서 힘을 쓸 거야."

"인도에 있을 때 어떤 장교가 엄마한테 이야기하는 걸 들은 적이 있어. 무슨 말을 수천 번씩 되풀이해서 말하는 파키르가 있댔어." 메리가 말했다.

벤 노인도 무덤덤하게 말했다. "나도 젬 페틀워스 마누라가 같은 말을 수천 번 반복허는 걸 들었구만. 젬헌테 술주정뱅이라구 허거든. 그래 항시 뭔 일이 나는 거였어. 젬이 지 마누라를

흠씬 두드려 패구 술집으루 가서 아주 곤죽이 되도록 퍼마셨다 니께요."

콜린이 이맛살을 찌푸리고 잠시 생각하더니 다시 기운을 냈다.

"그래, 그 일에서도 뭔가 일어났잖아. 그 여자는 마법을 잘못 써서 남편이 때리도록 만든 거야. 마법을 제대로 써서 좋은 말을 했다면 어쩌면 남편이 그렇게 술을 퍼마실 게 아니라 어쩌면……, 어쩌면……, 아내한테 새 모자를 사주었을지도 모르지."

벤 노인이 벙글벙글 웃었다. 주름이 자글거리는 작고 예리한 눈에 감탄의 빛이 스쳤다.

"도련님은 다리만 꼿꼿헌 게 아니라 머리두 똑똑허네요. 담번에 베스 페틀워스를 만나믄 어떤 마법을 써야 허는지 훈수를 조끔 뒤줘야겄구만요. 그 '가학 시람'인가 허는 것이 제대루 되믄 베스가 간만에 좋아허겄어요. 젬두 그렇구요."

디콘은 선 채로 귀를 기울여 강연을 들었다. 둥근 눈엔 반짝거리는 호기심과 기쁨이 가득했다. 양 어깨엔 호두와 딱지가 올라앉아 있었다. 한 팔로는 귀가 긴 흰토끼를 안고 부드럽게 쓰다듬고 또 쓰다듬어주었다. 토끼는 귀를 뒤로 바짝 누이고는 디콘의 손길을 즐겼다.

"실험이 잘될 것 같아?" 콜린은 디콘이 무슨 생각을 하는지 궁금했다. 콜린은 디콘이 자기를 쳐다볼 때나 행복하게 활짝 웃으며 자기 동물을 쳐다볼 때면 무슨 생각을 하는지 궁금할 때가 많았다.

그런 디콘이 지금 웃고 있었고, 그 미소는 평소보다 환해 보였다.

"암요, 그럴 거여요. 해님이 비추믄 씨앗이 자라듯이 그럴 거구만요. 분명히 잘되구말구요. 지금부터 시작헐까요?"

콜린은 기뻤고 메리도 그랬다. 삽화에서 본 파키르와 열성 신도들을 떠올리며 열의가 불붙은 콜린은 차양을 드리운 나무 아래 전부 다 책상다리를 하고 앉자고 제안했다.

콜린이 말했다. "사원 같은 데서는 이렇게 앉을 거야. 조금 피곤해서 앉고 싶기도 하고."

디콘이 말했다. "아! 시작부터 피곤허다고 말허믄 안 되지요. 그러믄 마법을 망칠 수두 있어요."

콜린이 고개를 들어 디콘의 순수하고 동그란 눈을 바라보며 천천히 말했다.

"그 말이 맞아. 나는 오로지 마법만 생각해야 돼."

모두들 둥글게 둘러앉자 그 모습이 더없이 장엄하고 신비로웠다. 벤 노인은 어쩐지 기도회에 끌려온 기분이었다. 보통 벤 노인은 '기도회는 별로'라 하며 여간해서는 참석하지 않는 편이었지만, 이 자리는 라자가 만든 모임이라 화가 나지도 않았고, 도와달라 불러준 게 오히려 기뻤다. 메리 아가씨는 엄숙하고도 황홀한 기분이었다. 디콘은 토끼를 한 팔에 안은 채 사람에겐 들리지 않는 마법사의 신호를 보낸 듯했다. 디콘이 다른 사람들처럼 책상다리를 하고 앉자 까마귀며 여우며 다람쥐와 새끼 양까지 이끌리듯 느릿느릿 다가와 다 같이 둥근 원을 이루면서 마치 각자 원하는 자리에 앉기라도 하듯 남는 자리를 하나씩 차지하고 앉았다.

콜린이 근엄하게 말했다. "'동물들'도 왔어. 동물들도 우리를 도와주고 싶은 거야."

콜린이 정말 아름다워 보인다고, 메리는 생각했다. 콜린은 사제가 된 느낌이라도 드는지 고개를 꼿꼿이 치켜들고 묘한 두 눈에 멋진 표정을 담고 있었다. 나무 차양 틈새로 빛이 새어들어 콜린을 비추었다.

"이제 시작하자. 몸을 앞뒤로 흔들까, 메리? 수도승들처럼?"

벤 웨더스태프가 말했다. "전 앞뒤루다 흔들기 힘들어요. 관절염이 있어가지구."

콜린이 제사장 같은 말투로 대답했다. "마법이 그 병을 낫게 하리라. 그래도 낫기 전까지는 흔들지 마라. 우선은 찬송만 하자."

벤 노인이 약간 퉁명스럽게 말했다. "전 찬송을 못허는데요. 딱 한 번 해봤다가 교회 성가대서 쫓겨났구만요."

아무도 웃지 않았다. 모두들 너무도 진지했다. 콜린도 얼굴에 짜증 난 기색 한 점 드러내지 않았다. 오직 마법에 대해서만 생각했다.

"그러면 내가 찬송을 할게." 그렇게 찬송을 하기 시작한 콜린은 이상한 소년 정령처럼 보였다.

"태양이 빛나네. 태양이 빛나네. 그것은 마법. 꽃이 자라네. 뿌리가 뻗어가네. 그것은 마법. 살아 있다는 건 마법. 튼튼하다는 건 마법. 마법은 내 안에 있네. 마법은 내 안에 있네. 내 안에 있네. 내 안에 있네. 우리 모두 안에 있네. 벤 할아범의 등에도 있네. 마법이여! 마법이여! 와서 도우라!"

콜린은 굉장히 많이 반복했다. 수천 번까지는 아니어도 꽤 여러 번이었다. 메리는 넋을 잃고 귀를 기울였다. 이 상황이 괴상하면서 동시에 아름다웠고, 콜린이 멈추지 않고 계속하기를 바랐다. 벤 노인은 누군가 마음을 어루만져주는 느낌이 들기 시작하며 꿈결같이 기분 좋은 상태로 빠져들었다. 꽃 속에서 벌들이 윙윙대는 소리가 찬송을 읊는 목소리에 어우러져 나른한 졸음 속으로 사라졌다. 디콘은 책상다리를 한 채로 한 팔로는 잠든 토끼를 안고, 한 손은 새끼 양의 등에 올려놓았다. 검댕이는 다람쥐를 밀어내고 그의 어깨에 웅크려 앉았다. 회색 눈꺼풀도 내려앉았다. 마침내 콜린이 찬송을 멈추었다.

그리고 이렇게 선언했다. "이제 화원을 한 바퀴 돌 거야."

벤 웨더스태프 노인이 갑자기 앞으로 뚝 떨어진 머리를 홱 치켜들었다.

"자고 있었군." 콜린이 말했다.

노인이 웅얼거렸다. "그게 아니구요. 설교는 참말루 훌륭헌데……. 헌금 걷기 전에 나가야 허는데."

벤 노인은 아직 잠이 덜 깬 상태였다.

"여긴 교회가 아니야."

콜린이 말하자 벤 노인이 허리를 쭉 펴면서 대답했다.

"알어요. 여가 교회라구 누가 그래요? 저두 하나두 안 놓치구 다 들었다니까요. 도련님이 제 등에 마법이 있다구 허셨잖어요. 의사는 그걸 관절염이라구 허던데."

라자가 손을 저었다.

"그거 잘못된 마법이야. 할아범도 나아질 거야. 할아범은 이제 일하러 가봐. 그렇지만 내일 또 와야 돼."

"저도 도련님이 화원 한 바퀴 도는 거 보구 싶은데요." 벤 노인이 투덜거렸다.

퉁명스럽지는 않은, 그저 툴툴거리는 말이었다. 사실 벤 노인은 고집 센 노인에다 마법을 완전히 믿지도 않았기 때문에 만일 쫓겨나면 사다리를 놓고 담 너머로 훔쳐보다가 콜린이 비틀거리기라도 하면 자기가 언제든 절뚝거리며 뛰어가서 부축하리라 마음먹고 있었다.

라자는 벤 노인을 굳이 쫓아내지 않았다. 그렇게 행진이 시작됐다. 진짜 행렬처럼 보였다. 콜린이 맨 앞에 서고 한쪽 옆에 디콘이, 다른 쪽 옆에는 메리가 섰다. 벤 노인은 뒤따라 걸었고, '동물들'이 그 뒤를 따라왔다. 새끼 양과 여우는 디콘 가까이에 붙어 걸었고, 흰토끼는 깡충깡충 뛰다가 멈춰서 뭔가를 오물거렸다. 검댕이는 행진에 책임을 맡은 사람처럼 근엄하게 행렬을 따라왔다.

행렬은 더디긴 해도 위엄 있게 움직였다. 몇 미터마다 멈춰서 쉬어야 했다. 콜린은 디콘의 팔에 기댔고, 벤 노인은 예리한 눈초리로 은밀하게 사방을 살폈다. 가끔씩 콜린은 의지하던 손을 놓고 몇 걸음이고 혼자서 걷기도 했다. 줄곧 고개를 꼿꼿이 치켜든 콜린은 무척이나 당당해 보였다.

"마법이 내 안에 있어! 마법이 나한테 힘을 주고 있어! 난 알 수 있어! 느껴진다고!" 콜린이 계속 말했다.

무언가가 콜린을 지탱하고 떠받쳐주는 것만은 아주 확실했다. 콜린은 상록수 쉼터에 앉기도 하고 한두 번 풀밭에 앉거나 몇 차례씩 걷던 길에 멈춰 서서 디콘에게 기대기도 했지만, 포기하지 않고 화원 한 바퀴를 끝까지 다 돌았다. 나무 차양 아래로 돌아온 콜린은 두 볼이 붉게 상기되어 있었다. 콜린은 큰 승리를 거둔 듯한 표정으로 외쳤다.

"내가 해냈어! 마법이 성공했다고! 이게 내 첫 번째 과학 실험이야."

메리가 불쑥 말했다. "크레이븐 선생님은 뭐라고 하실까?"

콜린이 대답했다. "그분은 아무 말도 하지 않을 거야. 아무 말도 안 해줄 거거든. 이건 이제부터 우리한테 제일 중요한 비밀이야. 아무도 이 일을 눈치채선 안 돼. 내가 더 튼튼해져서 다른 아이들처럼 걷고 뛸 수 있을 때까지는 말이야. 나는 매일 이곳에 휠체어를 타고 와서 휠체어를 타고 돌아갈 거야. 누가 수군거리지도 못하게 할 거고 이것저것 묻지도 못하게 할 거야. 실험이 완전히 성공하기 전까지는 아빠 귀에 들어가게 할 수 없어. 그러다가 언젠가 아빠가 미셀스웨이트에 돌아오시면, 난 아빠가 계신 서재로 걸어 들어가서 이렇게 말할 거야. '저 왔어요. 저도 다른 남자애들하고 똑같아요. 아주 건강해서, 어른이 될 때까지 살 거예요. 과학 실험을 해서 이렇게 된 거예요.'"

메리가 외쳤다. "고모부는 꿈을 꾸는 줄 아실 거야. 보고도 눈을 믿지 못하실걸."

콜린은 의기양양하여 얼굴이 빨갛게 상기됐다. 콜린 스스로도 자신이 건강해질 거라고 믿었다. 그리고 본인은 미처 몰랐을지 몰라도, 그것으로 이미 반 이상은 이긴 싸움이었다. 또 무엇보다 콜린에게 의욕을 북돋아주는 것은 아버지가 자신의 아들이 다른 집 아이들처럼 튼튼하고 꼿꼿하게 크고 있다는 사실을 알게 되면 어떤 표정을 지을까 하는 상상이었다. 병들어 아팠던 지난날에 가장 우울하고 비참했던 일 가운데 하나는 아버지조차 보기 꺼리는 곱사등이로 병약하게 살아야 할 자신에 대한 혐오였다.

"아빠도 어쩔 수 없이 믿을 수밖에 없을 거야. 해보고 싶은 일이 몇 개 있어. 마법에 성공한 다음 과학 발견을 시작하기 전에 말이야. 그중 하나는 운동선수가 되는 거야."

벤 웨더스태프가 말했다. "그럼 한 일주일 있다가 도련님을 권투 시합에 델구 가믄 되겠네요. 도련님이 시합두 이기구 영국 프로 권투 챔피언두 될 거구만요."

콜린이 엄한 눈길로 벤 노인을 똑바로 쳐다보았다.

"할아범, 그건 무례한 말이야. 할아범도 비밀을 지킬 의무가 있으니까 그렇게 함부로 말해선 안 돼. 아무리 놀라운 마법이 일어나도 난 프로 권투 선수가 되진 않아. 나는 과학 발견자가 될 거니까."

"용서하시요, 용서하시요, 쥔님. 농으로 헐 말이 따로 있는데, 제가 몰라서 그랬구만요." 벤 노인이 손을 이마에 붙여 깍듯하게 인사하며 용서를 빌었다. 하지만 노인은 눈을 반짝이며 남모르게 무한한 기쁨을 느꼈다. 타박을 당하는 건 아무래도 상관없었다. 타박을 한다는 건 그만큼 도련님이 힘과 기운을 찾았다는 뜻이었기 때문이다.

24.
"웃게 놔둡시다"

 비밀의 화원 말고도 디콘이 일하는 곳이 있었다. 황무지 오두막 주변에는 울퉁불퉁한 돌로 야트막하게 담장을 쌓아 둘러놓은 땅뙈기가 있었다. 이른 아침과 어스름 땅거미가 질 무렵, 그리고 콜린과 메리를 만나지 않는 날들이면 디콘은 어머니를 도와 그곳에서 감자며 양배추, 순무, 당근, 허브 같은 작물을 심고 가꾸었다. 디콘은 '동물' 친구들과 함께 그곳에서 놀라운 일들을 해냈고, 그런 일을 하면서 한 번도 힘들어하지 않는 것 같았다. 땅을 파거나 잡초를 뽑을 땐 휘파람을 불거나 요크셔 황무지에 전해져 내려오는 노래를 불렀고, 또 검댕이나 대장이나 그를 도우며 일을 배우는 동생들과 이야기를 나누기도 했다.
 소어비 부인이 말했다. "디콘의 텃밭이 없었더라믄 지금마냥 편하게 지내지 못했겠지. 뭘 심든 그 애를 도울라구 쑥쑥 크잖어. 디콘이 키운 감자허구 양배추는 딴 사람들 손에 자란 것들보다 크기두 갑절은 크구 맛두 최고니까."

소어비 부인은 잠시 짬이 나면 나가서 디콘과 이야기하는 걸 좋아했다. 저녁을 먹은 뒤에도 황혼이 길고 맑게 이어져 아직 일을 할 수 있었고, 그때가 부인도 바쁜 일 없이 한가한 시간이었다. 부인은 울퉁불퉁하고 야트막한 담에 앉아 디콘을 지켜보며 그날 하루의 이야기를 들었다. 부인은 이 시간을 무척 좋아했다. 이곳에서 자라는 게 채소만 있는 건 아니었다. 디콘은 가끔 일 페니짜리 꽃씨들을 사 와서 구스베리 덤불과 양배추 사이사이에 빛깔이 선명하고 향이 좋은 씨앗들을 심었다. 또 가장자리 경계를 따라 목서초며 패랭이꽃이며 팬지를 심고 해마다 모아둔 씨앗이나 봄마다 뿌리가 살아나면 무성하게 퍼져나가는 꽃들도 심었다.

이 야트막한 담은 요크셔에서 가장 예쁜 장소 가운데 하나였다. 디콘이 돌 틈새마다 황무지에서 나는 디기탈리스와 풀고사리와 오브리에타를 심어놓아 돌은 드문드문 언뜻 보이는 정도였기 때문이다.

디콘은 이런 말을 즐겼다. "누구든 요것들을 잘 키울라믄, 엄니, 확실허게 친구가 되어야 헌다니까요. 식물들두 '동물들'허구 똑같거든요. 목말라하믄 마실 걸 주구 배고파하믄 먹을 걸

줘야지요. 식물들두 우리만치 살구 싶어 허니까요. 요것들이 죽으믄 제가 나쁜 놈이 된 기분이 들어요. 제가 나빠서 너무 관심을 안 줬나 싶어서요."

이런 해 질 녘에 소어비 부인은 미셀스웨이트 저택에서 일어난 모든 이야기를 들었다. 처음에 들었던 이야기들은 '콜린 도련님'이 메리 아가씨와 마당에 나가는 걸 좋아하는데, 그게 도련님한테 좋은 영향을 끼쳤다는 정도가 고작이었다. 하지만 얼마 지나지 않아 다른 두 아이들은 디콘의 어머니까지 '비밀에 끼워줘도' 좋다는 데 의견을 모았다. 웬지 디콘 어머니는 아무런 의심도 받지 않고 '확실하게 안심해도 좋은' 사람으로 여겨졌다.

그래서 어느 아름답고 고요한 저녁에 디콘은 어머니에게 전부 다 털어놓았다. 열쇠가 땅에 묻혀 있던 일이며 울새며 회색 안개처럼 화원을 뒤덮어 죽은 곳을 방불케 했던 회색 나무들, 그리고 메리 아가씨가 절대 밝히지 않으려고 했던 비밀에 대해서까지 흥미진진한 이야기들을 아주 자세하게 들려주었다. 그러다가 디콘을 만나고 함께 비밀을 나누게 된 배경과 콜린 도련님을 완전히 믿지 못하다가 결국 비밀의 영토로 그를 데리고 들어갔던 극적인 과정, 거기에 우연히 벤 웨더스태프 노인이 화난 얼굴로 담장 너머 안을 엿보았던 일과 콜린 도련님이 버럭 화를 내며 갑자기 힘을 낸 일까지, 이야기를 듣던 소어비 부인의 인상 좋은 얼굴색이 몇 번이나 획획 바뀌었다.

소어비 부인이 말했다. "세상에, 그 꼬마 아가씨가 미셀스웨이트 저택에 오길 잘했네. 아가씨두 사람 되더니 도련님두 살려놓구. 도련님이 일어서다니! 다들 도련님은 정신두 미약하구 온몸에 꼿꼿한 뼈라구는 하나두 없는 줄 알잖니!

부인은 굉장히 많은 질문을 했고 파란 눈에는 깊은 생각이 가득 들어찼다.

"그러믄 저택 사람들은 어떻게 생각헌다니? 도련님이 그렇게 건강해지구 기분도 좋구 불평 하나 없다믄서?"

부인이 다시 묻자 디콘이 대답했다. "뭐가 어떻게 된 일인지 몰라 허죠. 도련님 얼굴이 하루가 다르게 좋아지니까요. 살이 올라서 인제 그렇게 날카로워 뵈지두 않구, 밀랍마냥 희끄무레 허던 것두 없어지구. 그런데 불평은 허던 대로 조끔 해야 허요." 디콘이 정말 재미있다는 듯이 씩 웃었다.

"도대체 왜?" 소어비 부인이 묻자 디콘이 큭큭 웃었.

"뭔 일이 있는지 사람들이 짐작두 못 허게 헐라구 그러지요. 도련님이 혼자 설 수 있다는 걸 의사 선생님이 알믄 크레이븐 쥔님께 편지를 써서 알릴 거 아녀요. 콜린 도련님은 비밀루 해 뒀다가 아버지헌테 직접 말허려는 거구요. 도련님은 매일 자기 다리에다 마법을 걸 거여요. 그러다가 아버지가 돌아오시믄 아버지가 계신 방까지 씩씩허게 걸어가서 다른 애들처럼 꼿꼿허게 걸을 수 있다는 걸 보여드린다구 허셔요. 콜린 도련님허구 메리 아가씨는 아직은 툴툴거리구 짜증두 내구 허믄서 사람들이 눈치 못 채게 허는 게 젤루 좋은 계획이라구 생각허는 거지요."

소어비 부인은 디콘이 마지막 말을 다 마치기도 전에 이미 마음 편히 나지막한 웃음을 터뜨렸다.

"아! 내 장담허는데, 두 아이는 정말 재미나게 지내고 있겄어. 둘 다 그러믄서 연극 놀이를 실컷 헐 것이구, 아이들이 연극 놀이만치 좋아하는 게 없거든. 둘이 뭘 허는지 한번 들어보자, 디콘."

디콘은 잡초 뽑던 손을 멈추고 쪼그려 앉은 채로 허리를 펴고는 어머니에게 이야기했다. 두 눈은 재미난 기억들로 반짝였다.

"밖에 나갈 때마다 콜린 도련님을 휠체어에 옮겨다 태워야 허거든요. 그러믄 도련님은 마종인 존헌테 조심히 옮기지 않는다믄서 버럭 화를 내요. 힘이 하나두 없는 얼굴을 하구는 집이 안 보일 때까지 고개두 안 들구요. 휠체어에 앉힐 때두 끙끙 앓구 짜증두 내구. 도련님허구 메리 아가씨허구 둘 다 재밌어가지구 도련님이 앓는 소리를 내믄서 투덜거리믄 아가씨가 '불쌍한 콜린! 그렇게 아프니? 몸이 그렇게 약한 거야? 불쌍한 콜린' 그런다니까요. 그런데 문제는 가끔 둘 다 웃음이 터져서 못

참을 때가 있거든요. 무사히 화원에 들어가믄 둘 다 숨두 못 쉴 때까지 웃어댄다니까요. 그래서 콜린 도련님의 방석으루다 얼굴을 막구 정원지기들헌테 소리가 안 들리게 허죠. 근처에 누가…… 있을지도 모르니까."

소어비 부인도 계속 웃으면서 말했다. "많이 웃을수록 두 아이헌테 좋지! 아이들헌테는 건강허게 마음껏 웃는 게 언제라두 약을 먹는 것보다 더 낫다니까. 분명히 둘 다 통통허니 살이 오를 거야."

"지금두 통통허게 살이 오르구 있어요. 둘 다 그렇게 허기져 허는데, 어떻게 허면 말이 안 나게 배를 채울 만치 먹을 걸 구할까 모르겠대요. 콜린 도련님은 먹을 걸 계속 더 갖구 오라구 허믄 자기를 병자루 생각허겠냐구 허구, 메리 아가씨가 도련님헌테 자기 걸 양보해 주겠다구 허니까, 도련님은 아가씨가 굶으믄 살이 빠질 거라구, 둘이 같이 살쪄야 헌다면서 안 된다구 허구."

소어비 부인은 이런 말 못 할 어려움이 있다는 사실을 알고서는, 파란 망토를 입은 몸을 앞뒤로 흔들어대며 진심으로 실컷 웃었다. 디콘도 같이 웃었다.

소어비 부인이 간신히 웃음을 멈추고서 말했다. "애야, 엄니두 두 아이를 도울 방법을 생각해 봤는데, 한번 들어봐라. 담번 아침에 아이들헌테 갈 적에 새로 짠 신선한 우유 한 통을 들구

가렴. 거기에 엄니가 껍질이 바삭바삭헌 둥근 빵이나 건포도 빵으루다가, 니들 좋아하는 거랑 똑같이 만들어줄 거구만. 신선한 우유허구 갓 구운 빵만치 좋은 건 없으니까. 그러믄 화원에 있는 동안 그걸로 허기만 달래구 집에 가서 좋은 음식으로 배를 채우믄 되겠지."

디콘이 감탄하며 말했다. "아! 엄니! 엄니는 정말 대단허셔요! 엄니는 항시 좋은 수를 아신다니까요. 어제는 한바탕 난리두 아니었어요. 먹을 걸 더 달라구 하지 않구 어떻게 버텨야 할지 알 수가 없다구요. 그 정도루 속이 텅 빈 것 같데요."

"둘 다 지금 한창 크는 어린이들이구, 또 건강을 회복하는 중이잖니. 그런 아이들은 새끼 늑대와 같아서 먹는 족족 살루 가구 피루 가는 거야." 소어비 부인은 그렇게 말하고는 디콘과 똑 닮은 입 모양으로 미소를 지었다. "아! 하지만 그 애들은 확실히 재미나게 지내구 있는 것 같네."

편안하고 훌륭한 어머니였던 소어비 부인의 말은 옳았다. 그리고 '연극 놀이'야말로 아이들이 제일 좋아하는 놀이라는 부인의 말은 그 어느 때보다 정확했다. 콜린과 메리는 다른 놀이보다 연극을 할 때 제일 신나고 재미있다는 사실을 발견했다. 사람들이 의심하지 않도록 아이들이 스스로를 포장해야 한다고 생각하게끔 만든 사람은, 자신들은 몰랐지만 처음엔 어리둥절해하던 보모였고, 그다음엔 크레이븐 박사 자신이었다.

어느 날 보모가 이렇게 말했다. "도련님 식욕 말이에요. 정말이지 아주 좋아졌어요, 콜린 도련님. 전에는 아무것도 안 드시곤 했잖아요. 입에 맞지 않다고 하시는 것도 많았고요."

"지금은 입에 맞지 않는 게 없어." 콜린은 대답을 하고 나서 자신을 이상한 눈으로 살펴보는 보모를 보고는 아직은 너무 건강한 티를 내면 안 된다는 사실이 문득 떠올라 덧붙여 말했다. "어쨌든 예전만큼 입맛이 없진 않아. 신선한 공기 덕분이야."

보모는 그래도 이해가 안 된다는 표정으로 콜린을 살펴보며 대답했다. "그런가 보네요. 그래도 크레이븐 박사님께 말씀은 드려야겠어요."

보모가 나간 다음 메리가 말했다. "너를 뚫어지게 쳐다보더라! 꼭 뭔가 알아내려는 것처럼 말이야."

"아무것도 못 알아낼 거야. 아직 아무도 의심해선 안 돼."

그날 아침, 크레이븐 박사가 왔을 때 그 역시도 어리둥절한 표정이었다. 박사는 콜린이 짜증 날 정도로 여러 가지 질문을 퍼부었다.

"정원에 나가면 한참을 머문다던데, 어딜 가는 거니?"

콜린은 자신이 제일 좋아하는 태도로 무게를 잡으며 관심 없다는 듯이 말했다.

"내가 어디로 가는지 다른 사람한테는 알리지 않을 거예요. 내가 가고 싶은 곳에 가요. 사람들한테는 멀리 떨어져 있으라고 지시해 두었어요. 누가 나를 지켜보고 구경하는 게 싫어서요. 잘 알잖아요!"

"하루 종일 밖에 있는 것 같은데, 나는 그게 너한테 해로운 것 같진 않구나. 그렇진 않아 보여. 보모 말로는 네가 전에 없이 아주 많이 먹는다고도 하고."

콜린이 갑작스레 떠오른 생각에 얼른 말했다. "그건, 그건 아마 식욕이 이상한가 봐요."

"그런 것 같진 않아. 음식들이 잘 맞는 모양이야. 살도 많이 붙고 혈색도 좋아졌어."

"그건……, 그건 아마 몸이 붓고 열이 나서 그럴 거예요. 오래 못 사는 사람들은 좀……, 다르잖아요." 콜린이 우울한 척 기운 없는 목소리로 말했다.

크레이븐 박사는 고개를 저었다. 박사는 콜린의 손목을 잡더니 소매를 걷어 올리고 팔뚝을 만져보았다.

그리고 곰곰이 생각하다 말했다. "열은 나지 않아. 그리고 너처럼 붙은 살은 건강한 살이야. 계속 이런 식으로 가면, 얘야, 우린 더 이상 죽음을 입에 올릴 필요가 없단다. 네 아버지도 네가 이렇게 놀랄 만큼 좋아졌다는 소식을 들으면 기뻐하실 거다."

콜린이 버럭 사납게 대꾸했다. "아빠한테 말하면 안 돼요! 그러다 다시 나빠지면 더 실망하실 거라고요. 오늘 밤 당장 다시 나빠질 수도 있잖아요. 열이 마구 오를 수도 있고요. 지금도 막 열이 나려고 하는 느낌이에요. 아빠한테 편지 쓰면 안 돼요. 안 돼요. 안 된다고요! 삼촌 때문에 화가 나요. 그럼 내 몸에 안 좋다는 거 아시잖아요. 벌써 몸이 뜨거워요. 내 이야기를 편지에 쓰고 이러쿵저러쿵 입에 올리는 것도 누가 쳐다보는 것만큼 싫다고요!"

크레이븐 박사가 콜린을 진정시켰다. "쉬잇! 애야, 네가 허락하지 않으면 아무 소식도 보내지 않으마. 지금 네가 너무 민감하구나. 몸이 이렇게 좋아졌는데 그걸 다시 망치면 안 되지."

박사는 크레이븐 씨에게 편지를 쓰겠다는 이야기는 더 이상 꺼내지 않았고, 보모를 만나서도 그런 이야기는 아이에게 절대 언급하지 말라고 넌지시 주의를 주었다.

"아이가 놀랄 만큼 좋아졌어요. 좋아지는 속도가 비정상적일 지경이야. 하지만 물론 저 아이는 그동안 우리가 시키려 해도 안 하던 걸 지금 자기 의지로 하고 있어요. 그래도 아직은 쉽게 흥분하곤 하니까 아이를 자극할 만한 이야기는 아무것도 해선 안 돼요."

메리와 콜린은 무척 놀라서 불안해하며 이야기했다. 이날부터 시작된 두 사람의 계획이 바로 '연극 놀이'였다.

콜린이 안타깝고 답답하다는 듯이 말했다. "어쩔 수 없이 한 번 성질을 부려야 하나 봐. 이젠 그러기도 싫고 그럴 만큼 비참

하지도 않아. 아마 성질은 못 부릴 것 같아. 이젠 울화 같은 게 속에서 치밀어 오르지도 않고, 좋은 생각만 계속하면서는 끔찍한 생각들은 안 드니까. 하지만 아빠한테 편지를 쓴다는 등 하는 소리를 한다면, 뭔가 하긴 해야겠어."

결국 콜린은 먹는 양을 줄이기로 결심했다. 그러나 기지는 반짝였지만 불행히도 실행 불가능한 계획이었다. 아침에 눈을 뜰 때마다 너무나 배가 고팠고, 소파 옆 탁자에는 집에서 만든 빵과 신선한 버터, 눈처럼 하얀 달걀, 라즈베리 잼, 고형 크림으로 아침 식사가 차려져 있었다. 메리는 언제나 콜린과 함께 아침을 먹었는데, 두 아이는 식탁에 앉기만 하면, 특히 얇게 저며낸 구운 햄 조각이 뜨거운 은 덮개 아래서 먹음직스러운 향을 풍기기라도 하는 날엔, 자포자기해서 서로 마주 보곤 했다.

결국 콜린은 언제나 이렇게 말했다. "오늘 아침은 다 먹어야 할 것 같아, 메리. 점심을 조금 남기고 저녁을 많이 남기면 돼."

하지만 음식을 남길 수 있는 점심이나 저녁 같은 건 한 번도 없었고, 반짝반짝 광이 날 정도로 비운 접시는 식기실로 돌아가 많은 뒷말을 만들어내곤 했다.

콜린은 또 이런 말도 했다. "정말이지, 햄 조각이 더 두꺼우면 좋겠어. 게다가 한 사람한테 머핀 한 개씩이라니 누가 먹어도 부족한 양이야."

이 말을 처음 듣던 날 메리는 이렇게 대답했다. "죽어가는 사람한테는 충분했지. 살 사람한테는 부족하지만. 난 가끔 열린 창문으로 황무지에 갓 피어난 히스 꽃이랑 가시금작화 향기가 밀려들 땐 머핀을 세 개도 먹을 수 있을 것 같아."

그날 아침엔 화원에서 두 시간 정도를 재미있게 놀다가 디콘이 커다란 장미 덤불 뒤로 가서 들통 두 개를 들고 나왔다. 통 하나에는 거품이 둥둥 떠다니는 진한 우유가 한가득 들어 있었고, 다른 통 하나에는 오두막에서 만든 건포도 빵이 깨끗한 파란색과 흰색이 섞인 냅킨에 쌓여 있었는데, 냅킨으로 어찌나 정성스레 쌌는지 빵이 아직까지도 따끈따끈했다. 화원 안에선 깜짝 놀라고도 기쁨에 겨운 두 아이의 야단법석이 일었다. 소어비 부인이 이렇게 멋진 생각을 해내다니! 얼마나 친절하고 현명한 분이신지! 빵은 또 얼마나 맛있는지! 우유는 또 어찌나 맛나는지!

콜린이 말했다. "디콘처럼 아주머니한테도 마법이 있는 거야. 그래서 어떤 일이든 방법을 생각해 낼 수 있는 거야. 좋은 방법을. 아주머니는 마법사야. 아주머니께 우리가 감사해 하더라고 전해줘. 더할 나위 없이 감사드린다고."

콜린은 가끔 어른들이 하는 말을 쓰는 버릇이 있었다. 그걸 재미있어했다. 그런 말투를 무척 좋아하다 보니 점점 더 잘하게 됐다.

"아주머니께 더없이 너그러우신 마음에 지극한 감사를 전한다고 말씀드려."

그런 다음 콜린은 위엄 따위는 까맣게 잊고 먹을 것에 달려들어 빵을 우적우적 쑤셔 넣고 우유를 들통째로 벌컥벌컥 마셨다. 평소 하지 않던 운동을 하며 황무지 공기를 마신 후 아침 식사를 하기까진 아직 두 시간이나 더 기다려야 하는 여느 배고픈 남자아이와 다를 바 없었다.

이 일을 시작으로 비슷하게 유쾌한 사건들이 수두룩하게 이어졌다. 두 아이는 실제로 소어비 부인에겐 먹여 살릴 식구가 열네 명이나 되기 때문에 매일같이 먹성 좋은 두 아이까지 같이 배불리 먹일 만큼 여유가 안 될 수도 있다는 사실을 깨달았다. 그래서 아이들은 부인이 장을 볼 때 보탬이 되도록 자기들이 보내는 얼마간의 돈을 받아달라고 부탁했다.

디콘도 아이들을 흥분시킬 만한 것을 발견했다. 메리가 처음 들짐승들에게 피리를 불어주는 디콘을 만났던 정원 밖 수풀에서 돌로 화덕 비슷하게 꾸밀 수 있는 깊고 작은 구멍을 찾아냈던 것이다. 그곳에 감자나 달걀을 넣고 구워 먹을 수 있었다. 구운 달걀은 예전에는 알지 못했던 호사였고, 뜨끈뜨끈한 감자에 소금과 신선한 버터까지 곁들이면 숲속 임금님의 만찬이 따로 없었다. 게다가 맛만으로도 만족스러웠다. 감자와 달걀은 원 없이 사놓고 먹을 수도 있었고, 열네 식구가 먹어야 할 음식을 빼앗는다는 가책을 느끼지 않아도 되었다.

아름다운 아침이면 매일 어린 신비주의자들은 활짝 피었던 꽃이 금세 지고 초록 잎사귀가 무성해져 지붕처럼 우거진 자두나무 아래 모여 마법을 행했다. 의식이 끝나면 콜린은 항상 걷기 연습을 했고, 틈틈이 새로 생긴 힘도 써보았다. 콜린은 날이 갈수록 더 튼튼해졌고, 더 안정되게, 더 많이 걸을 수 있었다. 날마다 마법을 믿는 마음도 더 강해졌다. 그럴 만했다. 콜린은 튼튼해졌다는 기분이 들어 다른 실험에 연이어 들어갔는데, 가장 좋은 실험 거리를 보여준 사람은 바로 디콘이었다.

하루 동안 보이지 않던 디콘이 다음 날 아침에 찾아와 이렇게 말했다. "어제 엄니 심부름으루 스웨이트에 갔었는데, 푸른 소 여인숙 근처에서 밥 하워스 아저씨를 만났어요. 황무지에서 힘이 젤루 센 아저씨거든요. 레슬링 대회 우승자에다가, 높이뛰기두 젤루 높이 뛰구 해머두 젤루 멀리 던져요. 스코틀랜드까지 가서 운동을 헌다구 몇 년 지내기두 했구요. 내가 꼬맹이일 때부터 알구 지냈구 원체 친절한 분이라 내가 아저씨헌테 몇 가지 물어봤거든요. 어떤 신사분이 아저씨헌테 운동선수라구 부르는 걸 듣구는 콜린 도련님 생각이 나서요. 어떻게 하믄 그렇게 알통이 튀어나오냐구요. 그렇게 튼튼해지려구 특별히 헌 거라두 있냐구 물었지요. 그랬더니 아저씨가 그러대요. '뭐, 그래, 얘야. 있지. 스웨이트에 왔던 공연단에서 어떤 힘센 남자가 팔이랑 다리랑 온몸의 근육을 단련하는 법을 가르쳐준 적이 있지.' 그래서 내가 야리야리한 사람두 그렇게 허면 힘이 세어질 수 있냐구 물었더니, 아저씨가 웃으믄서 '니가 야리야리한 아이냐?' 허더라니까요. 그래서 아니라구, 내가 아는 어린 신사가 있는데 오랫동안 아프다가 낫고 있는 중이구, 운동 요령을 좀 알믄 내가 가서 조끔 알려주구 싶다구 그랬지요. 나도 누군지 말 안 허구, 아저씨두 누구냐구 묻지 않았어요. 아까두 말했지만 원체 친절한 분이라 일어나더니 찬찬허게 알려주더라구요. 그래서 고대루 따라하믄서 나두 외웠죠."

콜린은 들뜬 얼굴로 열심히 귀를 기울이다가 소리쳤다.

"나한테 가르쳐줄 수 있어? 가르쳐줄래?"

디콘이 일어서며 대답했다. "암요, 당연허죠. 하지만 처음엔 살살 해야 허구, 힘들지 않게 조심해야 헌대요. 중간중간에 쉬어가믄서 허구, 심호흡을 허구, 무리허면 안 된다구."

"조심할게. 알려줘! 보여줘 봐! 디콘, 넌 세상에서 제일 마법을 잘 부리는 아이야!"

디콘은 풀밭에서 일어나 효과적이면서도 간단한 근육운동 몇 가지를 천천히 이어서 보여주었다. 콜린은 눈을 동그랗게 뜨고 지켜보았다. 몇 가지 동작은 앉아서도 따라 해볼 수 있었다. 그러다가 벌써 힘이 생긴 발로 일어서서 금세 몇 가지를 조심스럽게 따라 해보았다. 메리도 같이하기 시작했다. 아이들을 지켜보던 검댕이는 불안한 듯이 앉았던 가지에서 내려와 안절부절못하며 콩콩 뛰어다녔다. 아이들을 따라 할 수 없었기 때문이다.

그날 이후로 그 운동은 마법처럼 하루 일과가 되었다. 콜린과 메리 둘 다 운동할 때마다 좀 더 많은 동작을 할 수 있게 되었고, 그 덕분에 입맛도 점점 더 살아났다. 디콘이 아침마다 덤불 뒤에 가져다 두는 바구니가 아니었다면 두 사람에겐 아무런 가망도 없었을 것이다. 하지만 작은 구멍에 만든 화덕과 소어비 부인의 넉넉한 마음 덕에 아이들의 배가 든든해지자, 메들록 부인과 보모와 크레이븐 박사는 다시 한 번 혼란에 빠져들었다. 구운 달걀이며 감자며 거품이 둥둥 떠다니는 신선한 우유와 귀리 비스킷, 빵, 히스 꿀, 고형 크림을 배가 터지게 먹는다면 누구든 아침 식사를 먹는 둥 마는 둥 하고 저녁 식사를 거들떠보지도 않게 될 것이다.

보모가 말했다. "둘 다 거의 아무것도 먹질 않아요. 아이들한테 잘 말해서 영양가 있는 걸 조금이라도 먹게 하지 않으면, 저러다가 굶어 죽을 거예요. 그런데도 애들 얼굴 좀 보세요."

메들록 부인이 벌컥 화를 냈다. "봐요! 아! 그 애들 때문에 골치 아파 죽겠어요. 한 쌍의 꼬마 악마가 분명하다니까요. 어느 날에는 외투 단추가 터져라 먹더니 다음 날에는 요리사가 만든 최고의 요리를 보고 식욕이 돌 만도 한데 콧방귀도 안 뀌고. 어젠 그 맛있는 어린 닭고기 요리를 한 입도 안 먹고 포크에 브레

드 소스 한 방울 안 묻히더라니까요. 게다가 푸딩도 그 불쌍한 요리사가 애들 주려고 새로 개발한 건데, 그걸 고대로 돌려보냈더라고요. 요리사는 울음을 터뜨릴 뻔했어요. 애들이 굶어 죽으면 자기 탓이라고 할까 봐 겁도 나겠죠."

크레이븐 박사는 콜린을 찾아와 아이를 한참이나 주의 깊게 살펴보았다. 보모가 하는 이야기를 듣는 동안, 박사는 콜린이 자신에게 보여주려고 남겨둔, 콜린이 거의 손도 대지 않은 아침 식사 쟁반을 보면서 극도로 걱정스러운 표정을 지었다. 하지만 콜린의 소파 옆에 앉아 진찰을 할 때는 더욱 근심스러운 얼굴이었다. 크레이븐 박사는 업무차 런던에 다녀오느라 거의 이 주일 동안 콜린을 만나지 못했다. 어린아이들은 건강해지기 시작할 땐 그 속도가 빨랐다. 콜린도 피부에서 밀랍 같은 기운은 사라지고 따뜻한 장밋빛이 비쳐 들었다. 아름다운 눈은 맑았고, 퀭하니 쑥 들어갔던 눈 밑과 볼과 관자놀이도 토실토실해 보였다. 한때 이마 위로 쏟아져 내려 어둡고 무거워 보이던 머리카락은 건강하고 탄력 있게 찰랑대는 것 같았고, 생기가 돌아 한결 부드럽고 따뜻한 느낌이었다. 입술은 더 도톰해지며 색깔도 정상으로 돌아왔다. 사실 오랫동안 고질병을 앓은 병자의 모습을 연기하는 거라면 콜린의 모습은 그냥 속아주기에도 민망하기 짝이 없는 상태였다. 크레이븐 박사는 한 손으로 턱을 쥐고 찬찬히 생각을 해보았다.

"안타깝게도 네가 아무것도 먹지 않는다고 하더구나. 그건 안 된다. 그럼 건강을 다시 해치게 될 거야. 이렇게 좋아졌는데, 그것도 이렇게나 놀랄 만큼 좋아졌는데. 얼마 전에는 아주 잘 먹었잖니."

"그땐 식욕이 이상한 거라고 했잖아요." 콜린이 대답했다.

메리가 침대 가까이에 의자를 놓고 앉아 있다가 갑자기 아주 이상한 소리를 냈다. 필사적으로 소리를 참으려다가 나중에는 거의 목이 막힌 듯 캑캑거렸다.

크레이븐 박사가 메리를 돌아보며 물었다. "왜 그러니?"

메리는 정색을 하더니 무게를 잡고 나무라듯이 대답했다.

"재채기인지 기침인지가 나오려고 했는데 목에 걸렸어요."

나중에 메리는 콜린에게 이렇게 말했다. "그런데 도저히 참을 수가 없는 거야. 네가 좀 전에 먹은 커다란 감자하고, 입을 쩍 벌리고 잼이랑 고형 크림을 바른 두툼하고 맛있는 빵을 우적우적 씹어 먹는 모습이 떠올라서 갑자기 웃음이 터져 나오잖아."

크레이븐 박사는 메들록 부인에게 물었다. "아이들이 음식을 몰래 구할 방법이 있나요?"

"땅을 파서 나오거나 나무에서 따거나 하지 않는 한 방법이 없죠. 아이들은 하루 종일 밖에 나가 있는데, 아무도 만나지 않고 자기들끼리만 놀아요. 그리고 만약 보내주는 음식 말고 다른 게 먹고 싶으면 그냥 그걸 달라고만 하면 되는걸요."

크레이븐 박사가 말했다. "글쎄요. 음식을 먹지 않고도 잘 지낼 수 있다면 우리가 굳이 조바심을 낼 필요는 없지요. 콜린은 완전히 다른 아이가 되었어요."

메들록 부인이 말했다. "여자아이도 마찬가지예요. 살이 붙으면서 못생기고 심술궂은 얼굴은 어디로 가고 아주 예뻐지기 시작했어요. 머리숱도 많아져서 건강해 보이고, 혈색도 환해졌어요. 그렇게 뚱할 수가 없고 심보도 고약하더니 지금은 아가씨도 콜린 도련님도 정신 나간 아이들처럼 같이 웃어댄다니까요. 그래서 저렇게 살이 붙나 봐요."

크레이븐 박사가 말했다. "그럴 수 있겠지요. 마음껏 웃게 놔둡시다."

25.
커튼

 비밀의 화원에는 꽃이 피고 또 피어났으며 매일 아침마다 새로운 기적이 나타났다. 울새 둥지에는 알이 생겨났고, 울새의 짝이 그 위에 앉아 깃털 보송보송한 가슴과 날개로 알들을 따뜻하게 품어주었다. 처음에 울새 짝꿍은 무척 불안해했고, 울새도 공격적인 태세로 경계했다. 그즈음엔 디콘조차 나무가 나란히 줄 선 구석 쪽으로는 가까이 가지 않았다. 그저 신비한 주문이 작은 새 한 쌍의 영혼에 닿아 하고픈 이야기가 조용히 전해질 때까지 기다렸다. 이 화원 안에 그들과 비슷하지 않은 것은 아무것도 없다고. 그들에게 일어나고 있는 일, 거대하고 연약하며 끔찍하고 가슴이 처절하도록 아름답고 장엄한 알이라는 경이로움을 이해하지 못할 존재는 없다고. 만약 알을 하나라도 가져가거나 깨뜨리면 온 세상이 온 우주 안에서 빙글빙글 돌다 박살 나서 끝내 종말을 맞으리란 걸 마음속 깊이 모르는 사람이 이 화원 안에 단 한 명이라도 있다면, 이처럼 생각하지 않고 그리하여 그렇게 행동하지 않는 사람이 한 명이라도 이곳에 있다면, 아무리 황금빛 봄날 공기 안에서 숨 쉬고 있더라도 행복을 맛볼 수는 없었을 것이다. 하지만 아이들은 모두 이 사실을 알았고 그렇게 생각했으며, 울새와 그 짝은 아이들이 그것을 안다는 것을 알았다.

처음에 울새는 메리와 콜린을 날카롭게 경계하며 지켜보았다. 이유는 알 수 없지만 디콘은 감시할 필요가 없다는 걸 아는 듯했다. 이슬처럼 맑고 까만 눈으로 디콘을 처음 본 순간, 울새는 디콘이 낯선 사람이 아니라 부리도 깃털도 없는 울새의 한 종류라고 여겼다. 디콘은 울새의 말도 할 수 있었다(울새의 말은 다른 말하고는 뚜렷하게 구별된다). 울새에게 울새의 말로 말을 거는 것은 프랑스 사람에게 프랑스어로 말을 거는 것과 비슷했다. 디콘은 울새와는 항상 울새의 말을 썼기 때문에, 사람들에게 말할 때 이상한 소리로 횡설수설하는 것은 전혀 문제가 되지 않았다. 울새는 디콘이 사람들과 대화할 때 그런 이상한 소리를 내는 이유가, 사람들이 울새 말을 알아들을 만큼 똑똑하지 못해서라고 생각했다. 디콘은 움직임도 울새 그대로였다. 울새들은 위험해 보이거나 위협적으로 여겨질 정도로 갑자기 나타나 다른 울새를 깜짝 놀라게 하지 않았다. 어떤 울새라도 디콘을 이해할 수 있었고, 그래서 디콘이 옆에 있어도 전혀 불안할 이유가 없었다.

하지만 봐주려 해도 다른 두 아이는 감시할 필요가 있어 보였다. 처음에 남자아이는 화원에 자기 발로 걸어 들어오지 않았다. 바퀴가 달린 것에 실려서 들어왔고 들짐승 가죽을 덮고 있었다. 그것만으로도 미심쩍었다. 그러다가 일어서서 이리저리 움직이기 시작했는데, 이상하게 익숙하지 않아 보였고 다른 아이들이 도와줘야 하는 것 같았다. 울새는 덤불 안에 몸을 숨기고 이 모습을 걱정스레 지켜보며 고개를 갸웃거렸다. 남자아이가 살금살금 움직이는 건 고양이처럼 확 달려들어 덮칠 준비를 하는 것인지도 모른다고 생각했다. 고양이는 덮치려고 할 때마다 아주 천천히 바닥을 기어왔으니까. 울새는 이 일로 짝꿍과 이야기를 많이 나누었지만, 며칠이 지나고 나서는 이 문제를 입 밖에 내지 않기로 마음먹었다. 짝꿍이 너무 겁에 질린 나머지 알에 해가 될까 걱정되었기 때문이다.

남자아이가 혼자서 걷고 심지어 더 빨리 움직일 수 있게 되자, 마음이 크게 놓였다. 그래도 오랫동안, 어쩌면 울새에게 오랫동안이라고 여겨졌는지 모르지만, 남자아이만 보면 불안한 마음이 들었다. 남자아이는 걷는 걸 아주 좋아하는 것처럼 보였지만 한 번씩 앉거나 눕는 버릇이 있었고, 그러다가 불안한 자세로 일어나 다시 걷기 시작했다.

　어느 날 울새는 부모 새에게 나는 법을 배워야 했을 때 자기도 꽤 비슷한 행동을 했던 기억이 떠올랐다. 그때는 몇 미터 짧게 날고는 어쩔 수 없이 쉬어야 했다. 그러자 이 남자아이도 나는 법을, 아니 걷는 법을 배우는 중이라는 생각이 들었다. 울새는 이 이야기를 짝꿍에게 들려주며, 알들도 깃털이 돋으면 아마 똑같이 행동할 거라고 말하자 짝꿍은 아주 마음이 놓였고, 큰 관심이 생겨 둥지 너머로 남자아이를 지켜보면서 즐거워하게 되었다. 물론 자기 알들은 훨씬 더 영리하고 더 금방 배울 거라고 생각했다. 하지만 그러다가 너그럽게도 울새의 짝은 인간이란 늘 알보다 더 둔하고 느린 법인 데다, 대부분은 정말로 나는 법을 배우지도 않는 것 같다고 말했다. 하늘에서나 나무 꼭대기에서는 한 번도 인간을 본 적이 없다고.

　얼마 후 남자아이는 다른 아이들처럼 움직이기 시작했지만, 때때로 세 아이들 모두 남다른 행동을 하곤 했다. 나무 아래 서서 팔과 다리와 머리를 움직였는데, 그렇다고 걷는 것도 아니고 뛰는 것도 아니고 앉는 것도 아니었다. 아이들은 매일 틈틈이 이런 동작들을 했고, 울새는 아이들이 무엇을 하는지, 무엇을 하려고 하는 건지 짝꿍에게 설명해줄 수 없었다. 그저 알이 저런 식으로 파닥거리진 않을 게 확실하단 말밖에 할 수 없었다. 하지만 울새 말을 술술 잘하는 남자아이도 같이하고 있었기에, 새들은 그 행위가 위험한 성질의 것은 아니리라고 안심할 수 있었다. 당연히 울새도 그 짝꿍도 레슬링 대회의 우승자 밥 하워스가 누군지 몰랐고, 알통이 불끈불끈 튀어나오는 운동이란 것도 처음 들어보는 말이었다. 울새는 사람과 달라서, 처음부터 근육을 계속 쓰면서 자연스럽게 단련한다. 끼니때마다 먹이를 찾아 날아다녀야 하니 근육이 위축될 틈이 없는 것이다 (위축이란 자주 사용하지 않아 약해진다는 뜻이다).

남자아이가 다른 아이들처럼 걸어 다니고 뛰어다니고 땅을 파고 잡초를 뽑게 되었을 즈음, 구석에 자리 잡은 둥지에는 커다란 평화와 만족이 꽉 들어차 있었다. 알을 걱정하며 가졌던 두려움은 지나간 이야기가 되었다. 알들이 은행 금고 안에 자물쇠로 채워둔 것처럼 안전하다는 것도 알고, 수없이 이어지는 신기한 일들을 지켜볼 수 있는 위치에 있다 보니, 이제 울새 둥지는 세상에서 제일 재미있는 집이 되었다. 비가 오는 날이면 알을 품는 어미 새도 아이들이 화원을 찾지 않아 약간 따분할 지경이었다.

하지만 비가 오는 날이라고 메리와 콜린까지 따분해했다는 말은 아니었다. 비가 쉴 새 없이 쏟아져 내리던 어느 날 아침, 침대에서 나와 걸어 다니는 건 위험할 수 있다는 이유로 소파에 매여 있어야 했던 콜린이 좀이 쑤신 듯 들썩거리기 시작할 즈음, 메리에게 문득 어떤 생각이 떠올랐다.

"이제 진짜 남자애가 되었나 봐. 팔하고 다리하고 온몸에 마법이 가득 차서 가만히 있을 수가 없어. 자꾸만 뭘 하고 싶어. 그거 알아, 메리? 아주 이른 아침에 일어나면 새들이 밖에서 소리치고 모든 것들이 기뻐서 소리를 지르는 것 같잖아. 나무랑 우리 귀엔 들리지 않는 것들까지 전부 다 말이야. 그럼 나도 침대에서 펄쩍 뛰어내려서 같이 소리를 질러야 할 것 같은 기분이 들어. 내가 그렇게 하면 무슨 일이 생길까?" 콜린의 말에 메리가 배꼽을 잡고 킥킥거리며 웃었다.

"보모가 뛰어오고 메들록 부인이 뛰어와서 네가 미친 줄 알고 의사를 부르겠지."

콜린도 낄낄거리며 웃었다. 다들 어떤 표정을 지을지 눈에 선했다. 자신이 소리 지르는 모습에 얼마나 겁을 먹을지, 또 혼자 똑바로 선 모습을 보고는 얼마나 놀랄 것인지.

"아빠가 집에 오시면 좋겠어. 아빠한테 직접 말하고 싶어. 항상 그 생각을 해……. 그런데 이런 식으로는 얼마 못 갈 거야. 누워서 꼼짝도 안 하고 아픈 척하는 건 못 참겠어. 게다가 내 모습도 예전하고는 달라 보이고. 오늘 비가 안 왔으면 좋았을 텐데."

바로 그때 메리 아가씨에게 좋은 생각이 떠올랐다. 메리는 수수께끼를 내듯 말을 꺼냈다.

"콜린, 이 저택에 방이 몇 개나 있는지 아니?"

"한 천 개 정도 같은데."

"아무도 들어가지 않는 방이 백 개 정도 있어. 한번은 비가 내리던 날에 내가 돌아다니면서 방 여러 개를 구경했어. 아무도 모르게, 메들록 부인한테는 거의 들킬 뻔했지만. 방으로 돌아가다가 길을 잃는 바람에 가다가 멈춰 선 곳이 네 방이 있는 복도 끝이었어. 그때 네가 우는 소리를 두 번째로 들은 거야."

콜린은 깜짝 놀라 소파에 똑바로 앉았다.

"아무도 들어가지 않는 방이 백 개라니. 비밀의 화원에 대해 들었을 때랑 비슷한 느낌이야. 우리 구경 가볼까? 네가 휠체어를 밀어주면 우리가 어디로 가는지 아무도 모를 거야."

"나도 그 생각을 했어. 누가 감히 우리를 따라오지도 않을 거야. 회랑이 있어서 거기 가면 네가 뛸 수도 있어. 같이 운동도 할 수 있고. 인도 분위기가 나는 조그만 방도 있는데, 그 방에 있는 한 장식장에는 상아로 만든 코끼리 상이 가득 들어 있어. 별별 방들이 다 있어."

"종을 울려." 콜린이 말했다.

보모가 들어오자 콜린이 명령했다.

"휠체어가 필요해. 메리하고 같이 집에서 쓰지 않는 곳들을 구경하러 갈 거야. 계단이 있으니까 존한테 초상화 회랑까지만 휠체어를 밀라고 해. 그런 다음엔 메리하고 둘이 다닐 테니 다시 부를 때까지 물러나서 기다려."

그날 아침부터 비 오는 날도 더 이상 무섭지 않았다. 마종 존이 명령대로 휠체어를 초상화 회랑까지 밀어준 뒤 두 아이만 남겨놓고 물러가자, 콜린과 메리는 신이 나서 서로 마주 보았다. 존이 정말로 계단 아래 자기 구역으로 돌아가는 걸 메리가 확인하자마자, 콜린은 휠체어에서 내렸다.

"회랑 이쪽 끝에서 저쪽 끝까지 뛸 거야. 그러고 나서 펄쩍펄쩍 뛸 거야. 그런 다음 같이 밥 하우스 운동을 하자."

아이들은 이것들을 모두 하고 다른 여러 가지 일들도 했다. 초상화를 보다가 초록색 양단 드레스를 입고 손가락으로 앵무새를 들고 있는 못생긴 어린 소녀 그림도 발견했다.

콜린이 말했다. "전부 다 나하고는 친척일 거야. 오래전에 살았던 사람들이야. 저 앵무새 그림에 있는 아이는, 내 생각엔 아마 할머니의 할머니의 할머니의 할머니뻘쯤 되는 고모할머니일 거야. 너랑 정말 비슷하게 생겼다, 메리. 지금 모습 말고 널 처음 봤을 때 모습하고. 지금은 훨씬 더 통통하고 보기도 좋아."

"너도 그래." 메리가 말하고는 콜린과 함께 웃음을 터뜨렸다.

두 아이는 인도 분위기가 나는 방으로 가서 상아 코끼리를 가지고 놀았다. 아이들은 장밋빛 양단으로 꾸민 숙녀용 방과 생쥐가 쿠션에 뚫어놓은 구멍도 발견했다. 생쥐는 모두 자라서 어디론가 사라지고 구멍은 텅 비어 있었다. 두 아이는 더 많은 것들을 보고, 메리 혼자 돌아다닐 때보다 더 많은 방을 발견했다. 못 보던 복도와 모퉁이와 계단들도 발견하고 마음에 드는 낡은 그림과 용도를 알 수 없는 괴상한 골동품들도 찾아냈다. 신기하고도 즐거운 아침이었고, 다른 사람들과 같이 사는 집인데도 동시에 그 사람들과 몇 킬로미터는 떨어진 곳을 돌아다니는 기분은 참으로 흥미진진했다.

콜린이 말했다. "여기 와서 기뻐. 내가 사는 집이 이렇게 크고 기묘하고 오래된 곳이란 걸 꿈에도 몰랐어. 마음에 들어. 비가 오는 날엔 꼭 이렇게 돌아다니자. 이상한 모퉁이랑 골동품들이 계속 나올 거야."

그날 아침엔 다른 무엇보다 입맛이 살아나서 콜린의 방에 돌아왔을 때 준비된 만찬을 손도 대지 않고 돌려보낸다는 게 불가능했다.

보모가 쟁반을 들고 아래층으로 내려가 조리대 위에 탁 하고 내려놓자, 요리사인 루미스 부인의 눈에도 깨끗이 비운 접시며 그릇들이 눈에 들어왔다.

"저것 좀 봐! 이 집은 정말 수수께끼라니까. 저 두 아이는 그중에서도 제일 풀기 힘든 수수께끼이고."

그러자 젊고 힘센 마종 존이 말했다. "오늘처럼만 계속 먹으면 도련님 몸무게가 한 달 전보다 두 배는 더 나가는 게 놀랄 일도 아닐 텐데. 늦기 전에 이 일을 그만둬야겠네요. 이러다간 내 근육도 성치 못하겠어요."

그날 오후 메리는 콜린의 방에 뭔가 새로운 변화가 생겼다는 사실을 알아챘다. 알아차린 건 전날이었지만, 우연히 그렇게 된 것일 수도 있어서 아무 말 하지 않았다. 오늘도 말은 하지 않았지만, 메리는 가만히 앉아 벽난로 위에 걸린 초상화를 빤히 쳐다보았다. 그림이 보인 까닭은 커튼이 옆으로 젖혀져 있었기 때문이다. 메리가 눈치챈 변화가 바로 그것이었다.

메리가 한동안 그림을 쳐다보고 있노라니, 콜린이 말했다.
"네가 무슨 말을 듣고 싶어 하는지 알아. 네가 나한테서 무슨 말을 듣고 싶어 할 때마다 나는 다 알 수 있어. 지금 내가 왜 커튼을 젖혀 놓았는지 궁금한 거잖아. 이제부턴 계속 이렇게 젖혀 두려고."

"왜?"

"이제 어머니가 웃는 얼굴을 봐도 더 이상 화가 나지 않거든. 이틀 전에 달빛이 환한 밤에 잠에서 깼는데, 방 안에 마법이 가득 차올라 모든 게 굉장히 근사하게 변한 기분이라 가만히 누워 있을 수가 없었어. 일어나서 창밖을 내다봤지. 방은 무척 밝았고 달빛 한 줄기가 커튼을 비추고 있었는데, 내가 왜 그랬는지 가서 끈을 잡아당긴 거야. 엄마가 나를 똑바로 내려다보면서 웃고 있는 것 같았어. 마치 내가 거기 서 있어서 기쁜 것처럼 말이야. 그러니까 나도 엄마를 보는 게 좋아졌고. 엄마가 그렇게 웃는 모습을 계속 보고 싶어. 아마 엄마도 마법사 같은 사람이었을 것 같아."

"너는 정말 너희 엄마랑 똑같이 생겼어. 가끔은 너희 엄마 유령이 남자아이로 변해서 네가 된 게 아닐까 하는 생각이 들 정도야."

이 생각에 콜린은 깊은 감명을 받은 것 같았다. 그 말을 머릿속으로 계속 곱씹더니 천천히 대답했다.

"내가 엄마의 유령이라면, 아빠도 나를 좋아하실 거야."

"너희 아빠가 너를 좋아하면 좋겠어?"

"저 그림이 싫었던 이유는 아빠가 나를 좋아하지 않았기 때문이야. 아빠가 나를 좋아하게 된다면 아빠한테 마법에 대해 말씀드릴 거야. 그럼 아빠도 더 기운이 나실지 몰라."

26.
"엄니여요!"

 마법을 향한 아이들의 믿음은 변하지 않았다. 아침 마법 의식이 끝난 뒤에 콜린은 때때로 마법에 대해 강연을 하곤 했다.

 "나는 이렇게 하는 게 좋아. 내가 커서 위대한 과학 발견을 하면 그걸 가지고 강연을 해야만 할 거야. 그러니까 이렇게 연습을 하는 거야. 지금은 짧게 할 수밖에 없지만. 아직 내가 어리기도 하고, 벤 할아범도 교회에 앉아 있는 줄 알고 꾸벅꾸벅 졸 테니까."

 벤 노인이 말했다. "강연을 하믄 젤루 좋은 점이 허는 사람은 일어나서 아무 말이나 저 허구 싶은 대루 해두 다른 사람은 거다가 아무런 대꾸도 못 헌다는 거잖어요. 저도 가끔씩 강연을 해보라믄 마다 안 허구 허겠구만요."

그러나 콜린이 나무 아래에서 긴 이야기를 늘어놓기 시작하면, 벤 노인은 눈 깜박일 시간도 아깝다는 눈빛으로 콜린만 쳐다보며 눈길을 떼지 않았다. 노인은 애정 어린 감시자가 되어 콜린을 뜯어보았다. 처음부터 벤 노인의 관심은 강연이 아니라 다른 데 있었다. 나날이 더 튼튼해 보이는 다리와 제법 똑바로 치켜든 소년다운 머리, 한때는 턱이 뾰죽하고 볼이 쑥 들어갔었지만 이젠 동그스름하고 통통하게 살이 오른 얼굴, 그리고 기억 속 다른 이의 눈빛과 똑같은 빛이 반짝거리기 시작한 두 눈. 가끔 콜린은 벤이 깊이 감명받은 듯 진지한 눈길로 쳐다보는 걸 느낄 때면 무슨 생각을 저렇게 되새김하고 있는 걸까 궁금했다. 한번은 벤 노인이 넋을 잃고 쳐다보는 듯해서 콜린이 물었다.

"벤 할아범, 무슨 생각을 하는 거야?"

"제 생각요, 확실히 도련님이 요번주에 일이 킬로그램은 쪘겠구만, 생각허구 있었지요. 장딴지허구 어깨허구 보믄서요. 저울 위에다 올려놔 봤음 좋겠네요."

콜린이 말했다. "그건 마법 덕분이야. 그리고 소어비 부인이 챙겨준 빵하고 우유 덕분이고. 과학 실험에 성공한 거잖아."

그날 아침에 디콘은 너무 늦어서 콜린의 강연을 듣지 못했다. 뛰어오느라 얼굴이 빨개져서 도착한 디콘은 재미있게 생긴 얼굴이 다른 날보다 유난히 더 반짝반짝 빛나 보였다. 비가 온 뒤엔 뽑아야 할 잡초가 아주 많아지는 법이라 아이들은 곧바로 일을 시작했다. 따뜻한 비가 내려 땅속 깊이 스며들고 난 뒤엔 늘 할 일이 많았다. 꽃에 이로운 습기는 잡초한테도 좋아서 조그만 풀잎과 잎순들이 쑥쑥 밀고 올라오기 때문에 뿌리가 단단히 내리기 전에 얼른 뽑아내야 했다. 이젠 콜린도 다른 아이들만큼 능숙하게 잡초를 뽑았고, 일을 하는 동안 강연도 할 수 있었다.

이날 아침에 콜린은 이렇게 말했다. "마법이 가장 잘 이루어지는 때는 우리 스스로 일을 할 때야. 그건 뼈와 근육으로 느낄 수 있어. 뼈와 근육에 관한 책은 앞으로 읽을 건데, 사실 난 마법에 관한 책을 쓸 계획이야. 이미 조금씩 내용을 채우고 있어. 계속 알아가는 중이기도 하고."

이 말을 하고 얼마 지나지 않아 콜린은 모종삽을 내려놓고 일어섰다. 그 전부터 몇 분 동안 아무 말도 하지 않고 있었기 때문에, 아이들은 콜린이 종종 그랬듯이 강연 내용을 생각하는 걸 거라고 추측했다. 콜린이 모종삽을 떨어뜨리고 똑바로 일어서자, 메리와 디콘에게는 어떤 강렬한 생각이 번쩍 스쳐서 하는 행동처럼 보였다. 콜린은 최대한 몸을 쭉 펴고 기뻐서 어쩔 줄 몰라 하며 두 팔을 펼쳐 들었다. 발그레한 얼굴빛이 환하게 빛나며 묘한 눈은 기쁨에 겨워 더 커졌다. 한순간에 콜린은 무언가를 완전히 깨달았던 것이다.

콜린이 외쳤다. "메리! 디콘! 나를 좀 봐!"

두 아이가 잡초를 뽑다 말고 콜린을 쳐다보았다.

"너희가 나를 여기에 처음 데리고 왔던 날 아침 기억나?"

디콘은 콜린을 아주 유심히 살펴보았다. 동물을 부리는 마법사 디콘은 보통 사람들보다 더 많은 것들을 볼 수 있었지만, 그중 많은 부분은 결코 입 밖에 내지 않았다. 지금 이 아이에게서도 그런 것이 보였다.

"암요, 그러믄요." 디콘이 대답했다.

메리도 콜린을 열심히 쳐다보았지만 아무 말도 하지 않았다.

콜린이 말했다. "지금 방금, 갑자기 그때 내 모습이 생각났어……. 모종삽으로 땅을 파다가 내 손을 봤는데……. 이게 진짜인지 확인하려면 일어서서 볼 수밖에 없었어. 그런데 진짜야! 난 건강해……. 난 건강하다고!"

디콘이 말했다. "암요, 그렇구말구요!"

"난 건강해! 건강하다고!" 얼굴이 온통 새빨개져서 콜린이 거듭 말했다.

어떤 면에서는 진즉에 알고 있었고, 이런 날을 바라기도 했고, 느끼기도 했고, 생각도 해보았지만, 바로 그 순간만큼은 무언가가 온몸을 휩쓸고 지나간 것이었다. 그것은 열렬한 믿음과 깨달음 같은 것이었고, 그 느낌이 너무나 강렬해서 콜린은 큰 소리로 외치지 않을 수 없었다.

당당한 외침이었다. "나는 영원히, 영원히, 영원히 살 거야! 나는 수천, 수백만 가지를 알아낼 거야. 사람들과 동물들과 자라나는 모든 것들에 대해서 알아낼 거야. 디콘처럼. 그리고 마법을 일으키는 일도 절대 그만두지 않을 거야. 난 건강해! 난 건강하다고! 크게 소리쳐 외치고 싶어! 뭔가……, 뭔가 고맙고 기쁜 것을!"

벤 웨더스태프 노인이 장미 덤불 옆에서 일하다가 고개를 획 돌려 콜린을 힐끗 보았다.

"찬미가를 불르믄 되겠네요." 벤 노인이 더없이 무미건조한 말투로 툴툴거리듯 말을 던졌다. 노인은 찬미가를 별로 대단케 여기지도 않았고, 딱히 무슨 경건한 마음으로 권한 것도 아니었다.

하지만 콜린은 탐구심이 강한 성격인 데다 찬미가가 뭔지 아무것도 몰랐다.

"그게 뭔데?"

"디콘이라믄 부를 줄 알겠지요."

벤 노인이 그렇게 대답하자, 디콘은 동물을 부리는 마법사답게 모든 것을 이해한 듯 웃었다.

"교회서 부르는 노래여요. 엄니는 종달새두 아침에 일어나믄 이 노래를 부를 거라구 하셔요."

콜린이 대답했다. "아주머니가 그렇게 말했다면 분명 좋은 노래겠네. 난 교회에 직접 가본 적은 없어. 항상 너무 아팠거든. 디콘, 불러봐. 듣고 싶어."

디콘은 아주 단순했고 그런 성격을 꾸미려 하지 않았다. 콜린이 어떤 기분인지는 콜린 자신보다 더 잘 알았다. 본능처럼 무척 자연스레 알게 되는 거라 디콘 자신도 안다는 생각을 하지 못했다. 디콘은 모자를 벗고 여전히 웃는 얼굴로 주위를 둘러보았다.

"도련님두 모자를 벗어야 허요. 벤 할배두 벗어야 허는구만요, 그리구 일어나셔요. 아시믄서."

콜린은 모자를 벗었다. 디콘을 열심히 쳐다보는 콜린의 숱 많은 머리 위로 햇살이 따스하게 내리쬐었다. 벤 웨더스태프 노인은 무릎을 꿇고 있다가 허둥지둥 일어나서 모자를 벗었다. 얼떨떨한 표정에 억울한 기색이 역력한 노인의 얼굴은 자기가 왜 이런 뜬금없는 짓을 하고 있는지 알다가도 모르겠다고 말하는 듯했다.

디콘은 나무와 장미 덤불 사이에 서서 소박하고 꾸밈없이, 힘이 있어 듣기 좋은 소년의 목소리로 찬미가를 부르기 시작했다.

모든 축복을 내리시는 하느님을 찬미하라.
이 땅의 모든 피조물이여, 하느님을 찬미하라.

하늘의 천사들이여, 하느님을 찬미하라.
성부와 성자와 성령을 찬미하라.
아멘.

디콘이 노래를 마쳤을 때, 벤 웨더스태프 노인은 가만히 서서 입을 고집스럽게 다물고 있었지만, 눈만은 초조한 빛을 띠고 콜린에게 못 박혀 있었다. 콜린은 감탄하여 생각에 잠긴 얼굴이었다.

"정말 좋은 노래다. 마음에 들어. 어쩌면 마법에게 고맙다고 크게 외치고 싶을 때 내가 딱 하고 싶은 말이 이런 건지도 몰라." 콜린은 말을 멈추더니 갈피가 잡히지 않는 듯 생각에 잠겼다. "아마 둘 다 같은 걸 거야. 어떻게 우리가 세상의 모든 이름을 다 정확히 알겠어? 다시 불러봐, 디콘. 같이 불러보자, 메리. 나도 부르고 싶어. 이건 내 노래야. 처음에 어떻게 시작하지? '모든 축복을 내리시는 하느님을 찬미하라' 맞아?"

그들은 다시 찬미가를 불렀다. 메리와 콜린은 음악에 맞춰 한껏 목소리를 높였고, 디콘의 목소리는 더 크고 아름답게 퍼져 올라갔다. 두 번째 소절에서 걸걸한 소리를 내며 목청을 가다듬던 벤 노인은 세 번째 소절에서 어찌나 박력 넘치게 따라 부르던지 천둥이 치는 소리처럼 들릴 지경이었다. 그리고 "아멘" 하고 노래가 끝났을 때, 메리는 처음에 콜린이 불구가 아니란 사실을 알게 된 순간 벤 노인한테 일어난 일과 똑같은 일이 다시 그에게 일어났다는 것을 깨달았다. 벤 노인은 턱을 썰룩였고 멍한 시선으로 눈을 껌벅거렸고 나이 들어 가죽만 남은 뺨이 젖어들었다.

벤 노인이 쉰 목소리로 말했다. "전에는 찬미가를 들어두 뭔 소린지 하나두 모르겠더니. 이젠 생각을 바꿔야겠구만요. 이번 주엔 몸무게가 이 킬로그램은 더 늘었어요, 콜린 도련님. 지금보다 이 킬로그램 더요."

콜린이 화원 건너편에서 시선을 끄는 무언가를 쳐다보다가 화들짝 놀란 얼굴이 되었다.

콜린이 재빨리 물었다. "누가 여기에 들어오는 거야? 저 사람은 누구지?"

담쟁이덩굴 담에 난 문이 조심스레 열렸고 한 여인이 들어와 있었다. 여인은 아이들이 노래 마지막 소절을 부를 때 들어와서는 가만히 선 채로 들으며 아이들을 바라보았다. 뒤로는 담쟁이덩굴이 무성했고, 햇빛은 나무들 사이로 흘러들어 여인의 기다란 파란 망토 위에 아롱아롱 맺혔다. 거기에 푸른 잎사귀들 너머로 미소 짓는 인상 좋고 산뜻한 얼굴에까지 시선이 닿자, 여인의 모습은 마치 콜린의 책 속에 부드럽게 채색된 삽화 같았다. 놀랄 만큼 다정한 두 눈은 모든 것을 다 받아줄 것만 같았다. 그게 무엇이든, 벤 웨더스태프 노인도, '동물들'도, 그리고 활짝 핀 꽃들까지 전부 다. 생각지도 못하게 나타난 여인이었지만, 아무도 여인을 불청객처럼 여기지 않았다. 디콘의 눈이 등불처럼 밝게 빛났다.

"엄니구만. 저분이 우리 엄니여요!" 디콘이 소리치고는 풀밭 저쪽으로 내달렸다.

콜린도 부인 쪽으로 다가갔고, 메리도 콜린과 함께 갔다. 두 아이 다 맥박이 빨라졌다.

가다가 중간에서 엄마를 만나면서 디콘이 다시 말했다. "엄니여요! 도련님허구 아가씨가 엄니를 보구 싶어 허길래 엄니헌테 문이 어디 숨어 있는지 알려드렸죠."

콜린이 수줍은 왕족처럼 빨갛게 달아오른 얼굴로 손을 내밀었다. 하지만 두 눈은 열심히 부인의 얼굴을 탐색했다.

"아팠을 때도 아주머니를 보고 싶었어요. 아주머니랑 디콘이랑 비밀의 화원도요. 그전에는 사람이든 뭐든 보고 싶었던 적이 한 번도 없었는데."

위로 치켜든 아이의 얼굴을 보자 부인의 얼굴 표정이 갑자기 바뀌었다. 얼굴이 확 붉어지고 입꼬리가 씰룩거리더니 두 눈에 안개가 자욱하게 서리는 것 같았다. 그리고 떨리는 목소리가 불쑥 튀어나왔다.

"아! 아가! 아이고! 아가!" 부인도 자신의 입에서 이런 말이 나오리라고는 생각을 못 한 것 같았다. '콜린 도련님'이라는 말

대신 '아가'라는 말이 갑자기 튀어나온 것이다. 아마 디콘의 얼굴에서도 마음을 움직이는 무언가를 보았다면 디콘에게도 똑같이 그렇게 불렀을 것이다. 콜린은 자신을 그렇게 불러주는 게 마음에 들었다.

"내가 너무 건강해서 놀라셨어요?" 콜린이 물었다.

부인은 한 손을 콜린의 어깨에 얹고 미소를 지으며 눈가에 낀 안개를 걷어냈다.

"암, 놀랐지! 그런데 참말은 엄니를 쏙 빼닮아서 내 심장이 쿵쿵 뛰는구만."

콜린이 약간 어색해하며 물었다. "그러면 아빠가 나를 좋아하시게 될까요?"

"암, 그럼, 아가." 부인은 콜린의 어깨를 토닥토닥 다독였다. "아빠가 집에 오셔야 허는데. 얼른 오셔야지."

벤 웨더스태프가 다가오며 말했다. "수전 소어비, 저 다리 좀 보시요, 응? 두 달 전만 해두 북채에다 양말을 신겨 놓은 것 같더니만. 사람들두 안짱다리에다가 휜 다리라구 수군수군허던데. 지금 한번 보시요!"

수전 소어비가 편안하게 웃었다.

"금방 건강한 사내아이 다리만치 튼튼해지겠네요. 화원에서 계속 놀구 일허게 허셔요. 먹을 때 푸짐허게 먹구, 신선하구 달콤한 우유를 양껏 들이켜구 허면 요크셔서 젤로 튼실헌 다리가 될 거여요. 하느님께 감사헐 일이죠."

부인은 두 손을 메리 아가씨의 어깨에 올리고 엄마 같은 눈길로 작은 얼굴을 들여다보았다.

"너도 그러네! 우리 엘리자베스 엘렌만치 활기차졌구만. 내 장담허는데, 너두 니 엄마를 닮을 거야. 마사가 그랬거든. 메들록 부인이 들은 이야긴데 네 엄마가 굉장히 예쁜 분이셨다구. 넌 이담에 크믄 분홍 장미를 닮을 거야. 우리 아가, 은총이 함께하기를."

부인은 '쉬는 날' 집에 온 마사가 얼굴이 누르께하고 못생긴 아이 이야기를 꺼내며, 메들록 부인이 무슨 소리를 들었든 자기는 도저히 못 믿겠다 했던 뒷이야기는 굳이 입 밖에 내지 않았다. 그날 마사는 '예쁜 여자헌테서 저렇게 고약헌 여자애가 나왔다는 건 말이 안 된다'며 고집을 부렸더랬다.

메리는 자기 얼굴이 달라지는 데 별로 신경을 쓸 시간이 없었다. 그저 지금은 자기 모습이 '달라' 보이고, 머리숱이 굉장히 많아진 데다 자라는 속도도 빠르다는 정도만 알고 있었다. 하지만 지난날 마담 멤사히브를 쳐다볼 때 느꼈던 즐거움을 떠올리니, 언젠가 자신도 그렇게 보일 거란 말을 듣게 되어 기뻤다.

수전 소어비는 아이들과 함께 화원을 거닐면서 그동안의 이야기를 처음부터 끝까지 들었고, 살아난 덤불과 나무들도 하나하나 빠짐없이 구경했다. 콜린이 부인의 한쪽 옆에서 걸었고,

다른 쪽 옆은 메리가 차지했다. 아이들은 저마다 혈색 좋고 편안한 부인의 얼굴을 계속 올려다보면서, 부인에게서 받는 기분 좋은 느낌이 뭘까 남몰래 궁금해했다. 따뜻하면서도 든든한 힘을 받는 느낌이었다. 마치 디콘이 '동물들'을 이해하는 것처럼, 부인이 자신들을 이해하는 것 같았다. 부인은 허리를 굽혀 꽃들을 보면서 아이들에게 말을 걸듯 이야기했다. 검댕이가 부인을 따라와서 한두 번 깍깍대더니, 디콘의 어깨에 올라앉듯 부인의 어깨 위로 날아올랐다. 아이들이 울새 이야기와 어린 새끼들이 처음 날갯짓을 하던 이야기를 하자, 부인은 엄마다운 포근한 소리로 웃었다.

부인이 말했다. "새끼 새들이 나는 법을 깨치는 건 아기들이 걸음마를 배우는 거나 비슷헐 텐데, 내 새끼가 다리 말구 날개를 달구 있으믄 걱정에 빠져서 허우적대구 헤어나질 못하겠지."

기분 좋은 황무지 오두막의 분위기를 몰고 다니는 부인이 너무나 멋진 여인으로 보였기에 아이들은 마침내 마법 이야기까지 꺼냈다.

콜린은 인도의 파키르에 대해 설명해주고 나서 부인에게 물었다. "아주머니도 마법을 믿나요? 믿으면 좋겠어요."

소어비 부인이 대답했다. "믿구말구, 아가. 그렇게두 부르는지는 몰랐지만, 이름이야 아무러면 어떻겠니. 보나마나 프랑스에 가믄 거서 부르는 이름이 있구, 독일에 가믄 또 거서 부르는 이름이 있을 거구만. 씨앗을 싹트게 허구 햇빛을 빛나게 허는 똑같은 그것이 너를 건강한 아이루 만들어준 거구 그건 의심헐 나위 없이 '좋은 일'인 거지. 그런 좋은 일은 우리같이 가엾은 바보들허구는 달라서 자기 이름으루 불리지 않아두 별루 신경 쓰지 않어. '정말루 좋은 일'은 다행히 잔걱정을 하느라구 머뭇거리지 않아. 계속, 계속 수백만 개나 되는 세상을, 우리허구 같은 세상을 만들거든. '정말루 좋은 일'에 대한 믿음을 절대루 놓지 말구, 세상은 그런 일루 꽉 차 있다는 걸 잊지 말렴. 부르는 건 부르고 싶은 대루 불러도 괜찮으니까. 너희들이 그걸 향해서 노래하구 있을 때 내가 화원에 들어왔잖니."

콜린은 아름답고 이상한 눈을 크게 뜨며 부인을 쳐다보았다. "정말 기뻤거든요. 갑자기 내가 완전히 다른 사람이 됐다는 생각이 들어서……, 팔하고 다리도 튼튼해졌거든요. 게다가 땅도 파고 일어설 수도 있고……. 그래서 펄쩍펄쩍 뛰었고 뭐든 들으려고 하는 것을 향해 큰 소리로 말하고 싶었어요."

"마법은 너희가 부르는 찬미가를 듣구 있었지. 너희가 무슨 노래를 부르든 듣구 있었을 거야. 중요헌 건 기쁨이란다. 아! 얘야, 아가, 그런 '기쁨을 만드는 이'를 뭐라구 부르든 말이야." 부인은 다시 한 번 콜린의 어깨를 날래고 부드럽게 토닥였다.

부인은 평소와 다름없이 바구니를 꾸려 보냈고, 이날 아침에도 즐거운 만찬이 펼쳐졌다. 배가 출출할 시간이 되자 디콘은 늘 숨겨놓던 장소에서 바구니를 꺼내 왔고, 부인은 나무 아래 함께 앉아 아이들이 게 눈 감추듯 음식을 먹어치우는 모습을 지켜보며 웃고 흡족해했다. 부인은 장난기가 많은 사람이어서 온갖 희한한 이야기들로 아이들을 웃겼다. 심한 요크셔 사투리로 이야기를 들려주기도 하고 새로운 낱말들을 가르쳐주기도 했다. 부인은 콜린이 아직도 칭얼거리는 병자 행세를 하고 있는데 그러기가 점점 힘들어진다는 이야기를 듣고는 못 참겠다는 듯이 웃음을 터뜨렸다.

콜린이 설명했다. "우리가 같이 있을 땐 거의 계속 웃음이 터져 나와서 참을 수가 없다니까요. 그럼 전혀 아픈 사람 같지가 않잖아요. 웃음을 꾹 참아보려고 해도 결국엔 터져 나와서 더 요란하게 웃게 돼요."

메리가 말했다. "툭하면 생각나는 게 하나 있는데, 갑자기 그 생각이 나면 도저히 참을 수가 없어요. 콜린의 얼굴이 보름달처럼 될 거라는 생각이 자꾸 드는 거예요. 아직은 그렇게 보이지 않지만 날마다 조금씩 더 통통해지고 있으니까……. 어느 날 아침엔 보름달처럼 보일 거 아녜요. 그럼 어떡해요!"

수전 소어비가 말했다. "저런, 너희들이 연극 놀이를 왜 해야 허는지 알겠네. 하지만 그렇게 오래 하진 않아두 될 거구만. 크레이븐 쥔님이 돌아오실 테니까."

콜린이 물었다. "아빠가 오실 것 같아요? 왜요?"

수전 소어비가 부드럽게 큭큭 웃었다.

"네가 네 방식대루 직접 말씀드리기두 전에 아버지가 먼저 알아버리믄 실망이 크지 않겠니? 밤새 잠두 못 자구 계획을 세웠을 텐데."

"다른 사람이 말하는 건 참을 수 없어요. 매일 이 방법, 저 방법 생각해요. 지금 같아선 아빠 방으로 그냥 뛰어가고 싶지만요."

"그렇게 알게 허믄 아버지헌테두 참말 좋을 거야. 나두 그 표정 좀 보구 싶네. 애야, 나도 봐야겄어! 아버지는 곧 돌아오실 거야. 오시구말구."

이날 나눈 이야기들 중에는 황무지 오두막으로 놀러 가는 이야기도 있었다. 계획도 다 세웠다. 황무지까지 마차를 타고 가서 히스 들판에서 점심을 먹기로 했다. 열두 남매도 만나고 디콘이 가꾸는 텃밭도 구경하다가 피곤해지면 저택으로 돌아올 생각이었다.

수전 소어비는 마침내 저택에 들러 메들록 부인을 만나려고 일어섰다. 콜린도 휠체어에 올라 돌아갈 시간이었다. 하지만 콜린은 휠체어에 앉기 전에 소어비 부인에게 바짝 다가서서 자신도 어찌할 바를 모르는 동경의 눈빛으로 부인을 빤히 쳐다보다가 부인의 파란 망토 주름을 와락 손에 쥐더니 꼭 움켜잡았다.

"아주머니는 내가……, 내가 바란 꼭 그대로예요. 아주머니가 우리 엄마라면 좋겠어요……. 디콘 엄마도 하고요!"

그 순간 수전 소어비는 몸을 숙여 콜린을 파란 망토 아래로 품에 닿도록 끌어당겨 따뜻한 두 팔로 꼭 안아주었다. 콜린이 마치 디콘의 동생이기라도 한 것처럼. 다시 뿌연 안개가 빠르게 부인의 시야를 덮었다.

"아! 아가! 너희 엄니두 틀림없이 바로 여, 이 화원 안에 계실 거야. 네 엄니두 여길 떠나지 못허신 게지. 네 아버지도 꼭 네게 돌아오실 거구만. 반드시!"

27.
화원에서

 이 세상이 시작된 이래 매 세기마다 놀라운 발견이 있었다. 지난 세기에는 그 전의 어떤 세기보다 더 놀라운 것들을 발견했다. 이 새로운 세기에는 수백 가지 더 놀라운 일들이 세상에 드러나리라. 처음에 사람들은 낯설고 새로운 일이 이루어질 수 있다는 걸 믿으려 하지 않다가, 그런 일이 이루어지길 바라기 시작하고 나중에는 이루어질 수 있다는 걸 알게 된다. 그리고 그 일이 이루어지면 온 세상이 왜 그런 일이 몇 세기 더 일찍 이루어지지 않았는지 궁금해한다. 지난 세기에 사람들이 새롭게 발견하기 시작한 일들 가운데 하나는 생각이, 그러니까 생각이라는 그 단순한 것이 전지만큼이나 강력하다는 것이었다. 생각은 사람에게 햇빛처럼 이롭기도 하고 독약처럼 해롭기도 하다. 슬픈 생각이나 나쁜 생각이 마음속에 들어가도록 놔두는 건 성홍열 세균이 몸속으로 들어오게 하는 것만큼 위험하다. 그런 생각이 마음속에 들어가 자리를 틀게 놔둔다면 살아 있는 동안 다시는 벗어나지 못할 수 있다.

메리 아가씨도 사람들에 대한 미움과 심술궂은 평가 같은 기분 나쁜 생각들과 무엇에도 기뻐하거나 관심을 갖지 않겠다는 의지로 마음이 가득 차 있는 동안에는, 얼굴이 누렇고 자주 아프며 따분하고 불행한 아이였다. 하지만 환경은 본인이 깨닫지 못했어도 메리에게 매우 친절했다. 상황은 매정하게 어린아이의 등을 떠밀어 메리를 이로운 방향으로 몰고 갔다. 메리의 마음이 점차 울새와 아이들이 바글거리는 황무지 오두막, 괴팍하고 이상한 정원지기 할아버지, 요크셔의 천하고 어린 하녀, 봄날, 나날이 되살아나는 비밀의 화원, 그리고 황무지 남자아이와 그 아이의 '동물' 친구들로 가득 차게 되면서 간과 소화기관이 튼튼해졌고, 낯빛을 누렇게 뜨게 만들고 쉽게 지치게 했던 불쾌한 생각들이 들어설 자리가 없었다.

콜린이 방에 틀어박혀 오로지 자신의 두려움과 병만 생각하고 자신을 쳐다보는 사람들에 대한 증오만 곱씹으며 매 시간마다 혹과 죽음을 생각하던 동안에는, 히스테리 발작으로 반쯤 미친 어린 건강염려증 환자였다. 그런 때의 콜린은 햇빛과 봄에 대해서는 아무것도 몰랐고, 노력만 하면 혼자서 일어설 수 있고 건강해질 수 있다는 사실도 알지 못했다. 새로운 아름다운 생각들이 오랜 끔찍한 생각들을 밀어내자 콜린에게 삶이 다시 돌아왔고, 피가 건강하게 혈관을 돌았으며, 힘이 홍수처럼 몸 안으로 밀려들었다. 콜린의 과학 실험은 매우 현실적이고 단순해서 기이한 점 같은 건 전혀 없었다. 훨씬 더 놀라운 일들이 일어날 수도 있다. 누구든 불쾌한 생각이나 맥 빠지는 생각이 마음속에 들어올 때, 유쾌하고 단호하게 용기를 주는 생각을 제때 떠올려 마음속으로 밀어 넣고 나쁜 생각을 몰아낼 수 있다면. 두 가지 다른 생각이 한 공간에 있을 수는 없으니까.

장미를 가꾸는 곳에서는, 애야,
엉겅퀴가 자랄 수 없단다.

비밀의 화원이 살아나고 그와 함께 두 아이가 되살아나는 동안, 한 남자가 머나먼 노르웨이 협만과 스위스 골짜기, 산 등지의 아름다운 곳들을 헤매고 있었다. 십 년 동안 어둡고 비통한 생각들을 마음속 가득 담아두고 지낸 남자였다. 남자는 용기가 없었다. 어두운 생각들이 차지한 공간에 한 번도 다른 생각들을 불어넣어 보려 애써 본 적이 없었다. 남자는 푸른 호수 옆을 거닐면서도 어두운 것들을 생각했다. 남빛 용담이 활짝 피어 천지에 깔리고 꽃이 내뿜는 숨결이 공기를 가득 채우는 산기슭에 누워 있을 때도 어두운 생각을 했다. 끔찍한 슬픔이 기습하여 행복했던 시절을 밀어내자 남자는 영혼이 암흑으로 가득 차도록 놔두었고 빛 한 줄기 새어들 틈새조차 완강하게 거부했다. 남자는 자신의 가정도, 주어진 책임도 체념하고 저버렸다. 이리저리 여행을 다닐 때는 어둠이 남자를 휘감아, 그 모습만으로도 다른 사람들에게 누가 되었다. 남자가 주변의 공기까지 우울하게 오염하는 듯했기 때문이다. 처음 본 사람들은 남자가 반쯤 미쳤거나 죄악에 물든 영혼을 숨긴 채 살아가는 게 틀림없다고 생각했다. 남자는 키가 크고 얼굴은 일그러졌으며 어깨가 굽은 사람이었다. 호텔 숙박부에는 언제나 똑같이 '영국 요크셔 주 미셀스웨이트 저택 아치볼드 크레이븐'이라고 적었다.

크레이븐 씨는 서재에서 메리 아가씨를 만나 '땅을 조금' 가져도 좋다고 말한 날부터 멀리 여행을 떠나 두루 돌아다녔다. 유럽에서 가장 아름다운 곳들도 거쳐 왔지만 어딜 가도 며칠 이상 머물지는 않았다. 가장 조용하고 외진 곳들만 골라 다녔다. 구름에 묻힌 산꼭대기에 올라가 다른 봉우리들을 내려다보노라면, 태양이 떠오르며 그 빛이 천지를 어루만져 세상이 마치 갓 태어나고 있는 듯한 광경이 펼쳐졌다.

그리고 그런 빛도 자신에게는 결코 닿지 않는 것만 같던 어느 날이었다. 그날은 크레이븐 씨가 십 년 만에 처음으로 이상한 일이 일어났다는 걸 깨달은 날이었다. 크레이븐 씨는 오스트리아 티롤의 어느 멋진 골짜기에 갔다가, 어떤 사람이든 영혼에 드리운 어두운 그늘을 걷어낼 수 있을 만큼 아름다운 풍경 속을 홀로 걷게 되었다. 한참을 걸어도 크레이븐 씨의 영혼에 드리운 그늘은 걷히지 않았다. 그러다가 마침내 피곤해진 크레이븐 씨는 쉬기 위해 이끼가 양탄자처럼 깔린 개울가에 털썩 주저앉았다. 맑은 개울물이 보드랍고 촉촉한 초록 이끼 사이로 좁은 물길을 따라 즐겁게 달음박질쳤다. 이따금 개울물은 나지막이 웃는 소리처럼 꼬르륵거리며 조약돌을 휘감고 지나갔다. 새들이 다가와 고개를 담그고 물을 마시고는 날개를 파닥거리다 날아가 버리는 모습도 보였다. 살아 있는 생명이라도 울음소리가 미약하니 정적만 더 깊어지는 것 같았다. 골짜기는 아주, 아주 고요했다.

맑은 물이 흐르는 개울을 가만히 들여다보고 있자니 아치볼드 크레이븐은 차츰 몸과 마음이 골짜기처럼 고요해지는 느낌이었다. 잠이 들려고 그러나 싶었지만 잠이 오진 않았다. 앉아서 햇살이 비치는 개울물을 가만히 바라보는데 물가에서 자라는 것들이 눈에 들어오기 시작했다. 예쁜 푸른색 물망초가 한 군집을 이루어 자라고 있었는데, 개울물에 너무 바짝 붙어 있어 이파리들이 물에 젖은 상태였다. 크레이븐 씨는 어느새 자신이 몇 년 전 그런 꽃들을 바라볼 때 그랬던 것처럼 그 물망초를 보고 있다는 걸 깨달았다. 실제로 크레이븐 씨는 그리운 마음으로 그 꽃들이 얼마나 사랑스러운지, 작은 꽃 수백 송이가 모여 피어나면 그 푸른빛이 얼마나 감탄스러운지 생각했다. 단순한 생각에 지나지 않지만 거기에서부터 조금씩 마음이 채워지고, 그렇게 마음이 차고 또 차올라서 다른 것들은 슬그머니 밀려나 버린다는 것을, 크레이븐 씨는 알지 못했다. 마치 오랫동안 고여 있던 물웅덩이에 달고 맑은 물이 샘솟기 시작해서 수면이 차오르고 넘치더니 마침내 검고 탁한 물이 모두 흘러나간 것 같았다. 하지만 물론 크레이븐 씨 자신이 이런 생각을 한 건 아니었다. 다만 개울가에 앉아 밝고 우아한 푸른빛을 물끄러미 바라보다 보니 골짜기가 점점 더 고요히, 고요히 가라앉는 것 같다고 생각할 뿐이었다. 그곳에 얼마나 오래 앉아 있었는지, 자신에게 어떤 일이 일어났는지는 미처 몰랐지만, 이윽고 잠에서 깨어나듯 움직이며 천천히 일어나 이끼 양탄자를 밟고 선 채로 부드럽게 긴 심호흡을 하고는 어리둥절한 기분이 되었다. 그를 동여매고 옥죄던 족쇄와 빗장이 열리고 마음속에서 무언가가 풀려 나온 것 같았다. 아주 조용히.

크레이븐 씨가 손으로 이마를 짚으며 아주 작은 목소리로 중얼거렸다. "이게 뭐지? 마치 내가 꼭…… 다시 살아난 것 같아!"

아직 발견되지 않은 것들에는 어떤 경이로움이 있는지 알 도리가 없으므로, 크레이븐 씨에게 어떻게 이런 일이 일어났는지에 대해서도 아직은 설명할 길이 없다. 아직은 어느 누구도 밝힐 수 없을 것이다. 크레이븐 씨 본인도 전혀 이해하지 못했다. 하지만 그는 이 이상했던 시간을 몇 달 뒤 미셀스웨이트에 돌아온 다음에도 기억했고, 아주 우연히 알게 된 사실에 의하면, 그와 같은 날 콜린도 비밀의 화원에 들어가 이렇게 외쳤다고 했다.

"나는 영원히, 영원히, 영원히 살 거야!"

그 이상한 고요함이 그날 저녁 내내 남아 있어 크레이븐 씨는 전에 없이 평온히 잠들었다. 그러나 고요함이 오래도록 남아 있지는 않았다. 크레이븐 씨는 그 상태를 오래도록 지킬 수 있다는 사실을 몰랐다. 다음 날 밤이 되자 크레이븐 씨는 다시 어두운 생각들에 문을 활짝 열어주었고 그 생각들은 다시 우르르 밀고 들어왔다. 크레이븐 씨는 골짜기를 떠나 정처 없는 여행을 이어갔다. 그런데 이상하게도 순간순간, 때로는 반 시간까지도, 영문은 모르겠지만, 그 검은 마음이 저절로 쑥 들려져 나가는 듯한 기분이 다시금 들었고, 그럴 때면 자신이 죽은 사람이 아니라 살아 있는 사람이라는 것을 새삼스레 깨달았다. 천천히, 천천히, 알 수 없는 이유로, 그는 화원과 함께 '되살아나고' 있었다.

황금빛 여름이 짙은 황금빛 가을로 접어들 때 크레이븐 씨는 코모 호수로 떠났다. 그곳에서 사랑스러운 꿈을 만났다. 그는 며칠 동안을 수정처럼 푸른 호숫가에서 보내거나 부드럽고 울창한 언덕 위 푸른 초목 안으로 들어가 지쳐 잠들 수 있을 때까지 걸어 다녔다. 하지만 그즈음엔 잠자는 게 좀 더 나아지기 시작했고, 무서운 꿈도 더는 꾸지 않았다.

"몸이 건강해지고 있나 보군." 그는 생각했다.

몸이 건강해지는 것도 맞았다. 생각이 변하는 평화로운 시간이 드문드문 찾아들면서 크레이븐 씨의 영혼 역시 건강해졌다. 미셀스웨이트를 떠올리며 집에 가야 하지 않을까 하는 생각도 하기 시작했다. 가끔은 막연하게 아들 일도 궁금해하면서, 집에 돌아가 아이가 잠든 동안 네 개의 조각 기둥이 달린 침대 옆에 서서 선이 날카롭고 상아처럼 하얀 얼굴과 꼭 감은 눈 위아래로 난 놀랄 만큼 숱이 많은 까만 속눈썹을 내려다보면 어떤 기분이 들까 생각해보았다. 그 생각을 하니 움츠러들었다.

햇빛 찬란한 어느 날, 크레이븐 씨가 너무 멀리까지 걸어 나가는 바람에 돌아와 보니 둥근 달이 하늘 높이 떠서 온 세상이 은빛으로 물들고 자줏빛 그림자가 드리워져 있었다. 호수와 그 기슭과 숲의 고요함이 너무 아름다워서 크레이븐 씨는 묵고 있던 별장으로 들어가지 않았다. 대신 호숫가 쪽 나무 그늘이 있는 작은 테라스로 내려가 의자에 앉아 상쾌한 밤의 향기를 한껏 들이마셨다. 이상한 평온함이 은근히 스며들어 점점 더 깊고 깊어지더니 이내 그는 잠이 들고 말았다.

언제 잠이 들어 어디서부터 꿈이 시작된 건지 알 수 없었다.

꿈이 너무 생생해서 크레이븐 씨는 그게 꿈이라는 걸 꿈에도 몰랐다. 나중에 돌이켜 생각해보면, 꿈에서 그는 자기가 멀쩡하게 깨어 있고 정신이 초롱초롱하다고 기억했다. 의자에 앉아서 계절의 끝자락에 핀 장미 향기를 맡으며 발치에서 철썩거리는 물소리에 귀를 기울이고 있을 때, 어떤 목소리가 들린 것 같았다. 듣기 좋고 맑고 행복하고 아련한 목소리였다. 아주 멀리서 나는 소리 같았지만 바로 옆에서 부르는 양 귀에 또렷하게 들렸다.

"아치! 아치! 아치!" 그의 이름을 부르더니, 이전보다 더 다정하고 맑게 다시 외쳤다. "아치! 아치!"

크레이븐 씨는 본인이 놀라지도 않고 벌떡 일어섰다고 생각했다. 그만큼 진짜 같은 목소리였고 너무나 자연스러워서 들리는 게 당연했다.

"릴리어스! 릴리어스! 릴리어스! 어디에 있소?" 그가 대답했다.

"화원에요. 화원에요!" 그 대답은 황금 피리에서 흘러나오는 소리처럼 되돌아왔다.

그러고는 꿈이 끝났다. 하지만 크레이븐 씨는 잠에서 깨지 않았다. 그 멋진 밤 내내 깊은 단잠을 잤다. 그리고 눈부신 아침이 되어서야 잠에서 깨어났다. 눈을 떴을 땐 하인 한 명이 서서 그를 쳐다보고 있었다. 이탈리아 출신 하인이었는데, 별장에서 일하는 다른 하인들이 다 그렇듯 외국인 주인이 어떤 이상한 짓을 하든 아무런 질문 없이 받아들이는 데 익숙한 사람이었다. 주인이 언제 나갈지, 언제 들어올지, 어디에서 잘지, 정원을 돌아다닐지 호수에 보트를 띄워놓고 밤새 누워 있을지 아무도 모를 일이었다. 이탈리아인 하인은 편지 몇 통을 올려놓은 쟁반을 들고 크레이븐 씨가 가져갈 때까지 말없이 기다렸다. 하인이 방을 나가자 크레이븐 씨는 잠시 앉아 편지를 손에 들고 호수를 내다보았다. 이상한 평온함이 아직 남아 있었을 뿐 아니라 무언가 다른 느낌이 새로 더해졌다. 과거에 있었던 잔인한 일이 사실은 일어난 적 없었던 것 같은, 무언가가 달라진 듯한 가벼운 마음이었다. 크레이븐 씨는 꿈을 기억하고 있었다. 진짜 같은, 진짜 꿈을.

크레이븐 씨는 의아했다. "화원에 있다고! 화원이라니! 문은 잠겼고, 열쇠는 땅에 묻혀 있는데."

잠시 후 크레이븐 씨는 편지들을 훑어보다가, 맨 위에 놓인 편지가 영어로 쓰인 것을 보고 요크셔에서 왔다는 것을 알 수 있었다. 여자가 쓴 소박한 손글씨였는데 그가 아는 글씨체는 아니었다. 크레이븐 씨는 봉투를 뜯었다. 보낸 사람이 누구일지 짐작도 못 하고 있었는데, 첫마디부터 단박에 시선을 사로잡았다.

주인님께

저는 수전 소어비입니다. 일전에 황무지에서 겁 없이 주인님을 붙잡고 말을 건 적이 있었지요. 메리 아가씨 일로 드릴 말씀이 있어서요. 다시 한 번 감히 말씀드리려고 합니다. 주인님, 부탁드립니다. 제가 주인님이라면 집에 돌아가겠습니다. 주인님도 집에 돌아오시면 기뻐하실 거라고 생각합니다. 무례한 소리로 들으실 줄은 알지만, 마님도 살아 계셨다면 돌아오라고 부탁하셨을 것입니다.

충직한 하인,
수전 소어비 올림

크레이븐 씨는 편지를 연거푸 두 번 읽고 다시 접어 봉투에 집어넣었다. 그리고 계속 꿈을 생각했다.

"미셀스웨이트로 돌아가야겠어. 그래, 당장 가야겠어."

그는 정원을 지나 별장으로 가서 피처에게 영국으로 돌아갈 준비를 하라고 지시했다.

며칠 뒤 크레이븐 씨는 요크셔로 돌아왔다. 기차를 타고 오는 긴 시간 동안 어느덧 그는 지난 십 년 동안 한 번도 생각해 본 적 없었던 아들을 생각했다. 지난 시간 동안 그는 아들의 존재를 잊고 싶어만 했다. 이제는 일부러 생각하려고 한 것은 아니었지만 아들에 관한 기억들이 끊임없이 마음속으로 흘러들었다. 아이는 살아 있고 엄마는 죽었다는 이유로 미치광이처럼 악다구니를 해대던 암흑 같은 나날들을 기억했다. 그는 그 어린것을 보려 하지 않았고, 결국 보러 갔을 땐 너무 약하고 비참한 몰골이라 모두들 아기가 며칠 못 살고 죽을 거라고 확신했다. 하지만 며칠이 지나도 아기가 살아 있자 아기를 돌보던 사람들은 깜짝 놀랐고, 이번에는 아기가 기형이거나 불구가 될 거라고 믿었다.

나쁜 아버지가 되려고 작정한 건 아니었지만, 크레이븐 씨는 전혀 아버지라는 기분이 들지 않았다. 아이에게 의사를 보내고 보모를 붙여주고 온갖 사치스러운 물건들을 사주었지만 아이를 생각하는 것만으로도 몸이 사려져 그는 스스로 비참한 고통 속에 파묻혀 버렸다. 처음으로 일 년 동안 미셀스웨이트를 떠나 있다 돌아왔을 때, 비참한 모습을 한 어린것이 아무 관심 없다는 얼굴로 까만 속눈썹이 빽빽한 커다란 잿빛 눈을 힘없이 들고 크레이븐 씨를 보았다. 그가 그토록 사랑했던 눈을 쏙 빼닮았지만 그 행복했던 눈과는 또 끔찍이도 다른 그 눈을 도저히 보고 있을 수가 없어서, 시체처럼 창백해진 얼굴을 돌려버렸다. 그 뒤로 크레이븐 씨는 아이가 잘 때 말고는 거의 아들을 보러 가지 않았고, 그 때문에 아들에 대해서도 아는 거라곤 만성 병자에다 포악하고 신경질적이며 반미치광이 같은 성질을 지녔다는 정도였다. 아이가 격분을 하면 본인 몸에도 좋지 않앉기에 화를 내지 못하게 하려면 뭐든 다 멋대로 하게 내버려 두는 수밖에 없었다.

이 모든 게 유쾌한 기억은 아니었지만, 기차가 산길과 황금빛 평야를 굽이굽이 돌아가는 동안에 '되살아난' 남자는 사고방식을 새로이 하였고 오랫동안, 꾸준히, 깊게 생각했다.

"아무래도 십 년 동안 전부 다 내가 잘못한 것 같군. 십 년이면 긴 시간이지. 뭘 어쩌기엔 너무 늦었는지도 몰라. 돌이킬 수 없이 늦었는지도. 그동안 대체 무슨 생각이었던 거지?" 그는 혼자 말했다.

물론 이건 잘못된 마법이었다. 시작부터 '너무 늦었다'라고 하면 안 되니까. 콜린이라도 그건 아니라고 알려줄 수 있었을 것이다. 하지만 크레이븐 씨는 좋은 마법이든 나쁜 마법이든 마법에 대해선 아무것도 몰랐다. 아직은 배워야 할 입장이었다. 크레이븐 씨는 수전 소어비가 용기를 내어 편지를 쓴 이유가, 혹시 아이 상태가 훨씬 악화되어 목숨이 위태로운 지경이라는 걸 모성애로 감지했기 때문은 아닐까 생각했다. 만약 이상한 주문에 걸려 평온함에 사로잡혀 있는 상태가 아니었다면 크레이븐 씨는 지금 그 어느 때보다 더 비참한 기분에 빠져들었을 것이다. 하지만 평온한 마음은 용기와 희망 같은 것들도 가져다주었다. 가장 나쁜 일들을 생각하는 데 굴복하는 대신 그는 어느덧 실제로 더 나은 쪽을 믿어보려 노력했다.

"내가 콜린한테 도움이 되고 그 애를 제어할 수도 있을 거라고 그 부인은 믿는다는 건가? 미셀스웨이트로 가는 길에 들러서 부인을 만나봐야겠어."

하지만 황무지를 가로질러 가서 오두막 앞에 마차를 멈췄을 때, 아이들 일고여덟 명이 떼 지어 뛰어다니며 놀다가 크레이븐 씨를 보고는 친근하고 공손하게 인사를 하더니, 어머니는 아침 일찍 황무지 건너 저쪽 집에 갓난아기 태어나는 걸 도와주러 가셨다고 말했다. 또 묻지도 않았는데 '우리 디콘'은 저기 저택에 매주 며칠씩 화원 일을 도우러 간다고 알려주었다.

크레이븐 씨는 몸집이 튼튼하고 둥근 얼굴에 뺨이 발그레한 아이들 무리를 죽 훑어보았다. 아이들 하나하나가 자기만의 표정으로 웃음 짓고 있었다. 크레이븐 씨는 그런 모습이 건강하고 예뻐 보인다는 사실에 눈이 떠졌다. 크레이븐 씨는 아이들의 친근한 웃음에 같이 미소를 지어주며 주머니에서 일 파운드 금화 한 개를 꺼내 아이들 중 가장 맏이인 '우리 엘리자베스 엘렌'에게 주었다.

"이 동전을 여덟 명이서 나누면 한 사람이 반 크라운(crown)* 씩 갖게 될 게다."

함박 웃고 킥킥거리고 공손하게 무릎 인사를 하는 아이들을

---

* 영국의 구 화폐로, 5실링짜리 은화를 말하며, 당시 1실링이 12펜스였으므로 반 크라운은 2실링 6펜스다.

뒤로하고 크레이븐 씨는 마차를 몰아 출발했다. 뒤에서 아이들은 신이 나서 서로 팔꿈치로 쿡쿡 찌르고 폴짝폴짝 뛰어 댔다.

경이로운 황무지를 가로질러 달리다 보니 위로를 받는 느낌이었다. 어째서 고향에 돌아온 것 같은 기분이 들었을까? 다시는 느끼지 못하리라 확신했던 감정이었건만, 왜 땅과 하늘이며 저 멀리 활짝 핀 자줏빛 꽃들이 아름답게 보이고, 육백여 년을 대대로 그의 혈족이 일가를 꾸렸던 아주 오래된 고택에 가까이 다가갈수록 가슴이 따뜻해진단 말인가? 지난번엔 문 닫힌 방들과 자수 비단이 드리운 네 기둥 침대에 누운 아이 생각에 몸서리치며 달아나듯 마차를 몰고 나오지 않았던가. 그가 조금 더 나은 방향으로 바뀌고 아이를 꺼리던 마음도 극복했다는 뜻일까? 그 꿈은 얼마나 생생했던가. "화원에요"라고 대답하던 목소리는 얼마나 맑고 아름다웠던가.

"열쇠를 찾아봐야겠어. 문을 열어봐야지. 그렇게 해야만 할 것 같아. 이유는 모르겠지만."

크레이븐 씨가 저택에 도착하자 하인들은 평소의 격식대로 주인을 맞으면서 그의 모습이 더 좋아 보인다고 생각했다. 주인은 평소 피처의 시중을 받으며 틀어박혀 지내던 외딴 방에도 가지 않았다. 크레이븐 씨는 서재로 가서 메들록 부인을 불렀다. 부인은 희한한 일이라는 얼굴로 다소 들떠서 허둥지둥 들어왔다.

"부인, 콜린은 어떻소?" 크레이븐 씨가 물었다.

"그게요, 주인님, 도련님이…… 도련님이 변하셨다고 해야 할까요."

"더 나빠졌나?"

메들록 부인은 얼굴이 새빨개져서 설명하려고 애썼다. "그게, 그러니까요, 주인님, 크레이븐 박사님이나 보모도 그렇고 저도 정확히는 파악을 할 수가 없습니다."

"어째서 그렇소?"

"사실, 주인님, 콜린 도련님은 좋아진 걸 수도 있고 더 나빠지고 있는 걸 수도 있습니다. 도련님의 식욕이 도무지 이해가 안 되고……, 태도도 그렇고……."

"더……, 더 이상해졌나?" 주인은 불안한 듯 눈살을 찌푸렸다.

"바로 그겁니다, 주인님. 점점 더 이상해지고 계세요. 예전하고 비교하면 그렇다는 말씀이에요. 아무것도 안 드시던 분이 별안간 엄청나게 드시기 시작하더니……. 갑자기 또 식사를 입에도 안 대고 그대로 돌려보내고 계세요. 주인님은 아마 모르셨겠지만, 도련님은 절대 집 밖에 나가려고 하지 않으셨어요. 도련님을 휠체어에 태워 모시고 나가려고 온갖 곤욕을 치른 걸 생각하면 몸이 사시나무처럼 덜덜 떨릴 정도예요. 도련님이 매번 그런 상태가 되어서 크레이븐 박사님도 억지로 데리고 나갔다간 책임지기 힘들 거라고 하셨지요. 주인님, 아, 그런데 무슨 낌새도 없었는데 난데없이…… 성질에 못 이겨서 히스테리를 좀 심하게 부리시고 얼마 안 지났을 때인데, 갑자기 메리 아가씨하고 수전 소어비네 아들 디콘하고 같이 매일 밖에 나가겠다고 고집을 부리시는 겁니다. 디콘이 휠체어를 밀면 된다면서 말이에요. 메리 아가씨하고 디콘한테 완전히 마음을 빼앗기셨어요. 디콘은 자기가 길들인 동물들도 데리고 왔답니다. 믿으실지 모르겠지만, 아침에 한 번 나가시면 저녁 먹을 때까지 안 들어오세요."

크레이븐 씨의 다음 질문은 이것이었다. "보기에는 어떻소?"

"식사만 제대로 하신다면 주인님도 도련님이 살이 찌는 거라 생각하실 겁니다. 하지만 저희는 혹시 몸이 붓는 게 아닐까 걱정이 됩니다. 가끔 메리 아가씨하고 둘만 있을 땐 그렇게 희한하게 웃어대세요. 전에는 아예 웃질 않으셨는데 말이에요. 허락만 하시면 크레이븐 박사님이 곧 주인님을 뵈러 올 겁니다. 박사님도 평생에 이렇게 당황스러웠던 적이 없으셨대요."

"콜린은 지금 어디 있지?"

"화원에요, 주인님. 언제나 화원에 계십니다. 비록 다른 사람들은 근처에 얼씬도 못 하게 하시지만요. 사람들이 쳐다보는 걸 싫어하시니까요."

크레이븐 씨는 부인의 마지막 말은 거의 듣지도 못했다.

"화원이라." 크레이븐 씨는 메들록 부인을 내보내고 가만히 서서 그 말을 거듭 곱씹어 말했다. "화원이라고!"

크레이븐 씨는 정신을 차리기 위해 노력했다. 그리고 정신이 든다는 느낌이 오자 몸을 돌려 방에서 나갔다. 그리고 메리가 그랬던 것처럼 덤불 끝에 난 문으로 나가 월계수 울타리와 분수 화단을 지나갔다. 분수대는 이제 물이 뿜어져 나왔고 그 둘레를 에워싼 화단에는 빛깔이 선명한 가을꽃들이 피어 있었다. 잔디밭을 가로질러 건너자 담쟁이덩굴 벽 옆으로 난 기다란 산책로가 나왔다. 크레이븐 씨는 서두르지 않고 천천히 걸으며 눈은 줄곧 길을 훑었다. 마치 오랫동안 버려두었던 장소로 이끌리듯 돌아가는 느낌이었지만, 왜 그런 느낌이 드는지 까닭을 알 수 없었다. 화원이 가까워질수록 발걸음은 점점 더 느려졌다. 담쟁이덩굴이 무성하게 자라 벽 위로 늘어져 있었지만 크레이븐 씨는 문이 어디에 있는지 기억했다. 그런데 그 위치가 정확히 생각나지 않았다. 열쇠를 파묻은 위치가.

그래서 크레이븐 씨는 걸음을 멈추고 선 채로 주변을 둘러보았다. 그리고 그 순간 깜짝 놀라 귀를 쫑긋 세우고는 혹시 지금 꿈을 꾸는 건 아닌지 생각해보았다.

담쟁이덩굴이 무성하게 자라 문 위를 덮고 열쇠는 관목 아래 묻혀 있었으니, 십 년이라는 외로운 시간 동안 저 문을 통과할 수 있는 사람은 아무도 없었는데……. 화원 안에서 소리가 들렸다. 나무 아래서 이리저리 쫓고 쫓기는 것처럼 획획 뛰어다니는 발소리였다. 이상하게 들릴 만큼 억지로 낮춘 목소리도 들렸다. 탄성을 내뱉는 소리나 기쁨에 겨워 숨죽여 지르는 환호성 소리 같은 것이었다. 실제로 아이들이 웃는 소리도 들렸다. 큰 소리를 내지 않으려고 애쓰지만 너무 신이 나서 걷잡을 수 없이 터져 나온 웃음소리 같은 것이었다. 도대체 무슨 꿈을 꾸고 있는 걸까? 도대체 무슨 소리가 들리는 걸까? 정신이 나가서 실제로는 들리지 않는 소리를 듣고 있다 생각하는 걸까? 아련했던 맑은 목소리가 의미한 게 이것이었을까?

그런데 그때 그 순간이 왔다. 소리를 참지 못해 걷잡을 수 없이 터져 나오는 순간이. 뜀박질하는 발소리가 점점 더 빨라지며 화원 문 쪽으로 다가왔다. 어리면서도 강하고 가쁜 숨소리가 들렸고 이어서 차마 눌러 담지 못하고 발칵 터져 나온 즐거운 비명 소리가 들리면서, 벽에 난 문이 활짝 열리더니 담쟁이 덩굴이 뒤로 젖혀지고 남자아이 하나가 전속력으로 뛰어나왔다. 아이는 밖에 서 있던 사람을 보지 못하고 곧장 그 품 안으로 달려들었다.

크레이븐 씨는 사람이 서 있는 줄 모르고 달려든 아이가 자신에게 부딪혀 넘어지지 않도록 두 팔을 벌려 잡아주었다. 그리고 품에서 아이를 떨어뜨리며 예기치 못한 사람의 존재에 깜짝 놀라 있는 아이의 얼굴을 확인했을 때, 크레이븐 씨는 정말

로 숨을 쉴 수가 없었다.

키가 크고 잘생긴 아이였다. 빛이 날 정도로 생기가 넘쳤고 뛰어다닌 덕에 얼굴에는 더없이 보기 좋은 혈색이 감돌았다. 아이는 숱 많은 머리칼을 이마 위로 쓸어 넘기고 묘한 회색 눈을 들었다. 눈에는 아이다운 웃음기가 가득했고 까만 속눈썹이 술 장식처럼 위아래를 감싸고 있었다. 크레이븐 씨가 숨이 멎는 기분을 느낀 것도 그 눈 때문이었다.

"누구……, 어떻게? 누가!" 크레이븐 씨가 더듬더듬 입을 뗐다.

이건 콜린이 예상했던 일이 아니었다. 콜린이 계획한 상황이 아니었다. 이런 식의 만남은 한 번도 생각해본 적이 없었다. 하지만 달리기에서 이긴 덕에 뛰어나온 것이 어쩌면 더 잘된 일인지도 모른다. 콜린은 한껏 키가 커 보이도록 몸을 쭉 폈다. 콜린과 같이 달리기를 하다 역시 문으로 달음질쳐 나온 메리는 콜린이 여태까지보다 키가 조금이라도 커 보이려고 애쓴다고 생각했고, 정말로 이 센티미터는 더 커 보였다.

"아빠, 저 콜린이에요. 믿기 힘드실 거예요. 저도 잘 믿기지 않으니까요. 콜린이에요."

메들록 부인이 그랬던 것처럼, 콜린도 아버지가 무슨 뜻으로 이런 말을 중얼거리는지 이해가 가지 않았다.

"화원에! 화원이라!"

콜린이 서둘러 말을 이었다.

"네, 화원이 이렇게 한 거예요. 그리고 메리하고 디콘하고 동물들하고요. 그리고 마법도. 아무도 몰라요. 우리만 알고 있었어요. 아빠가 오시면 말씀드리려고요. 저는 건강해요. 달리기 시합에서 메리를 이길 수 있어요. 전 운동선수가 되려고요."

콜린이 건강한 아이들과 하나 다를 거 없이, 열심히 말하느라 얼굴은 빨갛게 상기되고 자꾸 틀리거나 뜸을 들이면서 이렇게 말하자, 크레이븐 씨의 영혼은 믿기지 않는 기쁨으로 떨렸다.

콜린은 한 손을 아버지의 팔에 얹고, 이렇게 말을 맺었다.

"기쁘지 않으세요, 아빠? 기쁘지 않으세요? 전 영원히 살 거예요. 영원히, 영원히요!"

크레이븐 씨는 두 손을 아들의 어깨에 얹고 가만히 끌어안았다. 잠시 아무 말도 못 할 것 같았다. 하지만 마침내 입을 열었다.

"나를 화원 안으로 데려다 주렴, 애야. 어떻게 된 일인지 전부 다 듣고 싶구나."

그래서 아이들은 크레이븐 씨를 화원 안으로 안내했다.

화원은 가을의 황금빛과 자줏빛, 연보라가 감도는 푸른빛, 그리고 불타오르는 진홍빛으로 물든 황무지였고, 곳곳에 늦게 핀 백합들이 군집하여 서 있었는데, 흰백합만 다발로 서 있거나 흰백합과 빨간 백합이 섞여서 다발을 이룬 곳들도 있었다. 크레이븐 씨는 이 백합들을 처음 심은 게 언제였는지 선명하게 기억했고, 이맘때면 철 늦은 장관이 펼쳐진다는 것도 잘 알고 있었다. 철 지난 장미가 위로 기어오르고 밑으로 늘어지다 한데 모여들어 꽃을 피웠고, 햇살이 비쳐들어 노랗게 물들기 시작한 나무가 한층 짙은 황금빛으로 물들자 마치 울창한 숲속에 꽁꽁 숨은 황금 사원에 들어온 기분이 들었다. 새로 들어온 신참 크레이븐 씨는, 아이들이 잿빛만 가득한 화원에 처음 들어왔을 때 그랬던 것처럼 아무 말 없이 서 있었다. 그리고 주위를 둘러보고 또 둘러보다 이윽고 입을 열었다.

"죽은 줄 알았는데."

"메리도 처음에는 그런 줄 알았대요. 하지만 다시 살아났어요."

그런 뒤에 모두 평소에 앉던 나무 아래 자리에 앉았다. 아니, 모두는 아니었다. 콜린은 그간의 일들을 이야기하는 동안 서 있고 싶어 했다.

남자아이들이 흔히 그러하듯, 콜린이 앞뒤 없이 줄줄이 쏟아붓는 말들을 들으면서 아치볼드 크레이븐은 지금껏 들어본 중 가장 이상한 이야기라고 생각했다. 수수께끼이며 마법이며 들짐승들, 한밤중의 기묘한 만남에서 봄이 오는 이야기, 자존심 상한 어린 라자가 화가 치밀어 벤 웨더스태프 할아범에게 큰소리를 치느라 혼자 힘으로 일어선 이야기. 기묘한 우정, 연극 놀이, 조심스레 지킨 엄청난 비밀. 이야기를 듣던 크레이븐 씨는 눈물이 찔끔 날 정도로 웃어댔고, 때로는 웃지 않을 때도 눈가에 눈물이 고였다. 운동선수이자 강연자이자 과학 발견자는 엉뚱하고 사랑스럽고 건강한 어린아이였다.

콜린이 이야기를 마치며 말했다. "이제는 더 이상 비밀로 할 필요가 없어요. 사람들이 나를 보면 아마 놀라서 까무러칠지도 모르죠. 하지만 난 휠체어엔 두 번 다시 타지 않겠어요. 아빠랑 같이 걸어갈래요. 집까지요."

벤 웨더스태프 노인이 맡은 일은 정원을 벗어나는 경우가 거의 없었지만, 이번에는 채소를 운반해야 한다는 구실을 만들어 주방에 들어왔다가 메들록 부인이 맥주나 한잔하고 가라고 권하는 바람에 하인 숙소까지 발을 들이게 되었다. 덕분에 노인은 바라던 대로 미셀스웨이트 저택에서 당대 최고의 극적인 사건이 벌어지는 순간을 현장에서 목격할 수 있게 되었다. 마당이 내다보이는 한 창문으로 잔디밭이 언뜻 보였다. 메들록 부인은 벤 노인이 정원 쪽에 있다가 온 것을 알았기 때문에, 주인님을 잠깐이라도 보았거나, 우연이라도 주인님이 콜린 도련님을 만나는 광경을 보지 않았을까 하고 바랐다.

"두 분 가운데 한 분이라도 보셨어요, 영감님?"

메들록 부인이 묻자, 벤 노인이 맥주잔을 입에서 떼고 손등으로 입술을 훔치고는, 중요한 일을 알고 있다는 말투로 대답했다.

"암요, 봤지요."

"두 분 다요?" 메들록 부인이 떠보듯이 물었다.

"두 분 다요. 아이구, 고맙구만요, 부인. 한 잔 더 마셔두 되겠는데요."

"같이 계세요?" 메들록 부인이 흥분한 얼굴로 서둘러 노인의 맥주잔에 넘치도록 맥주를 따라주었다.

"같이 계시요, 부인." 벤 노인은 새로 따른 맥주 절반을 단숨에 벌컥벌컥 마셨다.

"콜린 도련님은 어디 계셨어요? 어때 보였는데요? 두 분이서 무슨 말씀을 나누시던가요?"

"그거까진 안 들리던데요 난 사다리 타구 올라가서 담 너머루 쳐다보기만 했구만요. 그런데 이건 알구 계셔요. 여 집 안 사람들은 모르는 일이 저 밖에서 진즉부터 벌어졌다는 거요. 그러구 인제 곧 다들 알게 될 거구만요."

그리고 이 분도 채 지나지 않아 벤 노인은 남은 맥주를 마저 마시고, 관목들 사이로 잔디밭이 살짝 보이는 창문을 향해 엄숙하게 빈 맥주잔을 흔들며 말했다.

"저 보시요. 궁금하믄 누가 잔디밭을 건너오는지 보시요."

메들록 부인은 그 광경을 보고는 두 손을 번쩍 들며 외마디

비명을 질렀다. 비명 소리를 들은 하인들이 하인 숙소로 우르르 몰려들었다. 창가에 서서 밖을 내다본 하인들은 다들 얼굴에서 눈알이 튀어나올 것 같은 표정이었다.

잔디밭을 건너오는 미셀스웨이트의 주인은 이곳의 많은 하인들이 한 번도 보지 못한 모습을 하고 있었다. 그리고 그 옆에는 고개를 똑바로 치켜들고 눈에 웃음기를 가득 담은 남자아이가 발걸음도 단단하고 씩씩하게 걸어오고 있었다. 바로 영락없는 요크셔 아이, 콜린 도련님이었다.

| 작품 해설 |

자연과 소통하고 자기 내면의 상처를 치유하며
변화하고 성장하는 아이들

《비밀의 화원》은 영국의 아동문학 작가 프랜시스 호지슨 버넷이 1909년에 발표한 소설로, 버넷의 전작《소공자(Little Lord Fauntleroy)》(1886),《소공녀 세라(Little Princess)》(1888)와 더불어 아동 문학의 고전으로 꾸준히 사랑받는 작품이다. 이 작품이 어린이 소설의 명작으로 오랜 시간 그 가치를 인정받을 수 있었던 배경은, 열악한 환경에 처한 주인공이 내면의 긍정적 의지를 잃지 않고 역경을 극복하는 과정을 보여주며 전통적인 성장소설이 갖추어야 할 미덕을 부족함 없이 담아낸 덕분이다. 주인공이 하루아침에 고아가 되어 처하게 된 환경은 매우 가혹하고 극단적이지만, 주변 세계를 탐색하며 하나하나 좋은 사람들을 알아가고 자기 내면의 상처와 부정성을 치유하며, 계급과 세대를 초월한 우정을 나누면서 모두가 행복한 결과를 맞이한다는 점에서 《비밀의 화원》은 더없이 완벽한 메리의 성장소설이다.

영국 정부에서 일하며 병약한 아버지와 화려한 파티를 쫓아다니는 어머니 밑에서, 마치 부모 없는 아이처럼 인도인 보모와 하인들 손에 맡겨져 심술궂고 까다로운 아이로 자라난 메리 레녹스. 콜레라로 하루아침에 부모를 잃고 인도를 떠나 영국 요크셔의 고모부가 사는 저택으로 들어가게 되지만, 요크셔 저택은 망망대해처럼 넓고 메마른 황무지보다 더 음울하고, 사랑하는 아내를 잃은 고모부는 세상과 고립된 삶을 살고 있다. 이곳에서 메리는 인도의 하녀들과는 다른 마사와 대자연을 닮은 마사의 동생 디콘을 만나 처음으로 좋은 사람, 인간관계의 즐거움을 알게 된다. 디콘과 함께 십 년 전 버려진 화원을 몰래 가꾸며, 메리는 자연 속에서 병약했던 몸을 회복하고 건강한 마음도 되찾는다. 메리와 마찬가지로 홀로 방치되어 어린 폭군처럼 굴던 콜린도 메리와 디콘을 만나 화원에서 함께 시간을 보내며 점차 건강하고 당당한 사내아이로 변화한다.

얼굴은 누렇고 몸은 삐쩍 말랐던 메리는 대자연을 뛰어다니며, 자신도 모르는 사이에 그 생명력과 치유력을 온몸으로 마음껏 받아들인다. 메리가 요크셔에 와서 좋아진 네 가지, 즉 바람을 맞으며 피가 따뜻해질 때까지 뛰어다니고, 울새와 서로 마음을 이해하는 느낌을 느끼며, 평범한 아이들처럼 허기를 알게 되고, 다른 사람의 고통에 공감하게 된 것은 건강해진 몸과 마음을 단적으로 보여주는 징후들이다. 또 메리는 타인이 자신을 위해 무언가를 해주는 마음과 노력을 고마워할 줄도 알게 된다. 자연과 소통하며 내면의 폐허를 치유한 메리는, 이제 주도적으로 자기 밖의 폐허를 회복시킨다. 굳게 문이 잠긴 채 사람의 손길이 닿지 않았던 화원을 되살리고, 아버지에게 유기당한 것이나 다름없이 세상과의 소통에서 단절되었던 콜린을 성장시킨다.

그리고 이러한 성장을 이끌어내는 것은 대단한 경험이나 엄청난 사건이 아니라, 작고 평범한 일상의 경험들, 황무지의 바람, 둥지 같은 화원, 그곳을 날아다니는 작은 새, 뾰족이 고개를 내민 작고 여린 새싹, 선하고 순수한 친구, 줄넘기 같은 것들이다. 사실상 자기들끼리의 놀이를 통해 아이들은 스스로 변화하고 서로를 변화시킨다.

작품 속에서 성장이 보이지 않는 인물은 디콘뿐인데, 디콘은 현명하고 사랑이 많은 어머니 소어비 부인의 정성 어린 보살핌을 받고 자라 온화하고 안정된 성품을 지닌 인물이다. 하루 종일 자연 속에서 생활하고 자연과 소통하며 지내는 디콘은 자연 그 자체로 묘사되기 때문에, 메리와 함께 성장하기보다는 메리와 콜린에게 좋은 영향을 미쳐 성장을 돕는 인물로 존재한다. 메리가 어려서부터 어머니의 아름다운 외모나 화려한 드레스 등 외적인 모습만 좇으며 동경하다가, 허름한 황무지 집에 살며 누더기 옷을 걸친 들창코 소년 디콘에게서 청량한 향을 느끼며 호감을 갖는 장면은 이러한 내적인 성장에 시동이 걸리는 순간을 묘사한 것으로 보인다.

《비밀의 화원》을 구성하는 요소들은 그 외에도 무척 다채롭다. 비밀의 화원이라는 공간이 주는 이미지는 신비롭고 아름다워 계속 엿보고 싶은 호기심을 자극하고, 사람과 교감하며 중요한 순간마다 비밀의 열쇠가 되어주는 울새 이야기도 아기자기한 흥미를 일으킨다. 오랜 세월 방치된 화원이 "요정이 돌보아주는 듯, 마법사가 요술 지팡이를 휘두른 듯" 되살아나는 과정을 읽다보면, 어느새 머릿속에 상상력이 펼쳐져 글이 그림이 되고, 그림은 공간이 된다.

이렇듯 화원의 모습을 생생하게 묘사할 수 있었던 건, 이 작품에도 역시 버넷 자신의 경험이 녹아 있기 때문일 것이다. 버넷은 1898년부터 십여 년 동안 영국 켄트 카운티에 위치한 그레이트 메이섬 홀이라는 저택에서 살았는데, 이 저택에 아주 오랫동안 방치됐던 낡고 벽이 높은 정원이 있었다. 버넷은 이 정원을 되살리며 많은 장미를 심었고 이곳에 앉아 《비밀의 화원》을 집필했다. 그곳에 자주 나타나던 울새와도 손으로 먹이를 줄 만큼 친한 친구가 되었다고 전해진다.

부유한 가정에서 태어나 아버지가 세상을 떠난 후 생활이 궁핍해지자, 가족의 생계를 돕기 위해 글을 써서 잡지에 기고하기 시작했던 버넷은 특유의 문학적 상상력과 글솜씨로 작가적 기량을 마음껏 발휘했다. 1877년에 발표한 《로리 가의 그 아가씨(That Lass o' Lowrie's)》로 좋은 평을 받기 시작했고, 《소공자》와 《소공녀 세라》 등 작가로서 명성을 쌓게 해준 어린이 소설을 비롯하여 40여 편의 소설을 발표했지만, 《비밀의 화원》은 그중에서도 가장 널리, 꾸준한 사랑을 받고 있는 대표적인 작품이라 할 수 있다. 실제로 《비밀의 화원》은 처음 출판된 이래 지금까지 한 번도 절판된 적이 없다고 한다.

물론 버넷의 작품이 늘 호평만 받았던 것은 아니다. 세기의 전환기에 세계사적으로 영국이 점했던 국가적 지위가 소설의 배경에 그대로 반영되고, 지배국가의 지배계급이 타자에 대해 갖고 있던 편견과 차별적 사고방식이 미화되거나 포장되지 않고 가감 없이 묘사된 부분이나, 시대가 요구하는 정형화된 어린이상을 벗어난 파격적 성격의 메리가 이야기를 주도적으로 이끌어나가는 초중반과 달리 결말 부분에서는 남성인 콜린과 아버지의 에피소드 뒤에 감춰져 존재가 흐릿해지는 부분들도 종종 비판의 대상에 오르곤 했다. 그러나 이 작품이 계급 갈등이나 인종 차별에 대해 취하고 있는 입장은 19세기 문학의 특징인 리얼리즘을 통해 이해해야 한다. 또 소설이 초점을 두는 부분은 남성과 여성의 역할 구분이 아니라, 주인공인 세 아이가 기성세대의 교육이나 기존 질서의 교훈에 의해서가 아닌, 그들끼리 소통하고 스스로 획득한 자기 긍정을 통해 변화하고 성장한다는 사실이다.

아이들은 사회구조적 관점에서 차별에 반기를 들지 않고, 기존 질서에 저항하지도 않지만, 아이들다운 마음과 태도로 최대한 자유롭고 거리낌 없는 우정을 나눈다.

메리의 성장은 메리 개인의 것으로 끝나지 않고, 콜린을 치유하고 콜린의 아버지인 고모부의 마음도 열게 한다. 희망이 없어 보였던 화원만큼, 시들어 있던 주변 인물들의 마음에까지 생명력을 불어넣어 공간 전체를 변화시키는 치유의 선순환이야말로 《비밀의 화원》이 말하는 진정한 가치일 것이다.

박혜원

| 작가 연보 |

1849년 11월 24일 영국 맨체스터 치탐 힐에서 태어났다.

1852년 철물점을 성공적으로 경영하던 아버지가 사망하면서, 어머니와 다섯 남매가 하루아침에 극심한 가난으로 내몰렸다. 내성적이었던 버넷은 낯설고 불우한 환경을 상상력으로 이겨내려고 노력했는데, 그 경험이 훗날 작품 활동의 바탕이 되었다.

1865년 온 가족이 맨체스터 빈민가를 떠나 외삼촌이 사는 미국 테네시 녹스빌로 이주했다. 하지만 형편은 나아지지 않았고, 열여섯 살의 프랜시스는 가족의 생계에 매달려야 했다. 고심 끝에 잡지에 기고해서 생활비를 벌어 보기로 결심했는데, 당장 원고용지 값과 우송료도 마련할 수가 없어서 산포도를 따서 팔았다.

1868년 〈고디스 레이디스북〉이라는 여성 잡지에 첫 작품을 발표했다.

1870년 어머니까지 사망하자 버넷은 돈을 벌기 위해서 여러 잡지에 닥치는 대로 글을 썼다. 한 편에 10달러씩 받고 매달 대여섯 편씩 소설을 썼는데, 그녀의 글솜씨가 소문이 나서 청탁이 끊이지 않았다.

1872년 영국을 여행하고 돌아와 의사인 스완 버넷 박사와 결혼했다.

1875년 남편과 아들 라이오넬과 함께 파리로 건너가 거주, 이때부터 본격적으로 소설 집필에 집중했다.

1876년 둘째 아들 비비안을 낳았다.

1877년 랭커셔 광산촌 이야기를 다룬 첫 소설 《로리 가의 그 아가씨(That Lass o' Lowrie's)》가 좋은 평가를 받아서 소설가로 자리매김했다. 이후 미국 워싱턴 D.C.로 돌아와 거주하며 주로 영국의 로맨스 소설을 좋아하는 미국인의 취향에 맞춘 소설을 써서 인기를 얻었다.

1886년 잡지 〈세인트 니콜라스(St. Nicholas)〉에 둘째 아들 비비안을 모델로 한 동화 《소공자(Little Lord Fauntleroy)》를 연재, 동화작가로서도 세계적인 인기를 얻기 시작했다.

1888년 전년부터 잡지 〈세인트 니콜라스〉에 연재했던 동화 《사라 크루(Sara Crewe)》를 책으로 묶었다.

1896년 소설 《귀부인(A Lady of Quality)》을 발표했다.

1898년 스완 버넷과 이혼했다.

1900년 배우인 스티븐 타운센드와 재혼하지만 1년만에 이혼했다.

1902년 《사라 크루》를 각색해서 《소공녀 세라(Little Princess)》라는 제목으로 연극 무대에 올렸다.

1905년 《소공녀 세라》라는 제목의 소설로 출간했다.

1909년 《비밀의 화원(The Secret Garden)》을 〈아메리칸 매거진〉에 연재하기 시작했다. 흥행작들이 연이어 런던과 뉴욕의 연극 무대에 올려졌다.

1911년 《비밀의 화원(The Secret Garden)》을 출간했다.

1922년 마지막 소설 《로빈(Robin)》은 혹평을 받았다.

1924년 10월 29일 미국 뉴욕 롱아일랜드의 자택에서 숨을 거두었다.

옮긴이 **박혜원**

덕성여자대학교에서 심리학을 전공하고 현재 전문 번역가로 활동하고 있다. 옮긴 책으로는 《빨강 머리 앤》, 《에이번리의 앤》, 《루시 몽고메리의 빨강 머리 앤 스크랩북》, 《소공녀 세라》, 《자기만의 방》, 《곰돌이 푸 1: 위니 더 푸》, 《곰돌이 푸 2: 푸 모퉁이에 있는 집》, 《퀸: 불멸의 록 밴드 퀸의 40주년 공식 컬렉션》 등이 있다.

비밀의 화원
1911년 오리지널 초판본 표지디자인

초 판 1쇄 펴낸 날 2020년 9월 1일
개정판 2쇄 펴낸 날 2024년 12월 25일

지은이   프랜시스 호지슨 버넷
옮긴이   박혜원
펴낸이   장영재
펴낸곳   (주)미르북컴퍼니
자회사   더스토리
전 화   02)3141-4421
팩 스   0505-333-4428
등 록   2012년 3월 16일(제313-2012-81호)
주 소   서울시 마포구 성미산로32길 12, 2층 (우 03983)
E-mail   sanhonjinju@naver.com
카 페   cafe.naver.com/mirbookcompany
SNS   instagram.com/mirbooks

* (주)미르북컴퍼니는 독자 여러분의 의견에 항상 귀 기울이고 있습니다.
* 파본은 책을 구입하신 서점에서 교환해 드립니다.
* 책값은 뒤표지에 있습니다.